目　录

中译本译者序

塞尔维亚作家米洛拉德·帕维奇所著辞典小说《哈扎尔辞典》，美国评论家罗伯特·康弗认为“是一部包罗万象的、饶有趣味的小说，是梦的拼贴画，是美妙绝伦的艺术品”；英国评论家斯图尔特·伊文斯也盛赞这部“也许以梦为最重要的组成部分”的小说是一部“出神入化、令人眼花缭乱的成功之作”。另一位美国评论家道格拉斯·塞博尔德称赞这部小说“材料丰富、扣人心弦”，是“一部能够引起人们对语言、时间、历史和信仰进行思索的作品”。俄罗斯评论家萨维列沃依认为《哈扎尔辞典》使其“作者得以跻身于博尔赫斯、科塔萨尔和埃科这样的当代文学大师的行列”，俄罗斯评论家杜勃罗托夫斯基同意此说，他讲：“这部小说就各方面来看，不会辜负哪怕最苛刻、最挑剔的读者的期望，他们这次不会怀疑又有一位名副其实的大师进入了世界文坛，在其编年史上写下了罕见其匹的美丽的一页。”他称《哈扎尔辞典》是“二十一世纪的第一部小说”。

这些评价是恰如其分的，还是溢美之词？这是一个仁者见仁智者见智的问题。在我们看来，《哈扎尔辞典》是一部典型的后现代派小说，是先锋派文学历一百年的发展后所作出的又一次重大尝试，这个尝试是成功的，富有启迪效应的。这是我们首先要敬告读者的。

其次，《哈扎尔辞典》就内容而言纷繁复杂，古代与现代，幻想与现实，神话与真实，梦与非梦盘根错节地缠绕在一起，时空倒溯，人鬼转换，似真非真，似假非假，扑朔迷离地描述了哈扎尔这个民族在中世纪突然从世界上消失的谜；就行文而言，又蕴藉含蓄，寓意深邃，所以往往要反复咀嚼，方能悟出作者的匠心。阅读尚且如此，更何况将其译成另外一种文字。纵然如此，此书因其文学价值，迄至目前还是译成了二十三种文字（不含中译本）。国外研究哈扎尔问题的学者认为，这二十三种译本中，以法译本和俄译本最富学术价值与艺术价值，且译文忠实，译笔酣畅，传达了原作的神韵。

我们这个译本参照了法俄两个译本，将两者之精华熔于一炉，并撷取了英译本的长处。但愿我们没有辜负读者对我们的厚望。

其三，《哈扎尔辞典》有阴阳两种版本。该书版权拥有者在将中译本版权授予我们时所提诸条件中，有一条为：须同时翻译出版《哈扎尔辞典》阴本和《哈扎尔辞典》阳本。我们自当按约行事，所以中译本亦有阴阳之分。

那么何谓阴本，何谓阳本，两者区别何在？作者本人未予宣示。二十三种译本中，有分阴阳两种版本的，也有把两种版本合于一本之内的。但不论以何种方式出版，在其前言后语中，对阴阳两个版本究竟区别何在，据我们所知，无不讳莫如深。

唯一谈到《哈扎尔辞典》阴阳两种版本的区别的，是美国权威的百科全书型作家辞典《当代作家》。该辞典第 136 卷第 314 至 315 页为米洛拉德·帕维奇的辞条。这个辞条说："《哈扎尔辞典》共有两种版本，一称'阴本'，一称'阳本'。其实阴阳两种版本并无多大差异，有人曾对照阅读，发现仅十七行文字（因为开本不同，中译本是十九行字）有所不同。"至于具体不同何在？语焉不详。

可见作者、译者、评论家有个默契，把识破阴阳玄机的乐趣让与读者，我们自然也无意僭越。但我们要强调一点：阴阳乃是一对矛盾，是对立的统一体。没有阴就无所谓阳，反之，没有阳也无所谓阴。阳兮阴所倚，阴兮阳所伏。所以，如果我们的读者购得的是《哈扎尔辞典》阳本，那么读毕阳本，伏于其间的阴本面目也可了然于胸了，反之亦然。至于那十七行文字的不同，还是让特别好奇的读者，或有意于研究此书的读者到此阴阳迷宫中去寻觅和发现吧。

戴 骢

在此躺着的这位读者

永远也不会

打开这本书，

因为他已长眠于此。

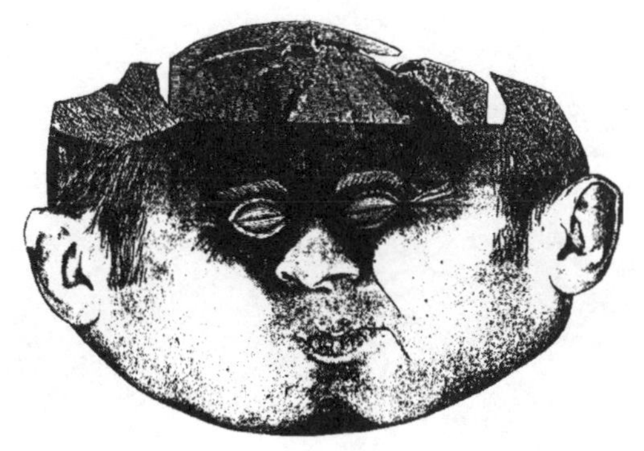

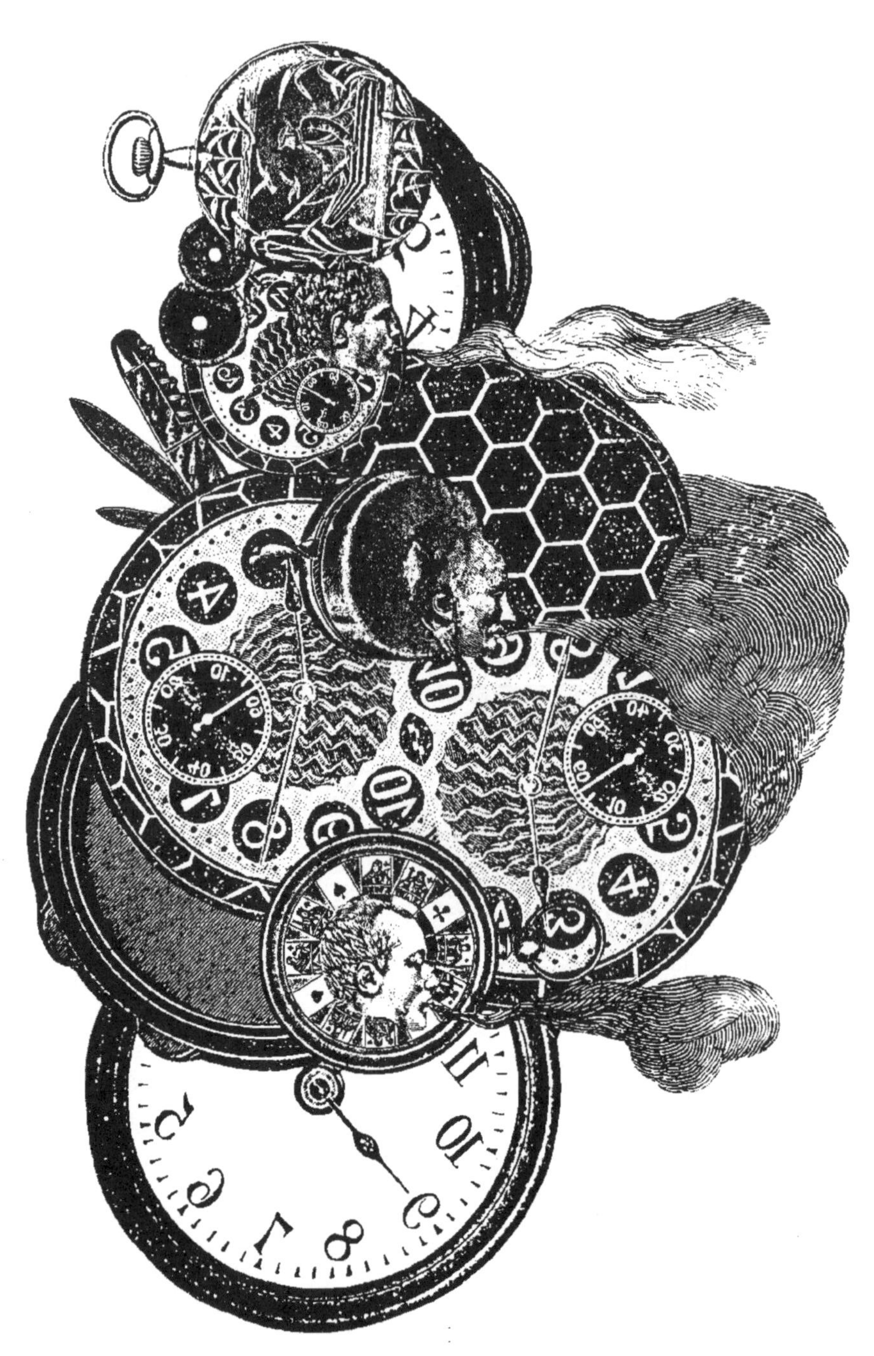

卷首导语

（第二版，亦即补遗、修订版说明）

本书现在的作者保证读者诸君读罢本书后绝不会招来杀身之祸，而此种不幸命运曾于1691年《哈扎尔辞典》初版面世后，降在当时的读者身上。《哈扎尔辞典》的初版，乃本书第一个作者极尽辛劳的呕心之作。关于初版情况，很有必要作些说明，但为了避免漫无边际的长篇大论，本辞典第二版的编纂者愿同读者诸君约定，也就是说把话说在前面：编纂者在晚餐之前写下他的见闻，而读者则在晚餐之后加以披阅。编纂者因饥肠辘辘势必尽量写得简单扼要，如此一来，酒足饭饱的读者便不会读到冗长的引文了。

一、《哈扎尔辞典》编纂始末

本辞典所记述的那个事件大约发生在公元八世纪或九世纪（其时可能发生过一系列此类事件）。在专门文献中，也有把这个事件叫作“哈扎尔大论辩”▼的。哈扎尔▼是个独立、强盛的部族。这群剽悍的游牧民不知是在历史上什么年代被死寂的灼人黄砂逐出本土，从七世纪起到十世纪定居于黑海✡与里海之间的这块陆地之上[①]。

哈扎尔见诸历史已在他们跟阿拉伯人开战并在627年与拜占庭皇帝赫拉克洛纳斯[②]结成联盟之后。这个部族的族系至今仍是个谜，一切踪迹都已湮灭，否则今天就能到某一民族间去寻找换成某一名称的哈扎尔人了。他们失踪

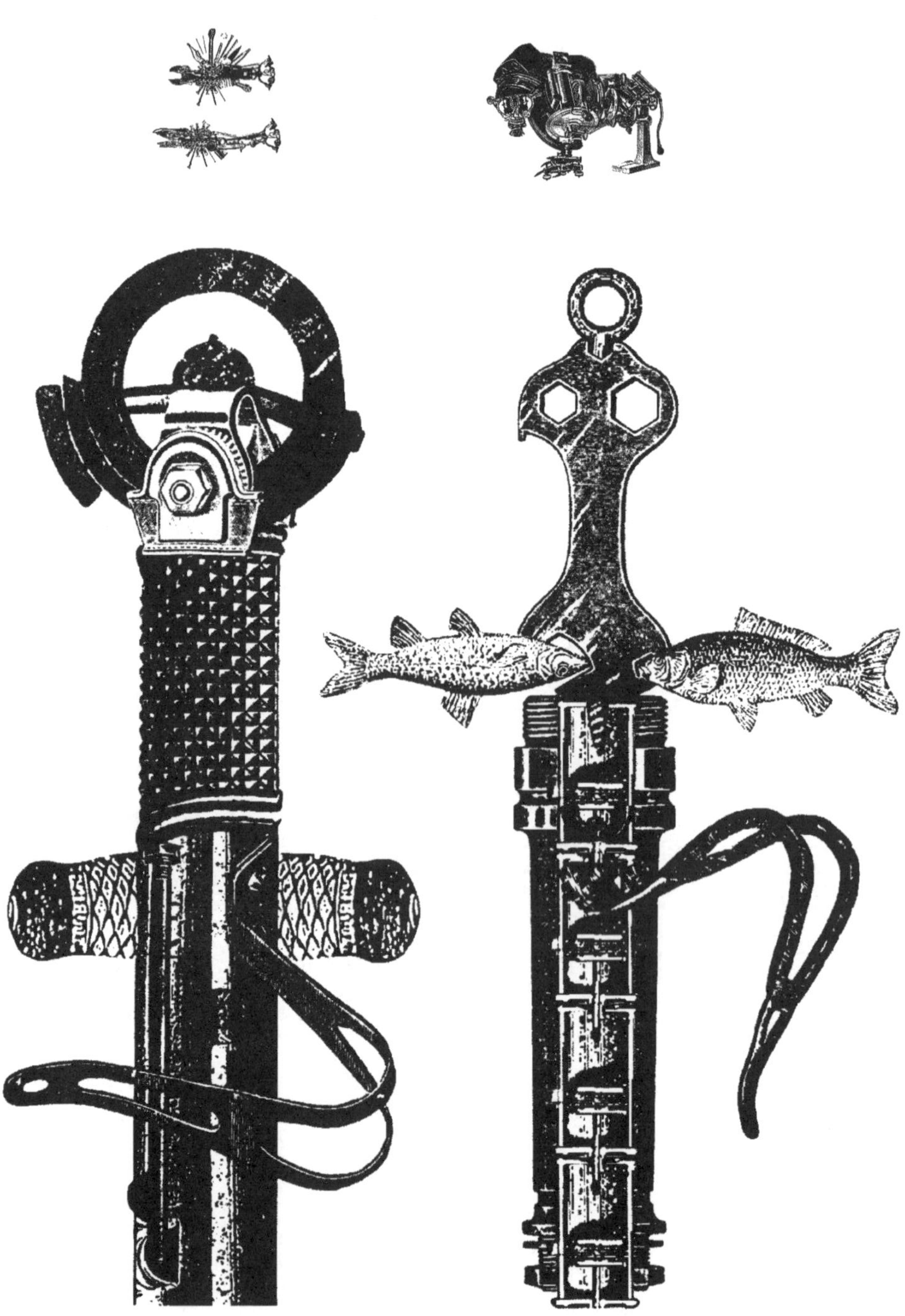

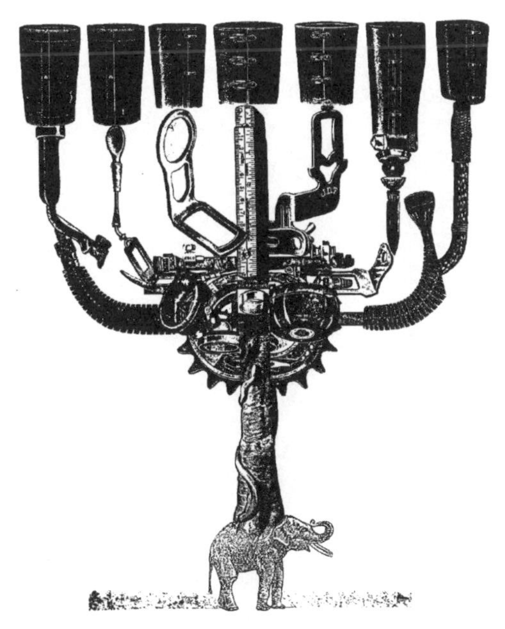

了，只在多瑙河岸留下一片坟地。其实关于那片坟地，谁也说不准是否真是哈扎尔人的。再说，还有那一堆钥匙呢？钥匙柄是镌刻有三角形的镂金币和镂银币，据达乌勃马奴斯考证，这堆钥匙都是哈扎尔人铸造的。哈扎尔人连同他们的国家之所以从历史舞台上消失，是因为发生了一桩重大事件，这也就是本书的主要内容：他们如何放弃原始的、今天已无人知晓的宗教信仰而改信无论古代还是今天都尽人皆知的犹太教、伊斯兰教或基督教这三大教中的一教。史家认为，在他们改信宗教之后不久，哈扎尔王国也就随之崩溃解体。公元十世纪，有个叫斯维亚托斯拉夫公爵的俄国统帅，人没下鞍，就像吃掉一只苹果般把哈扎尔王国吃掉了。

① 纽约曾出版过有关哈扎尔人的文学作品索引（《哈扎尔人，书目汇编，1939 年》）；俄国人 M·I·阿特玛诺夫就哈扎尔人的历史发表过两次专著（列宁格勒 1936 年版和 1962 年版），D·M·邓路普撰写过犹太裔哈扎尔人的历史（《犹太裔哈扎尔人史》，普林斯顿，1954 年版）。——原注。

② 赫拉克洛纳斯（615—641？）：拜占庭皇帝，638 年获奥古斯都封号。

943年，俄罗斯人在八夜之间把哈扎尔人建在伏尔加河口的首都摧毁殆尽，又用五年时间，亦即从965年到970年消灭了整个哈扎尔国。目睹者曾说，哈扎尔首都屋宇的影子好长一段时期内都萦然不灭，虽则屋宇本身早已被履平，影子居然对着伏尔加河水迎风而立。据十二世纪的一本俄国编年史记载，已经到了1183年，奥列格仍称自己为哈扎尔执政官，其实此时，也就是说在十二世纪，原哈扎尔国的领土早已由另一部族——库梅人所占据。哈扎尔的文化遗迹留存下来的极其稀少。从未发现过任何文字资料，不论是社会的或者个人的；也从未发现过哈扎尔的书本典籍，虽然哈列维[①]✡曾提到过这类书籍；关于他们的语言，人们一无所知，虽然基里尔[②]曾说起过他们是用哈扎尔语从事他们的宗教活动的。在当初属于哈扎尔领土的苏瓦尔发掘到的唯一一幢聚族而居的住屋遗址，经考证并非哈扎尔人的而是保加利亚人的。伊蒂尔城的发掘工作没有取得任何结果，甚至连当年那座城堡的遗迹也没找到，而那座城堡，众所周知，是拜占庭人为哈扎尔人建造的。哈扎尔人灭国后几乎已无人提及。公元十世纪，匈牙利一个部落的酋长曾建议哈扎尔人迁徙到他的领土上定居。1117年曾有几个哈扎尔人在基辅弗拉基米尔·莫诺马赫大公的府第中出现过。1309年普雷斯布尔格城发布禁令，不许天主教徒与哈扎尔人通婚，1346年，

① 犹太·哈列维（约1085—1140）：犹太哲学家，被认作中世纪最重要的希伯来文诗人。主要哲学著作是用阿拉伯文写成的《信仰论证》，体裁采用一犹太学者与哈扎尔可汗布朗对话，试图论证信仰高于逻辑，“精神真理”高于“逻辑真理”。晚年去耶路撒冷朝圣，为该城高唱哀歌，阿拉伯人怒而纵马将他踩死。后葬于埃及。至今仍为犹太教徒所崇敬。

② 基督教传教士（827—869），斯拉夫字母创造者。

教皇曾证实确实颁发过这项禁令……有关哈扎尔人的史料，几乎尽在于此了。

上文提到哈扎尔人因改宗新教而罹大祸，现将其前后经过概述如下：哈扎尔的首领——可汗▼，据古代文献记载，有次得了一梦，于是下令邀请三个不同国家的哲人来给他详梦。这是件有关哈扎尔国运兴衰的大事，因为可汗决定，哪位哲人圆梦圆得使人折服，可汗和他的臣民便皈依这位哲人所信的宗教。某些历史学家凿凿有据地说，可汗作出这个决定的那天，他的头发一下子全落光了，他本人也深知绝非好兆，但令出宫门，驷马难追。于是可汗的夏宫迎来了伊斯兰教、犹太教和基督教的传教士——托钵僧、拉比①和修士……三位贤哲的观点，基于三种不同信仰而激起的争论，他们的个人品德以及“哈扎尔大论辩”的结果，引起了人们极大的兴趣。关于这一事件和它引起的后果，关于论辩的得胜者和失败者，众说纷纭，莫衷一是。多少世纪以来，犹太教、基督教和伊斯兰教内部就此事展开了无穷无尽的讨论，迄今未休，虽然哈扎尔人早已消失。到了十七世纪，对哈扎尔人的兴趣再度勃发，数百年来积存下来的关于哈扎尔人的大量资料均予以系统整理并于 1691 年在普鲁士出版。

人们研究了三角形钱币、古戒指上的姓氏、盐甏上的图案、外交信函及众多作家的行述，又借助放大镜查检书名，研读谍报员的书面报告及各类遗嘱，还对黑海沿岸的鹦鹉的发音作了考察，有人认为那些鹦鹉当年曾讲过现已湮灭的哈扎尔语；有人研究了以音乐为题材的绘画，并从画上辨读乐谱中的音符，有人甚至研究过一张人皮上所刺的文身，至于查阅的古拜占庭、犹太和阿拉伯文史档案资料更是不计其数。总之，为了编纂此书，凡生活在十七世纪的人能够想像到的办法、能够使用的手段都统统用上了。

① 犹太教负责执行教规，律法并主持宗教仪式者的称谓，意为“老师”、“教士”。

考查所得史料已尽收于这部辞典之中。哈扎尔大论辩为何在千年之后重又引起关注？对此，一位编年史作者作了解释，其解释委实莫测高深，匪夷所思。他说："我们每个人都朝前方驾驭自己的思想，一如用绳牵着猴子漫游。而你在阅读时，你前方往往有两只猴子：你自己的猴子和他人的猴子。更要命的是一只猴子和一只鬣狗同时出现。如何喂养它们，你去费脑筋好好安排吧，鬣狗的饲料和猴子的饲料可大不一样……"

总揽此书编纂事务的是波兰文辞典的出版人约翰涅斯·达乌勃马奴斯✡或托他名字的他的一名后继者。这本在1691年出版的书是有关哈扎尔问题的史料汇编，其所采用的形式是唯一能以集许多世纪以来所有摇笔杆子的人舞文弄墨之大成的形式，即辞典之形式，并冠以《*Lexicon Cosri*》[①]这一书名。

① 拉丁文，意为《科思里书》，本书中即指《哈扎尔辞典》。

据一种史料（基督教史料）的说法，此书由一名叫杰 奥克季斯特·尼科尔斯基的教士向编注者口述后编纂而成，这名教士在奥地利与土耳其两军作战的疆场上收集了与哈扎尔有关的各种原始手稿，并将手稿上的内容熟记在心。所以，达乌勃马奴斯的版本实际上包括了三种辞书：古伊斯兰教辞源、译成希伯来文的原稿文本索引和源自基督教的识字读本。达乌勃马奴斯著作——这部关于哈扎尔王国的辞典中的辞典——经历了不同寻常的命运。

这个版本共印五百部，其中一部由达乌勃马奴斯用剧毒油墨印刷而成。这部沾着毒汁的辞典由一把金锁锁住，和另一部上了银锁的辞典放在一起。1692 年，宗教裁判所下令销毁达乌勃马奴斯版的辞典时，只有这两本躲过劫难，得以幸免。这样一来，那些胆大妄为的人或异教徒若读了这部禁书，定遭死亡之凶。谁若打开此书便会立刻全身瘫痪，胸口像被针尖刺中一般。读者会在看至第十五页上的这几个字时死去，这几个字是：**词句已成血肉。**倘若读者同时阅读带银锁的辞典，便能知晓死亡何时降临。带银锁的辞典里有下述提示：

“倘若你已苏醒却未觉痛苦，须知你已不在活人世界。”

十八世纪多夫梅尔家族关于财产继承诉讼案的文字记录，证实了“金辞典”（沾毒墨的那部辞典）在这个普鲁士家族中世代相传：长子继承了全书的一半，另外两名子女各得四分之一，或者不到四分之一，要是继承者人数更多的话。辞典的每一部分，都和多夫梅尔的一部分财产相对应：果园、农田、草地、宅子、池塘或牲畜。很长一段时间内，没人想到过人的死亡会和阅读这本书有什么关系。直至有一天，牲畜开始

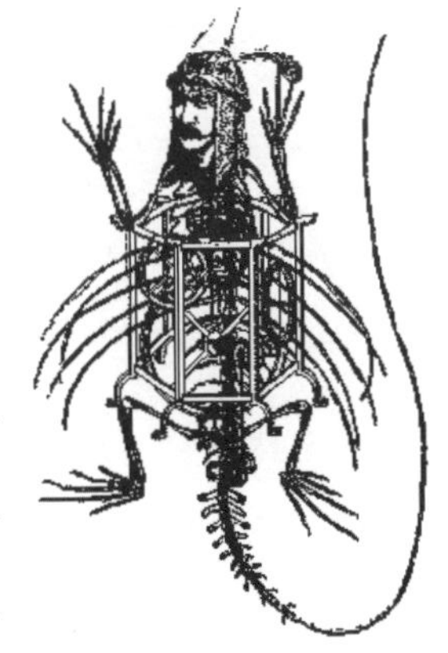

死亡，旱灾降临，有人告诉多夫梅尔家的人，说此书和年轻女子一样，会变成吸血食尸的女鬼，其灵魂在世上游荡，传播瘟疫，杀死周围的一切生灵。所以得把一个小小的木头十字架塞进书上的锁孔内，就像把木头十字架放入化身为吸血僵尸的姑娘嘴里一样，以阻止其灵魂出来害死家人。人们对这本《哈扎尔辞典》如法炮制：把一个十字架塞进锁孔，就像塞进嘴里一样。可灾祸更频，家族中的人开始在熟睡中觉得胸闷难忍，甚或相继死亡。于是，有人请来了一名教士：他拿掉了书上的十字架，灾祸即告停止。他曾告诫说：得提防未来，灵魂在外游荡时，切不可把十字架放在书上，因为灵魂对十字架极为害怕，从此不再返回。所以，在数百年的时间里，金锁没有再开启，也无人翻开过《哈扎尔辞典》。夜晚，放置这本辞典的书架上发出一种奇怪的声响。利沃夫▼的一本地方志有这样的记录：达乌勃马奴斯的辞典里装有某个名叫内哈玛的人发明的沙漏，此物能写字会说话。这个内哈玛还信誓旦旦地说，他早已从自己手上认出 H 的线条，这是他使用的希伯来语中的辅音字母，还从字母 V 中看到了他阳性的灵魂。他装在书中的沙漏看不见，摸不着，但在静谧宁寂之时，你在阅读过程中，会听到细沙流出的声音。当沙子流尽，你得把书反过来，从结尾开始倒读，你会发现里面有秘不可宣的含义。另有一些记载称犹太教拉比对他们的同胞给予《哈扎尔辞典》的关注颇不以为然，而且这部辞典常常成为犹太世界中饱学之士加以抨击的对象。犹太教拉比对辞典中源自希伯来的史料未提质疑，然而，他们对辞典中其他的史料却不予认可。《*Lexicon Cosri*》一书在西班牙亦遭厄运，在那儿的伊斯兰教社团中，那本“银书”被判为禁书，八百年内任何人不得阅读。禁期尚未过去，禁令依然有效。此事说明当时的西班牙有不少哈扎尔人的后嗣。有人注意到，这些“最后的哈扎尔人”保持着奇异的风俗习惯。他们若同某人发生冲突，会趁那人熟睡时，不惜一切代价地辱骂、诅咒他，但又不得把他吵醒，只有这样的诅咒才会大奏奇效。达乌勃马奴斯认定哈扎尔女人就是用此法诅咒亚历山大三世（大帝）的，普斯多卡利斯代纳的证词也说明确有此事：哈扎尔人曾被马其顿王朝的亚历山大统治过。

二、《哈扎尔辞典》版本溯源

今天已无从知晓达乌勃马奴斯的《哈扎尔辞典》（1691年版）是如何面世的了，仅存的两本（沾毒墨的那本和上银锁的那本）虽曾躲过劫难，但到头来同样难逃被毁弃的命运。据说，“金本”被毁时备受糟蹋。此书最后一个所有者是多夫梅尔家族的一位老者，此人精于剑术，其剑发出的声音，会像钟声一般传将出去。他从不读书，却常出此言：“光明产卵于我眼中，一如苍蝇啐唾液于伤口。其结果不言而喻……”这位老人无法忍受食物的油腻，于是，背着家人，每日悄悄地撕下一页《哈扎尔辞典》放入汤盆以吸去油水，然后把污秽不堪的纸页随手丢弃。当他的所作所为被人发现时，《*Lexicon Cosri*》已经被毁。还有一种说法比较确切：老人不愿使用配有版画插图的书页，那会使他的汤汁串味，所以，只有那些有插图的书页得以保存下来。时至今日，若能循着最初的蛛丝马迹苦苦寻觅，兴许还能找到那些带插图的书页。有人猜测，某个名叫以撒洛·苏克博士的考古学家和东方文明史教授可能藏有一本《哈扎尔辞典》的样本或抄本，但他死后，人们在整理他遗物时却一无所获。这样一来，今天所剩的只有达乌勃马奴斯版辞典的一些摘录了，这部辞典有如靠睡眠来维持的梦魇薪传至今。

摘录里援引一些曾和《哈扎尔辞典》作者有过论战的人的观点，认为达乌勃马奴斯的版本类似一部哈扎尔百科辞典，是诸多人物传记的汇编，他们曾以不同的方式掠过哈扎尔王国的苍穹，就像鸟儿飞过屋宇一般。圣人贤士、哈扎尔大论辩的参与者及几个世纪以来一直成为研究对象的人物的生平，是此书的基本材料，凡书中之条目均有三种释义。

达乌勃马奴斯的辞典源于古犹太教、伊斯兰教和基督教三种史料，该辞典记录了有关哈扎尔人改信宗教的轶事，用的是达乌勃马奴斯版辞典的特殊结构，这也是该辞典第二版的修订、编纂原则。尽管因缺少原始资料而引起的困难出乎想像，但辞典编纂者还是矢志不渝地遵循这个原则。读了这句用哈扎尔词语组成的句子便可洞烛编纂者的困难所在了："梦是魔鬼的花园，在这个世界上，所有的梦早已被梦过了。现在，它们只是在和现实交换，正像钱币转手换成票据，然而世上的一切也早已都被使用过了……"处在这样一个世界，更确切地说，处在一个已发展到这种阶段的世界，你已别无选择。

不过，有件事别忘了：《哈扎尔辞典》第二版的出版人深知达乌勃马奴斯在十七世纪使用的资料并不确凿，所以《哈扎尔辞典》第二版大部分内容更像一部传奇，它所表现的内容有如梦中的晚餐，由不同年代的梦幻之网编织而成。尽管如此，这些资料却颇受读者欣赏，因为这部辞典没有试图对哈扎尔人的问题提供某种现代观点；这是一部散文集，旨在重现业已消失的达乌勃马奴斯版辞典。现今对哈扎尔人的认知，只是作为必不可少的附加材料，以补充从已经消失的史料中摘录下来的部分内容。同样要说明的是，由于大家都可理解的原因，本书做不到像达乌勃马奴斯的辞典那样按字母顺序编排，达乌勃马奴斯的辞典按三种文字的字母顺序编排，这三种文字是：希腊文、希伯来文和阿拉伯文，辞典中的日期与三种历法相对应，而本书的日期是用同一种历法来计算的，达乌勃马奴斯文本中的三种语言版本将其译成为一种语言。很显然，十七世纪版本的辞条是根据不同的语言（希伯来语、阿拉伯语、希腊语）分类编排的，因为根据不同语言的字母顺序排列，字母在词句中的位置也不尽相同，再者，读者不是朝同一方向披阅此书的，还有，书中的主要人物也不是在同一背景下出现的。此外，今后各种译本的风格、样式也会各不相同，这是因为《哈扎尔辞典》的素材在不同的语言中有不同的排列，辞条会换位，人名会挪移。在达乌勃马奴斯版本中出现过的一些重要的人名，诸如圣基里尔✝，犹太·哈列维✡或尤素福·马苏迪☾及其他一些人名的排列顺序，在这个版本中和《哈扎尔辞典》母版的排列不一致。毫无疑问，这是目前这个版本的最大缺陷，因为只有按顺序阅读一本书里不同章节的读者，才能重建书中的世界。而采取另一种方法又无可能，因为达乌勃马奴斯版本的字母排列顺序无法沿用。

不过，这一缺陷也算不得很严重：回眸远看那个时代的聪明读者只需好好安排阅读顺序，便不难察觉书中隐秘的含义，当今的读者诸君持有这样一种观点：想像是作者的事，与他们毫不相关，尤其对一部辞典来说更是如此。而对这样的读者，一本书就不必多此一举指明什么时刻得颠倒阅读，以及朝什么方向阅读，因为今天的读者从不改变他们的阅读习惯。

三、《哈扎尔辞典》使用说明

本书虽几经改动，但仍保持母版即达乌勃马奴斯版的优点。乃如母版那样，本书供不同类型读者翻阅之用。它广集百家之言，读者可以各取所需，读罢掩卷，也可以自写续篇——从古达今本书编纂者何止千百，将来当然也会出现新的编纂家，将其重新整理、续写和补遗……本书所列辞条均加十字、新月或大卫星等符号，如果读者对某一辞条感到兴趣，他可在辞典的相应卷次中找到更为详细的诠释。

凡例：

✝ 可在本辞典的《红书》（基督教关于哈扎尔的史料）中寻找。

桑加里、基里尔、伊本·可拉

阿勒·拜克里、梅福季、哈列维

苏克博士、穆阿维亚、舒利茨博士

谢瓦斯特、叶芙洛茜妮娅·卢卡列维奇、阿克萨尼

合罕、马苏迪、勃朗科维奇

☾ 可在本辞典的《绿书》（伊斯兰教关于哈扎尔的史料）中寻找。

✡ 可在本辞典的《黄书》（古犹太教关于哈扎尔的史料）中寻找。

▼ 在红、绿、黄三卷中均能找到相应的诠释。

换言之，读者可按自己认为便利的方式来查阅。一些读者可像查阅任何辞典那样查阅他们在彼时彼地感兴趣的名字和辞条，另一些读者可把这本辞典看作一本书，从头至尾一口气看完，由而获得关于哈扎尔问题以及与哈扎尔问题有关的人物、事件的完整概念。阅读可从左及右，也可从右及左，一如普鲁士版本（犹太人和阿拉伯人的史料）那样。阅读本辞典黄、红、绿三卷的顺序，纯按读者意愿，你可任意翻开一页，便从那儿读起……正因为如此，十七世纪的版本把各卷分别装订，但现在由于技术上的原因无法按此办理。

阅读《哈扎尔辞典》时也可专挑各卷中的相同辞条——伊斯兰教的，基督教的和古犹太教的，从而获悉三卷中每一卷对该辞条的诠释……也可在阅读时将本辞典三卷中涉及哈扎尔大论辩的参与人，论辩的编年史作者，以及哈扎尔问题研究专家（诸如十七世纪的合罕、马苏迪、勃朗科维奇，二十世纪的苏克、穆阿维亚、舒利茨等人）的条目荟萃成一篇完整的文章。当然，也不应疏漏来自三座地狱的——伊斯兰教的、犹太教的和基督教的人物，诸如叶芙洛茜妮娅·卢卡列维奇、谢瓦斯特、阿克萨尼等人，他们为进入此书所走道路之长，所历魔难之多，均为世界之最。

但本书持有者大可不必受这些阅读指南的约束，他可以心安理得地蔑视上述劝告而像饕餮之徒那样狼吞虎咽：把右眼当叉，左眼当刀，把骨头抛到身背后——去他的！是的，读者也可能在本书的字里行间迷路，乃如本辞典作者之一马苏迪那样卷入他人之梦，再也找不到归途。读者若逢这等情况，以不择方向，独辟蹊径，尽速离开原地为上策。其时他可以依据大卫星、新月、十字来判定方向，由符号至符号穿过全书，如同穿过森林一般。或者，他读本书时像只鹡鸰鸟，只在礼拜四离巢飞翔。或者他像玩魔方一样把页码任意编排，压根儿不计较什么先后程序，而且也用不着遵从任何先后程序。每个读者可以像玩骨牌或纸牌那样自己动手来编辑一本属于他自己的完整的书。反正你投入本辞典几许，便可从本辞典中收获几许，这犹如照镜子，你对镜照多少，镜子便映出多少，因为你从真理那儿获得的，不可能多于你所投进真理的，这一点下文将要提到。总而言之，你不一定要通读全书，可以只读一半或者一小部分，顺便说说，人们对待辞典通常也就是持这种态度。然则寻觅得越细，寻得的越多，幸福的探索者自能泾渭分明，析出本辞典中各个人物之间的关系。如何阅读，敬请自便。

四、达乌勃马奴斯母版序言残片（译自拉丁文）

达氏母版于 1691 年面世后被毁

1. 作者建议读者只抓住本书末端一丁点儿的地方。即使你只想轻轻碰一下，也须等到你的神智比往常更敏锐，警惕性较平常更高时方可触及本书，阅读时得准备很快就会染上“跳跃性”高热，此病隔天发作一次，每逢一个礼拜中的阴日你便会发高烧……

2. 两个男人各自扯紧绳子的一头，将系在绳子中间的美洲狮拴住，想像一下这场面吧。倘若他俩欲相互靠近，美洲狮便会扑咬他们，因为绳子会松开；必须将绳子用力拉紧，俾使美洲狮留在他俩之间等距离的位置上。同理可证，作者和读者很难相互靠拢：他们各自拉住自己一方的绳子的头，而他们共有的思想却被紧紧拴住。假如我们问美洲狮，也就是问问思想，它对那两位怎么看，它也许会这样回答：这两个可以用于饱餐一顿的猎物各自拉紧了绳子的一头，拽住了一件他们并不能吃下肚去的东西。

8. 注意了，我的兄弟，别对那些戴着象征权力的戒指、又跟着剑声走的人阿谀奉承、卑躬屈节。那些人周围曲意逢迎者成群结队，因为他们别无选择，只能如此。他们的言行非出本意，因为他们的帽顶上得留住一只蜜蜂，斧头上须藏好油，因为在别人眼里，他们有罪在身，现在要为此付出代价，他们的自由系于一发，岌岌可危，他们作好了一切准备。上面主宰一切的统治者对此心知肚明，乐得趁机利用。当心，你这个无辜的人，别让他们把你和罪犯混在一起。倘若你对他们过于谄媚奉承，他们便认为你心怀鬼胎，你所做的一切并非出于本意、出于信念，而是因为你不得不这样做，以补赎你的罪行，因此，就把你归入恶徒歹人之类。那些人不配受人尊敬，要像踢一只狗那样踢他们，让他们也去做做别人已经做过的蠢事……

9. 至于你们，作者们，想想这件事吧：读者是一匹表演马戏的马，得教会它等待，每做好一个动作，给它一块糖作为犒赏，要是缺少了糖块，赏罚便毫无内容。至于那些对一本书作出评判的文学评论家，他们都像被戴上了绿帽子的丈夫，别人都比他们早悉奸情，而他们自己还蒙在鼓里……

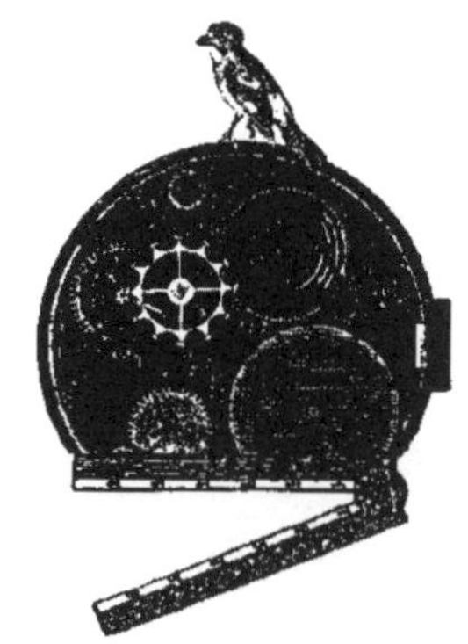

LEXICON
COSRI

Continens

COLLOQUIUM
SEU DISPUTATIONEM
DE RELIGIONE

Regiemonti Borussiae
excudebat
typographus
Ioannes
Daubmannus

Anno
1691

1691 年达乌勃马奴斯版（被毁坏）的
《哈扎尔辞典》（修订版）的标题页

LEXICON
COSRI

Continens

COLLOQUIUM
SEU DISPUTATIONEM
DE RELIGIONE

Regiemonti Borussiae
excudebat
typographus
Ioannes
Daubmannus

Anno
1691

1691 年达乌勃马奴斯版（被毁坏）的
《哈扎尔辞典》（修订版的修订版）的标题页

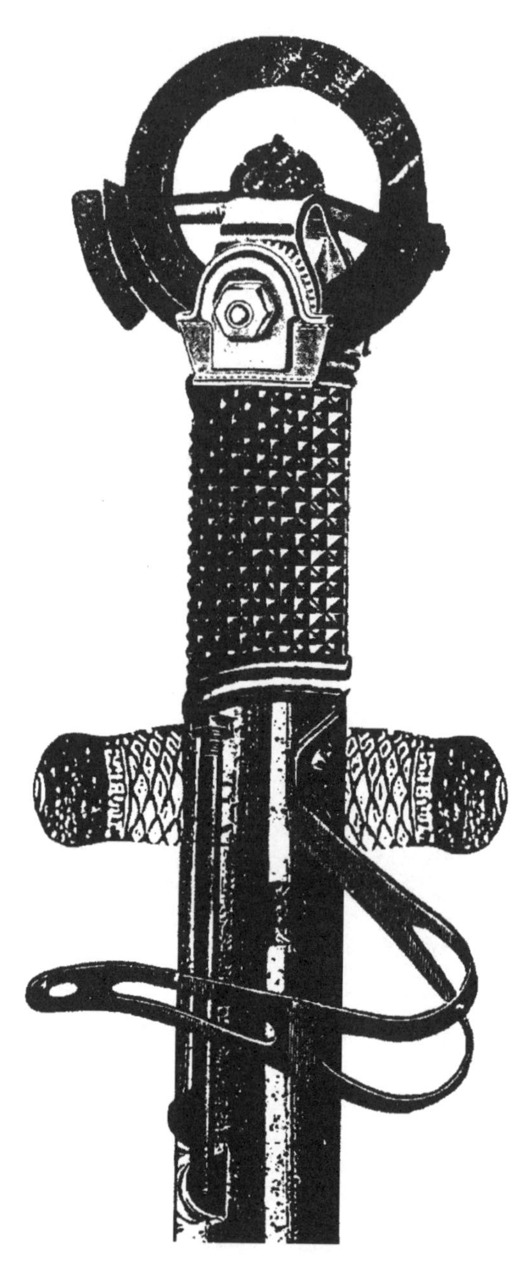

《科思里书》宗教问题讨论会

红　书

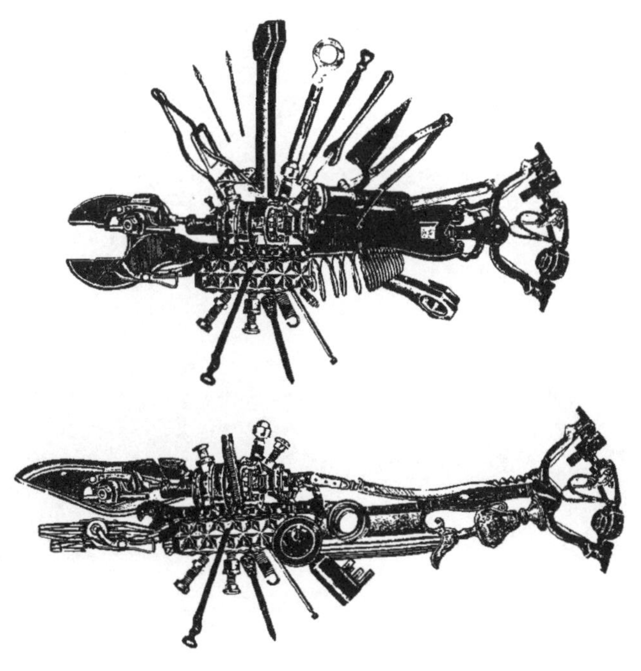

基督教关于哈扎尔
问题的史料

阿捷赫▼（九世纪） 哈扎尔公主，曾参与哈扎尔▼是否接受洗礼的大论辩，并起了决定性作用。据考证，她名字的意思是哈扎尔人灵魂的四种状态。每夜她左右眼睑上都要写上字母，一如赛马出场之前给每匹参赛马的眼睑上标上号码那样。那些字母择自哈扎尔毒咒字母表，谁见了谁就要死。眼睑上的字母概由盲人来书写，早晨婢女侍候公主梳洗时都得闭住眼睛。正因为如此，她在熟睡的时候，即哈扎尔人认为人最最脆弱之际，得以安然无恙，不为敌人加害。阿捷赫不但容貌美丽，笃信上帝，而且她的姣容与那些字母十分般配。她餐桌上总是摆着七种不同的盐，她每次拿起鱼块前手指都要蘸不同的盐。她就是这样作祷告的。据说她的脸也像盐一样有七种不同的容貌。有个传说讲，她每天早晨都拿着镜子坐下来给自己画一张脸，并且每天都换个男仆或者婢女作她画脸时的模特儿。还有一种说法，她每天早晨都换一副新的容貌，从不重复。另有一说，阿捷赫长得一点也不漂亮，不过她善于化妆打扮，又深谙一颦一笑的妩媚之道，因此给人以姿色出众之感。这种人工的美色耗费公主大量的气力和心血，乃至只剩下她一个人时她就会浑身疲软，她的美色也会像盐一般簌簌掉落。因此拜占庭的罗马皇帝把九世纪的一位名哲——佛提乌主教说成“长着个哈扎尔人的嘴脸”。

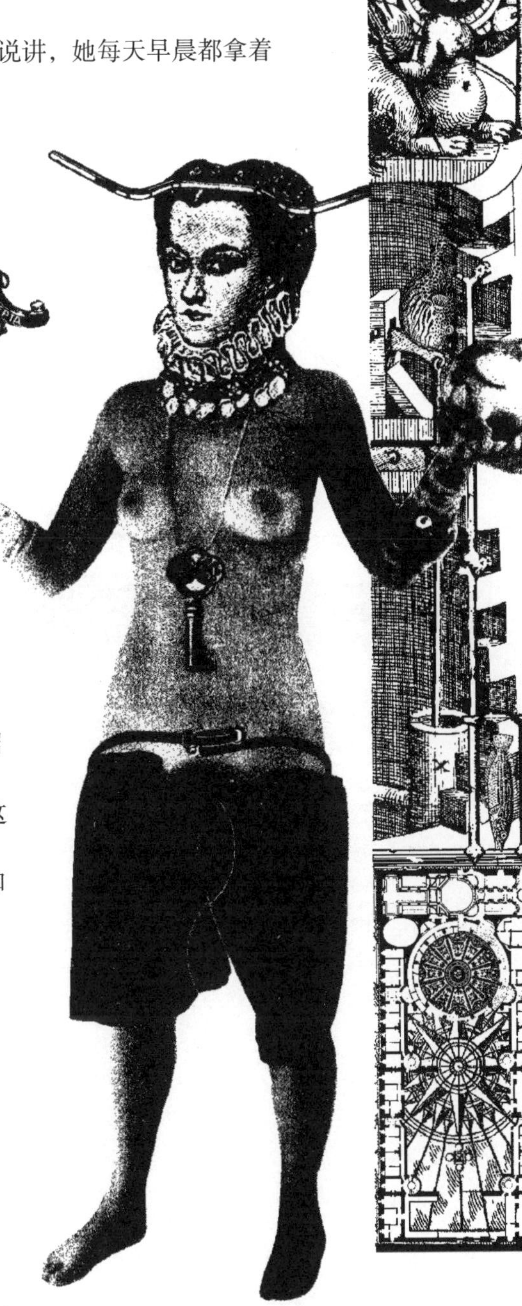

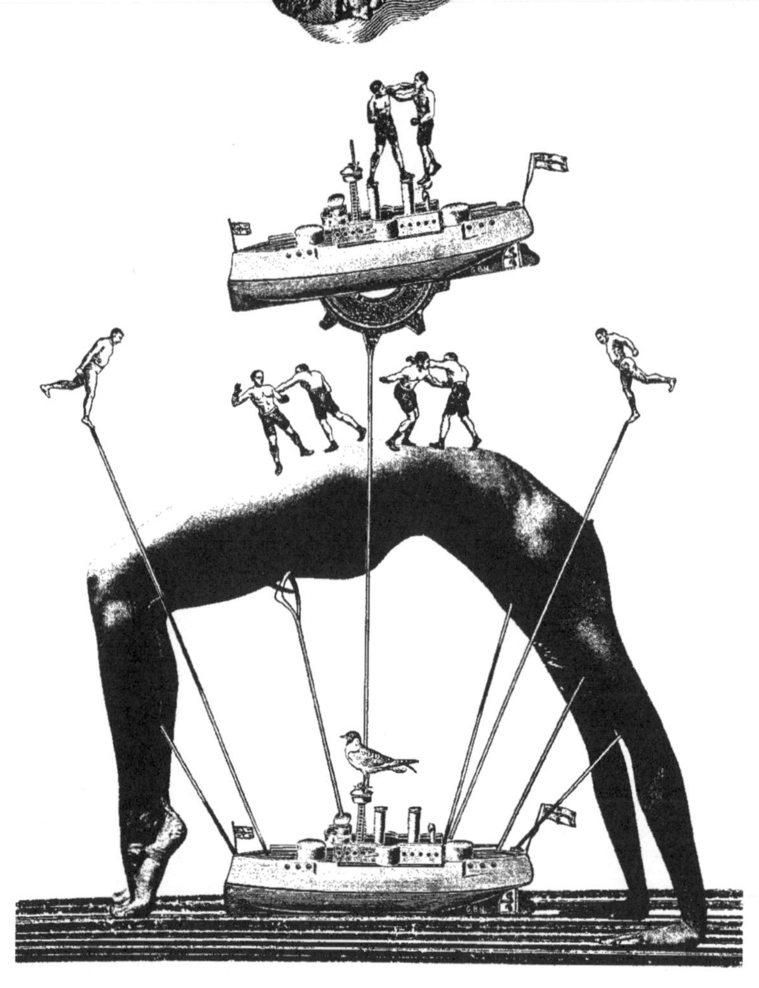

若不是指这位长老与哈扎尔人有血缘关系，就是暗喻他为人虚伪矫饰。

据达乌勃马奴斯✡考证，上面的说法不确，哈扎尔的嘴脸是指包括阿捷赫公主在内的全体哈扎尔人的能耐和特性。他们每天一早醒来，都换一副完全陌生的脸，连最最亲的人相互也难辨识。但旅游者却说哈扎尔人的脸都是一个模样儿的，从无不同，人人面貌相似就使得问题复杂化了，误会层出不穷。然则说法虽然不一，实质却是一样的：哈扎尔人的嘴脸是指难以记住的脸。这样不但可以解释清楚可汗宫廷哈扎尔大论辩▼中各方所见到的阿捷赫公主的容貌何以截然不同，也足可证明存在三个阿捷赫公主：一个是伊斯兰教心目中的，另一个是基督教心目中的，第三个则是犹太教拉比和圆梦者心目中的。不过事实上，当时的基督教文献（圣徒基里尔†用希腊文所写并译成斯拉夫文的《圣徒康斯坦丁·索隆斯基传》）中并未记载哈扎尔宫廷中有她这样一位公主。然而《哈扎尔辞典》又说在一段时期内，在希腊修士和斯拉夫修士中曾有过对阿捷赫公主的某种崇拜，之所以会产生阿捷赫公主崇拜热，乃因修士们认为，大论辩中阿捷赫战胜了犹太教的神学家，她和可汗▼一起接受了基督教。不过，可汗是她的父王呢，还是她的夫君或者兄弟？这又不得而知了。

阿捷赫公主曾有两篇祷文留世（源自希腊语译文），教会从未予以承认，但达乌勃马奴斯把它们当作哈扎尔公主的“天主和马利亚”加以引述。第一篇祷文如下：

> 我的主，在我们的船上，水手们忙碌如蚁：今晨，我用我的头发洗船，他们攀上洁净的桅杆，把绿色的帆拖向他们像葡萄树嫩叶般的蚁巢；舵工奋力拉起船舵，用背抬起，有如背扛一只可以享用一个礼拜的猎物；力小的水手拖着被海水浸咸的缆绳，把它们堆放在我们飘动的房子的中央。当船扬帆加速时，最快的那部分属于你，我的心灵，你是我唯一的主。阵阵海风是你的养料。

阿捷赫公主的第二篇祷文像是在叙述她那“哈扎尔人嘴脸”的故事：

> 母亲的生活我已熟记在心，每天早晨，我花一个小时在镜前扮成我的母亲，就像在台上演戏一样。此事日复一日，延续了数年。我穿上她的裙袍，拿着她的扇子，我模仿她的发型，把头发编成羊毛女帽的样子。我不回避他人在场，我甚至在我

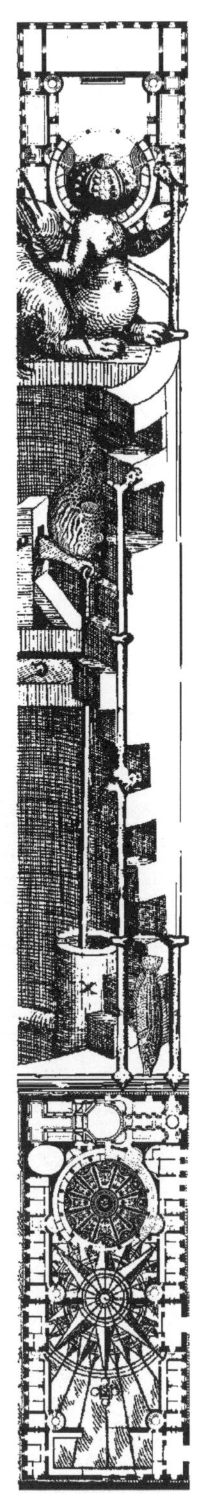

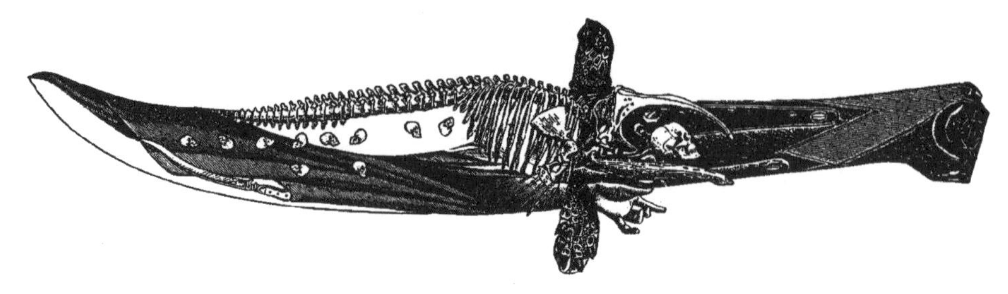

心爱之人的床上模仿她。情欲炽热之时，我自己已不复存在，我就是她。我的模仿过于逼真以致我的情欲荡然无存，全部让位于她。就这样，她将本属于我的爱的抚摸提前窃走了。但我对她毫无怨言，因我深知她的欢愉也被她的母亲用同样的方法掠夺一空。假如现在有人问我这种游戏于我何益，我会这样回答：我欲再生一次，且求活得更好……

众所周知，阿捷赫公主是永远不死的。但镌在多孔刀柄上的那段铭文却提到了她的死。只有这一个传说提及她已死去，所以不可全信，可达乌勃马奴斯✡却引用了。不过他引用这段铭文与其说是为了证明阿捷赫已死，还不如说是他达乌勃马奴斯✡就阿捷赫会不会死的事谈了他的一家之见。反正喝喝美酒不至于愁白了头发，同样听听下面这个故事也不至于招来横祸。这故事的题目叫作：

快镜和慢镜

某年春上阿捷赫说：“我习惯于自己的思想一如习惯于自己的衣裳，那些衣裳的腰围总是一个尺寸。我上哪儿都只看见这些衣裳，甚至走在十字路口也这样。这是最糟糕的，由于只看见衣裳，在十字路口就看不清东南西北了。”

为了给公主解闷，奴婢很快给她拿来了两面镜子。这两面镜子表面上与其他哈扎尔人的镜子并无不同，都是用大块盐晶磨成的，但一面是快镜，一面是慢镜。快镜在事情发生之前提前将其照出，慢镜则在事情发生之后将其照出，慢镜落后的时间与快镜提前的时间相等。两面镜子放到阿捷赫公主面前时她还未起床，她眼睑上的字母还没有揩去。她在镜中见到了自己闭着的眼睛，便立刻死了。因为快慢两镜一前一后照出了她眨动的眼皮，使她平生第一次看到了写在她眼睑上的致命的字母，她便在这两个瞬间之内亡故了。她是在来自过去和来自未来的字母的同时打击之下与世长辞的……

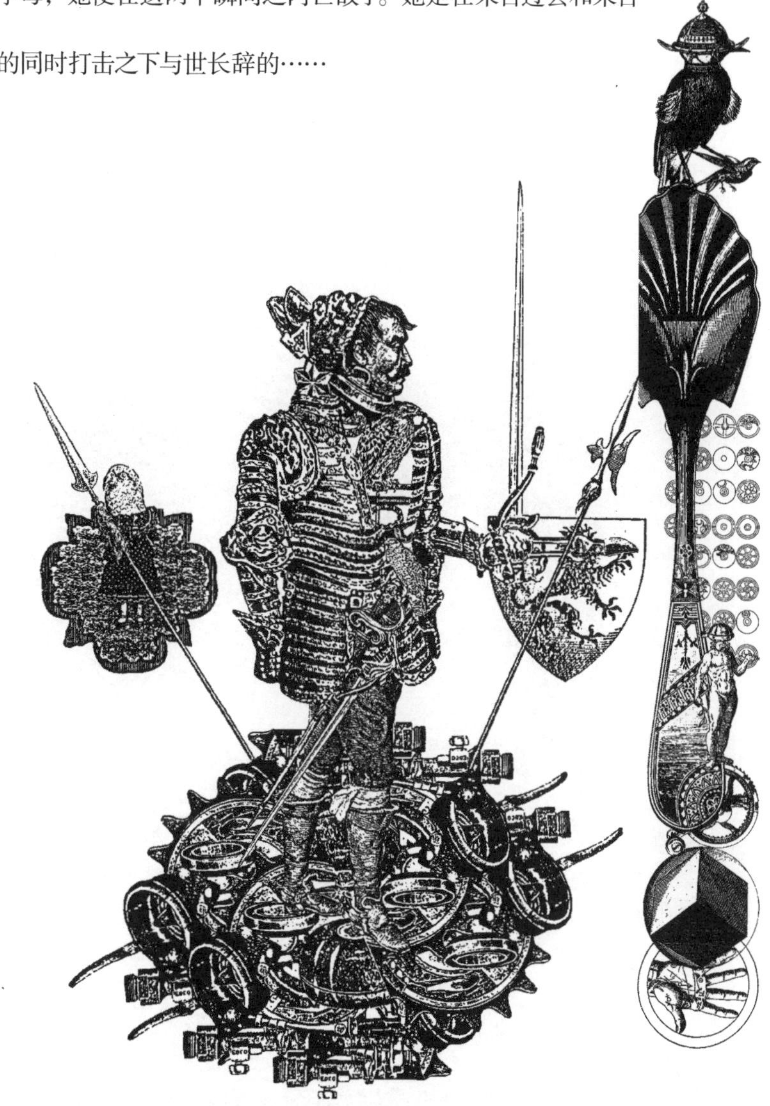

勃朗科维奇，阿勃拉姆（1651—1689） 本书作者之一，驻阿德利安堡[1]和波尔塔[2]治下的君士坦丁堡的外交官，奥土战争时的军事首长，百科全书编纂者，饱学之士。勃朗科维奇的像见之于勃朗科维奇家族的世袭领地古比尼卡城内由他奠基的圣帕拉斯凯娃教堂的墙上。他被画成在众亲属簇拥下，把圣彼得卡教堂放在剑尖上，献给他曾祖母塞尔维亚女王——圣徒安格利娜国母。

史料来源：有关阿勃拉姆·勃朗科维奇的资料散见于交呈奥地利宫廷的密奏，其中最主要的资料系由勃朗科维奇的两名文书之一尼康·谢瓦斯特†向巴堂斯基王子及维代拉尼将军提供的。乔治·勃朗科维奇公爵（1645—1711）在瓦拉几亚[3]编年史及塞尔维亚编年史中均提及其侄阿勃拉姆·勃朗科维奇。可惜这些资料久已散佚。勃朗科维奇撒手人寰之前一段日子的起居由其亲随兼刀术师爷阿韦尔基·斯基拉作了记录。勃朗科维奇的生平亦可详见于他的书面忏悔，这份忏悔是由阿勃拉姆·勃朗科维奇的第二文书杰奥克季斯特·尼科尔斯基从波兰寄给佩奇教区主教的，还见之于那幅描绘先知以利亚的生活和奇迹的圣像画的背面，因为勃朗科维奇把自己生活中的每件事情都与先知的奇迹相提并论并记录在此画背面。

“阿勃拉姆·勃朗科维奇所出身的家庭在塞尔维亚王国落入土耳其政权之手后迁至多瑙河沿岸，”尼康·谢瓦斯特写给维也纳宫廷的密奏中如此写道。“当时掀起了逃离土耳其占领区的浪潮，这个家庭的成员

① 位于今土耳其境内。
② 欧洲中世纪对奥斯曼帝国的称谓。
③ 今罗马尼亚南部地区的历史名称。

乃于十六世纪迁徙到利帕瓦及叶诺波尔地区。自此生发出关于特兰西瓦尼亚[①]的勃朗科维奇一家的诸多传闻，说他们行骗时用罗马尼亚语，沉默时用希腊语，算钱时用犹太语，在教堂里唱诗时用俄语，深谋远虑时用土耳其语，仅在他们想杀人的时候方用他们本民族的语言——塞尔维亚语。他们祖居黑塞哥维那西部特雷比涅城郊距上帕里茨县的拉斯德瓦不远的科列尼奇村，由此他们又有了另一个姓——科列尼奇。勃朗科维奇一族迁居厄德利后名声大振，他们家酿造的葡萄酒二百年来一直是瓦拉几亚最最出名的佳酿，民间甚至流传说那酒滴酒醉人。

“两个世纪以来，勃朗科维奇家族在土耳其和匈牙利两军对垒的中间地带名声显赫，所以在穆列河沿岸他们的新家园——叶诺波尔、利帕瓦、旁高达一带，这个家族的子孙后代也成了大名鼎鼎的教会神职人员。如穆瓦兹·勃朗科维奇是叶诺波尔教区东正教主教，他扔进多瑙河的核桃飘流至黑海的速度比其他所有的核桃快得多。其子萨洛蒙，即乔治·勃朗科维奇的叔叔，在叶诺波尔当主教时，称萨瓦一世，他爱骑着马统治叶诺波尔和利帕瓦的黎民百姓，他向来只在马背上狂喝豪饮，这一切直到 1607 年利帕瓦被土耳其人占领时才告结束。勃朗科维奇家族的人确信，他们和塞尔维亚的同姓领主源出一系，但很难知道他们的家产从何而来。有句谚语说得好：四面八方得来的钱，最终落入勃朗科维奇家的口袋。他们的珠宝像蛇一般凉爽，鸟儿飞不出

① 今罗马尼亚北部的历史名称。

他们的领地，一些民歌已经把他们家族的财势比作王家的统治。勃朗科维奇家族是瓦拉几亚和希腊圣山修道院的保护者，他们建起了城堡和教堂。必须说明的是，勃朗科维奇家族是根据胡须的颜色来做遗产分析的。所有长橙红色胡须的继承人（橙红色胡须为母系的遗传，因为勃朗科维奇家的人只娶橙红色头发的女人为妻）得在长黑胡须的继承人面前做出让步，因为黑胡须乃是父系血统的证明。现在估计勃朗科维奇家族财产约值两万七千福林，他们的年收益超过一千五百福林。即使无法确切地重建他们的谱系树，但他们的财富一如他们骑马踏过的土地，是实实在在、毋容置疑的。两个多世纪来，他们的钱箱里一直聚存着大量的金币。

“阿勃拉姆·勃朗科维奇来到君士坦丁堡时是个瘸子，一只脚上的鞋子是双后跟的。他怎么会成为瘸子的，在君士坦丁堡流传着一种说法。阿勃拉姆七岁时，土耳其人袭击他父亲的领地，杀向正伴着他散步的一小群佣仆。见到土耳其人杀来，佣仆四散奔命，仅有一个老仆留在阿勃拉姆身边。老仆武艺高超，舞动长棍，挡住了蜂拥而来的土耳其骑兵，可最后被这伙骑兵的首领从衔在齿间的芦管中射出的利箭所击中。老仆咕通一声倒地毙命，阿勃拉姆则用尽平生之力，将手中的马鞭向这个土耳其人的马靴抽去。这一鞭子挟着孩子的满腔怒火和决一死战之心。可这个土耳其人却哈哈大笑，下令焚烧村庄后便扬长而去。岁月悠悠，旧事渐淡，阿勃拉姆·勃朗科维奇已长大成人，而且也忙于征战，麾下也有一支军队，齿间也衔着藏有毒箭的芦管。

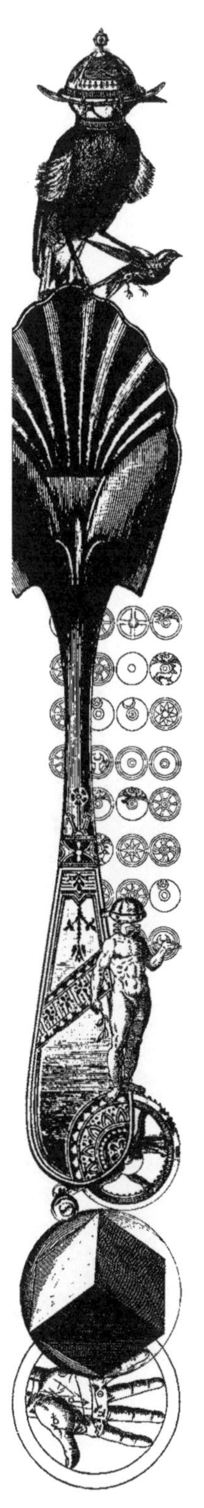

有一回阿勃拉姆和侍从半路猝遇敌人密探。那密探带着自己的儿子——一个小男孩。乍看上去，父子俩似无歹意，手里都没有武器，只提条木棍。但勃朗科维奇的一个手下人认出了老头儿，策马上前打算把他生擒。老头儿挥舞着木棍，抵死顽抗，致使对方怀疑他棍中必藏有卷成筒形的密信。勃朗科维奇放出毒箭，结果了老头儿。与老头儿在一起的小男孩当即挥棍上前去打勃朗科维奇。孩子连七岁还不到，按说凭他的气力、他的仇恨和他对父亲的爱当然伤不了勃朗科维奇半根毫毛。不料勃朗科维奇哈哈大笑之后蓦地咕通一声倒在地上了。

“从此他的一只脚跛了，他只得放弃征伐厮杀的行当，靠了他的亲戚乔治·勃朗科维奇公爵，先后在阿德利安堡、华沙和维也纳谋得了外交官的差使。在君士坦丁堡，勃朗科维奇为英吉利的公使工作，住在博斯普鲁斯海峡的卡拉塔什塔楼与约洛兹·卡列希塔楼之间的一幢宽敞的石屋里。他吩咐在这幢房子的一楼建造半个教堂，以纪念由东方教会宣布为圣徒的他的曾祖母安格利娜国母。其时另半个教堂建在特兰西瓦尼亚，由勃朗科维奇神父主管。

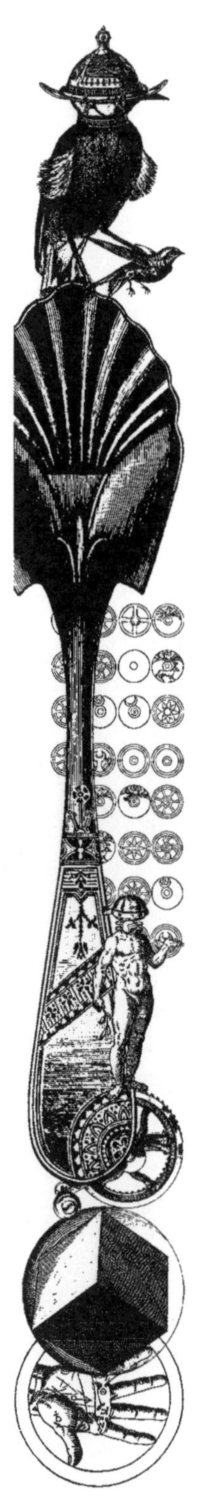

“阿勃拉姆·勃朗科维奇体躯魁伟，宽大的胸廓使人想起猛禽巨兽。有很多刺客都想取他性命，因为民歌中说他的骨头是金的。

“他来君士坦丁堡时一如平时出外旅行那样骑匹高大的骆驼。那骆驼以鱼为食，跑起来一溜烟，可顶在头上的一杯酒能点滴不洒。勃朗科维奇自幼与众不同，他白天睡，夜里醒。他是打从什么时候起把表拨得颠倒过来，以昼为夜的，谁也说不上。他夜里不但不眠，而且坐立不定，仿佛有什么苦恼使他深感不安。用餐时他面前总是放两只杯子、两个碟子和两张椅子，他吃着吃着，会突然站起身来改坐另一张椅子。同样，他不愿老操一种语言说话，而是不停地更换，就像更换情妇一般，忽儿操罗马尼亚语，忽儿操匈牙利语或者土耳其语，调教鹦鹉时还用过哈扎尔语。还有人说他在梦里说西班牙语，可醒来后，他的语言天赋便无影无踪了。不久前的一次梦里，有人用一种他不懂的语言给他唱了一首歌，但他记住了歌词，我们得找一个懂得这门语言的人，来为勃朗科维奇释梦。于是，我们找来了一个犹太教拉比，勃朗科维奇向他口述在梦里听到的诗句。这首诗不长，诗行如下：

לבי במזרח ואנכי בסוף מערב
איך אטעמה את אשר־אכל ואיך יערב
איכה אשלם נדרי ואסרי בעוד
ציון בחבל אדום ואני בכבל ערב
יקל בעיני עזב כל־טוב ספרד כמו
יקר בעיני ראות עפרות דביר נחרב:

犹太教拉比才听了开头一行，便打断了勃朗科维奇，自己接着背诵起来。随后，他说出了这首诗作者的名字。这首诗是十二世纪某个叫犹太・哈列维✡的人写的。打这以后，勃朗科维奇也学起了希伯来语。他的日常生活具体而又充实，这是一个具有多方面兴趣和才能的人，除了他的学识和天赋之外，他的微笑也可用来炼金。

“每天临晚醒来，他便开始练武。更确切点说，跟当地一位名师学习刀术。这位师爷是哥普特人①，名叫阿韦尔基・斯基拉，阿勃拉姆・勃朗科维奇将其雇作亲随。那人一只眼正经八百，另一只眼却色胆包天，脸上的皱纹全集中到

① 对信仰基督教的埃及人的称呼。

了鼻梁上，像是在鼻梁上打了个结儿。他积有一套极其详尽的资料，记载着古往今来使用过的种种劈刀招数。他每记一种招数，必亲手用活物作试验。勃朗科维奇和他那个哥普特亲随把自己关在铺有同草地一般大小的地毯的宽敞厅堂里，在伸手不见五指的黑暗中练习刀法。通常，阿韦尔基·斯基拉用左手把住长长的骆驼缰绳的一端，阿勃拉姆老爷也用左手把住另一端，另一只手紧执一把与阿韦尔基·斯基拉右手中所执的那把刀同样沉重的马刀。他俩各用一只手慢慢地收拢缰绳，待感觉到已靠近对方的时候，各自向对方挥动无情的马刀——那可是在漆黑的暗室里呀！勃朗科维奇出手之快是出了名的，古斯里琴弹唱者们曾编成歌词咏唱，我也曾亲眼目睹过。那是在去年秋天，有一天他站在树下等风吹落果子。终于有只果子坠落下来，只见刀光一闪，果子在半空中被他劈成了两半。他是个兔唇，为掩盖这一缺陷，他蓄了小胡髭。但他缄口不语时牙齿便露出在唇髭中间。令人觉得他压根儿没有嘴唇，胡髭是长在牙齿上的。

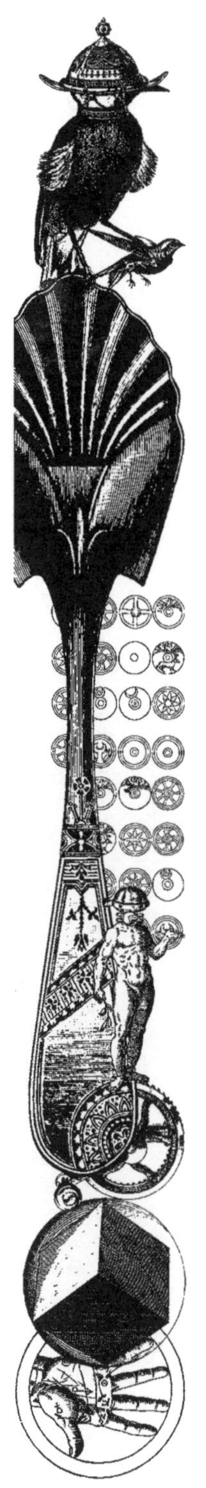

“塞尔维亚人谈起他时，说他很爱他的国家，他是他的国家的食盐和蜡烛。不过，在和他地位不相上下的一些人眼里，他也有一些古怪的毛病。譬如，在同某人谈话聊天时，从不知道如何结束话题，也不会主动起身告辞。这一点说明了他待人接物常有不合时宜的表现，也使别人觉得与他见面容易分手难，这可是一件令人尴尬的事情。他吸食由卡瓦拉一个宦官和另一个人为他准备的印度大麻。然而奇怪的是，他并非天天都要吸食不可，有时，他通过一名信使，把密封的大

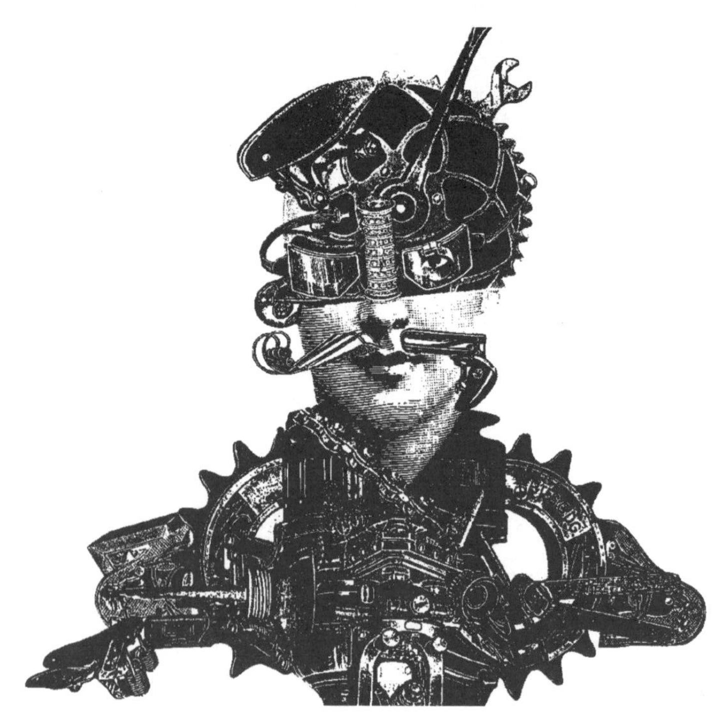

麻箱一直送到佩奇，两个月以后，当他估计自己有需要时，密封的箱子会有人送回。当他不外出旅行时，就把他那匹系着铃铛的骆驼的驼鞍放在大书房里权作书案，他就站在驼鞍前阅读写作。他所有的房间内，都放着许多式样粗陋古怪的家具，但他身旁永远不会有两件一模一样的东西：每件物品、每头牲畜、每个人须来自不同的村庄。

“他的亲随有塞尔维亚人，罗马尼亚人，希腊人，哥普特人，不久前还雇了个来自安纳托利亚[①]的土耳其人。阿勃拉姆·勃朗科维奇老爷有一大一小两张睡床，他在睡梦中（他只在白天睡觉）老是从一张床换到另一张床。他入睡的时候他的亲随，就是那个从安纳托利亚来的尤素福·马苏迪▼，总是目不转

① 今土耳其亚洲部分的名称，古指小亚细亚。

睛地盯着他，眼光像两支利箭，能把飞鸟射落……

“很难判断勃朗科维奇爱女色爱到何等程度。他案上放有一尊公猴木雕，跟真的一般大小，有一根十分壮伟的阳具。阿勃拉姆老爱说一句戏语：‘娘们若没有肥臀，就像村庄没有教堂。’除此两桩，其余就举不出什么了。每月一次，勃朗科维奇老爷去加拉塔，找女相术家卜卦。他固定找一个女相术家，从不找别人。她用纸牌占卜，采用的是古老而又需要极大耐心的方法。她家里专为勃朗科维奇设了一张卜算桌。户外换一次风向，她便亮出一张新牌，也就是说她亮哪张牌得看户外刮的是什么风，每占一卦要持续许多年。去年复活节我们去的时候正刮起南风，女相术家当即预示：

“‘你将梦见一个年轻人，他两撇唇髭中有一撇是白的，眼睛呈火红色，一只手的手指甲像玻璃般透明。这人正在来帝城的路上，你们俩必在君士坦丁堡相遇。’

“这个预言着实让我的主人兴奋，他立刻命人把一个金环套在我鼻子上，我实在难拒他的美意。

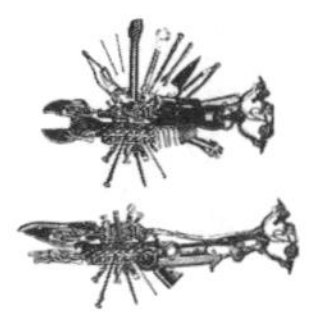

“我知道，维也纳宫廷何等关注勃朗科维奇先生的计划；我还可以告诉诸位，勃朗科维奇是那种执著地追求自身前途的人，他就像栽

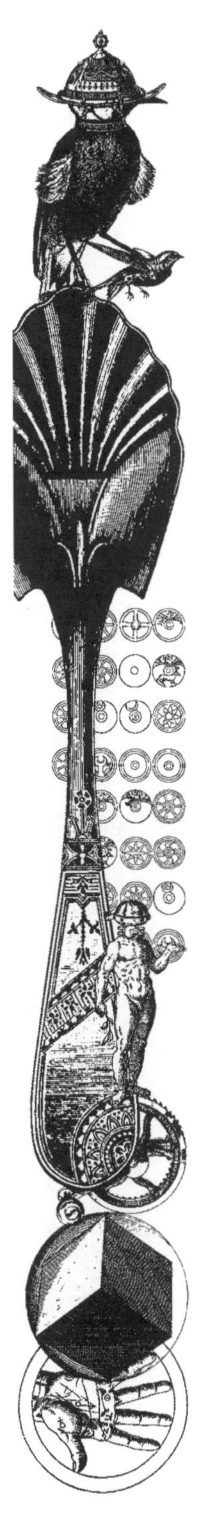

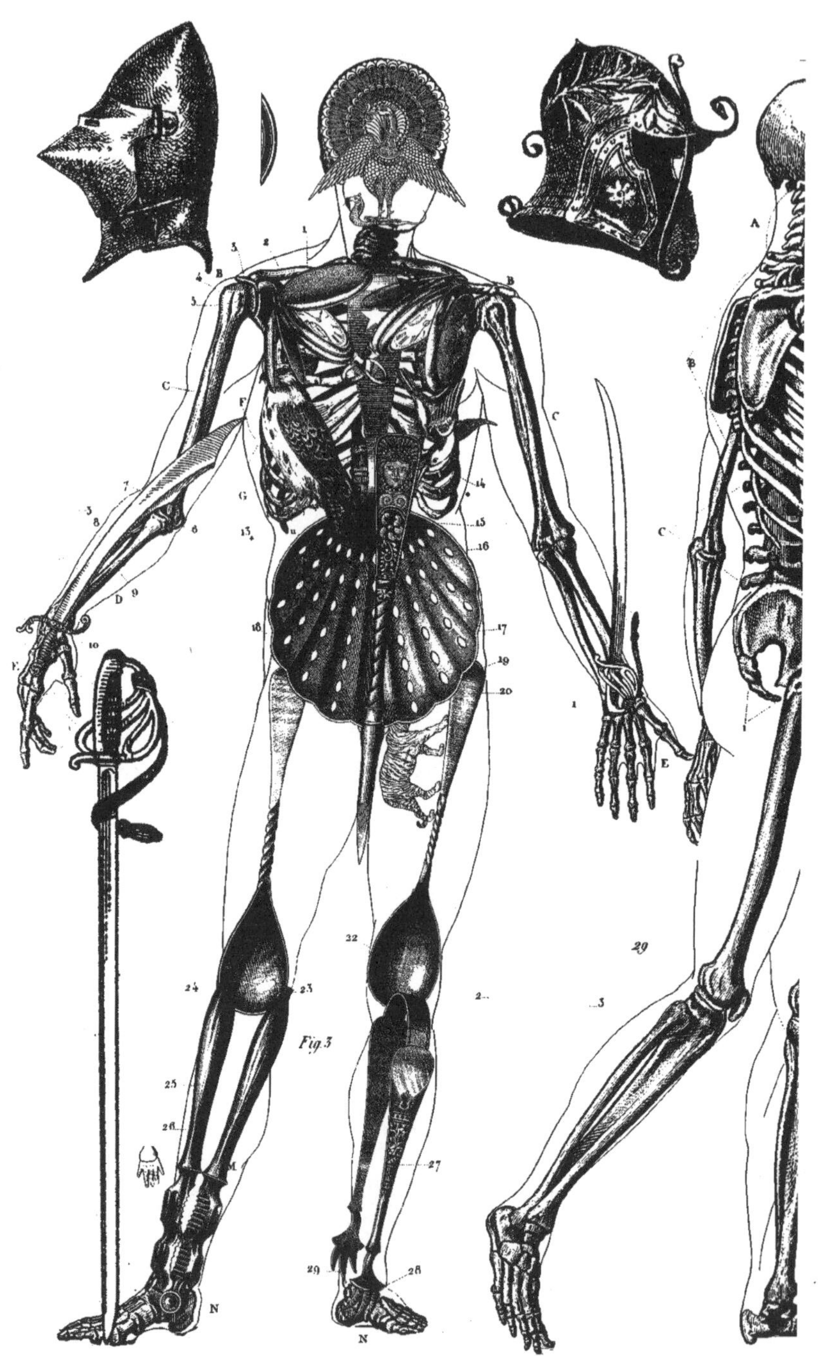
Fig. 3

培一座大花园那样精心地栽培着他的前途。他不是匆匆打发自己生命的人，而属于那种耐心仔细地为自己的前途早作准备的人。就像发现一块陌生的土地那样，他一点一点地发现他的前途，他先开垦这块处女地，继而挑出最佳的位置造房子，最后在这幢房子里，他慢慢地、从容不迫地调整好各种物件的位置。他努力驾驭他的前途，不让脚步和速度停滞不前，但又得留神别跑得太急，不可快得把自己的前途抛在身后。这是一种赛马的战术。跑得过快、冲刺过早的马难免一输。现在，阿勃拉姆老爷的前途好似一个刚播下种子的花园，除他本人之外，谁也无法知道花园里会长出什么来。不过，一个正在悄声流传的故事也许能让我们窥见勃朗科维奇的目的所在。这便是：

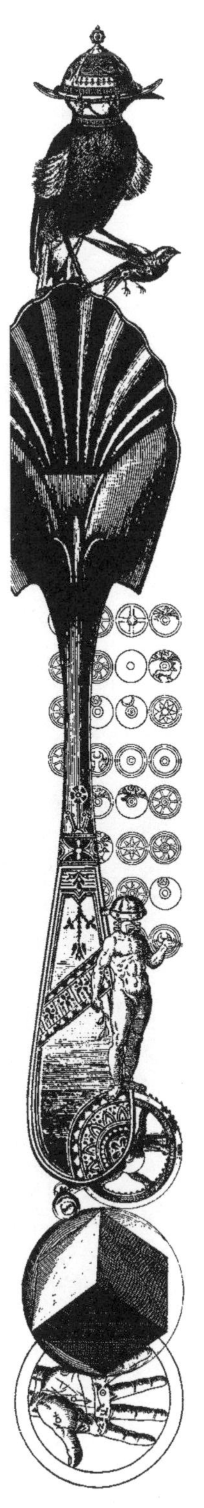

佩特库坦和卡莉娜的故事

阿勃拉姆·勃朗科维奇老爷的长子格古尔·勃朗科维奇†一大早就翻身上马，拔剑出鞘。他的剑是被驼粪浸湿过的。他的那些带花边的、沾着血迹的衣服定期从吉如拉（他和他母亲一起住在那儿）送至君士坦丁堡，为的是在其父监督下，洗净后烫平，先用博斯普鲁斯吹来的香风吹干，再由希腊的阳光漂白，然后由沙漠商队带回吉如拉。

“其时，阿勃拉姆·勃朗科维奇的次子躺在巴切卡某地一个彩色棺罩后面，棺罩大得像座小教堂，他正在忍受痛苦。有人说魔鬼曾冲他撒过尿，说这孩子得夜晚起床，然后离开房间去清扫马路。因为夜晚食尸吸血的女鬼莫拉要吸他的血，咬他的脚跟，雄性的乳汁从他的乳房缓缓流出。人们把餐叉插在门上，把唾沫吐在拇指上来为这孩子的乳房祝福。无济于事！最后，有个女人想出了办法，要他睡觉时，将一把浸过醋的餐刀放在身旁，女鬼来时，先用盐撒，然后再用刀刺。他按她的指点做了：当女鬼来到欲吸他血时，他先向她撒盐，又把刀刺入她的躯体；他听到了一声惨叫，他觉得这叫声很熟。三天以后，他的母亲从吉如拉来到巴切卡，她在门坎上叫了他的名字后便颓然倒地身亡。有人发现了她身上的刀伤，若用舌头舔伤口会有醋的酸味……打这天起，那孩子变得惊恐不安，头发也开始脱落。那些为他治病的人告诉勃朗科维奇，他每掉一根头发，便会减去一年的寿命。有人将他掉下的几绺头发用黄麻布包好寄给其父勃朗科维奇，后者再把头发粘在画有他儿子脸庞的镜面上，以此来计算他儿子还有几年可活。

然而，无人知道阿勃拉姆老爷还有第三个儿子，其实称养子来得更确切一些。这孩子没有生母，他是勃朗科维奇用泥做成的，为了赋予他生命和活力，勃朗科维奇给他读了第四十篇圣诗。当他念到这几句时：'我曾耐性等候耶和华。他垂听我的呼救。他从祸坑里、从淤泥中把我拉上来，使我的脚立在磐石上，使我脚步稳当……' 达尔吉教堂的钟声响了三次，男孩开始动弹，并说道：

"'钟声第一次敲响时，我在印度，第二次敲响时，我在莱比锡，第三次响时，我到达了自己的躯壳内……'

"于是，勃朗科维奇在他的头发上打了个结，在他的一绺头发上系了一把山植树木勺，并给他取名佩特库坦，然后，随勃朗科维奇在世上闯荡。后来，勃朗科维奇在他脖子上戴了一根系着一块石子的细绳，他戴着这根细绳参加复活节斋戒的礼拜仪式。

“为了把所有的事情做得跟活人一般无二，做父亲的将死神收入佩特库坦的胸廓，这个死亡胚胎在他儿子的胸廓里显得更为渺小，起初，它不但担惊受怕，还带点愚拙。它几乎没什么食欲，四肢也已萎缩。但眼见佩特库坦渐渐长大，它兴奋难抑。佩特库坦胸廓里的这个小小的死神生长的速度比佩特库坦更快，也比他更聪颖，所有的危险都是由它首先察觉的。它有一个竞争者，此事稍后再表。于是，它开始变得焦躁不宁，且生妒意，它让佩特库坦的膝头生出痒痒的感觉，以引起他的注意。他在挠痒时，指甲便在皮肤上写下能够破译的字母。这是他们之间通信的办法。死神最害怕的，莫过于佩特库坦的疾病，做父亲的为了让他尽可能地像活人，也把疾病赐加于他，因为疾病是他们视物的手段。勃朗科维奇已竭尽全力使其疾病尽可能地轻微，他加于他的疾病叫花季热，这种病只在青草秀穗、花粉随风飘浮于水面的春天，才显出症状。

“勃朗科维奇把佩特库坦安置在达尔吉的府邸内，一个个房间里尽是猪兔狗，这些狗急不可耐要做的不是饱餐而是捕杀。仆人们每月一次用巨大的篦子清扫地毯，扫出大把大把长如狗尾的杂色狗毛。佩特库坦的房间里渐渐布满这种斑驳的色彩，这使他的居所格外与众不同。玻璃门的把手、枕头、坐垫、椅子靠手、烟斗、餐刀及大酒杯上，都有他的汗污留下的油腻腻的痕迹，这些痕迹组成了唯他独有的淡色彩虹。这一切构成了某种绘画、圣像及标记之类的东西。勃朗科维奇偶尔会突然出现在这幢被绿意隔绝的大宅子内的镜子里，面对着

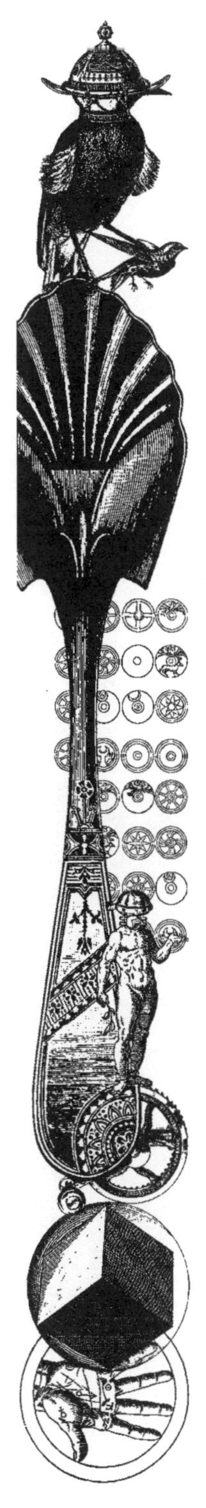

佩特库坦。他耐心告诉佩特库坦，若要使春、夏、秋、冬和水、土、火、风相互协调融合该怎么去做，这也是赋予他的责任。完成这一使命得花大量的时间，佩特库坦的思维开始超速运转。他记忆的储存器胀得快要爆裂。勃朗科维奇教他用左眼阅读一本翻开的书中的一页，用右眼阅读另一页，教他用右手写塞尔维亚文，左手写土耳其文。接着，他向他传授文学知识，佩特库坦没多久便发现了《圣经》对毕达哥拉斯[①]的影响；他能以拍一只苍蝇的速度写下自己的名字。

“总之，佩特库坦成了一名英俊年轻的饱学之士，有时能从他言行举止的细微之处察觉出他和常人有所不同。可举一例说明他与众不同之处：他能在礼拜一晚上选择未来的某一天，而不是礼拜二，来作为次日的时间，当已经用过的一天来到时，他又可将没有用过的礼拜二填补进去，所以算式永远正确。老实说，碰到这类情况，每一天之间的衔接会有差异，时间上也有断缺，不过这对佩特库坦来说，不啻一种消遣。

“在他父亲那里，情况就不一样了。他对自己这一杰作是否完满无缺，一直心存疑虑。到了佩特库坦二十一岁那年，勃朗科维奇决定作一试验，看看他的儿子能否同真正的人一比高低。他思忖：活人的考验他已经受过了，现在要让死人来考验他了。倘若死人误将佩特库坦当成有血有肉的活人，那就证明我的实验成功了。他想定之后，就为佩特库坦找了一个未婚妻。

“瓦拉几亚所有的老爷都有一名贴身保镖和一名护魂卫士，勃朗科维奇当

---

① 毕达哥拉斯（约公元前 580—约前 500）：哲学家、数学家和毕达哥拉斯教团创始人。

然也不例外。在他的护魂卫士当中，有个名叫钦扎尔的多次说过：世上万事皆是真。他有一个如花似玉的女儿。她出生时，将其母亲身上所有称得上美的东西悉数收进，故而她母亲分娩之后美貌尽失。此女长到十岁时，她母亲用其曾是美丽的双手教她揉面，她父亲生前告诉她，前途不是水做的。女孩哭时，泪如泉涌，连蚂蚁也可攀着泪流爬到她脸上。现在她已成孤女，勃朗科维奇设法让她与佩特库坦相遇。她叫卡莉娜，整个人儿散发出桂皮的香味。佩特库坦得知，她将爱上一个三月里吃山茱萸的人。于是，他等到了三月份，吃过了山茱萸，然后邀卡莉娜沿着多瑙河散步。两人分别之际，卡莉娜从手指上取下戒指扔进了河里。

“‘幸福到来的时刻，’她对佩特库坦说，‘得给它加上一丁点儿轻微的苦涩；这样就能记得更牢。因为人对不愉快的时刻比对愉快的时刻记得更长更久……’

“长话短说，总之，佩特库坦和卡莉娜已是两心相悦。当年秋天，他俩举行了欢乐隆重的婚礼。他们的证婚人相互拥抱，因为他们得过好几个月方能重见，于是，他们就这样搂抱着，绕着装满茴香酒的大盆轮流畅饮。直到春天来临，他们才从酒醉中醒来，环顾四周，经过了一整个冬季的酒醉之后，他们终于认出了对方。随后，他们回到了达尔吉，和年轻的新婚夫妇一起举行传统的野餐会，一面不住地朝空中放枪。达尔吉的年轻人举行春天野餐会的地点是在一座古建筑的废墟上，那里有许多石凳，有一处希腊黑影显得格外浓厚，同样，那团

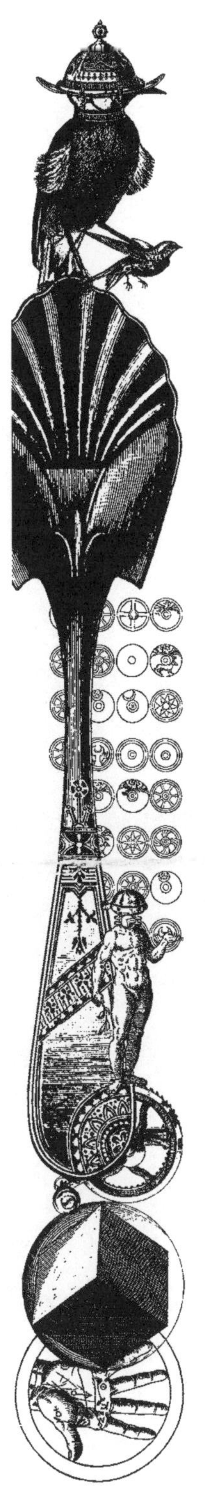

希腊火把也比其他的火把更为亮堂。佩特库坦和卡莉娜正朝着那个方向驶去。远远望去，佩特库坦像在赶一辆由几匹黑马拉的套车，但当他因受到某种花香的刺激打喷嚏时，或甩马鞭时，一团由黑压压的苍蝇形成的乌云顿时散开，原来，那几匹马是白色的。不过，这对佩特库坦和卡莉娜来说，一点儿也不碍事。

“他们从上一个冬天就相亲相爱了。他俩轮流用同一把餐叉进餐，她啜饮着他嘴里的葡萄酒。他百般温柔地抚摸她，激得她的灵魂在体内吱吱作响，她喜欢他这么做，并要他朝她身上撒尿。她笑吟吟地对她的一些女友说，在和男人亲热时，三天未刮过的胡须在身上摩擦的感觉最为美妙。她内心深处在认真思考这样一个问题：我生命中的片刻时间正在消亡，就像飞虫被鱼吞食一样。怎样才能使它们更富营养来满足他的胃口呢？她恳请他咬下她耳朵的一部分，并吃掉它，为了不使幸福突然中断，她从不关上身后的抽屉和房门。她不爱说话，因为她是在肃默静谧的氛围里长大的——她的父亲始终在默诵同一段祷文。现在，他们外出野餐，情况虽然大致相同，但她非常愉快。佩特库坦把缰绳绕在脖子上，埋头读一本书，与此同时，卡莉娜不停地说话：他俩在玩一种游戏。如果她说出的某个词正好是他在书中同一时刻读到的，他俩便互换角色，由她来看书，而他开始说话。当她举起一只手指说到草原上的一只绵羊时，他连忙叫停，说他正好读到‘绵羊’一词。她不相信，于是就拿过书来验证。书中写着：

当我用祈祷恳求
这些死亡的部落时，

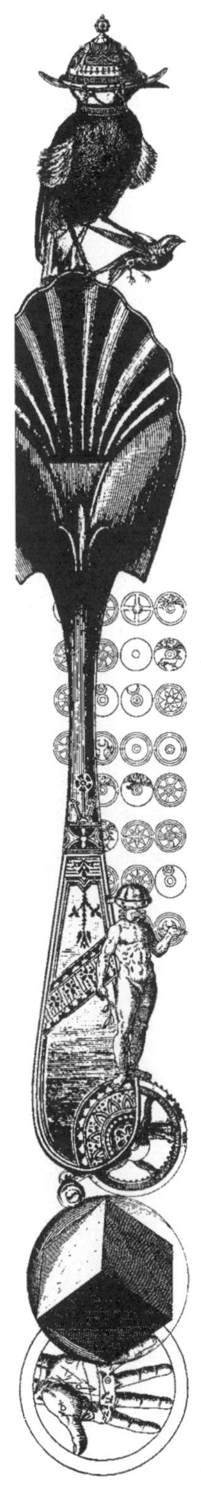

我抓住了牲畜：母羊和绵羊
并将它们一一宰杀于凹坑之上，
黑色的血在流淌，
死神的灵魂在埃里比斯聚合：
年轻的新娘和年轻的男子，
还有注定接受神意考验的老人，
温柔的处女在内心
开始初次服丧，

“卡莉娜相信了，随后，继续读下去：

青铜雕像的标枪下
有多少战士已经受伤，
阿瑞斯[①]的牺牲品，
鲜血染红了他们的兵器和衣裳！
他们成群结队从四面八方
围聚在凹坑旁，
神奇的呼喊响起，
而我，拽住我的
是惨白的恐慌。
………………………
我顺着我的大腿
抽出我的利剑，
站在那里阻止死亡，
阻止鲜血流近衰弱的黑影
还要去问问提瑞西阿斯[②]。

① 希腊神话中的战神。
② 希腊神话中底比斯的一位盲人先知。

“正当她读到‘黑影’一词时，佩特库坦发现古罗马露天剧场的黑影已投在他们脚下的路上。他们到了。

“他们从演员通道进入，将一瓶他们随身携带的葡萄酒及蘑菇和猪血肠放在舞台中央的一块石头上，然后快速离开。佩特库坦捡来一堆干牛粪，还有一些沾着一层干泥的小树枝，他把这些东西放在一起后，开始点火。清晰的火石的摩擦声一直传到露天剧场最高最远的阶梯座位处，而在剧场之外，根本看不到里面发生的事情，唯有野草、越橘树和月桂树的芬芳阵阵袭来。佩特库坦将盐撒入火中，以驱散牛粪和泥土的腥味儿，然后用葡萄酒洗净蘑菇，再和猪血肠一道放到即将成炭的火堆中。卡莉娜席地而坐，望着落日沿着阶梯座位渐渐朝剧场出口处移去。佩特库坦在舞台上悠然漫步，他瞥见了铭刻在阶梯座位前的人名——过去这些座位主人的名字，于是，开始拼读这古老而又陌生的姓名：

“‘盖伊尤斯·韦罗尼絮、阿埃特……塞克斯都、克洛狄乌斯·盖·费里尤斯、普布利里亚·特里比……索尔托·塞尔维利奥……维蒂里亚·埃伊阿……’

“‘别提起死人的名字！’卡莉娜对他说，‘不能读出他们的名字，否则他们会出现的！’

“太阳从露天剧场消失后，卡莉娜从火堆里取出蘑菇和猪血肠，他们开始进餐。他们的咀嚼声清晰可闻，这声音先从阶梯座位的第一排传到第八排，音量相同，但音质各有差异，然后再反射到舞台中

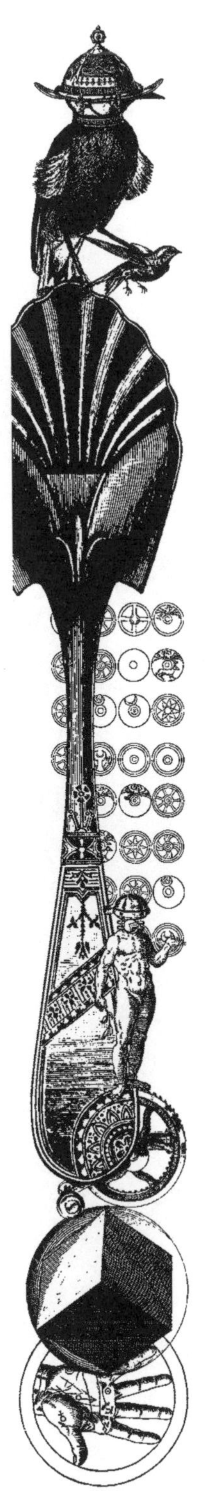

央。仿佛那些观众——他们的名字铭刻在阶梯座位前面——和这对新婚夫妇一起节奏整齐地在咀嚼食物。也可以这么说：他们在贪婪地进食，并发出很大的咀嚼声。一百二十对亡灵的耳朵正在全神贯注地聆听，整个剧场伴着这对情侣用咀嚼声上演了一场音乐会，空气中散发出令人垂涎欲滴的猪血肠香味。只要他俩停止咀嚼，所有的亡灵也立即屏声敛息，好似食物梗阻在喉，难以下咽，他们在等待他俩的下一个动作。这种时候，佩特库坦会格外小心，以免切割食物时划破自己的手，因为他有这样一种感觉：人血的气味会扰乱这些观众的宁静。就像痛苦急剧发作，忍受了两千年饥渴煎熬的亡灵差点从阶梯座位上扑向佩特库坦和卡莉娜，把他俩彻底撕碎。

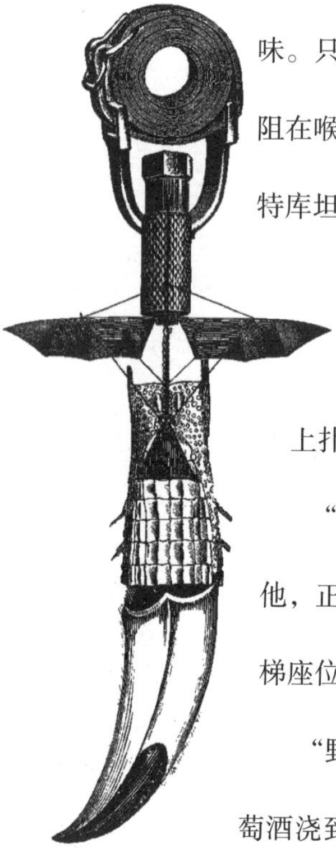

"佩特库坦不寒而栗，他伸手拉过卡莉娜拥吻她。她也回吻他，正在这时，一百二十对嘴唇的亲嘴声也骤然响起，仿佛那些阶梯座位上的观众也在亲吻。

"野餐结束后，佩特库坦将残剩的猪血肠扔进火堆，同时用葡萄酒浇到火堆上，将火熄灭，阶梯座位上立即传来一阵嗤嗤声。正当他欲插刀入鞘之际，阵风骤起，将花粉刮到舞台上空。

佩特库坦忍不住打了个喷嚏，就在这刹那间，他不留神割破了手。鲜血滴在发烫的石头上，其气味开始飘散……

"一百二十个亡灵大喊大叫扑向这对情侣。佩特库坦拔刀出鞘，可终究力不从心，无法抵挡，眼睁睁地看着卡莉娜被一块一块地撕碎撕烂，直到她的叫喊淹没在亡灵吼叫声中，最后，她本人也加入了这顿筵席，和那些亡灵一起贪婪地吞食她身体的残余部分。

“当佩特库坦弄清了剧场的出口所在时，他已记不得多少时日已经流逝。他围着熄灭的炭火和残剩的食物轮廓踯躅，这时，有一个无形无影的东西捡起他的斗篷朝他肩上扔去。斗篷靠近他时，用卡莉娜的声音跟他说话。

“佩特库坦吓得六神无主，双手抱住了斗篷，可是传出声音的皮斗篷里面除了紫色的衬里之外，别无他物。

“‘告诉我，’佩特库坦双手抓住卡莉娜道，‘我好像遇见了一件千年以前发生的可怕事情。有一个人被撕碎、被吞食了，地上一直有血。我弄不明白此事是否真的发生过，也不知何日发生的。到底谁被吞食了？是你还是我？’

“‘你安然无恙，你没被吞食，’卡莉娜答道。‘此事是刚才发生的，并非在千年之前。’

“‘可我看不见你。我俩当中谁死了？’

“‘你看不见我，年轻人，活人是看不见亡灵的。不过，你能听到我的声音。而我却不知你是谁，我不尝尝你的血就认不出你是谁。但你放心，我看得见你，看得很清楚。我还知道你活着。’

“‘卡莉娜！’他喊道，‘是我呀，我是你的佩特库坦，你真认不出我了吗？你说刚才，要是刚才真的存在过，你就吻吻我。’

“‘刚才和千年之前星移斗转，现在的事情还会和原先一样吗？’

“这时，只见佩特库坦抽出短刀，自伤手指。

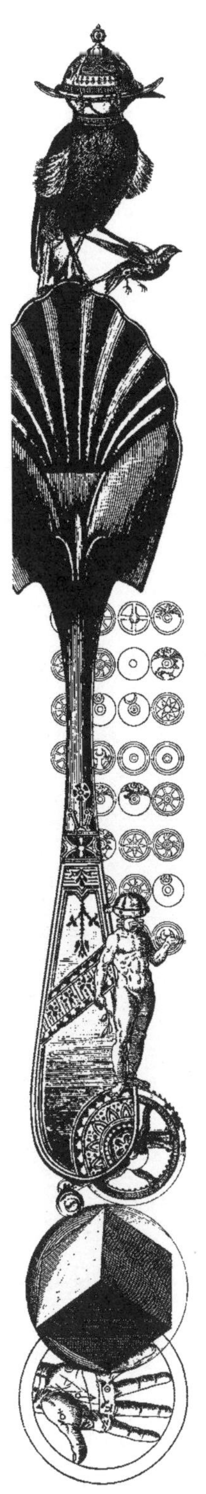

“血的气味开始散发，但血并未滴落在地，因为卡莉娜用其贪婪的嘴唇接住了血滴。她狂叫一声，认出了佩特库坦，随即将他的身体撕烂，狂吸他的血，再把他的尸骨抛向阶梯座位——那儿的亡灵朝这堆尸骨扑将过去。

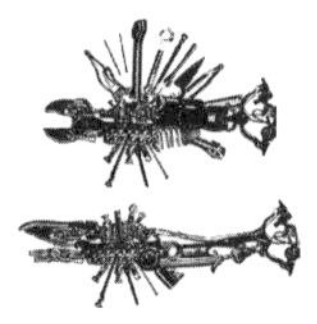

“佩特库坦出事的同一天，阿勃拉姆·勃朗科维奇老爷写下了下述文字：

“‘在佩特库坦身上作的试验大获成功。他出色地扮演了他的角色，成功地骗过了活人和死人。从现在开始，我可进行整个试验中最困难的那个部分了。试验得从小变大，把凡人变成亚当。’

“从以上的记录，我们可以知道阿勃拉姆·勃朗科维奇的计划的来龙去脉了。

“牵涉到他计划的有两个关键人物。其一是他的有势力的亲戚乔治·勃朗科维奇公爵。关于此人，维也纳宫廷掌握有较之此间更为广泛、翔实的情报。第二个是勃朗科维奇先生称他为‘库洛斯’的人（在希腊语中，‘库洛斯’的意思是‘小年轻’、‘小伙’）。目下勃朗科维奇如同犹太教徒恭候救世主般在君士坦丁堡恭候库洛斯到来。根据史料判断，他并不认识库洛斯，甚至不知此人姓甚名谁（所以给他起了个希腊语昵名），只是在梦中同此人见面。库洛斯是他梦中的常客。阿勃拉姆·勃朗科维奇老爷一入梦，库洛斯便随之出现。据阿勃拉姆老爷本人说，库洛斯是个蓄有两撇小胡髭的年轻人，其中有一撇是白的，指甲透明，眼睛呈火红色。勃朗科维奇企盼有朝一日能真的同他相遇，借他之助了解并弄懂在他勃朗科维奇看来对自己生死攸关的重要事情。勃朗科维奇在梦中向库洛斯学会了像读犹太语一般自右至左地阅读，学会了从尾及头地倒着做梦。那些迥非寻常的梦始之于好多年以前，在做这些梦时勃朗科维奇变成库洛斯或者变成犹太人之类，如果他愿意的话。勃朗科维奇本人提及他的梦时曾说，起初他感到神魂不定，仿佛有块石头扔进了他的心坎，整整一天，石头一直在心里往下沉，直到夜里才停止下沉，因为其时心也随着石头一齐坠落了。后来，梦主宰了他的整个生命，他在梦中比在清醒时年轻了一半岁数。现实世界在他梦中逐次失踪：先是飞鸟，继之是他兄弟，然后是他父母——二老失踪前还与他话别。嗣后是所有的人，所有的城市从他周围，从他的记忆中消失，末了，连他本人也从这个变得完全陌生的世界中消逸不见，仿佛在夜间，在他做梦的时候，他变成了另外一个人，假如此时照一下镜子的话，他一定会吓一大跳，如同见到他母亲或者妹妹长出了一脸的大胡子。镜中那个人火红色眼睛，唇髭有一撇是白的，手上长着透明的指甲。

“在这些梦里，勃朗科维奇离开了日常来往的人，把绝大部分时间用于同他已故的妹妹相会。但他那么熟悉的妹妹的形象在每次梦中都会失去些什么，而代之以新的，陌生的，而这些新的是她从某个陌生女郎身上取来的。陌生女郎先是给了她声音，然后给了她发色、牙齿。最后，只剩下一双手是她原来的，其余均非她自己的了。她用这双手拥抱勃朗科维奇，一次比一次热烈。终于在一个夜晚，这个夜晚

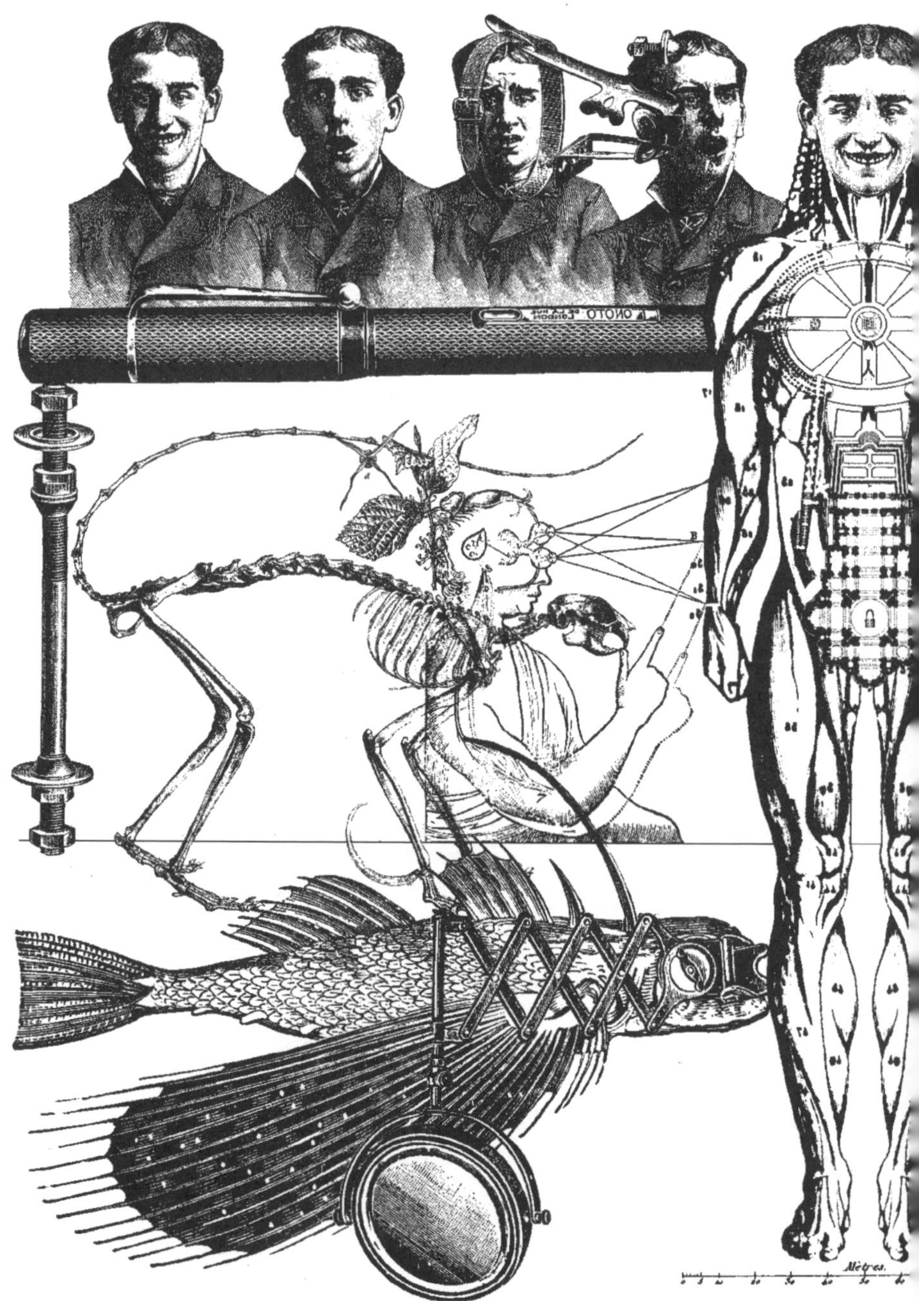

之短，如果有两个人，一个站在礼拜二那一头，一个站在礼拜三那一头，可以隔着这个夜晚，握住对方的手，她来到他梦中时，完全变成另一个人了，变得那么美，简直美得倾国倾城。她那拥抱勃朗科维奇的双手各长着两根大拇指，吓得他差点儿没逃出梦境。但他终于俯首听命，并且像从树上摘桃一般从她酥胸上摘下一颗乳房。自此之后他每天都从她酥胸——也就是说从树上摘下一颗大蜜桃，而她每次都赠予他新的硕果，而且一次比一次甘甜。他俩整整好几天在各种梦里同栖同宿，就像其他男子与他们的姘妇在租来的房间里彻夜作爱一样。但在她怀中他怎么也没法弄清抚摸他身体的是哪一只手，因为她每只手上都有两根大拇指。梦中的欢爱弄得他醒来时精疲力竭，几乎被自己的梦熬成了人渣。于是她走来向他说道：

"'心里边的诅咒也会被别人听到的，等着吧！下辈子我们后会有期。'

"他到头也没弄明白，这话是对他——对阿勃拉姆·勃朗科维奇老爷，还是对他梦中的化身——有一撇白唇髭的库洛斯说的，他一睡着便变作库洛斯。在梦中他久已觉得自己不是阿勃拉姆·勃朗科维奇，而是另一个人，一个长着透明指甲的人。许多年来，梦中的他不再是醒时的瘸子。入夜，别人的困乏使他精神振足，一如清早别人一觉醒来，精力充沛，他却因此而昏昏欲睡。每当他感到眼皮沉重时必然是某个地方有人把眼皮睁了开来。仿佛有一条输送精力、血液的管道把他和别人联结在一起，使精力得以从一人体内流传至另一人体内，就像防止葡萄酒变酸而使之流动一般。两人中若有一人夜间睡得安稳，养足了力气，另一人就会失去相等的力气，就会感到乏力，就要睡觉。最可怕的莫过于在街头或者不该睡觉的地方突然入睡。这似乎不是睡觉，而是对某个人在这一瞬间醒过来的反映……

“不久前他曾遇到这样一件事情：当时他正在观察月全食，猛地一下子坠入梦中，梦里有人在用鞭子抽他，可他对自己坠落时是否受伤，及梦中遭鞭打的是哪个部位毫无知觉。

“我觉得……库洛斯也罢，其余一切也罢，无不与勃朗科维奇老爷及我们——他手下的亲随，多年来为之忙碌的事业有关。这项事业就是给《哈扎尔辞典》加注解，写诠释，不过我认为还是称之为编纂更确切。他孜孜不倦，不遗余力地编纂那本辞典，显然有他特殊的追求。从泽朗特地区，从维也纳为身居君士坦丁堡的勃朗科维奇运来了整整八驼架的书，其他地方的书还源源不断而来，以致各种辞典和古代手写文献堆成四堵高墙，把他围在中间，与世隔绝。我对颜色、墨迹和字体非常在行，在湿雾迷漫的夜晚，我可以根据气味辨认出每个字母。我躺在自己的床上，凭着嗅觉尽情阅读堆及屋檐的一卷卷捆扎好并加盖封印的手稿。阿勃拉姆老爷最喜欢在寒风里披阅书稿，单穿一件衬衫，冻得全身发抖，而且只有在冻得全身发抖的情况下读到的文句，才引起他注意，认为值得贮存在记忆里，并不厌其烦地把这些文句在书中一一标出。勃朗科维奇书斋中已积下了好几千张不同名目的书卡，从古斯拉夫祷词的祈叹到各类盐和茶的名称应有尽有。他还搜集一切人种的活人和死人的各类颜色、各种形状的须发，分门别类地贴到一个个玻璃瓶上，组成了一个别开生面的古代发型博物馆。他自己的头发不属收藏之列，但他却吩咐用他的毛发在他一直佩戴的胸巾上绣出他家由一只独眼鹰和一条铭言‘君子必爱其死’组成的纹章。

“勃朗科维奇每夜都伏案整理他的书籍、收藏品和书卡，不过他的注意力主要集中于（这事他严守秘密）编写辞条，更确切地说，编写一本有关哈扎尔人▼，一个早已从黑海沿岸消失、有船葬风习的古老部族，改宗受洗的辞典。这在某种意义上来说，必须是一张完备的书单，既包括数百年前参与哈扎尔改信基督这一伟业的所有圣徒的言行录或者传略集，也包括后人留传下来的有关此事的笔记。得以参与《哈扎尔辞典》编写的只有他的两名文书：我和杰奥克季斯特·尼科尔斯基。之所以如此谨慎，因为勃朗科维奇现在披阅的不单单是基督教的文献，还有形形色色异教的东西，包括犹太教的，伊斯兰教的……勃朗科维奇已拥有关于基里尔✝和梅福季✝[①]以及基督教圣徒和传教士等希腊方面参与哈扎尔改宗换教一事的所有人的资料。对他说来，最大的困难是写不出犹太和阿拉伯方面两拨人物的条目，而他们也是哈扎尔可汗▼宫中大论辩的参与者。可他只知道犹太人和阿拉伯

① 梅福季（约815—885）是基里尔的兄长，兄弟俩均为斯拉夫启蒙思想家，斯拉夫字母创造者，基督教传教士。

人曾参与这场论辩，其余却一无所知，连他们的姓名也不知道，凡他所披阅过的涉及哈扎尔问题的希腊史料都对他们的姓名讳莫如深。为了要在犹太和阿拉伯的史料中找到哈扎尔受洗礼的证据，他派手下人去过瓦拉几亚的教堂，君士坦丁堡的地窖，他自己也亲来这里，来君士坦丁堡，寻找手稿和收藏研究此类手稿的人，因为当初正是从君士坦丁堡派遣使者基里尔和梅福季去哈扎尔国都为哈扎尔人施行洗礼的。但是一无所获！然而勃朗科维奇怎么也不相信世上只有他一个人对哈扎尔问题感兴趣，不相信在漫长的岁月中除了圣徒圣基里尔时代的基督教传教士写下过有关哈扎尔人的报告外，竟无一人从事过这方面的探究工作。他说，我坚信伊斯兰教托钵僧或犹太教拉比中必有人知道参与哈扎尔大论辩的犹太人或阿拉伯人的详情。只是我未能在君士坦丁堡遇到这样的人，或者虽然遇到了，人家不愿吐露真情。他认为，有关哈扎尔这个部族及其改奉信仰的历史，不仅基督教拥有史料，阿拉伯人和犹太人也拥有同样丰富的史料，然而有某种东西阻挠那些知道这类史料的人互通声气，集思广益，可是不互通声气，集思广益，哈扎尔问题的真相就不可能大白于天下。

"'我不懂，'他常常这么说，'也许是我思考问题往往浅尝辄止，致使我的想法在我身子里都未能成熟，出生时全是四肢不全，五官不整……'

"勃朗科维奇老爷之所以对这件无甚紧要的事有

如此巨大之兴趣，依我看不难解释。勃朗科维奇老爷研究哈扎尔问题纯粹出于私利，他希望以此避免使他如坐牢狱的梦魇。他梦中的库洛斯也对哈扎尔问题深为关注，这一点，勃朗科维奇老爷比我们任何人都清楚。勃朗科维奇老爷摆脱梦魇的唯一出路便是找到那个称作库洛斯的陌生人，而要找到他，只能通过有关哈扎尔的文献，因为这是可以使他达到目的的唯一线索。我认为，那另一个人，那个库洛斯，也是这样想的。因此他俩迟早必能相遇，一如狱吏和犯人非碰到一起不成，这也是为什么近来勃朗科维奇老爷认真地跟他教师爷练习刀术的原因……

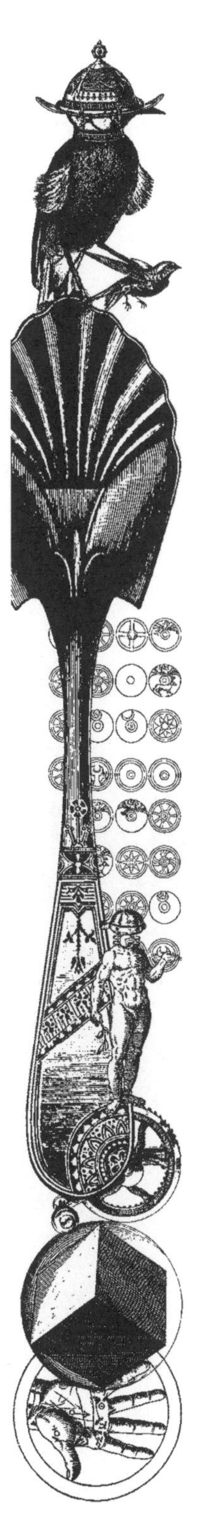

"他恨那个库洛斯，恨不能像吞鸟蛋那样吞了那人的眼珠，只要他一抓住那人……这不过是一种假设。若要证实这一假设，只需回想一下阿勃拉姆·勃朗科维奇有关亚当的言论，还有他在佩特库坦身上作过的成功试验也足资证明。从这一点看来，勃朗科维奇将是个非常危险的人物，他的计划将产生无法预料的后果；而他的《哈扎尔辞典》不过是为其将要实施的大业作点书本上的准备……"

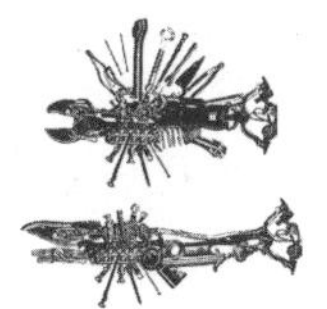

写到这里，谢瓦斯特的密奏就戛然而止了。他的老爷阿勃拉姆·勃朗科维奇此后的情况，谢瓦斯特已不可能再向任何人密报，因

为他们主仆二人于礼拜三雾中迷途，在瓦拉几亚附近被人打死了。被害经过可参阅勃朗科维奇的另一亲随，也就是上文提及的精通刀术的师爷阿韦尔基·斯基拉写的札记。这份札记兴许是斯基拉用靴尖踩住信纸，用刀尖蘸着放在地上的墨水写的，内容如下：

“离开君士坦丁堡前最后一个夜晚，阿勃拉姆老爷把我们叫进他那间面临三海的大厅。当时正好三面来风：从黑海刮来的风是绿油油的，从爱琴海刮来的蓝得透明，从伊奥尼亚海刮来的则干燥而苦涩。我们进大厅时老爷正站在驼架旁读书。眼看就要下雨。雨前安纳托利亚的苍蝇叮起人来特狠，老爷拿着根马鞭护卫自己：呼拉一声，鞭梢正好命中他背心上被叮的处所，百发百中，从未落空。

“那天晚上，我们刚完成按规定的刀术练习，要不是我对他那只瘸腿格外小心的话，我早已在黑暗中被他砍成肉泥了。因为在夜晚他出刀往往比白天快得多。当时他的瘸腿上套着一只权作击剑软底鞋的鸟巢，这玩艺儿比鞋子来得暖和。

“我们各各坐下。他一共叫来四个人：我，他的两个文书和他的亲随马苏迪。马苏迪已把旅行用的必要物品打点好，装在一只绿袋子里。我们吃了一匙拌辣椒的甜樱桃果酱，喝了一杯深井水，深井就开在大厅里，因此我们的声音变得嗡声嗡气的，像在塔楼的地下室里说话。待我们吃喝罢，阿勃拉姆付清了我们工钱，随后说：谁不愿意干，谁可以留在君士坦丁堡，余下的都跟他出发，上多瑙河地区作战。

“我们想，该说的他已经都对我们说了，他不会再勉强我们了。但勃朗科维奇具有与众不同的一面：他往往在离开他的对话者当儿，显得格外谦和。他装出有点愚拙的样子，向他们辞别，表示晚些时候再与他们相聚。

“不料马苏迪和尼康·谢瓦斯特之间突然似闪电一般迸发了仇恨之火。在此之前，双方都未曾发觉彼此如此仇视，或者说，双方都刻意掩饰这一点。这事发生在马苏迪对阿勃拉姆老爷说了下面这段话之后：

“‘我的老爷，我想在我们即将分别的时候感谢你赠赐给我礼物。作为答谢，我要告诉你一件定能使你感到高兴的事，因为它是你早想知道的。你梦见的那人名叫撒母耳·合罕✡。’

“‘那是撒谎！’谢瓦斯特突然嚷道。他一把抓起马苏迪的绿袋子，扔进熊熊燃烧的壁炉。但马苏迪却异乎寻常地冷静，他朝阿勃拉姆老爷转过身来，指着尼康·谢瓦斯特说：

“‘老爷你瞧：他的鼻子只一个鼻孔，撒尿时翘起尾巴。只有撒旦才这样。’

“阿勃拉姆老爷把栖息在灯架上的鹦鹉放到地上，顷刻间屋里明亮了许多。我们果真见到尼康·谢瓦斯特的鼻孔是一个黑咕隆咚的洞眼，没有鼻中膈，只有魔鬼才这副模样。于是阿勃拉姆老爷对谢瓦斯特说：

“‘这么说来，你是属于从不换鞋的那一类？’

“‘是的，老爷，不过我可不是胆小如鼠那类子人，我不否认我是撒旦，’他直言不讳，‘我只想提醒你们，我属于基督教世界的阴曹地府，属于正教教会的地狱，是希腊国土上的恶魔。因为正如我们头上的天分别由耶和华、安拉和天父掌管一样，地狱也由亚司马提、易卜劣厮和撒旦分治。只是出于偶然，我才落到如今的土耳其帝国的疆域，但是这并

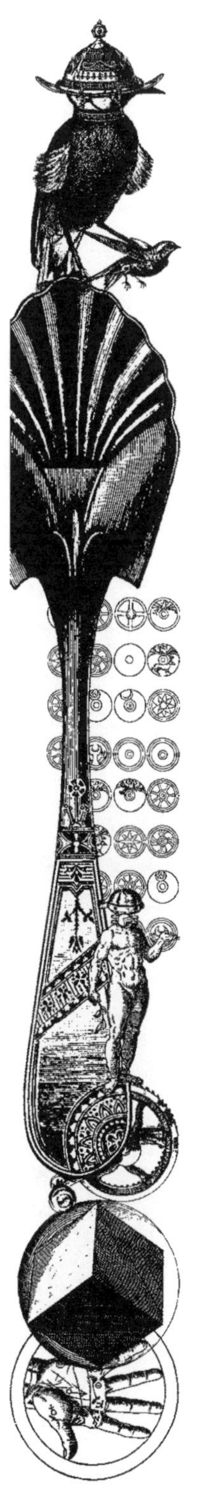

不能给予马苏迪和伊斯兰世界的其他代表审判我的权利，只有基督教教会的代表才有资格审判我，我只承认他们的审判权是有效的。否则的话，基督教或犹太教的法庭岂不也要审判落入他们手里的伊斯兰教地狱的代表了吗？让我们的马苏迪好好考虑一下我的警告吧……'

"阿勃拉姆·勃朗科维奇老爷对此答道：

"'家父约翰尼基·勃朗科维奇曾跟你的同类打过交道。在瓦拉几亚，我们各家都有各家的女妖，小鬼和精灵。我们和他们一起进餐，让他们守卫门户，逼他们数筛子上的洞眼儿逗乐，还向他们派去各种各样的吸血僵尸和杀手。我们有时还能在屋旁捡到他们的尾巴。我们带上他们去采悬钩子，把他们系在门坎上，或者跟犍牛拴一起，他们做错了事，我们就用鞭子抽打他们，把他们赶入井底关禁闭。有一回，那是在七月，家父晚上去茅厕解手，见一个硕大无朋的雪魔正蹲在茅坑上，他不由分说，将提灯朝雪魔砸去，一下子结果了雪魔的性命，然后若无其事回屋晚餐。仆人端给了他一盆野猪肉汤。他正吃得津津有味，突然，扑通一声，他的头落进了汤盆。可他吻了吻落进汤盆的自个儿的脸蛋，照吃不误。我们瞪大眼看着，一时反应不过来！我至今还记得他喝汤那会儿，像抱恋人似的双手紧紧抱住汤盆，仿佛他面前不是汤盆，而是谁的脸蛋儿。长话短说，我们安葬他时，他那副模样像是人们费了好大劲儿把他从情妇怀中拽出来似的……家父着的靴子给我们扔进了穆列什河，以免他变成吸血僵尸。如果你真是魔法无边的撒旦，且说给我听听，家父约翰尼基·勃朗科维奇的死昭示了什么？'

“‘这事不用我帮忙你也能弄明白，’谢瓦斯特答道。‘不过，我可以告诉您些别的。我知道令尊大人临终时耳管听到的话：“给我倒点儿酒洗手！”是的，那是他弥留之际听见的最后一句话。我还能说出另一桩事来，让你得知我并非瞎说。’

“‘你编纂《哈扎尔辞典》已经编了几十年了，请你也让我为这部辞典添砖加瓦吧。’

“‘现在且听我说那桩你所不知道的事儿。古代的三条冥河——阿刻戎、比利弗列赫顿和科锡特河现在分属伊斯兰教、犹太教和基督教的阴曹地府。三条冥河把原哈扎尔国国土下的三座地狱分开，这三座地狱是：火焚谷，地狱和穆斯林的火狱。三教冥国的疆界也恰恰在原哈扎尔国的地下会合。一个冥国是烈火腾腾的撒旦王国，国内有基督教的九层地狱，有魔王柳齐费尔的宝座和冥王的旗幡；另一个冥国是冷酷似冰、受苦磨难的易卜劣厮王国，国内有伊斯兰教地狱；第三个冥国位于圣殿左方的革瓦拉区，那里坐镇着犹太教的恶神、贫神和饿神，也就是亚司马提治下的火焚谷。三座地狱各立门户，边界由铁犁翻过，任何人不得逾越。不消说，你所想像的三座地狱的情况必定是错误的，因你并未亲历。实际上，在黑暗和罪恶天使彼列治下的犹太地狱中受火燎之苦的并非如你想像的那样是犹太人，而是阿拉伯人和基督徒。同样，投入基督教烈火熊熊的地狱的并非基督徒而是穆斯林或大卫的儿女，而在穆斯林地狱中受苦的则无一不是基督徒或犹太教教徒，那里没有一个土耳其人和阿拉伯人。现在你不妨设想一下马苏迪吧，他一想到他所

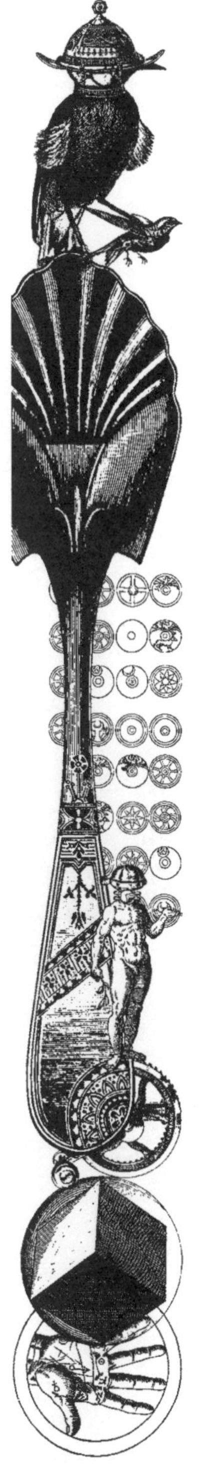

熟知的他们那个教的火狱就会心惊胆战，而现在他落进的还不是本教的地狱，而是犹太教或基督教的地狱，而且我就在那儿等他！他见到的不是易卜劣断而是魔王柳齐费尔！你试设想一下，犹太教徒一旦落入基督徒的地狱将是什么情景。’

“‘老爷，请你把我这话看作最最重要和最最严肃的警告，看作明智之言！在这里，在人间，三个世界各行其道，互不相涉，伊斯兰是伊斯兰，基督教是基督教，犹太人信他的犹太教。但三个世界的阴间却互不宽恕！在人间为仇并没有什么大不了，因为双方都大同小异，彼此相似，或随着时间的推移都成为一个模样——否则也就不能成为仇人了。但若真的各不相同，那就危险了，因为他们各各企图认清对方，彼此的差异恰好使得他们做到这一点。’

“‘这可是最糟的了。有一类人竟对我们跟他们有差异视若无睹，差异并未使他们寝食不安，对这类人我们要算他们的账，我们要联合我们的敌人从三面向他们发动进攻……’

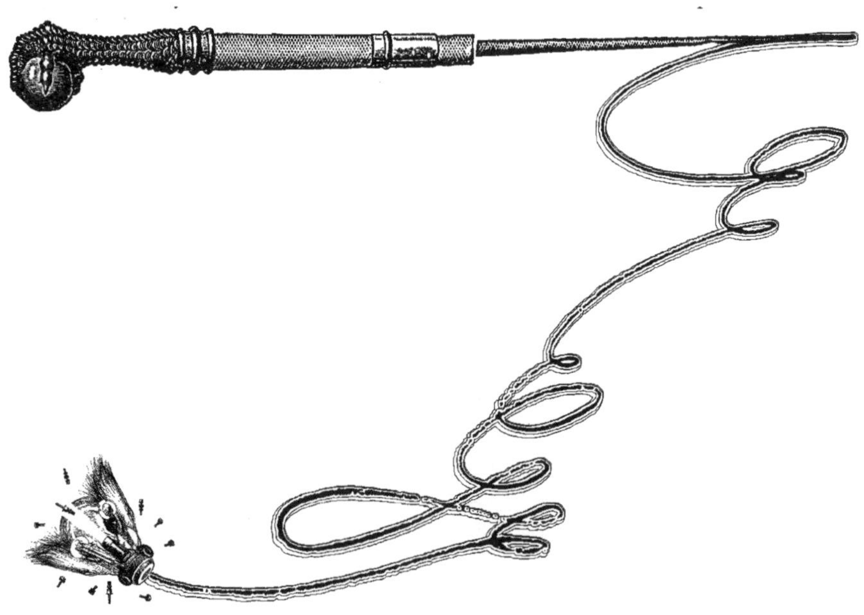

“对此勃朗科维奇老爷说他仍不甚了了，接着问道：

“‘那为什么你们没下手呢？如果说你孽债未尽，还没脱掉尾巴，还有其他比你老练的呀！我们已在“我们天上的父”[①]的基础上建造我们的屋宇，你们还在等什么？’

“‘我们在等待时机，老爷。除此之外，我们作为魔鬼，只能跟你们阳世的人亦步亦趋，每跨一步都得遵循你们的足迹。我们永远落后你们一步，我们在你们进过晚餐后方吃晚饭，也和你们一样看不见未来。总而言之，你们在前，我们在后。但我可以告诉你老爷，眼下你还没迈出逼使我们非得跟随你的那一步。只要你或者你的子嗣一迈出那一步，我们就将在同一礼拜的某一天追上你们，具体是哪一天暂不奉告。不过眼下一切还正常，因为你们，你和红眼睛的库洛斯，不可能见面，哪怕他就在这里，在君士坦丁堡。既然他在梦中见到你，一如你在梦中见到他，既然他用梦创造你的白天，一如你用梦创造他的白天，那你们俩怎么可能在并非做梦的状态下相见呢？因为你们不可能同时不睡呀！但愿别引诱我们迈出那一步。请你相信，老爷，用这静悄悄的塔楼里的藏书编写《哈扎尔辞典》，比之上多瑙河打仗危险得多，因为在多瑙河奥地利人和土耳其人已打得不可开交了。在君士坦丁堡这儿等待梦中的奇迹比之挥刀杀敌危险得多，因为老爷你至少已精通刀术。你好好想想这一切，然后毅然决然出发去你打算去的地

---

① “我们天上的父”是基督教主祷文的第一句。

SOLINGEN

方吧，千万不要听信那个用橘子蘸盐吃的安纳托利亚人……’

“‘此外，老爷你当然可以把我交给基督教神权机关发落。不过，请允许我提一个问题，唯一的一个问题：你是否真的坚信你的教会三百年后还会存在，并像现在一样掌握审判大权吗？’

“‘当然，我对此确信无疑，’阿勃拉姆老爷答道。

“‘好，那你就来证实这一点吧！二百九十三年后我们将再次见面，在同样的季节，也是在早餐之后，同样的地点，在君士坦丁堡这里，你们试着像今天一样来审问我……’

“阿勃拉姆老爷微微一笑，说他同意，接着用鞭梢又打死了一只苍蝇。

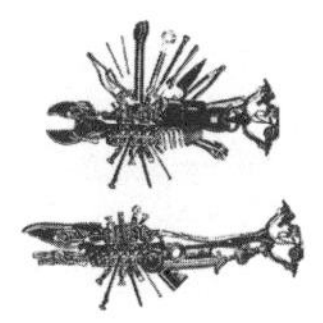

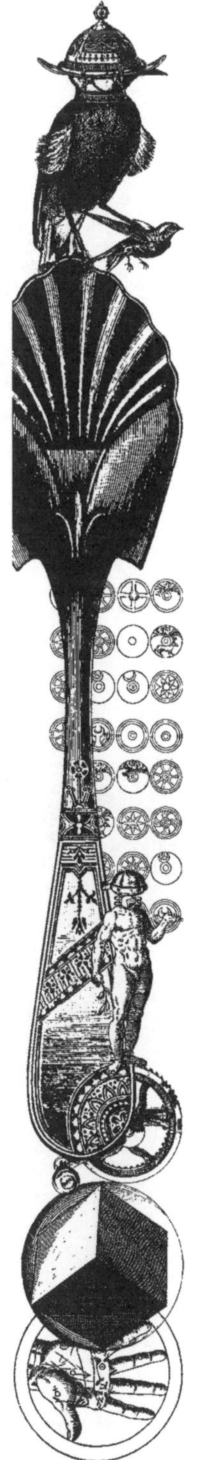

“晨曦初上时我们煮好蜜饭，用棉垫裹严饭罐，放进旅行袋，好让阿勃拉姆老爷睡觉时不觉得冷，然后我们搭海船渡过黑海到达多瑙河口，接着逆流而上。最后一批云燕飞过了多瑙河，它们翻转身子飞翔，水面印出的不是它们乳白色的胸脯而是黑色的背脊。雾季到了，鸟群越过森林，越过铁门[①]，默无声息地南飞，仿佛它们把整个世界

① 地名，多瑙河上的嶂谷，沿今南斯拉夫和罗马尼亚的边界分布。

的寂静都汇集在它们身上了。第五天在克拉多夫附近撞上一队骑兵，是从特兰西瓦尼亚来的，身上蒙着彼岸罗马尼亚苦涩的尘埃。我们一到巴堂斯基王子的营地，便知迪约尔捷伯爵也参加了战斗，一些将领，诸如哈依达斯汉姆、维代拉尼及海塞尔等人已准备进攻土耳其人的阵地，两天来，剃须匠奔来跑去地为他们剃须剪发，因为他们在不停顿地赶路。当天夜晚，我们老爷他那无与伦比的才智着实让我们开了眼界。

“季节突变，早晨凉飕飕的，可晚上却是热烘烘的——晚上直至午夜是夏天，早晨才是秋天。阿勃拉姆老爷选好了刀，有人给他的坐骑备好了鞍。从塞尔维亚的营地里过来一队骑兵，每个人的袖子里都藏着活鸽子。他们一面骑行，一面抽着长烟斗，烟圈在马耳上方环绕。勃朗科维奇翻身上马后，也接过一根点燃的烟斗，大家就这样抽着烟斗去见维代拉尼将军，听候他调遣。就在

此时，从奥地利人的营地传来了喊声：

“‘光身子的塞尔维亚人来了！’

“原来，在骑兵后面冒出了一队除了头上的圆帽几乎是一丝不挂的步兵。他们光着身子穿越被营火照亮的地方，进入大栅栏门，他们身后留下的黑影比他们走得更快些，且比他们大一倍。

“‘你们总不会在黑夜发起攻击吧？’维代拉尼一面问，一面抚摸着他那只大得可以一尾巴扫到人嘴巴的狗。

“‘我们将在黑夜攻击，’阿勃拉姆老爷答道，‘鸟儿会给我们引路的。’

“在奥地利和塞尔维亚的阵地上方，耸立着一座从不下雨的 Rs 峰，山顶上有土耳其人的要塞和大炮。三天来，他们一直无法接近山顶。将军对勃朗科维奇说，得拔除这个要塞。

"'如果你们占领了那个要塞，就点燃槭树木，让它发出绿火，'将军道，'这样便于我们行动。'

"骑兵们奉命出发了，他们依然抽着烟斗。没过多久，我们看见土耳其人的阵地上空飞起一群燃着火焰的鸽子，紧接着又传来了几次火药的爆炸声，几乎是在同一时刻，勃朗科维奇和他的骑兵们已返回营地，他们的烟斗还是没熄灭。将军大为惊异，问他们为什么不攻击那些炮群。阿勃拉姆老爷用烟斗指指绿火冉冉升起的山顶——土耳其人的大炮已经哑了。要塞已被攻占。

"次日凌晨，阿勃拉姆·勃朗科维奇老爷由于夜战疲乏不堪，在他的帐篷外睡着了。而马苏迪和尼康·谢瓦斯特则坐下来掷骰子。尼康已是第三天大输特输，可是马苏迪并不罢休。大概他们三人，入睡的勃朗科维奇和两个赌徒，由于某种重要原因而留在弹雨如注的空地上。我没有这种必要，因此及时躲进了安全处所。我刚一躲开，一队土耳其士兵冲进我方阵地，杀死了所有活着的人。紧跟这队士兵之后的是从特雷比涅来的萨勃里阿克帕夏[1]，他不瞅活的，单看死人。随之一个面色苍白、仿佛有一半身体已经衰老、有半撮唇髭已经发白的青年飞也似的来到战场。阿勃拉姆·勃朗科维奇老爷的丝质胸巾上绣有勃朗科维奇家族的族徽独眼鹰。一个土耳其人举起长矛对准独眼鹰用尽平生之力往下刺去，但听得当啷一声，矛头穿过睡者的胸骨，撞击到他身

① 帕夏是奥斯曼帝国高级公职人员，包括将领的荣誉称号。

下的石板。勃朗科维奇用一只手撑起身子，他一生中最后见到的人恰恰就是那青年，红眼睛，玻璃般透明的指甲，半撮银白唇髭。冷汗汇成两道水流，淌到勃朗科维奇脖子上，像结扣一样把他的脖子缚住。他的手抖得出奇，以致他自己看着都感到奇怪，不得不把被矛头刺穿的身体压在那只手上，好使它不再抖动。可是手就像拨动了的琴弦，有好一段时间静止不了。后来，手终于不再哆嗦，他的身躯便悄无声息地倒在那只手上。而与此同时，那青年也訇然一声倒在自己的影子上，肩上那个袋子滴溜溜地滚到一边，他像是被勃朗科维奇的目光砍死的。

"'难道合罕牺牲了？'帕夏发出一声惊叫。而他手下的士兵以为青年是被掷骰子的人杀死的，便砍死了尼康·谢瓦斯特，后者手里正捏着骰子准备掷出去。然后土耳其人转身来收拾马苏迪。但马苏迪对帕夏嘟囔了几句阿拉伯语，说那青年没死，只是睡着了。这使得马苏迪多活了一天，因为帕夏下令今天暂不将他处死，留他到明天。第二天他被处死了。"

阿韦尔基·斯基拉关于阿勃拉姆·勃朗科维奇的札记以下面这段话作为结尾：

"我是马刀教练，我知道每次砍人招数都不尽相同，乃如每换一个女人做爱，方式都有所不同。区别仅在于，后来有的被遗忘，有的不被遗忘。还在于有些被杀的人或有些女人会记得你。阿勃拉姆·勃朗科维奇老爷之死属于不会忘怀的一类。事情就是如此。不知从哪儿冒出来帕夏的几名仆人，端来一盆热水，给阿勃拉姆老爷洗了身子，然后把他交给一个老头儿。那老头儿胸前挂着第三只鞋，其中放着香膏、药草和麻绳。我想这老头儿大概是要给阿勃拉姆老爷治伤，但他只给老爷涂上香膏、胭脂，剃掉胡须，梳理一遍头发，便叫人把老爷抬进帕夏的帐篷……

"'又多了一个光身子的塞尔维亚人，'我这么想。

"第二天早晨阿勃拉姆老爷死在帐篷里了。那是在 1689 年，按穆斯林历法是苦难圣徒叶夫季希节。阿勃拉姆·勃朗科维奇断气时帕夏走出帐篷，要了点儿酒以洗净双手。"勃朗科维奇，格古尔详见柱子修士长时间站在柱头上苦修的基督教修士。首倡这种苦修方式的是五世纪的西门。这种苦修者长期栉风沐雨，仅靠头顶上的小棚遮盖。他伫立于三方之地，日以继夜，周围绕以栏杆，靠门生缘梯送饭维持生命，他主要是祈祷，但有时也向围聚的众生传教。

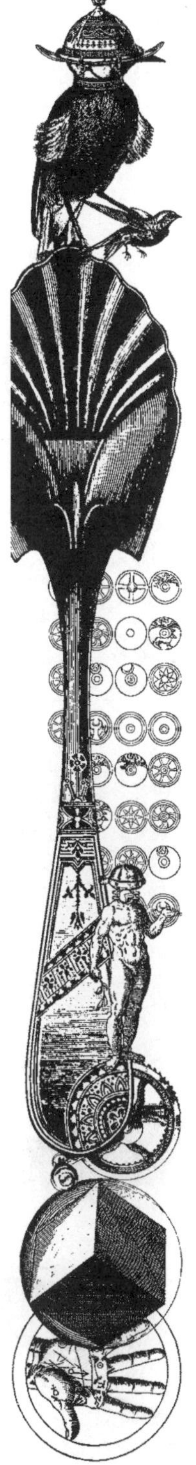

勃朗科维奇，格古尔 详见"柱子修士"[①]

乞拉列夫（**七世纪至十一世纪**） 位于多瑙河河谷南斯拉夫境内考古学家发掘出的一块中古时期的大坟地。考古学家尚未验明里面的尸骨源于哪个城市，也不知道乞拉列夫墓地的尸骨到底是如何掩埋的，但从墓中挖掘出的殉葬品来分析，可以知道这些物品具有阿瓦尔人和古波斯人用具的特征。墓中还有一些七连灯台的图案（七杈象征上帝创造天地的七天，自古是犹太教的徽号），还有其他一些犹太

① 长时间站在柱头上苦修的基督教修士。首倡这种苦修方式的是五世纪的西门。这种苦修者长期栉风沐雨，仅靠头顶上的小棚遮盖。他伫立于三方之地，日以继夜，周围绕以栏杆，靠门生缘梯送饭维持生命，他主要是祈祷，但有时也向围聚的众生传教。

人的象征物及希伯来文的铭文。位于克里米亚半岛赫尔松的一处考古发掘地，也发现过七连灯台，式样和乞拉列夫的灯台图案一模一样。考古学家由此得出结论：诺维萨德周围（切拉莱沃所在地）发现的遗迹表明，除了通常认为的是阿瓦尔人的原住地外，可能还有另一个民族在匈奴人到达前，在潘诺尼亚谷地居住过。此外，专家们还发现了一些手书的痕迹。据贝洛国王一名录事及安达卢西亚的阿卜杜勒·哈米德一世所言，多瑙河沿岸的这一地区曾住过土耳其人的后裔（易斯玛仪派[①]），一说这是来自赫尔松的部落继承者。所有这些表明了这样一个事实：乞拉列夫墓地的死者有一部分是信奉犹太教的哈扎尔人。以撒洛·苏克博士✝作为考古学家和阿拉伯语言文化研究专家，他是首批发掘乞拉列夫墓地的专家之一，人们在他去世后，找到了他写下的一段关于发掘情况的文字。这段文字不仅涉及乞拉列夫的发掘情况，而且也记录了对于这块考古地各种不同的观点。这段文字是："对于埋在乞拉列夫墓地的到底是什么人，可谓莫衷一是，匈牙利人希望他们是匈牙利人或阿瓦尔人，犹太人希望他们是犹太人，穆斯林希望他们是蒙古人，可就是没人希望他们是哈扎尔人。然而，

乞拉列夫的七连灯台

① 伊斯兰教什叶派的主要支派之一。

他们的确是哈扎尔人……墓地里满是碎罐片及已结有钙质壳的七连灯台的残片。按犹太人的风习，一个碎罐意味着一个人的死亡、消失。其实，埋在这块墓地里的是在那个时代在此死亡、消失的哈扎尔人。”

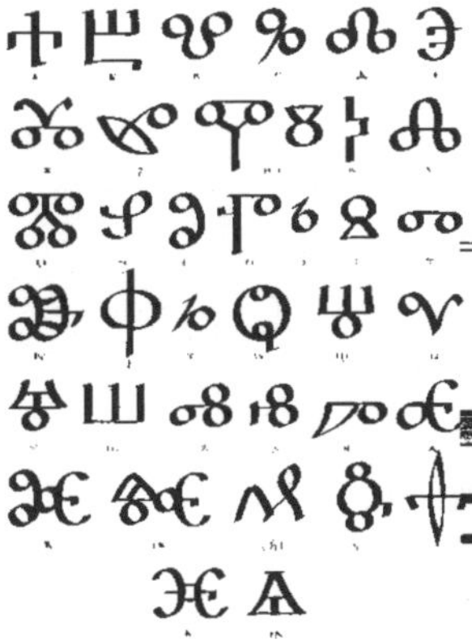

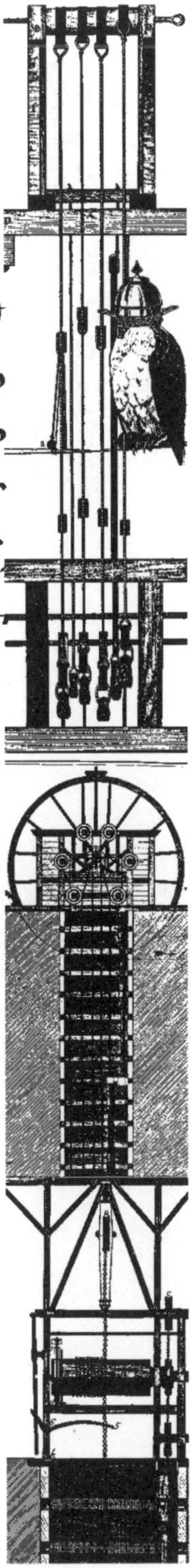

基里尔（**萨洛尼卡**[1]**的康斯坦丁或称哲学家康斯坦丁，826或827—869**） 正教圣徒，哈扎尔大论辩▼希腊方面的参与者，斯拉夫字母的创造者。莱昂总督的第七子，其父由拜占庭宫廷派驻萨洛尼卡，执掌行政及军务。康斯坦丁本人也身兼数职，其中有行政和外交方面的官职。他是在不设圣像的空荡荡的教堂里长大的，那时的君士坦丁堡是反圣像崇拜者的天下。他们中间有许多萨洛尼卡人，康斯坦丁的导师中有不少是知名的反圣像崇拜者。数学家列昂教他荷马史诗、几何学、算术、天文学和音乐，他和他的表兄语法学家约翰（837—843）一样，也是一名反圣像崇拜者。康斯坦丁的第二位导师佛提乌是位著名的哲学家和主教，他教康斯坦丁语法、雄辩术和哲学。佛提乌有个外号，叫做“基督教的亚里士多德”，他和数学家列昂都是人文主义复兴的倡导者，拜占庭再次证明了他是古希腊人的后裔。佛提乌所从事的天文学和魔术研究属于

① 希腊港口，在拜占庭帝国，萨洛尼卡仅次于君士坦丁堡，为第二大城市。

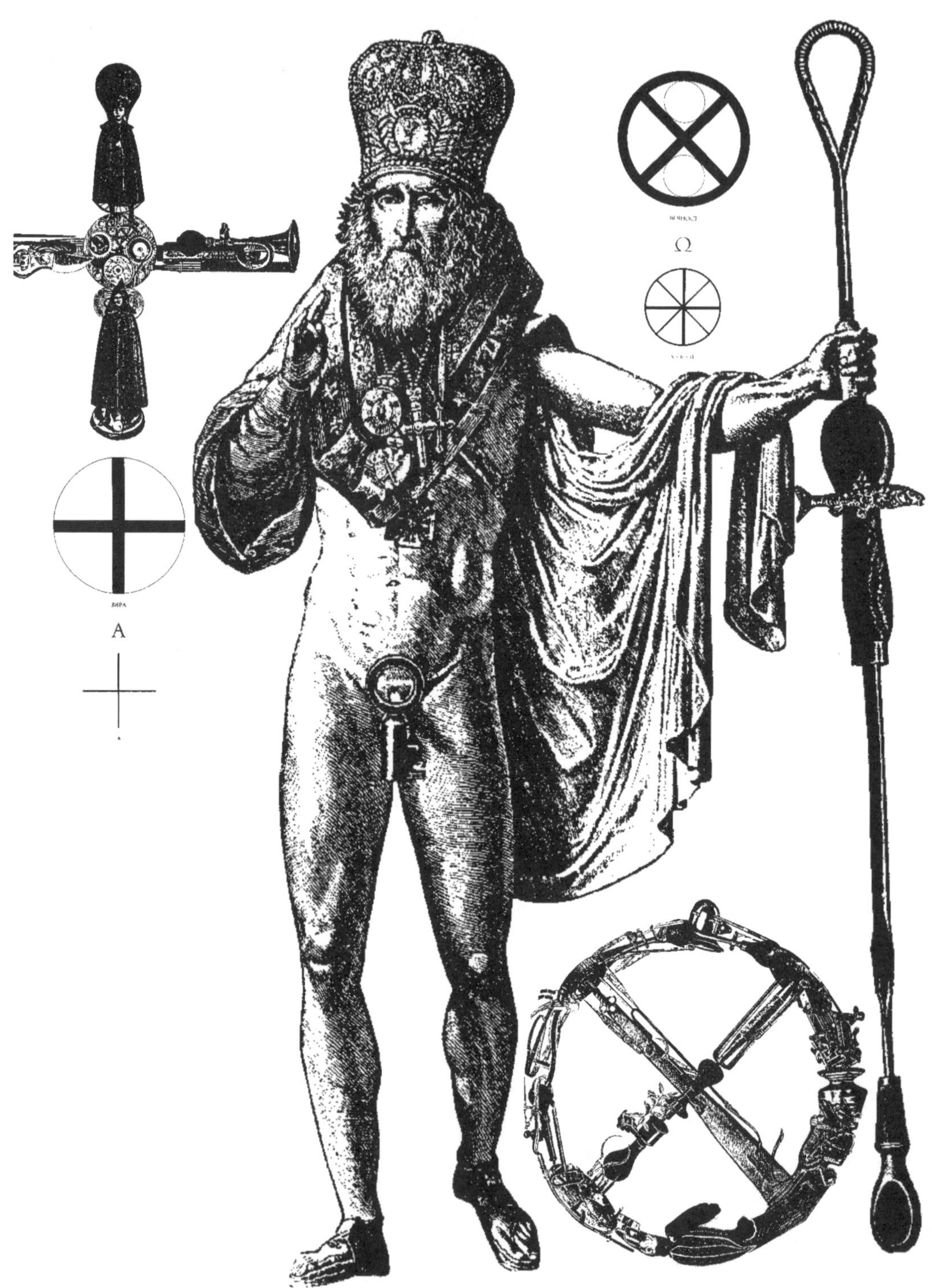
ВЯРА
A
Ω

被禁止的学说；拜占庭皇帝说他有一副“哈扎尔人的嘴脸”，还有人在宫廷散布这样的流言，说佛提乌年青时代曾把自己的灵魂出卖给一个犹太巫师。康斯坦丁对各种不同的语言非常感兴趣，他认为语言和风一样，是永恒永存的。一如哈扎尔可汗占有宗教信仰不同的诸多女人，他也经常换学语言。除希腊语外，他还研习斯拉夫语、希伯来语、哈扎尔语、阿拉伯语、撒马利亚语及哥特式字体和“俄罗斯”字体。他长大成人后，迷上了旅游。他始终随身带一条毯子，说，我的毯子所到之处，那地方就是我的国家。他生命中大部分时间是在原始部落中度过的，每次同他们握过手后，他都要检查一下自己的十指是否齐全。其实，疾病才是他生命中的安宁之岛。当他生病时，便把除母语之外的其他语言统统忘却。再者，他的病至少有两个原因所致。843年，反圣像崇拜者的势力被推翻，加之狄奥菲鲁斯皇帝驾崩后，崇拜圣像的宗教观念终于确立，康斯坦丁不得不隐居于中亚的一个修道院里。他暗自思忖。“就连天主也会退隐，让位于世俗。我们的眼睛是我们前方事物所瞄准的目标，是它们瞄准眼睛，而非眼睛瞄准它们。”随后，他又不得不重返首都，公开抨击他原来的导师，以捍卫崇拜圣像的宗教观念。“以为我们的思想存在于我们的头脑之中，这是一种错觉，”他得出了这样一个结论。“头脑和我们自身全部存在于思想中。我们和我们的思想有如大海和潮流，我们的肉体是大海中的一股潮流，而思想便是大海自身。所以，肉体是通过思想才在世上占有一席之地的。至于灵魂，它的作用是为肉体和思想当床铺……”

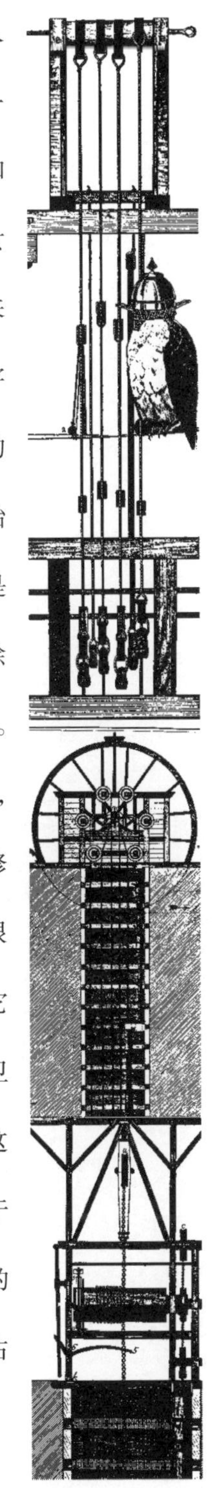

他也背弃了原先他宗师中的一位：他的胞兄梅福季，后者至死不肯改变自己的主张。他背离胞兄及以前的神师，使他得登龙门成了显达之人。

他在为君士坦丁堡宫廷效劳期间，先司斯拉夫某省的执政官一职，后为首都王室太学校长；作为神职人员，他曾是君士坦丁堡圣索菲亚大堂的史籍管事，后又成为君士坦丁堡大学的哲学教授，鉴于他博学多才，他曾获“贤人”这一荣誉称号，这个称号一直伴随他到生命终结。他就是从那时起改换门庭的，他遵循一则水手的谚语处事，谚语的大意是，聪明鱼的肉要比蠢鱼的肉硬，而且有害。蠢鱼进食不加选择，而聪明鱼只挑蠢鱼吞食。

他的前半生一直躲避圣像，而他的后半生则把圣像当作盾牌使用。人们由此推断出，他后来惯于接受的是圣母马利亚的圣像，而非圣母马利亚本人。当他将圣母马利亚同可汗的朝臣作比较时，他的比较对象是男子而非女人。

那时，他所生活的世纪已经过去大半，他的人生也已过半。他拿来了三枚金币，把它们放入钱袋，他思量着：我要把第一枚金币送给一个吹号艺人，第二枚送给教堂唱诗班成员，第三枚送给演奏圣乐的乐师。随后，他开始了毫无目的的漫游。他风餐露宿，从不歇息。851 年，他来到了巴格达附近萨马拉的哈里发[1]的居所。他从这次外交游访返回后，在镜子上看见了自己第一道皱纹，他称之为萨马拉皱纹。859 年，康斯坦丁到了与亚历山大三世大帝驾崩时一样的岁数：三十三岁。

萨洛尼卡的康斯坦丁，
摹于九世纪壁画。

---

① 穆罕默德的继承者，伊斯兰国家的领袖。

“和我同岁的人在地下的要比在地上的多，”他想道，“每个时代，如拉美西斯三世[①]时代、错综复杂的克里特时代、君士坦丁堡初建时代，都有人与我同岁却已亡故。有朝一日我也一样：我入地下，而许多与我同岁的人还活着。只是我在地上添岁增寿，无异于抛弃了那些比我年轻的死者……”

860 年，当斯拉夫人进攻君士坦丁堡时，身在小亚细亚奥林匹斯山的康斯坦丁给斯拉夫人设下了一个圈套。在修道院静谧的小室里，他发明了他们最早的字母形象。起初，他发明的字母是圆形的，但斯拉夫语非常原始粗愚，无法用墨水来表现，于是，他就想出另一种字母形态：用铁栏框将字母框起来，就像用笼子把未驯服的鸟关起来一样。后来，当它被驯服又吸收了希腊语后（每一种语言都吸收其他的语言），斯拉夫语才得以形之于字母，即格拉哥里字母[②]……

达乌勃马奴斯记述创建斯拉夫文字经过时曾如是说：蛮人的语言怎么也不肯听凭驯化。有一次，在一个为时仅三个礼拜的短暂的秋天，兄弟俩[③]坐在修道室苦思冥想一种新的字母，此种字母后来就被称作基里尔字母。工作进行得很不顺手。从修道室向外瞧，静静的仲秋景色尽收眼底，那份子寂静的长度足有一个钟点的路程，而其宽度还要加上一倍。此时兄长梅福季叫他弟弟瞅四个泥罐。那些泥罐就放置在修道室的窗台上，但不是在窗栅里面，而是在窗栅外面。

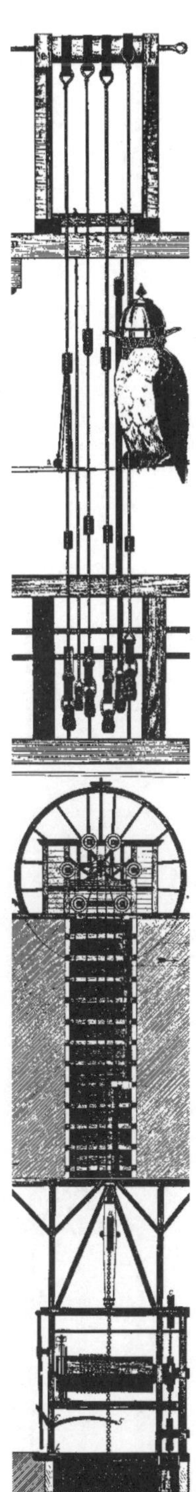

① 拉美西斯三世是古埃及国王（公元前 1198—前 1166 在位）。
② 公元九世纪后期传入巴尔干斯拉夫语地区的文字。
③ 指基里尔及其兄梅福季。

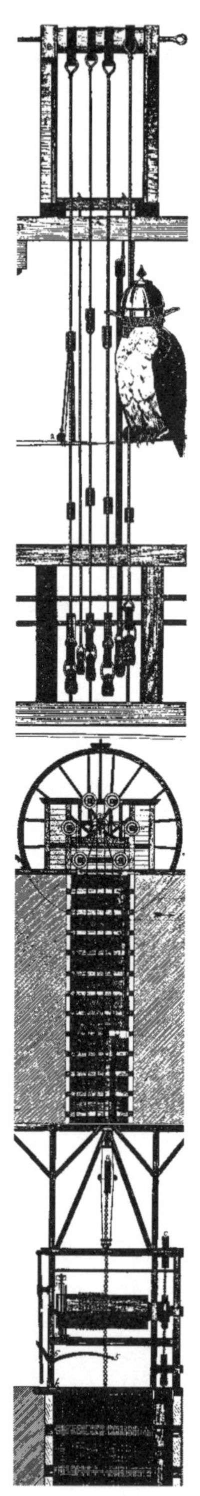

“如果修道室的门是反闩的，你怎么取那瓦罐呢？”他问。康斯坦丁二话没说，把一只瓦罐打破，从窗栅空隙处拿进碎片，然后用唾沫和着脚下的泥土，把瓦罐粘成原来的模样。

基里尔兄弟也用此法对待斯拉夫语言——把这种语言打破，通过基里尔字母的窗栅空隙，将碎片放进嘴里，用自己的唾沫和脚下的希腊泥土把碎片粘合……

同年，哈扎尔的可汗▼派遣使者来见拜占庭皇帝米海尔三世，要求从君士坦丁堡派人去给他阐释基督教义。皇上便和有“哈扎尔通”之称的佛提乌商量。这本是一种婉拒的手法，可是佛提乌却当了真，推荐由他监护的弟子哲学家康斯坦丁出任。后者便和他的兄长梅福季率第二传教士团出发去哈扎尔国，史称哈扎尔传教士团。半途中，他们在克里米亚半岛的赫尔松作了停留，康斯坦丁就在那里研习希伯来语和哈扎尔语，以为其使命做准备。他思忖：“人人都是其受难者的十字架，而长钉也会从十字架上穿过。”抵达哈扎尔宫廷后，他见到了伊斯兰教使者和犹太教使者，他们也是可汗邀请来的。康斯坦丁就这样参加了哈扎尔大论辩，发表了他的《哈扎尔论说》。此书后来由梅福季译成斯拉夫文。哲学家康斯坦丁驳斥了犹太教拉比和伊斯兰苦行僧提出的旨在捍卫犹太教和伊斯兰教的论点，他力劝哈扎尔可汗改信基督教，说不可在碎裂的十字架前祈祷，正在此时，康斯坦丁看见了他自己脸上的第二条皱纹：哈扎尔皱纹。

863 年已经临近，这时，康斯坦丁正值亚历山大城的哲学家斐洛死亡时的年纪：三十七岁。康斯坦丁已完成了斯拉夫字母的编创，由其兄陪同，出发去摩拉维亚[①]，周围是与他同胞有些相像的斯拉夫人。

他把经文手稿译成斯拉夫文，他周围的人越来越多。这些人的眼睛紧靠额角，这是他们区别于其他人的特征。他们将蛇绕在腰间权作皮带，睡觉时头朝南，把掉落的牙齿扔向屋顶。他们用手指抠鼻孔，一面叽叽咕咕地祈祷一面咽下流进嘴里的鼻涕。他们洗脚不脱鞋，吃饭前先朝食物里吐唾沫。这些人一闻到臭肉腐尸的气味便蜂拥而上，他们思维敏捷，人人能唱善吟，康斯坦丁听到他们的吟唱之后，发现自己有了第三条皱纹——斯拉夫皱纹——心头顿时涌起莫大的悲伤。这第三条皱纹似雨滴一般斜向淌过额头……867 年，他离开摩拉维亚来到潘诺尼亚[②]随后又到威尼斯，他在那儿用三种语言参加论战，这三种语言阐述的观点是：只有希腊语、希伯来语和拉丁语不愧为礼拜仪式上用的语言。威尼斯人问他："残害耶稣的刽子手，是犹大整个身体呢还是他身体的一部分？"此时，康斯坦丁察觉到他脸上的第四条皱纹出现了：威尼斯皱纹，这条皱纹加上萨马拉皱纹、哈扎尔皱纹和斯拉夫皱纹，它们纵横交错地分布在他的脸上，好似四张网撒向同一条鱼。他将第一块金币送给吹号艺人，趁他吹号的当儿，他用三

① 中欧一地区。中世纪大摩拉维亚王国中心，公元前四世纪先后由克尔特人和日耳曼人部落居住。

② 罗马帝国的行省，相当于现在匈牙利西部以及奥地利东部和南斯拉夫北部的部分地区。当时主要居民为伊利里亚人，还有少数克尔特人。

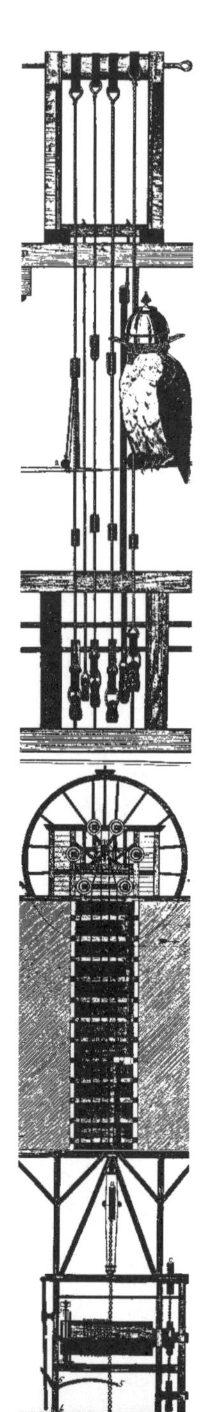

种语言问道："一支军队里使用的军号跟他的一样吗？"那是在 869 年，康斯坦丁想到了四十三岁去世的拉韦纳①的波伊提乌②，现在，康斯坦丁也到了四十三岁。应教皇的召见，他去了罗马，他成功地陈述了他的想法及为何用斯拉夫语做日课经的理由。其兄梅福季始终随他而行，他的一些信徒也领受了神职。

当他谛听着教堂里的圣歌，回首他的一生时，不禁暗自感叹："一个人纵然具有天赋，但当他生病时，要完成一项工作是多么艰难费力；而另一个人即便不具天赋，只要他身体无恙，完成同一项工作所付出的努力不会比前者更多……"

此时，罗马正在举行一次用斯拉夫语做的弥撒，康斯坦丁把第二块金币送给了唱诗班成员。遵循祖传的习俗，他将第三块金币含于舌下，然后在罗马的一个希腊修道院隐居，直至去世，那年是 869 年，人们只知道死者是一名叫基里尔的修士。

主要史料来源：有关对基里尔和梅福季研究的一些重要参考书目由 G·A·伊林斯基收集在他的（*Оиыш сисшемашической кирилометодьевскоj библиоiрафии*）中，后又经波普鲁热科、罗曼斯基、伊万卡、佩特鲁维奇等人作了大量的补充。F·德沃尔尼克在其新版的专著《从拜占庭的角度看康斯坦丁和梅福季之传说》（1969）中，披露了新近的一些研究成果。达乌勃马奴斯版的

① 意大利北部工业城市。历史上作为西罗马帝国、东哥特王国、拜占庭的都城达 350 年。
② 波伊提乌是古罗马哲学家、神学家、政治家。

《哈扎尔辞典》(*Lexicon Cosri, Regiemonti Borrusiae, excudebat Ioannes Daubmannus* 1691) 曾提及一些有关哈扎尔人及哈扎尔大论辩的情况，但那个版本已被毁。

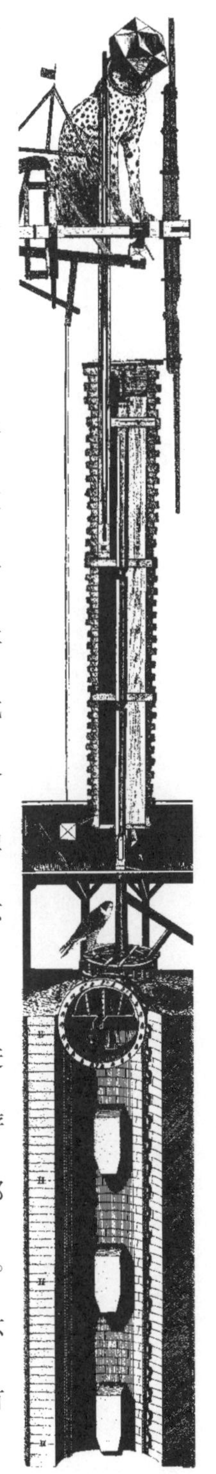

捕梦者 哈扎尔教派，其保护人是阿捷赫▼公主。捕梦者能释读别人的梦，能在梦里日行千里选择住所，能在梦里捕获指定的猎物——人和物或者野兽。一个最古老的捕梦者的札记曾被保存下来，里面有这样一段记载："在梦里，我们一如水中的游鱼。我们不时游出水面，望一望世界的沿岸，随即又拼命地快速下沉，因为只有在水底深处，我们才感觉良好。我们游出水面的瞬间，发现一物甚为奇特，其动作要比我们缓慢得多，呼吸方法也和我们全然不同，其身体重量由土地支撑，它已丧失肉身的感觉，而我们的肉身感是存在于我们体内的。因为在水下，肉身感和肉身是不可分割的，这两者只能合为一体。水外这怪物其实就是我们自己，不过是一百万年后的我们罢了，除此之外，在我们和它之间还有个区别，这区别乃一巨大的不幸——它因把肉身感和肉身分开而备受打击……"

传说莫加达萨·阿勒·萨费尔☾是最著名的捕梦者之一。他曾进入这一神奇秘密的最深邃之处，他曾成功地在别人的梦里驯养过游鱼，并打开一扇扇门，到达了无人可及的最深处，终于到达天主那儿——每个梦的深处都有一个天主。后来，他突然再也无法释梦了。他有很长时间一直认为他已在这门神秘的艺术中走到了尽头，所以不可能走得更远了。对路已走到尽头的人来说，已不需要路，也不会有

人给他指路了。但他周围其他人的想法和他并不相同。他们向阿捷赫公主吐露了隐情，公主给他们解释了莫加达萨·阿勒·萨费尔ʿ的遭际：

> 每月一次的撒盐节上，在我们三个都城的郊外，哈扎尔可汗的信徒和你们——我的信徒和捍卫者——展开厮杀，相互拼个你死我活。到了夜晚，人们就把他那边的战死者埋入三个墓地：犹太人墓地、阿拉伯人墓地和希腊人墓地，我这一边的亡故者则掩埋于哈扎尔人墓地。这时，可汗平静地打开了我卧房的铜门，室内点着一支蜡烛，芳香的烛火因他炽烈的情欲而不住颤悠。这种时候我不朝他看，因为世上所有心花怒放的情人的表情是一样的。我们一起过了夜，但凌晨在他离去时，我从铜门上看了看他的面孔，我从他疲乏的脸上看出了他的欲望、他的目的和他是谁。
>
> 你们那个捕梦者的情况也大抵如此。毫无疑问，他已达到他从

事的艺术的最高境界，他在庙宇里为别人的梦祈祷，在梦者的意识里他已无数次地被杀死。他获得了巨大的成功，使最美的内容——梦的内容——存留下来，为他所用。要是他在攀登途中毫无过失的话，按说他是可以在他释读的梦的尽头见到天主的。既然他从爬到的高度下降到现世的归途，他一定犯有过失。他为此付出了代价。“归途须小心！”阿捷赫公主最后告诫道，“一次糟糕的下降可能废掉一次到达山顶的胜利攀登。”

可汗▼ 哈扎尔国元首。哈扎尔国的京都是伊蒂尔，夏宫则在里海边上，称谢缅杰尔。史家认为哈扎尔宫廷接待希腊传教士乃是政治决策的结果。早在740年，哈扎尔的一位可汗就曾请求君士坦丁堡为他派遣一名精通基督教教义的传教士。到了九世纪，巩固希腊—哈扎尔联盟成了刻不容缓的事，因为他们面临着共同的危险，俄国已挥戈君士坦丁堡，并已从哈扎尔人手中夺取了基辅▼。另外还有一个危险：当时在位的可汗没有王储。有次一批希腊商人求见可汗，可汗召见并宴请了他们。希腊商人一律是矮个儿，黑发，毛发浓密，胸毛甚至可以像梳头那样梳出造型，与他们一起欢宴的可汗相比之下无疑像个巨人。眼看就要变天了，鸟儿像苍蝇扑向镜子似的尽往窗玻璃上撞。可汗厚赏商人，把他们送走之后回到宴客的地方，偶尔瞥了一眼桌上吃剩的骨头。希腊人吃剩的骨头堆得像小山也似，仿佛是巨人食后遗留下来的，而可汗的却像个孩子吃剩的骨头只有一丁点儿。于是他立刻召来侍从，命令他们好好想想异邦人席间说了些什么。可是谁也记不清楚。总的意见是：希腊人压根儿没说话。此时侍从中的一个

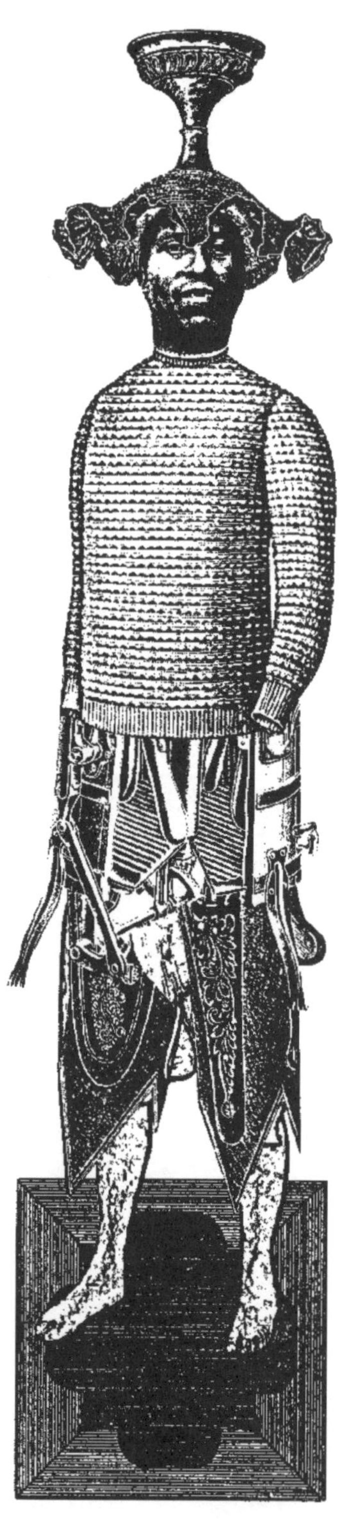

犹太人站出来说他能够帮助可汗。

“倒要瞧瞧你能生出什么法子，”可汗回答，然后舔了舔圣盐。那名侍从领来一个奴隶，命奴隶伸出一只手来。这只手和可汗的左手一模一样。

“把他留下，”可汗吩咐，“你这法儿不错，照此办下去。”

于是派遣使者分头往哈扎尔王国各处寻找。三个月后犹太侍从又领来一名青年朝见可汗，这青年的脚踝和可汗的毫厘不爽。后来又找到了一副膝盖，一只耳朵，一条肩膀——全和可汗的一样。渐渐地宫中聚集了许多青年小伙，其中有士兵，有奴隶，有走绳艺人，有犹太人，哈扎尔人和阿拉伯人，如果从每人身上取下一部分躯体或者肢体，就能拼成一个年轻的可汗，和在伊蒂尔当政的可汗就像两滴水那么相像。现在单缺头颅，但怎么也没见找到。终于有一天可汗召来犹太侍从向他当面索取：如果他交不出可汗的头就砍掉他的头。犹太侍从竟毫无惧色，可汗大为惊奇，问他为什么不害怕。

“如果小的害怕，去年就该害怕了，而不是今天。小的一年前就已经找到了头颅，而且已在宫中保存了好几个月，只是不敢呈献罢了。”

可汗立刻命令带上来。犹太侍从领进来一个年轻漂亮的姑娘，她的头简直是可汗头像的复制品，若在镜中见到，准认为就是可汗，只是要年轻些。可汗当即下令把所有遴选出的人统统带上，吩咐犹太侍从用这些人造出一个新可汗。这些人被剜肉断臂，痛得在地上打滚。犹太侍从在新造出来的人的额际画了一道符，后者便从可汗宝榻上一跃而起。现在，剩下的事是要把新造可汗送去试验。于是犹太侍从把他送进了可汗的宠妃阿捷赫公主▼的内寝。翌日一早，公主命侍从传话给真可汗：

“昨晚来我内寝行房的是行过割礼[①]的，而你并未行过。这就是说，要么他不是可汗，而是另外什么人；要么可汗归化了犹太教，行了割礼，已不再是可汗。到底是怎么回事，由你去发落吧。”

可汗问犹太侍从有这点区别是否重要，后者回答道：

“王上也施行割礼，就没有区别了。”

可汗拿不定主意，又反过去问公主，想听听她的意见。公主把可汗带进宫中的地下室，让他看看可汗的化身。按照公主吩咐，化身已被锁在铁牢里，但他力大无穷，将铁笼摇得铮铮响，眼看就要把锁链挣断。一夜之间他已长成了个伟丈夫，真可汗与他一比简直像个孩子。

“要不要我放他出来？”公主问。可汗吓得连连摆手，命令把这个行过割礼的可汗处死。公主朝巨人前额啐了口唾沫，顷刻间巨人倒地死了。

① 按犹太教规定，以色列人中男孩诞生后第八天都受割礼，用石刀割损男婴阴茎的包皮。

自此可汗信奉了希腊正教，还和他们缔结了新的联盟。

哈扎尔人▼ 狄奥法内斯[①]在为哈扎尔人追本溯源时，曾记有下述文字："哈扎尔人来自遥远的萨尔马特[②]，他们征服了一直延伸到黑海沿岸的整个地区……"圣基里尔✝指出，哈扎尔人属于用他们自己语言赞颂天主的人民，即用哈扎尔语，而非希腊语、希伯来语或拉丁语。希腊史籍中是用 ιαεαρσι 或 ιστζρσι 这两个词来代表哈扎尔人的。哈扎尔国向西一直延伸至克里米亚—高加索—伏尔加一带地区。在六月，哈扎尔山脉的阴影一直可投射到远方的萨尔马特都城，而两地的距离若步行需十二天，到了十二月，阴影投射的距离更长，需要花一个月的时间朝北步行才能走完这段距离。公元 700 年，哈扎尔的达官显贵已开始在博斯普鲁斯海峡附近一带旅

① 狄奥法内斯（约 752—约 818），希腊人，拜占庭基督教修士、神学家和史学家。他撰写的《编年史》汇编拜占庭、阿拉伯和罗马史料。其书所引资料是目前仅存者，也是唯一具有丰富内容的七—八世纪拜占庭史籍。

② 公元前六世纪至四世纪托博尔河至伏尔加河这一地域的称呼。

居。据基督教史料（俄国）记载（涅斯托尔[①]的编年史），公元四世纪，中南部第聂伯河畔的犹太部落曾向哈扎尔人交一种赋税：按人头计税额，每人上交一张白鼯鼠毛皮或一把剑。到了五世纪，税捐开始用白银来支付。

希腊史籍中论及哈扎尔的内容是由一部重要史料提供的，达乌勃马奴斯✡版辞典中《大羊皮录事》辞条曾提到过这一史料。据所载内容，拜占庭皇帝狄奥菲鲁斯曾召见过一个哈扎尔使团，使团的一个成员的身上刺有哈扎尔王国的地形图，上面的说明文字是用希伯来字母拼写的哈扎尔文。其实，根据使者身上刺的花纹来看，当时的哈扎尔人已经开始同等比例地使用希腊字母、犹太字母及阿拉伯字母了。然而，当某个哈扎尔人改信希腊教、伊斯兰教或犹太教时，他只使用与其改信的宗教相应的字母，这样一来，哈扎尔语便走了样，以致这一语言与其坚守原始宗教的同胞所使用的语言之间的距离越来越大。不过，另有一些史料否认达乌勃马奴斯关于刺有文身的使者的故事的真实性。那些史料的说法是：有人将一个布满图案和文字的盐罐作为礼物送给拜占庭皇帝，以便让他据此释读哈扎尔的历史，至于《大羊皮录事》的传说，那不过是史料误释的结果罢了。这一说法听来不无道理，但也引出一个难题。假如我们接受了“盐罐说”，那就无法理解

① 涅斯托尔（约 1056—1113），从 1074 年起成为俄国基辅山洞隐修院的修士，他是多部圣徒传和《涅斯托尔编年史》的作者。

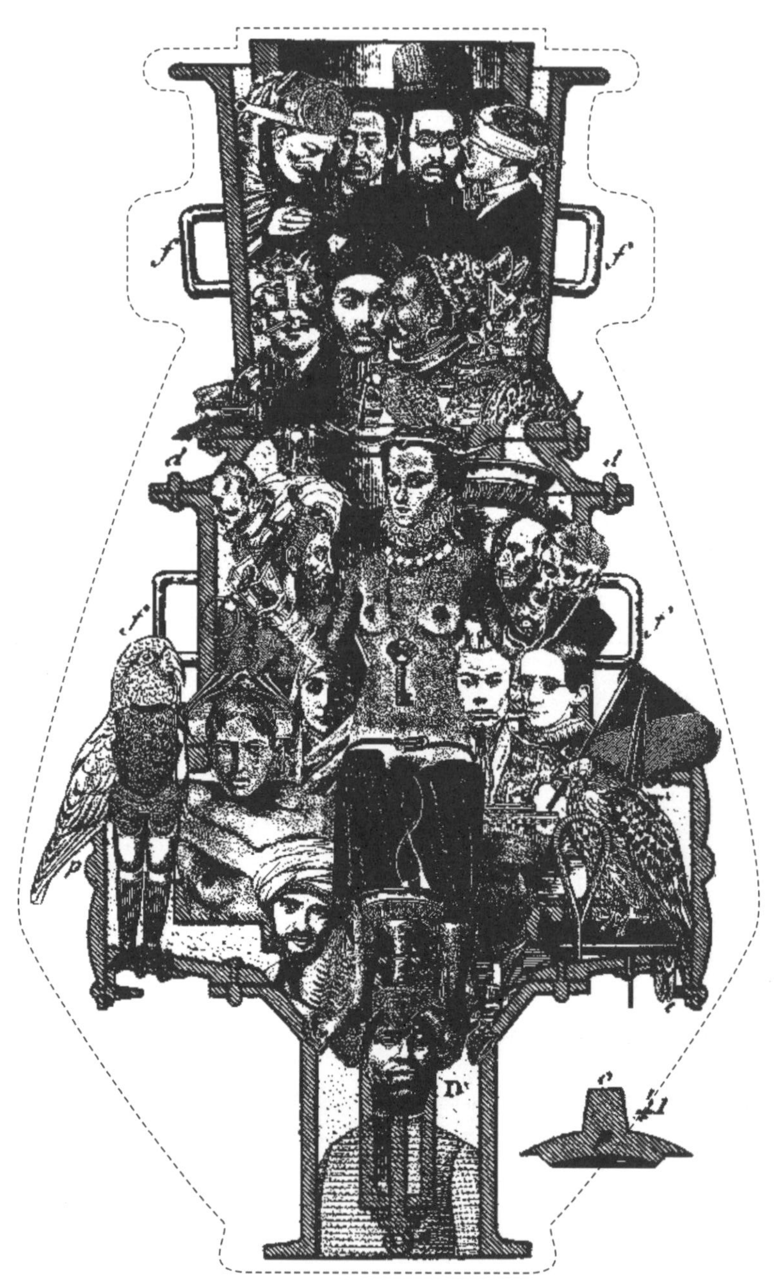

《大羊皮录事》后来的故事了，故事的内容如下：

《大羊皮录事》中的时间是以哈扎尔式的大年代，即战争年代来计算划分的，后被希腊年代重新划分。《大羊皮录事》的起始部分已遗佚，因为那名使者因过问斩，他身体的一部分被斩断分身，那上面的文身记载的正是哈扎尔年表第一、第二部分。所以，哈扎尔的故事只得从保存下来的那部分身体上的记载开始，也就是从哈扎尔年表的第三部分开始。公元七世纪（按今天的历法），拜占庭皇帝赫拉克利乌斯远征波斯时，曾得到哈扎尔人的襄助。哈扎尔人在他们国主齐埃拜尔带领下，参加了对第弗里斯的围攻，后于公元627年撤兵，留下希腊军队独自与敌对垒。他们说一次协同征战具有某种高于一切的重要性，但出征和班师并不出于同一法令，同一契约的内容在履行前和履行后所具有的重要性是不一样的。地震过后，就连植物生长的方式也会和地震前有所不同。哈扎尔年表的第四部分叙述了战胜保加利亚联军的故事，那时正值一部分匈奴部落被攻占的时期，另一部分以阿斯帕卢克为首的匈奴人则撤兵向西，一直退到多瑙河边，这些匈奴部落粮草断尽，思维僵硬，不知所终。第五和第六部分（文在使者的前胸）是拜占庭皇帝查士丁二世时期哈扎尔王国战事录。查士丁二世遭废黜后，被囚禁在克里米亚半岛的赫尔松，他在那儿越狱成功，赤身裸体朝哈扎尔人的地域出逃，一路上，为了不被冻死，他钻进厚厚的石块下面睡觉。抵达哈扎尔可汗▼宫廷时，他受到了热情的款待，且娶了可汗的妹妹为妻。后者改奉希腊教，并取名泰奥多拉（是皇后即

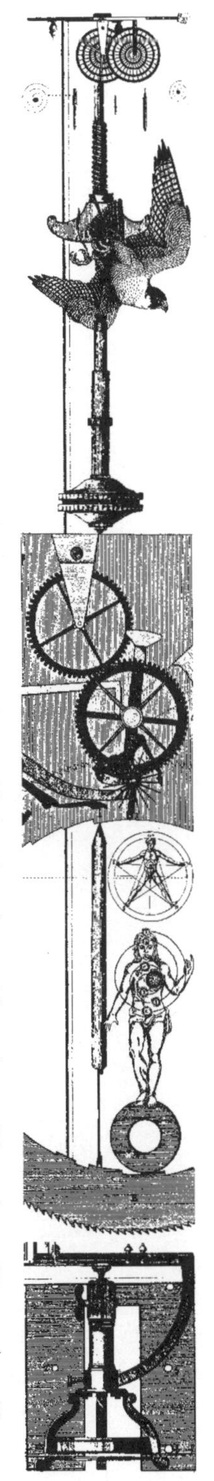

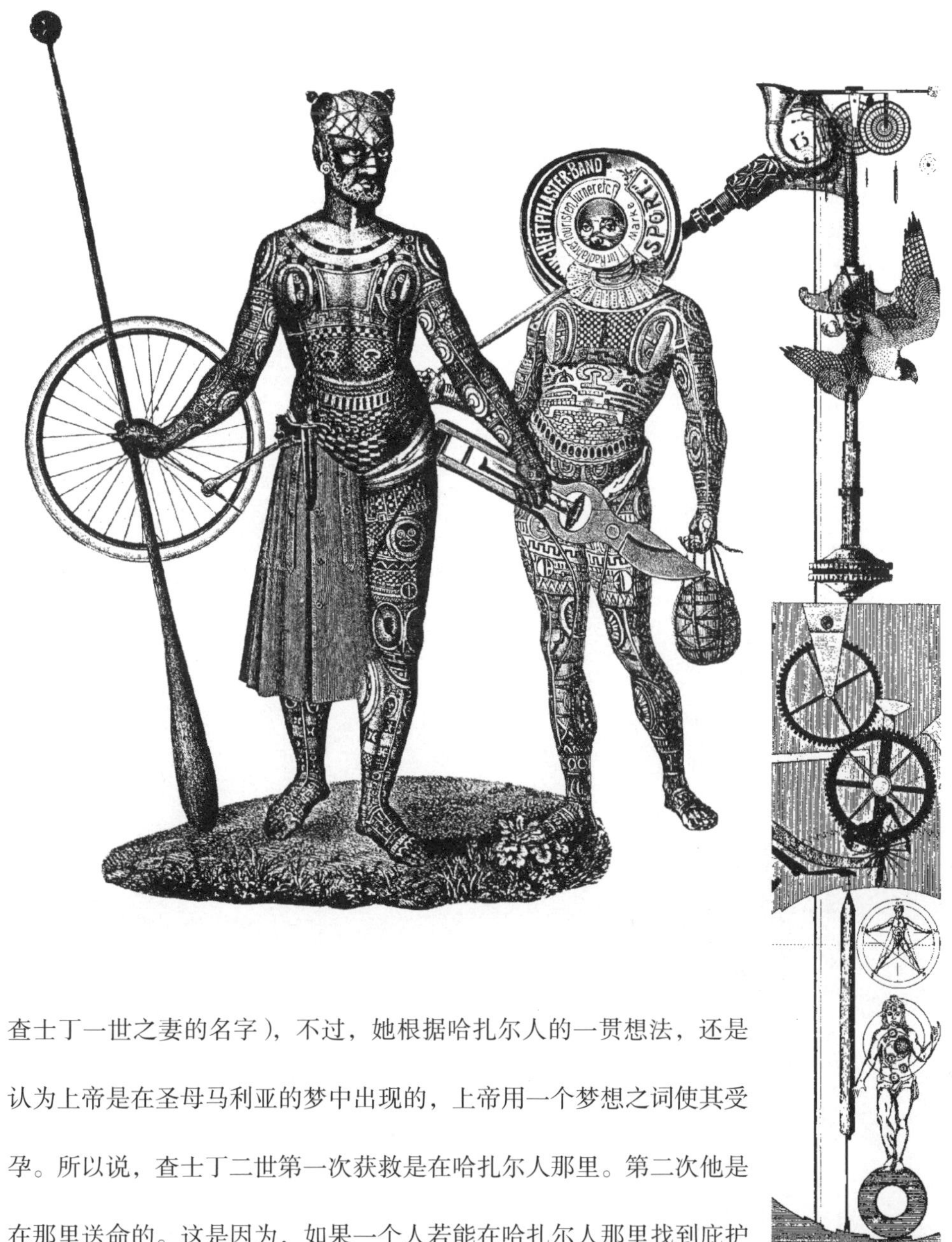

查士丁一世之妻的名字），不过，她根据哈扎尔人的一贯想法，还是认为上帝是在圣母马利亚的梦中出现的，上帝用一个梦想之词使其受孕。所以说，查士丁二世第一次获救是在哈扎尔人那里。第二次他是在那里送命的。这是因为，如果一个人若能在哈扎尔人那里找到庇护所的话，那他也休想从那儿逃走。拜占庭另一位皇帝提比略曾派出一使团去哈扎尔宫廷，要求哈扎尔人让查士丁二世跟他们回国，查士丁二世趁此机会再次出逃，并率众攻打君士坦丁堡。查士丁二世再次登基后，忘记了哈扎尔人曾给他的款待，于公元 711 年派兵讨伐曾因禁过他的赫尔松，而这一地区当时亦属哈扎尔的领地。这次对哈扎尔王国的进攻使查士丁二世付出了生命的代价。拜占庭军队中有一支叛军得到哈扎尔人的支持（他们已经控制了克里米亚），交战中，查士丁二世及其儿子提比略被杀，提比略是哈扎尔公主所生，也是拜占庭希拉克略皇朝最后一个继承者。简言之，哈扎尔人先是收留了被追捕者，但他们也毁灭了追捕者，这两者是由同一个人来扮演的。根据《大羊皮录事》记载，哈扎尔年表的第七部分即最后部分是文在那个哈扎尔使者的腹部上的，其内容是说曾有一个与哈扎尔同名的部落存在于世，他们的居住地与真正的哈扎尔人所在地相距遥远，人们常常将两者混淆。那个与哈扎尔同名的部落企图在相同的名称上获取好处，这便是为什么那个真正的哈扎尔使者的大腿上文着警语，其内容提醒人们注意可能另有文身的使者会出现在哈里发和拜占庭宫廷，但文在他们身上的并非哈扎尔的史实，而是另一个与哈扎尔同名的部落的故事。

那些“另外的”哈扎尔人甚至会说哈扎尔语，但他们能使用这一语言的时间只有三四年的光景，跟留一头长发所需的时间差不多。到时候，他们会突然忘记这一语言，话讲到一半便哑口无言了。使者言称，并由其身上的文身证明，他才是真正的可汗的代表、真正的哈扎尔人的代表。

他还提醒别人注意，有一时期，希腊人曾和冒充真正哈扎尔人的另一部落哈扎尔人结盟，这些均记载于哈扎尔年表第七部分中。第七部分还有的内容是：公元 733 年，反对圣像崇拜的利奥二世促成其子与哈扎尔可汗之女伊林娜的婚姻。这一联姻产生了后来的拜占庭皇帝哈扎尔·利奥四世（775—780 在位）。

在此期间，哈扎尔宫廷曾请求拜占庭皇帝利奥三世派一使团去他们那儿介绍有关基督教的情况。数年之后，在拜占庭狄奥菲鲁斯皇帝即位期间（829—842），哈扎尔宫廷再次提出过这一请求，当时，克里米亚、希腊帝国及哈扎尔国正遭俄国诺曼人和匈牙利人的围困。应可汗的请求，希腊的工匠修筑了萨凯尔要塞，使者的左耳上，一座高高耸起的堡垒文身清晰可见。他的一只拇指上描绘的是 862 年哈扎尔人进攻基辅的情景，他的拇指因在此次战役中受伤而经常感染，上面的图案已模糊不清，所以便成了一个永恒之谜，再者，这名使者到君士坦丁堡那会儿，基辅尚未被攻克，得等上二十年才能知道结果如何……

有关《大羊皮录事》的释语到此结束，这不过是些“摘录”而已，所传递的只是一些关于希腊—哈扎尔两者之间关系的信息，那名哈扎尔使者身上一定还有表达其他信息的文身，这封会“行走的信件”想必还要去其他国家继续其使命，有关内容细节我们不得而知。有这样一种说法：这名哈扎尔使者死在哈里发的宫廷里，他的灵魂被颠倒过来，像一只里子翻转向外的手套。他的皮被剥下后，经过鞣料处理和拼缝，好似一大张地图，铺在萨马拉哈里发宫廷里的贵宾座上。另有一

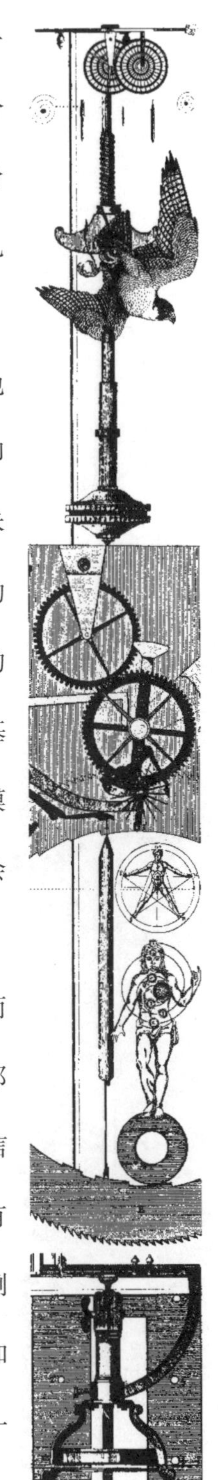

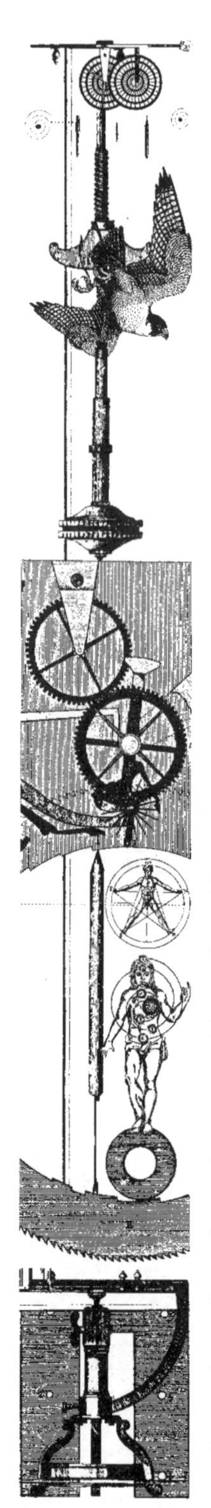

些史料这样说：那名使者曾备受摧残。还在君士坦丁堡时，他就不得不让人砍去一只手：希腊宫廷里的一个大人物用黄金买下了文在使者左手上的哈扎尔年表的第二部分。除此之外，还有其他一些说法：那名使者曾返回过哈扎尔都城，大概有两三次吧，以便让人对文在他身上的史料内容作些修改；另有一种说法认为，返回哈扎尔都城的使者由另一名使者替换了下来，后者身上已文好了经修改和补充的史料内容。使者有如一部活着的哈扎尔人百科全书存在于世，为了获得丰厚的钱财，使者彻夜伫立着，全身一动不动。他凝视着博斯普鲁斯海峡沿岸宛如烟霞的银白色树顶，彻夜不眠。与此同时，希腊的文书录事等人在一旁从他背部和腿上抄录有关哈扎尔人的史料。据说，他身带一柄玻璃佩剑，这是哈扎尔人的习俗。使者言辞确切地说，哈扎尔文的字母是由各种菜肴名称组成的，而数字则用哈扎尔人众所周知的七种不同的盐来表示的。他还留下这样一句话："哈扎尔人在他们自己的都城备受尊重，来到君士坦丁堡亦优待有加。"其实，他还说了许多与文在他皮肤上内容正好相反的话。

他，或他的一个接替者是这样叙述发生在可汗宫廷内的那场哈扎尔大论辩的：可汗梦见一名天神，后者对他说："创世主看重的是你的意愿，而不是你的举止。"他立即召见哈扎尔教信徒中一名最出色的捕梦者，请他详释此梦。那个捕梦者笑着对他道："上帝并不认识你；也看不见你的意愿、你的思想及你的行为。那个天神之所以入你的梦，是因为他不知道何处可以过夜，外面想必在下雨吧。他入梦的时间甚短，那是因为他受不了臭味。下回，得清洗一下你的梦……”听到这儿，可汗勃然大怒，随即决定请外国人来为他释梦。“是啊，人的梦会散发出恶臭。”哈扎尔使者以这句话来作评注。他已濒临死亡，因为文在他身上的哈扎尔史料让他觉得奇痒难忍，最后，他如释重负地、幸福地咽了气，因为他最终使哈扎尔史料得以流传开去，从而也获得了他自身的净化。

哈扎尔大论辩 基督教史料确定此事发生在861年，萨洛尼卡的康斯坦丁，即圣徒基里尔✝传记写于九世纪，其手稿由莫斯科神学院保存，另见于语法学家弗拉迪斯拉夫1469年的译本。861年，一个哈扎尔使团抵达拜占庭。他们说："自古以来，我们知道只有一个至高无上的主神，我们向主神祈祷时朝东方下跪，但有人说我们的信仰走了样，是异教徒。犹太人一个劲儿地要我们采用他们的宗教和礼拜仪式，而撒拉逊人①在赠送给我们和平和礼物的同时，也使劲把我们往他们那边拉，他们说：'所有的信仰当中，当数我们的信仰最好。'所以，我们要向你们请教，因为我们之间有源远流长的友谊和情义，因为你们（希腊人）是伟大的人民，你们国王的权力是主神直接授予的。我们请你们给我们出主意，恳请你们派一位神学家去哈扎尔宫廷，假如他能在

① 中世纪初欧洲各国对阿拉伯人的称呼。

论辩中战胜犹太人和撒拉逊人，我们就改信你们的宗教。”

拜占庭皇帝问基里尔是否愿意去哈扎尔▼，后者说他愿意，而且要赤脚步行去那里。据达乌勃马奴斯✡的说法，基里尔此话的意思，旨在表示这次旅行的准备时间将和从君士坦丁堡步行到克里米亚一样长，因为当时基里尔还算不上释梦专家，他还不知如何从梦的深层去详梦，也就是说，他还不知道用什么办法才可随心所欲地从梦中醒来。他接受使命后，上了路，到了赫尔松，他学会了希伯来文，并将希伯来文法译成希腊文，就这样为在哈扎尔宫廷展开的大论辩做准备。在他的胞兄梅福季✝陪伴下，他穿越了梅奥湖和里海西南面的高加索山脉，一名哈扎尔使者在山上迎候他们。哈扎尔使者问哲学家康斯坦丁为什么他说话时手里老捧着一本书，而哈扎尔人则不然，他们的智慧从胸廓而出，仿佛他们早就把智慧吞下肚里去似的。康斯坦丁答道，假如他没有书，便有一种赤身裸体的感觉，一个全身赤裸的人，即便说他穿有许多袍子，也没有任何人会相信他。这个哈扎尔使者是从哈扎尔京都伊蒂尔一直赶到赫尔松来迎候康斯坦丁和梅福季的。他带着这两位拜占庭特使来到位于里海西南面萨曼达上的可汗夏宫，大论辩就是在此展开的。犹太代表和撒拉逊代表已先他抵达宫廷，当有人问康斯坦丁他应该坐哪个位子用餐时，他这样回答：“我的祖父曾是不离皇帝左右的高贵之人，但当他心甘情愿地抛弃这份荣耀时，便遭被流放的命运，于是，我从贫寒中来到了这个世界。我没能重获我祖父有过的荣耀，我不过是亚当的孙子。”

“你们赞美三神一体，”席间，可汗在向客人们敬酒时说，“而我们只赞颂唯一的主神，就像书里写的那样。原因何在？”

哲学家康斯坦丁道：

“书预测的是话语和思想。假如有个人忠实于你，但不尊重你的话语和你的思想，而另一个人对这三者都忠贞不渝，依你之见，那两人当中谁对你更忠实呢？”

这时，犹太代表发问了：

“那么请你说说看，一个上帝怎能存在于一个女人的腹中，并被她生出来呢？而这个上帝是她根本无法看见的！”

哲学家指着可汗与其首席咨议答道：

“假如有人认为首席咨议不会颂扬可汗，而一个小小的仆役却能对可汗大加赞扬并敬仰不已，请告诉我，我们该怎样称呼他：是称他疯子还是智者呢？”

这时，撒拉逊人也加入了论辩，有人请哲学家康斯坦丁就某种风习发表他的看法：从前，康斯坦丁在撒拉逊的哈里发家暂住那会儿，他曾注意到撒拉逊人在基督徒人家的房子外画魔鬼像。每一户基督徒人家的门上均画有一个魔鬼脸。长久以来，撒拉逊人一直企图用毒药除掉康斯坦丁。撒拉逊使者问他：

“你这位哲学家懂不懂这个习俗的含义？”

康斯坦丁答道：

“当我看见门上的这些魔鬼像，便知门内住着基督徒，因为他们不能和魔鬼共居一屋，魔鬼只能逃出门外。而那些门上没有魔鬼像的屋子则说明了魔鬼在屋子里面，与屋子的主人住在一起……”

有关哈扎尔大论辩的第二种基督教史料，在我们看来有些混乱而残缺不全，史料源于五世纪基辅居民的口头传说。言传哲学家康斯坦丁即圣徒基里尔（尽管他生活在一个世纪之前）是参加基辅论辩的三大宗教的代表之一，有人曾援引过论及哈扎尔大论辩一份史籍中的有关内容。若把十世纪前后经过增补的有关史籍归纳整理一番，便可知道有关哈扎尔大论辩的一些详情。

哈扎尔的一个可汗，在同佩特谢耐格人和希腊人的战斗中，连战连捷，夺取了赫尔松和克里米亚两地，从此，便开始了他穷奢极欲的生活。他欲得到和战死的士兵数目一样多的女人。据 1772 年在威尼斯出版的这一传奇的塞尔维亚文译本记载：“他拥有许多女人，并要求这些女人来自各个不同的宗教，他不仅仅满足于和那些不同的女人寻欢作乐，而且还出于对他的妻妾和情妇的怜爱，他表示他欲信奉不同的宗教。”这一消息促使异族人（希腊人、阿拉伯人和犹太人）赶紧派出他们各自的使团，以说服可汗信奉他们的宗教。据同一传奇所载，哲学家康斯坦丁作为拜占庭皇帝的使者，在可汗宫廷里进行的大论辩中，与犹太使者和撒拉逊使者相比，稍占上风。不过，可汗主意未定，他一直犹豫不决，最后，他终于同意了哈扎尔公主阿捷赫▼的主意。阿捷赫的信徒请求可汗将她们派往犹太人、希腊人和阿拉伯人那里，以便实地了解、考察这三种宗教。这些“女”使者返回后，提

出建议，认为基督教是最适合于哈扎尔人的宗教，她们还向可汗透露了一个秘密：他的表妹即阿捷赫公主早就信奉基督教了。

据有关哈扎尔大论辩的第三种基督教史料记载（达乌勃马奴斯史料），可汗听到这一消息后，深为不安。犹太使者的机会来了：可汗发现基督徒和犹太人都信奉《旧约》，而且康斯坦丁也向他证实了这一点，这时，可汗转过身注视着一个犹太人，此人作为犹太教的代表，是在绕过希腊后才抵达哈扎尔的。

“我们三个释梦者中，”这名犹太人对可汗说，“我，一个犹太教的拉比，是你们哈扎尔人唯一可以完全信任的人。这是因为犹太人身后既没有哈里发和他扬起绿帆的舰队，也没有希腊拜占庭皇帝和他头盔上竖着尖十字的军队。哲学家康斯坦丁身后有长矛和骑兵，而在我这个犹太教拉比身后，只有一件件做礼拜时穿的无袖外套……”

犹太教拉比如此这般地叙说着，可汗已经被他陈述的理由和观点所打动。正在这时，阿捷赫▼公主也加入进来，从而扭转了论辩的趋势。她回答犹太使者的那些话，对大论辩的结果起到了决定性的作用：

“你说：‘渴求财富的人须转身朝北，渴求智慧的人须转身向南！’可你为什么要在此朝北方向对我说些甜言蜜语而不对在你祖先的故土等待你的智者说呢？你说我的梦不过是黑夜，月光只在你的现实里映照。你为何要把这些话告诉我呢？

“新的一周已开始。它用去了最庄严的一天，即你所说的始于巴勒斯坦的那一天，这一周一直充满戒心地保留着这一天，唯恐有失，然而，这一周的周转也已到来。它违心地把这天一段一段地交出。去享有属于你的东西吧，去度你的安息日好了，快走吧。去见智者，把你想对我说的话全告诉他，这样你会更快乐。不过得注意这一点：一个人若要攻占一座堡垒，得先攻克他自己的灵魂……

“不过，我对你说这些实在是白费力气，因为你把眼睛藏在了嘴里，你只有在说话时眼睛才看得见。所以，我的结论是：要么你的格言一文不值，要么无人在南方等你，人们在那儿等候的是另一个人。不然的话，怎样叫人明白你在这里，在北方和我在一块呢？”

听了阿捷赫公主这番话后，哈扎尔可汗朝着犹太教拉比说出他听到的一些事情：犹太人也承认他们是被他们自己的主神抛弃后四散于全世界的。“你们为了找到同样不幸的伙伴，希望我们信奉你们的宗教，难道要我们哈扎尔人也和你们一样受主神的惩罚，在全世界飘泊不成？”

就这样，可汗转过身去，不再搭理犹太使者，他再次觉得还是哲学家康斯坦丁的论点更有说服力。他欲改信基督教，并派人给拜占庭皇帝呈交一信，此信的内容记载于圣徒基里尔的传记：

“陛下派来的使者给我们详释了基督教的思想，其悟道之言使我们终于明了此乃最具真谛的宗教，我已下令让我国臣民按照他们的意愿改信……”

另据传说：可汗认可了康斯坦丁的观点后，不但没有信奉希腊人

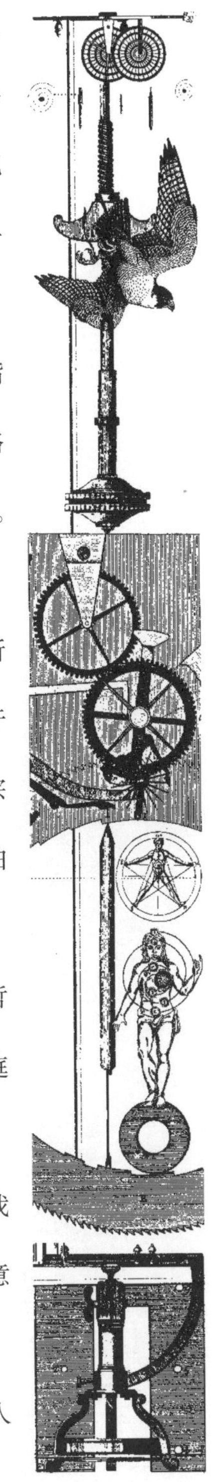

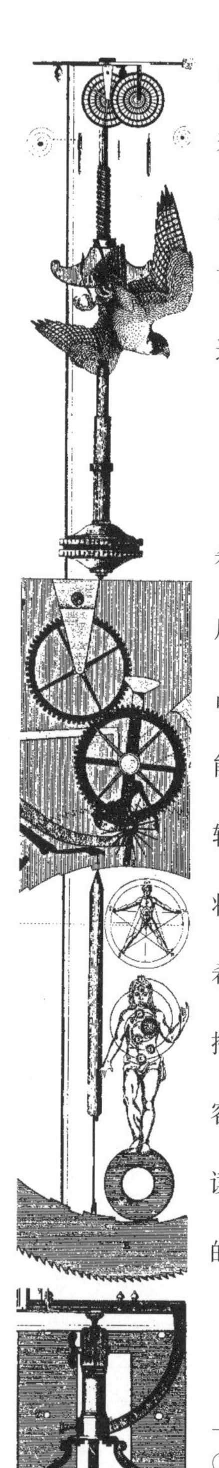

的宗教，反而突然向他们开战。他说："宗教是靠剑的力量而非乞求来传播的。"他从赫尔松发起进攻，战争胜利后，他向拜占庭皇帝提出给他一位希腊公主做妻子。拜占庭皇帝只提出一个条件：哈扎尔可汗得改信基督教。使君士坦丁堡大为惊讶的是，可汗居然接受了这一条件，故此，哈扎尔人改信了基督教。

萨洛尼卡的梅福季（约 815—885） 哈扎尔▼大论辩希腊文编年史的作者，斯拉夫人的福音传道者，东正教圣徒，萨洛尼卡的康斯坦丁（圣基里尔✝）的胞兄。他是在治理萨洛尼卡的拜占庭总督列奥家中长大成人的，梅福季在管理斯拉夫某个地区（可能是斯特里蒙河一带）时，已表现出其过人的才能。他通晓他所管辖的地区所有人使用的语言，他们都是些爱蓄胡子、冬天为了取暖将鸟放进衬衣里的斯拉夫人。840 年，他去了马尔马拉海沿岸的比希尼亚[①]，他一生都在回忆有关斯拉夫的事情，就像始终孜孜不倦地推着身体正前方的一个圆球。达乌勃马奴斯✡曾援引一些书中的内容，说梅福季曾有一名当教士的导师，有一天，那教士对他说："阅读时，我们接受不了文字所表达的全部含义。我们的思想嫉妒他人的思想。我们的思想每时每刻在歪曲他人的思想，因为我们身上没

① 安纳托利亚西北部古代行政区，在东西方之间占有重要地位。

有同时兼容两种气味的地方。在三位一体的标记即阳性标记下，以阅读单数行句子来获取认知，而我们处在第四行的标记下，即阴性标记下，我们通过阅读双数行句子来获取认知。你和你的弟弟是不会阅读同一本书上的同样的句子的，因为我们的书只以阴阳两种标记的结合而存在……”其实，梅福季从另一个人身上获益匪浅，那人就是他的胞弟康斯坦丁。康斯坦丁偶尔会这样提醒他的胞兄：读者要比他正在阅读的那本书的作者更聪明。梅福季因而明白了自己正在浪费时间，于是便合上书，开始与其胞弟交谈。在小亚细亚比希尼亚的奥林匹斯山上——一块禁欲者的移民地——梅福季当了教士。后来，他的胞弟曾去那儿与他相会。他俩观察着被复活节的风刮走的沙子，是如何在每个节日、每处新地方发现一座古代庙宇的，那些庙宇刚刚领洗，刚刚颂毕“天主”，便被永远湮埋在地下了。于是，梅福季开始同时做两个梦，关于他可能有两个墓的传说也由此而起。861 年，梅福季和其胞弟一起去了哈扎尔人那里。这对萨洛尼卡的两兄弟对哈扎尔人已不陌生。他俩的老师和朋友佛提乌与哈扎尔人素有往来，他俩从他那儿了解到不少有关这一强悍的民族的情况，哈扎尔人是用他们自己的语言从事他们的宗教活动的。应哈扎尔王国的请求，梅福季是作为康斯坦丁的证人和同行者去参加哈扎尔宫廷大论辩的。据 1691 年版的《哈扎尔辞典》记载，哈扎尔可汗▼趁此机会向应邀前来的客人们解释了有关捕梦者这一宗派的情况。可汗对这一属于哈扎尔公主阿捷赫▼的宗派很不以为然，他把捕梦者枯燥的劳动比作希腊史传里有关饿鼠的故

事，饿鼠轻松地爬进了小麦筐，但当它吃圆了肚子后，再也爬不出来了："你吃饱了就休想爬出筐子。你只能和进入时一样挨饥受饿。食梦者也一样，他饿着肚子轻松地穿过缝隙进入梦和现实当中，当他捕获了大量猎物，采食了多种水果后，饱餐了梦的他再也无法返回，这是因为他既然饿着肚子进去后捕食了大量猎物，就没法再出来了。这就是为什么他要么放弃猎物，要么永远留在梦里的原因。无论发生哪种情形，他对我们毫无用处……"

梅福季在哈扎尔人那儿逗留了一阵子后，重又回小亚细亚的奥林匹斯山隐居，他在那儿又一次看见了同样的圣像，那些圣像显得很陈旧。他成了波利伊罗斯修道院的院长，对于这个修道院的情况，几百年以来人们一无所知。这个修道院也有可能始建于三种历法，即阿拉伯历法、希腊历法和犹太历法的交合点上，并因此得名。

863年，梅福季回到了斯拉夫人中间。他创办了一所信奉希腊教的斯拉夫学校，学生均为斯拉夫人，学校里用斯拉夫文及译自希腊文的斯拉夫文的书籍上课。梅福季和他的胞弟康斯坦丁自幼便知萨洛尼卡的鸟和非洲的鸟说的不是同一种语言，斯特鲁米扎的燕子和尼罗河的燕子也无法用语言来沟通，只有信天翁不管在什么地方都使用同一种语言。他们带着这些想法去了摩拉瓦河畔、斯洛文尼亚和南部奥地利，他们身旁聚着不少孩子，这些孩子专注地瞅着他俩舌头的运动，而对他俩说话的内容并不怎么在意。梅福季作出决定，要把一根装饰得很漂亮的小棍子送给学生中的一个。大家都想，这根小棍子一定会属于一名最优秀的学生。然而，梅福季却把它送给了一名最差的学生。他说："优秀的学生老师只要花很少的时间教他。成绩越是差的学生老师在他身上花的时间就越多。越是有前途的学生学得越快……"

在一间粗糙的地板刺痛光脚丫的屋子里，他第一次意识到他们兄弟俩已经受到攻击。他们与三种语言卫道者的冲突开始爆发，这些德国文人声称世上只有三种语言可以在礼拜仪式上使用（希腊语、拉丁语、希伯来语）。在潘诺尼亚[①]的巴拉顿湖[②]畔，头发在冬天会打霜结冰，寒风刺得眼睛难以睁开，梅福季和他的胞弟在斯拉夫的都城克尼亚兹暂作停留。那时，正值战乱年代，士兵们用马和骆驼果腹，用棍子驱赶爬到他们身上的蛇，在露天倚着圣树同女人交媾。他们在潘诺尼亚的沼泽地驯养游鱼，让外国人观看一个正在做祈祷的老人的表演：他从泥浆里捞起一条鱼，像放一只隼那样任鱼从手中蹿出去。鱼抖落身上的泥飞将起来，像挥动翅膀一般摆动它的鳍。

① 罗马帝国的行省，相当于现在匈牙利西部及奥地利东部和前南斯拉夫北部部分地区。
② 中欧最大的湖泊，位于匈牙利中部。

867年，兄弟俩出发了，同行的还有他们的斯拉夫学生。每一次的旅行有如一部巨著：每一个脚步是一个字母，每一条小径是一句句子，每一次途中歇息是一个数字。同年，他们在威尼斯又一次与三种语言卫道者展开了交锋。后来，他们到了罗马，教皇哈德良二世承认了萨洛尼卡的兄弟办学施教的合法性，在圣彼得大教堂，教皇授予这些斯拉夫学生以教士神职。这时，人们在做斯拉夫礼拜仪式时，用的是一种从辽阔的巴尔干进入世界中心的、刚刚开化的语言，就像一头小兽被关进了格拉哥里字母表的笼子。869年罗马的一个晚上，当梅福季的后继者们正互相朝对方的口中吐唾沫时，他的胞弟康斯坦丁，即圣徒基里尔辞世了。梅福季又回到了潘诺尼亚。870年，他重返罗马，教皇任命他为西尔米奥和潘诺尼亚的总主教，于是这位总主教便不得不离开巴拉顿湖畔。870年，梅福季回到摩拉维亚时，日耳曼主教下令逮捕他，他在被囚禁的两年当中，所能听到的唯有多瑙河的流水声。后来，他受到了雷根斯堡[1]宗教评论会的审判，饱受折磨，罚其脱光衣服站在冰上。他遭鞭笞时——其胡须几乎触及雪地——曾有过一番冥想：荷马和预言者厄厘属同时代人，荷马史诗的帝国要比亚历山大三世大帝的帝国辽阔得多，前者一直延伸到直布罗陀海峡还要过去。荷马断然不会全知他帝国中的海洋里和城郭内存在着的事

① 位于多瑙河右岸，原是凯尔特人村落。530年为巴伐利亚公国都城，后成为加洛林王朝都城。现为德国拜恩州城市。

物及其变迁，同样，亚历山大三世大帝对其帝国土地上的草木亦有所不知。他想起荷马在其著作中的某一处提及西顿[①]，主神授意让乌鸦在那儿给预言者厄厘喂食。梅福季想，荷马史诗的帝国纵然拥有许多海洋和城郭，却不知其中一个叫西顿的城市里生活着预言者厄厘，此人后来成为另一个诗帝国——圣书帝国——的新公民，这个帝国和荷马史诗帝国一样辽阔、强大、不朽。梅福季思忖着那两个同代人是否相遇过，荷马和预言者厄厘都是不朽者，两人都具有独到的语言表达能力，前者是位盲人，善于回顾过去；后者视力超人，擅长预见未来，一个是比任何诗人更懂得讴歌水和火的希腊人，一个是将水当作祭献物的象征、将火当作惩罚的象征的犹太人，他把他的斗篷当作桥梁来使用。“大地是一条狭窄的通道，”梅福季心想，“而这两个巨人却失之交臂。他们两人脚步之间的空间比世上最窄的狭谷之口更窄小。两个体积相等的巨物竟能靠得这样近，可谓闻所未闻。而我们四处飘泊，就像那些人一样：眼睛更多的是在搜寻回忆，却不太留意脚下的土地……”

在教皇的干预下，梅福季于880年被释放，在罗马，他第三次为他的工作、为用斯拉夫语进行礼拜仪式陈述理由，教皇用一纸谕旨再次确认了礼拜仪式上使用斯拉夫语的合法性。还有一个有关梅

① 地中海沿岸古城，为最古老的腓尼基城市之一。在古希腊诗人荷马的著作及《圣经》中常被提及。

福季受笞刑的故事是达乌勃马奴斯提到的，他说梅福季曾三次跳入台伯河沐浴，就像他的出生、结婚、死亡这三件大事一样，他用三个经过祝圣的面包，在河里领了圣体。882 年，梅福季在君士坦丁堡宫廷接受了各种荣誉，随后，又去了他的老师和年轻时的朋友、哲学家佛提乌管辖的教区，后者对他热情相迎。885 年，梅福季在摩拉维亚逝世，身后留下了译成斯拉夫语的《圣书》、《东方教会法纲要》及许多圣父圣言的文本。

作为哲学家康斯坦丁赴哈扎尔使命的见证人和同行者，梅福季曾两次用文字记录了哈扎尔大论辩的情况。他将基里尔的《哈扎尔论集》译成了斯拉夫文，这部圣徒传记的部分说教讲道内容经他重新编纂，全部集中在八本书内。《哈扎尔论集》未能保存下来，无论是原文希腊本或梅福季译成斯拉夫文的文本都已散失，斯拉夫文的《哲学家康斯坦丁传记》，是在梅福季的监督下写成的，此书是有关哈扎尔大论辩最重要的基督教史料，里面有大论辩的日期（861 年），还有对康斯坦丁及其对手的论点论据的详尽叙述，然而，书中对哈扎尔宫廷里的犹太教代表和伊斯兰教代表的名字未有明示。达乌勃马奴斯提到过他对梅福季的看法：“最困难的事情莫过于耕耘别人的土地和他自己的女人，不过，由于所有的男人都受到他们自己的女人的折磨，就像被钉在十字架上一样，所以，背自己的十字架似乎要比背别人的十字架更难。梅福季的情况亦然如此，他从未背过其胞弟的十字架……因为他的胞弟是他的神师。”

谢瓦斯特，尼康（十七世纪） 据传撒旦居住在巴尔干摩拉瓦河畔牧羊犬谷时用的就是这个名字。他为人非常和气，跟所有人打招呼都直呼其名。他在尼古里耶修道院找了份录事长的差使，靠此糊口。他坐过的任何地方都留下他两副面孔的痕迹，他身上应是尾巴的地方却长着鼻子。他曾说他前世是犹太教地狱里的魔鬼，为彼列和撒加利亚服役，把成年人葬到犹太会堂的阁楼上。有一回，那是秋天，鸟下毒粪，沾上毒粪的树叶和青草便着火燃烧，谢瓦斯特雇了个人来杀死他自己，由此得以从犹太地狱转入基督地狱，重投人世后，改为撒旦效劳。

据另外的传说，他并没有死，而是让狗舔了他一些血，之后他走进一个土耳其人的坟墓，撕下死者的耳朵和人皮，套到自己身上，因此他有一双明亮的土耳其人的眼睛，可是瞳仁却是山羊的。他害怕打火石，每天的晚餐，他总是等别人都离席后，才食用。他一年偷一块晶盐。每天夜里，他就骑上邻村修道院的马匹纵马驰骋。待到天明，就可看到遍地都是沾有马鬃的白色泡沫。据说，他这么做是为了冷却他那颗在沸腾的葡萄酒中烹煮的心。有人为了免遭他那双被狗牙咬得坑坑洼洼的靴子之害，在马鬃上结上多花黄精，因为这种植物是他害怕的。

他衣着华丽，画得一手好画，尤擅画教堂壁画。其艺术天赋，据说是大天使加百列赐予他的。牧羊犬谷的许多教堂里都有他的壁画和题字，若按修道院和壁画排列顺序阅读，便是一篇极佳的行传。

只消壁画存在一天，就能读到这篇行传。行传是为他自己立的，三百年后他将从阴间重返人世，据他自己说，魔鬼记不得前世的事，所以须预作准备。初时他的画算不上是上乘之作。他用左手执笔，画虽然挺美，但浏览过后便都被遗忘，仿佛画从墙上一下子消失了。某天早晨，谢瓦斯特正专心作画，突然觉得有一种新奇的、前所未有的寂静飘进他的沉默，把他的沉默搅得粉粉碎。他觉得身旁另有一个人，也不言不语的，不过那人虽然沉默，仍可知道其语言与他截然不同。那人便是大天使加百列。他即向大天使祈祷，请求赐予他最美的色彩。其时约万尼修道院、圣母领报修道院、尼古里耶修道院及斯雷坦尼耶修道院诸擅长人物画和动物画的年轻修士，在寂静和集体默祷的条件下作绘画比赛，看谁圣像画得最好。谁也没有想到只有谢瓦斯特的祈祷被接纳，他有求必应。

1670 年 8 月，以弗所七苦难圣徒节前，当禁食鹿肉的斋期快要结束时，尼康·谢瓦斯特说道：

“通向真正的未来（须知还有虚假的未来）的唯一正确之路也就是你为之心惊胆战的路。”

他外出狩猎。跟他一起的还有一个名叫杰奥克季斯特·尼科尔斯基的修士，那人在修道院里帮他抄经书。此次狩猎之所以能载入史册，大概是靠了杰奥克季斯特的札记。谢瓦斯特出发狩猎，让猎狗也跳上马鞍，坐在他身后，遂策马猎鹿。突然，那猎狗从马背上一跃而下，可谢瓦斯特却连鹿的影子也没看到。猎狗像是闻到了猎物的气

味，一个劲儿地狂吠，随后，它将某样沉重的、无法用肉眼看见的东西慢慢地朝猎人这边赶来。荆棘丛里传来一阵阵“沙沙”声。谢瓦斯特也朝猎狗的方向靠拢，其动作像真的看见了前方有只鹿。随着边上一声鹿鸣，谢瓦斯特顿时明白，这是大天使加百列化作鹿向尼康显灵。换言之，进入尼康·谢瓦斯特的灵魂。若说得更确切些，大天使赐给了尼康灵魂。当天尼康就猎获了自己的灵魂，于是跟灵魂交谈起来。

“你的深邃穷不见底，你的荣耀宽广无边，帮我用色彩来称颂你吧！”谢瓦斯特向大天使，或者说向鹿，或者说向他自己的灵魂——反正一样——恳求道。“我想画出礼拜五和礼拜六之间的夜色，夜色衬托着你最最美的圣容，以便人们在别的地方，即使见不到圣容也向你祷告！”

大天使对此回答：

“右之，反之怒，弃绝……”杰奥克季斯特修士明白，大天使说话时故意不用名词，因为名词是用于同上帝说话的，而动词则用于同凡人讲话。这时壁画画家开口问道：

“我是左撇子，怎能用右手作画呢？”但话音刚落，鹿蓦地不见了。杰奥克季斯特修士问尼康：“这是怎么回事？”

尼康用平静的语调答道：

“没什么好大惊小怪的，无非过眼云烟而已，而我也不过是去君士坦丁堡路上的……”

然后又加补说：

“你把人从他躺着的地方推开，你会看到那地方都是蛆虫、霉菌和当作宝贝的透明的甲虫……”

喜悦像疾病那样主宰了他全身，他把画笔从左手移到右手，开始作画。颜料如牛奶一般从他笔尖流泻出来。1674 年有份史料记载了谢

瓦斯特是如何工作的：

“两年前的圣安德烈日，正值人们开始吃山鹑的季节，”一个不知名的修士写道，“我坐在尼古里耶修道院的小室内阅读有关新耶路撒冷的诗，隔壁的小室内有三名修士和一条狗正在用餐：两个修士已用毕，而谢瓦斯特习惯在别人餐毕之后一个人独自用餐。在我默默地阅读诗歌时，隐隐传来咀嚼的声音，我一听便知尼康·谢瓦斯特正在咀嚼一块牛舌，牛舌是先贴在门外一棵李树的树干上，将其弄软后再煮熟的。餐后，尼康·谢瓦斯特走出门外坐定，准备绘画。趁他调配颜料的当儿，我就问他准备干什么。

"'调配颜料的不是我，而是你的眼睛，'他这样回答我，'我不过把颜料从这面墙上涂到那面墙上，如此而已，在观察我调颜料的人眼里，这些颜料不过是一团浆糊。调浆糊可是秘密。谁能调制最好的浆糊谁就能绘出最好的画像，若用劣质面粉可调不好浆糊。热情而又专注地去观察、谛听和阅读要比一个劲儿去绘画、歌唱、写作重要得多。'

"他挑出蓝和红两种颜料摆在边上，然后开始画一个天使的眼睛。而我看到这个天使的眼睛是紫色的。

"'我只不过翻了翻一部颜色辞典，'尼康·谢瓦斯特又道，'以这部辞典为起始，读者创造句子和书籍。你也可以用同样的方法来写作。你也可以把其词语构成一本书的辞典展示给读者，让他悉心用里面的词语组成任何内容，这不是很好吗？'

"接着，尼康·谢瓦斯特用画笔指着尼古里耶修道院前方的田野道：

"'看到这片耕地了吗？这不是用犁耕出来的地。这片耕地曾留下一条狗吠叫的痕迹……'"

颜料把他迷住了，他废寝忘食地到处画画，在门框和镜子上画，在鸡笼和南瓜上画，在金币和鞋面上画。在他坐骑的蹄上他画了四个使徒：马太，马可，路加和约翰，在自己的手指甲上画了摩西十诫，井边的水桶上画了圣母马利亚，护窗板上画了两个夏娃像——一个是圣洁无瑕的，一个是嫁给亚当的。他在啃过的骨头上，在自己的和别人的牙齿上，在翻转的衣袋上，在帽子上，在天花板上画画。他在活乌龟的背上画了十二使徒像，然后把乌龟送入林中放生。有一次夜深人静，他信步走进一间屋子，在一块木板前点起灯画折叠圣像。他在这块可以折叠的木板上画了大天使加百列和米迦勒如何在黑夜里把罪人的灵魂由一天移交给另一天，为此米迦勒站在礼拜二一边，而加百列则站在礼拜三一边。他们的脚踩在“礼拜二”和“礼拜三”这几个字上，而这几个字画得像一座座刀山，把他们的脚掌刺得鲜血直流。尼康·谢瓦斯特在冬夜雪光下作的画比之盛夏骄阳下作的画要美，画中蕴含着某种忧郁，仿佛是在半明半暗中绘制的，圣像的脸都在蕴藉地微笑，笑容一到四月便渐次暗淡，直至消失在初雪降临大地之前……

他新作的圣像和壁画给人以终生难忘的印象。远近修士和牧羊犬谷各修道院的画师纷纷慕名而来，观摩尼康的画作。

各修道院都争先恐后请他去作画。他画的圣像多如葡萄园中的一串串葡萄，他壁画数量的增长快如骏马……

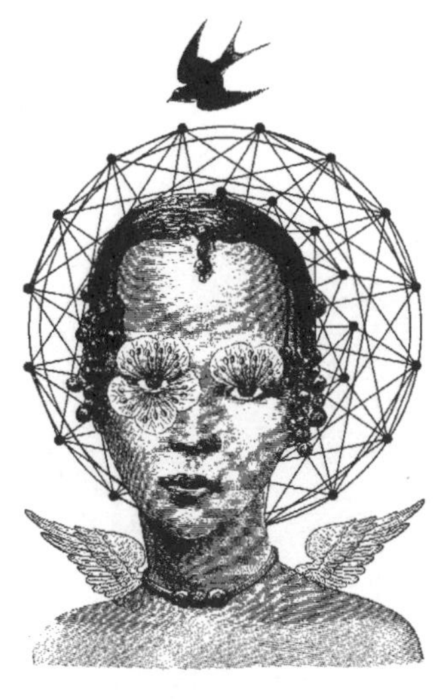

有一次，尼康独个儿沉思默语：

“我，一个左撇子，既然能用右手作画，用左手也必能挥洒自如！”于是他把画笔又从右手移到左手……

消息迅速传遍各个修道院，大家都担心害怕，怕尼康·谢瓦斯特又将成为撒旦，并且受到惩罚。至少他的耳朵又变回成刀一般尖利，有人说可以用他的耳朵切面包。然而他的技艺丝毫未减，左手画的比起右手画的来一点也不逊色。加百列的诅咒并没有应验。一天早晨，尼康·谢瓦斯特等候圣母领报修道院院长来，他应邀去那个修道院为圣像屏作画。可等了一整天，没有任何人从圣母领报修道院过来，第二天也是如此。这时，尼康·谢瓦斯特忽然想起第五“圣父”，即人们通常为自尽者亡灵的安息所诵念的内容，于是，立即出发去圣母领报修道院。到了修道院门前，他遇见了那个院长，他叫着自己的名字问院长：

“谢瓦斯特，谢瓦斯特，到底发生了什么事？”

老者一声不吭，带他进了一间修士小屋，指给他看一名正在作画的年轻后生，他正是在圣像屏上作画。年轻后生的眉毛好似翅膀般不停振动，他画得和尼康·谢瓦斯特一样出色，既不比他好，也丝毫不

比他差。这时，尼康·谢瓦斯特明白了是什么在惩罚他。不久，传言四起，说普尼亚沃尔有个年轻画师画得和尼康·谢瓦斯特一样出色，而且，传言得到了证实。

不久，其他较为年长的画师一个个如同得了灵气，画得越来越精湛，才艺几乎和尼康·谢瓦斯特不相上下，而在此之前，他是不可企及的。整个牧羊犬谷的修道院的墙壁都熠熠生辉，焕然一新，致使尼康退回到他当初开始改用右手作画时的起点。现在他明白了他受到的是怎样的惩罚，不由得叹道：

“既有我，何必又有众多画师呢？眼下每个画师都能画得和我一样好……”

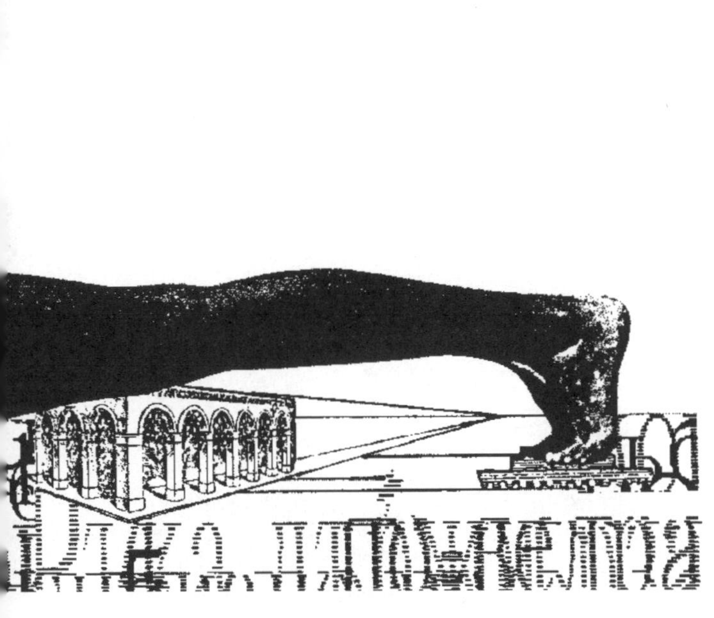

于是他掷笔绝艺，哪怕叫他画个蛋他也不干。他把颜料一股脑儿倒进了修道院的调色钵，带上他的助手杰奥克季斯特离开牧羊犬谷尼古里耶修道院，在身后留下了第五个蹄印。临走时他说：

“我知道君士坦丁堡有位显赫人物，那人长一头像马尾巴那样浓密的额发。他雇我们去做文书。”

接着他说出了那位显赫人物的姓氏。此人便是阿勃拉姆·勃朗科维奇老爷✝。

斯基拉，阿韦尔基（**十七世纪初至十八世纪**）出生于科普特，是十七世纪末君士坦丁堡最著名的刀客之一。他被这座城市

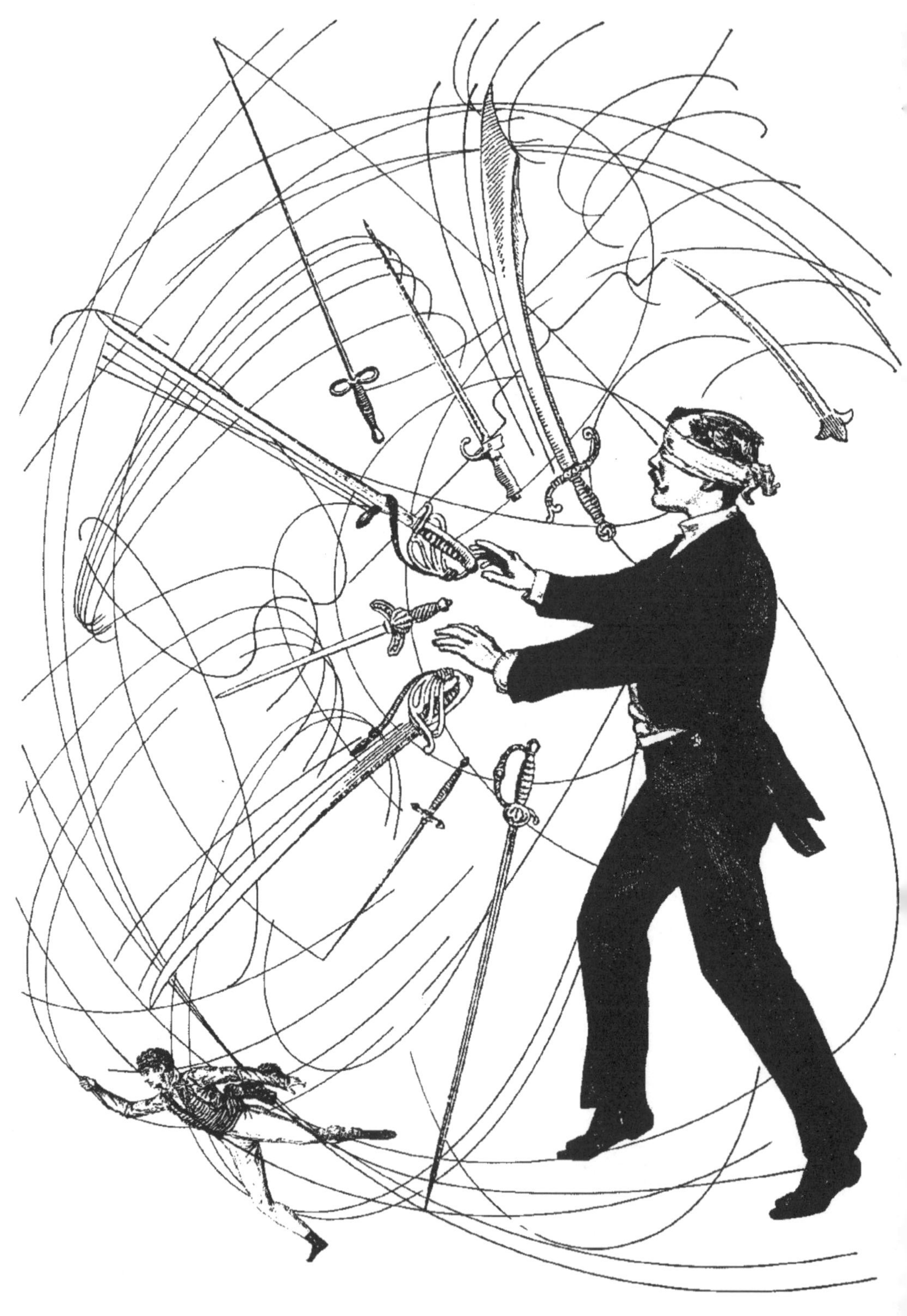

的一名外交官阿勃拉姆·勃朗科维奇†聘为刀术师爷，两人专挑在漆黑的夜间练刀，一根长长的骆驼缰绳的两端分束在他俩的腰间。阿韦尔基有一套治愈刀伤的办法，身上常带一副中国银针和一面小镜子，他在头部周围标出一串红点，而在面部顺着皱纹标出一串绿点。当他受伤时，或者觉得疼痛时，便对着镜子，将中国银针对准面部上的绿点扎将进去。于是疼痛消失，伤口愈合，而他的皮肤上也留下了中国字的文身。这面小镜子只对他的伤口治疗起作用。他喜欢身边有擅长插科打诨的人陪伴，并乐意为他们逗他发笑付赏金。不过，每一次赏金的数额须按他的规矩而定。假如只有一件事情作为笑料，赏金不会高，若能同时有几件事引他发笑，那对方便可得到高额的赏金。不过，这样的笑料难得一闻，故物以稀为贵。

几十年来，在小亚细亚一些城郊周围的战场上，阿韦尔基·斯基拉悉心收集了不少刀术精华，他细细研究这些刀术，并在活人身上作了试验，然后用图解的方法将这一古老的刀法艺术辑成一本画册。他能用刀把水中的游鱼劈成两截，会在黑夜将一盏提灯挂到一把插在地里的马刀的刀柄上，继而用匕首刺向被灯光吸来的敌人。他的每一次出刀都用黄道十二宫图的一个不同的符号来标明，这个星座图上的每颗星代表一个死于他刀下的人。人们得知，1689 年，阿韦尔基·斯基拉已在星座上标示到宝瓶宫、人马宫和金牛宫了，下一个将标在白羊星座的位置，只消用实例检验一下，便可知这一出刀招法已臻完美。这一刀若刺中，会在对手身上留下一个蛇形大口子，溅出的鲜血会发

出人的喧哗声。1689年在奥土战场上，阿韦尔基·斯基拉的这一刀法得到了验证。1702年，亦即阿韦尔基·斯基拉隐居威尼斯之前，他在一本名为《最佳刀法标注》的书中，披露了其刀术之精华。在这本附有出刀方位示意图的书里，阿韦尔基·斯基拉的人像站立在星座当中，看上去好似被笼子的栏杆或一张网团团围住。在外行人眼里，他仿佛置身于一座漂亮透明的亭子中间，而这座亭子是用其舞动的刀招构成的。这座空中楼阁般的亭子轻灵、流畅，上下左右由一条条弧线连接而成，乍一看，仿佛有一只熊蜂在阿韦尔基·斯基拉周身上下狂飞乱舞，空中留下隐约可辨的飞行轨迹。在这些没完没了的线条或牢狱栅栏的后面，是阿韦尔基·斯基拉那张平静安详的脸。他有四片嘴唇，其中两片永远在说话。他认为每处新伤口就是一个在体内跳动的新心脏，他用刀为这些伤口祝福。他有一个长着浓毛的鼻子，你可一下子认出他来，也可很容易躲开他。

有关阿韦尔基·斯基拉另一引人注意的情况，系由乐师兼释梦者尤素福·马苏迪☾提供。此人也住在聘用阿韦尔基·斯基拉的那个外交家宅院内，位于君士坦丁堡圣门附近，马苏迪以驱除人们梦里的鬼魂为业。他说：假如两个人相互托梦给对方，那么其中一个人的梦就是另一个人的现实的基础，梦所涉及的内容从来都是向全方位延伸的。这便是“梦之子嗣”。这类梦往往比所梦见之人的现实持续的时间要短，然而，这类梦无法同所有的现实作深入之比较，这就是梦何以总有一些残剩的内容无法同所梦之人的现实融为一体的缘故，残剩的梦段会与第三者紧密相关，这第三者会因此遭罪并承受业已走样的梦义。他的境遇比前两者更为复杂，他的自由意志与其潜意识相比倍受限制，原因是他剩余的精力和体能——涉及前两者的梦——会轮流在其精神活动中消耗殆尽。他会变得像个两性畸形人，来回奔走于前两个相互托梦的人之间。

尤素福·马苏迪指出，阿韦尔基·斯基拉饱受这种意志萎靡之苦，他一直在同前两个梦者进行一场没有结果的赛跑。尤素福·马苏迪说出了前两个人的名字：一个是他的老爷阿勃拉姆·勃朗科维奇，另一个是叫合罕✡的人，阿韦尔基·斯基拉根本就不认识后者。总之，就像面对一架只有低音装置的乐器，阿韦尔基·斯基拉只能奏出曲子的大概轮廓，即他生命的低音部分，那是最初级原始的声音。其余的声音都与他无缘，只能随前两者任意支配和摆布。不论他最沉重的叹息，抑或最伟大的成功，他为之付出的往往要比别人多一倍。

据尤素福·马苏迪说，阿韦尔基·斯基拉未编完其刀法大全并非出于军事上的或有待刀法完善后再行补全的想法，而是因他在苦苦思索改进某一尚有缺陷的刀招，他自己同自己比试，以期有朝一日此招能完美无缺。最后几年时间，他一直狂热地企求找到解决此招的办法。有时，他会泪痕斑斑地从梦中醒来，当他揉眼睛时，泪痕会像玻璃或沙子一般在他手指下面碎裂流动，并发出响声，此刻，这个科普特人始知那已变干的眼泪不是他自己流的。

总之，威尼斯版的阿韦尔基·斯基拉著作《最佳刀法标注》的最

后一张示意图上，作者置身在白羊星座符号下面，置身于一个刀影飞舞的弧线形成的笼子里，其中有条弧线呈蛇形逶迤前去，划出一道能从笼子或网里朝外蹿出的曲线。阿韦尔基·斯基拉在其著作的最后一页示意图上亮相了，他正准备循着那道曲线，摆脱由刀影的弧线组成的笼子，一如跨过一道门坎，重新找回自由。他欲循这条宛如伤口般的曲线逃遁，离开星宿的牢狱，获得新生。在他内外各两片沉默的嘴唇中间，露出了欣慰的笑意……

柱头修士（格古尔·勃朗科维奇）（1676—1701） 在东正教中，柱头修士一词是指站在柱头上或塔楼顶上祈祷的修士。格古尔·勃朗科维奇的这一别名得来相当奇特。他原先是一个军官，统领过一支军队。他是勃朗科维奇·德尔代利家族的后裔，是十七世纪的外交官兼军事长官阿勃拉姆·勃朗科维奇的长子。他只比其父多活了十二年。传说他身上布满了圆斑纹，如同一头金钱豹，他擅长在夜间搏杀。他有一把非常珍稀的宝剑，此剑由一名铁匠用七十张金属片铸打而成，剑刃锋利无比。

然而，他对其“柱头修士”这一别名却不知晓，原因是这一别名是在他被土耳其人虐待致死后，才由别人给他起的。火炮铸造者小哈桑·阿格里伯迪为他死时的情形添加了内容，有关格古尔·勃朗科维奇之死后来被引入民歌之中。由于他获“柱头修士”这一别名，人们便将他与基督教教堂的圣徒之名相提并论。

据传，格古尔·勃朗科维奇在几名骑兵的伴随下，在多瑙河边突遇一大队土耳其骑兵。当时土耳其骑兵人未下鞍，却都一个个对着河撒尿。格古尔·勃朗科维奇发现土耳其骑兵后，急忙调头折返。其时，土耳其骑兵的头目也看见了勃朗科维奇，前者从容不迫地撒完尿后，策马追了上去，勃朗科维奇最终被他俘获。土耳其骑兵将他五花大绑后，带回他们营地。在咚咚的鼓声中，土耳其人先是用矛比武，继而把勃朗科维奇绑在一根希腊圆柱的柱头上，三个弓箭手把他当作靶子张弓瞄准他。箭在弦上，土耳其人花言巧语地说：假如第五支箭射出以后，他还不死，便可饶他一命，且可反过来由他瞄准那三个弓箭手射箭。他恳求土耳其人别两支箭同时射出，因为他“不会数伤痛，只会数射箭的次数”。于是，弓箭手开始射箭，而他开始计数。第一支箭射中了他的腰带扣，扎进他的腹部。他顿时觉得一阵巨痛蔓延至全身。第二支箭被他躲过，第三支箭射中了他的耳朵，箭身似耳环一般留在他的耳朵上。他继续在计数。第四支箭射偏了。第五支箭射中他的膝盖，箭头斜穿进另一条腿中，他还在计数。第六支箭又射偏了，第九支箭将他的手掌和大腿钉在一起，他还未停止计数。第十一支箭射碎了他的肘关节，第十二支箭射入他的腹腔，他依然在计数。他一直数到第十七箭，终于咽气死去。在他死去的地方长出了一株野葡萄树，但树上结出的葡萄既不能卖，也不能买，这两种行为都被视作罪孽。

以撒洛·苏克博士（1930．3.15—1982.10．2）

考古学家，阿拉伯语文专家，诺维萨德市某大学教授。1982年4月的一个早晨，他一觉醒来发现头发压在枕头底下，嘴巴隐隐作痛，像是有个凹凸不平的硬物堵在嘴里。他如同从口袋中掏出梳子那般用两根指头伸进嘴巴，取出了一把钥匙。那是把小巧的以金币为柄的钥匙。苏克博士躺在床上瞅着钥匙暗想：人的思维和睡梦都具有一张角化了的、不可渗透的外表层或者说表皮，它保护着里面的软组织不受伤害，但与此同时，思维一旦触及语言，一如语言触及思维那样顷刻之间就消亡了，而我们只能无可奈何地忍受这种相互仇杀的局面。简言之，苏克博士眨巴着毛茸茸的阴囊似的眼睛百思不得其解。使他惊讶的倒不是钥匙怎会跑进他的嘴巴，而是另一件事。按他判断，这把钥匙至少已有一千年的历史。苏克博士在考古领域内所作的任何结论都是不容置疑的。苏克教授的科学的权威性是无可争论的。苏克教授把小钥匙放进裤袋，接着便咬起自己的胡子。每早只消一咬胡子，他脑海里便浮现出隔宿的晚餐。比方说，他眼下就立刻记起他昨晚吃的是炖白菜和大葱炒肝。当然，胡子间或会发出例如柠檬牡蛎之类苏克博士从未沾边的香味。此时博士便竭力回想昨夜他是和谁躺在床上畅谈晚餐的印象来着。今晨他回忆起的那人是杰尔索明娜·莫霍洛维奇。而杰尔索明娜·莫霍洛维奇每天早晨都要假想她在晚餐前拥有两个礼拜五。她的微笑中常带淫荡的意味，她长着一副有蒙古褶的眼睛，只要眼睛一眨动，眼皮就会碰及鼻子。她那双懒洋洋的短胳膊热得可

以焐熟鸡蛋。她的头发如丝线般光滑，苏克博士常用她的发丝缚新年礼物的盒子，女人们一瞧便知这是谁的头发。

苏克博士最近来首都后，去过他母亲的邸宅几回。苏克教授三十年前正是从他母亲的邸宅开始他的研究工作的，可是这项研究工作却使他离故宅越来越远。他甚至感觉到，他道路的终点将在很远很远的天涯海角，那里有座松树岗，样子像块表皮已发黑变硬的掰碎了的面包。尽管如此他在阿拉伯学领域内的考古研究和发现，尤其是他有关哈扎尔这一早就从世界舞台消失，但给历史留下了一句垂世名言："灵魂具有骨架，这骨架就是回忆功能"的古老部族的专著，却与这幢故宅有千丝万缕的关系。当初，故宅属于他的左撇子姥姥，他在这幢房子里生下来时也是个左撇子。如今在这幢住着他母亲阿纳斯塔西娅·苏克太太的房子里，显要处供着苏克博士的著作。这本著作是用皮袄上的

羊毛搓成线装订的：有股茶藨子味儿，展卷阅读时得借助于一副特制的眼镜，而那眼镜，阿纳斯塔西娅太太只在隆重场合方起用。阿纳斯塔西娅太太有一双美丽的鹅眼，每每她在阅读搁在膝上的书，或在念叨一个名字时（可能是其父亲的名字，像是从她喉咙里咳出来的，上面还带有血迹），她的儿子会突然出现在她面前。经过多年的苦苦琢磨和潜心研究，苏克博士的事业有了起色，他穷十余年之努力，搜集了许多原始资料和古币的图片及一只盐罐的残片，终于瞥见了一丝真理的曙光。很显然，在最后这几年中，他母亲由远及近，逐渐向他靠拢，重又在他的生命中起到了不可替代的作用。随着他渐渐成熟，他的母亲通过其已逾古稀的年岁和皮肤的皱纹，在他的脸和身心上占据了越来越重要的作用，并已取代了他已去世的父亲的容貌特征。显而易见，他从父亲那儿得来的遗传特征已向母亲转化，现在，他不得不独自生活，不得不干些本该属于女人的活儿，他的双手渐渐失去了父系遗传的灵活性，他越来越觉得母亲动作迟缓，手指笨拙。他只是偶尔才出门去探亲访友，更确切地说，只有遇上家里什么人生日才出门（此次出门便是证明）。现在，他一进门母亲就迎了上来，并吻了他的头发，随后将他引至客厅的一角，那儿的一把扶手椅上系着一根细绳，细绳一头拴在门把手上，仿佛拴着头小猪似的。

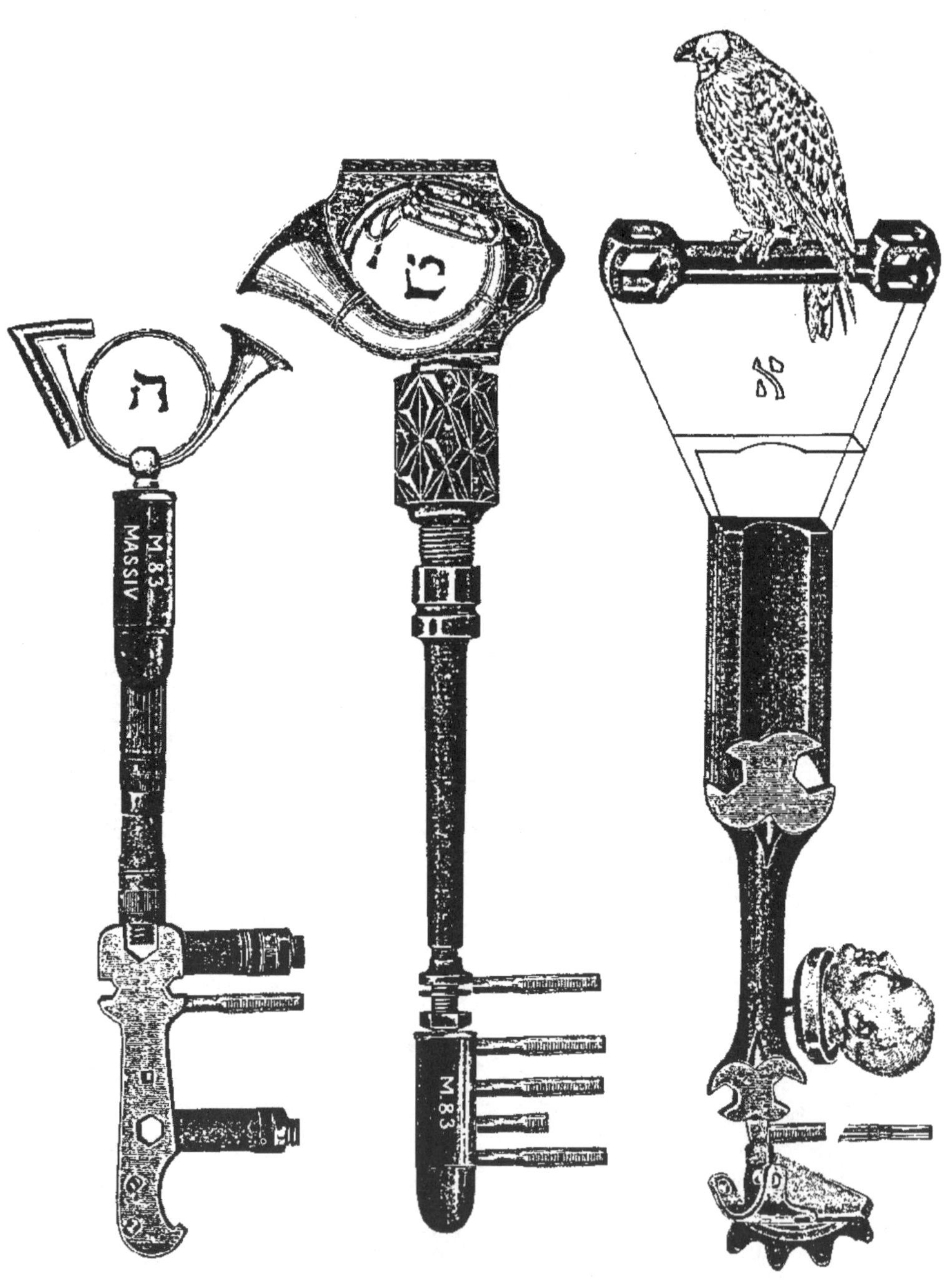
ה
M.83
MASSIV
ט
M 83
א

“我亲爱的沙沙，你总是不把我放在心上，”她对她儿子说。“我一个劲儿地记着我生命中那些最幸福、最美妙的时光。一回想起那些时光，我就想到你，想到你可不是一件快活的事儿，更像是在做一件虽说愉快却又难以承受的工作。为什么幸福那么难求，那么让人精疲力竭？好在一切早已过去，就像柳树被一阵风刮过。打我不再觉得幸福以来，我一直保持着平静的心情。不过，你别说，还是有人爱我，记得我呀！”

说完，她取出信盒，里面装着一捆他写给她的信。

“瞧，沙沙，这是苏克教授的信哪！”

这些信是他母亲用杰尔索明娜·莫霍洛维奇的发丝捆扎在一起的，她吻了吻信，随即用激昂的语调给他念了起来，仿佛在朗诵战地诗一般，她念得那么忘情，以至差点忘了送他去旅馆睡觉。临别时，她匆匆吻了他一下，他感觉到她的连衣裙内的乳房已经像熟烂的糖水梨子。

当苏克教授伫立在他研究生涯的第三十个年头的门槛上，当他的眼睛日益敏锐而嘴唇较之耳扇更加迟钝，当他的著作在考古学和东方学中日益被广泛引用之际，他生发出了非访问首都不可的又一理由。有天早晨，在这幢像多层蛋糕似的华宅里，以撒洛·苏克博士的名片也投进了帽子，以便主人从帽子里知道来访者是谁。当然，这一回也罢，后来也罢，他的名片从未打帽筒里掏出来过。但苏克博士却定期收到邀他参加这幢房子里召开的会议的请柬。他与会时嘴唇上常挂着似蛛网般的昨天的微笑，待走进房子的走廊这微笑便消失了。那是个

圆廊，但沿圆廊走你永远到不了你开步走的地方。他想，这幢房子就像一本用他不懂的语言写成的书，房子的走廊是组成陌生语言的句子，房间则是陌生语言的词汇。因而有一天，人家告诉他到一楼一间锁孔烧红发出焦臭的房间里去接受要进入此屋必须履行的考试时他毫不感到奇怪。在二楼放一堆堆书的地方，他的著作的权威性是无可争议的。但在同一幢房子的一楼他却觉得自己矮人半截，裤子突然长了许多。一楼那些嚷嚷的人得听二楼人的，但一楼人对他的著作却毫不在意。他每隔一年都得接受考试，而且，考前还要受人盘问他是什么人。当然，考后从不告诉苏克博士考得的成绩，虽则成绩记录在案，考试委员会主席对他，也就是说对候选人的专业水平评价极高。那天苏克博士考后一身轻，随即去探望他母亲。而他母亲一如往常那样将他领进餐室，然后眯着眼给他看按在她胸口的苏克博士附有作者献词的新著。他谦恭地瞥了一眼有作者亲笔签名的书。然后母亲一如往常那样让他坐到墙角边的凳子上……她以惊人的正确性告诉儿子说，苏克教授论定，在克里米亚发现的那个陶罐里的钥匙，其柄端乃是蛮人常用的铜币、银币或金币的仿制镂刻，钥匙一共发现了一百三十五把（其实苏克博士数过，一个陶罐内有一万把之多），在每把钥匙上他都发现有个小小的记号或者有个小小的字母，起初他认为这是铸造师的缩写名字或诸如此类的标志，但后来发现较大面值的钱币上刻的是另一字母，以银币为柄的刻的是第三种字母，以金币为柄的则如他所猜测的那样刻的是第四种字母，纵然他还从未找到以金币为柄的钥匙，由而他得出了一个天才的结论（母亲说到这关键处要求他好好坐着，别用问题打断她的叙述）：他把钱币按面值大小排列后拼读出了一条密语或者说一个名字。这个名字已拼出的有两个字："阿捷"，后面肯定还有个字母，即金币钥匙上的那个字母，可惜没有找到金币钥匙，苏克博士认为所缺的那字母可能是犹太字母表中的一个神圣的字母，而且很可能就是犹太教唯一真神的名字①的最后一个字母"赫"。铸有"赫"字的钱币会带给人们死亡。

与此同时，每隔一年的春天，苏克博士的名片重又投入一楼那扇门外边的帽筒。每次他都不知道考试的结果，从未有人告诉他……如今考试愈来愈频繁，主席位置上常常更换新人。苏克博士有个女弟子，从小秃头，每夜狗来舔她的脑门，从而使她头上长出了密密一层色彩斑驳的兽毛。她胖得没法从手指上退下宝石指环，而两道眉毛则细得像两根鱼刺，头上套一只羊毛袜子以替代帽子。她睡在她的一大堆镜子和梳子上，一边打呼噜，一边在梦里找她的孩子，她的呼噜声响得使躺在她旁边的孩子没法睡着。眼下她正主持苏克博士的考试，她那个长期欠睡、已经秃头的孩子就坐在她身边。苏克为了快点儿打发掉这份考试罪，他一边回答考题，一边还回答孩子的问题。当终于答完考题，上他母亲处

① 犹太教唯一真神的名字叫雅赫维，在希伯来文《圣经》中写作 JHWH，H 发"赫"音。

用餐时他已疲惫不支，以致母亲一瞅见他便惊恐地说："沙沙，你要小心呀，你的未来正在破坏你的过去！瞧你这一脸晦气……"

"犹太人有多少张嘴巴你知道吗？"母亲问他的时候他正在用餐。"看来，你不会知道……有个人，也许是苏克博士，写过这事，不久前我读到过。他在以色列草原布道时曾经提过这事。1959 年他在多瑙河地区乞拉列夫从事考古发掘中确定，那儿曾存在过我们所不知道的一个原始群体村落，从人类学的角度来说，这个群体比之阿瓦尔人还古老。他认为发掘到的乃是早在八世纪从黑海来到这儿多瑙河地区的哈扎尔人的墓地。今天时间已经晚了，明天你来参加杰尔索明娜生日纪念的时候不妨提醒我，我读给你听苏克博士写的有关此事的最最使人震惊的段落，非常有趣……"

苏克博士正要回答他母亲的问话时醒了过来，从嘴巴里掏出了一把钥匙。

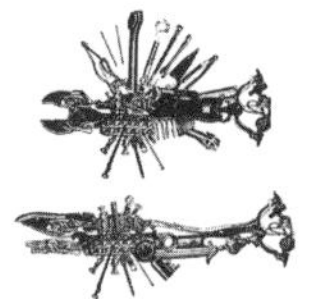

他出门上街。正午的天气像是得了热病，某种光波黑死病把天的湛蓝整个儿吞没了，空气患了天花，生了脓疮，而且把毒菌传染给浮云，使它得上坏疽，飘得越来越慢……

街上，一个在玩换裤子游戏的男孩站在报亭旁撒尿，把正买报纸的苏克博士的裤筒尿湿了。苏克博士不由回头看个究竟，一脸惊诧的神气，仿佛晚上发现裤裆纽扣一天来都没扣似的。可就在这一刻，一个陌生男子冷不丁扇了他一耳刮子。那天很冷，苏克感觉扇他耳刮子的手热乎乎的，虽然打得他很疼，倒也疼得舒服。他转脸刚想同莽汉说理，忽觉得湿裤筒贴在腿上不是味儿。就在这一刻，另一个买好报纸等找钱的男子也扇了他一耳光。苏克博士决定走为上策，于是拔脚就走，对于自己何以会挨到两记耳光莫名其妙，只晓得第二记老拳有股大蒜味儿。再不走不行了，身边已聚了一大帮子人，拳脚如雨。苏克博士感觉到有些扇他耳光的手是冷冰冰的，打在脸上倒挺舒服，因为他已周身燥热。在这拳脚交加之中他还发现一个情况于他有利，虽则来不及细想——须知两记耳刮子之间是没有多少时间可供细想的。他发现的是纷至沓来的拳脚正把他从圣马可教堂驱向广场，也就是说他本打算去的那地方，具体说就是他打算去买东西的小店。于是他在拳脚陪伴之下渐渐挨近他预定的目的地。他沿着一幢建筑物行走，他听不见任何声音，看不见任何人影。雨点般的拳脚逼得他不得不奔跑起来，他第一次瞥见了栅栏的空隙（其实他就是从栅栏处过来的），他发现栅栏后面有栋房子，一个年轻人正站在窗前拉小提琴。他也看见了谱架和乐谱，甚至立刻辨认出那是布鲁赫[①]的 G 小调第一

① 布鲁赫（1838—1920）：德国作曲家，其作品主要以小提琴协奏曲知名，其中又以他 G 小调第一小提琴协奏曲最为有名。

小提琴协奏曲，尽管窗子敞开着，但他什么声音都没听到。苏克博士被一阵拳脚震得晕头晕脑，终于踉踉跄跄地闪进店堂（说实在话，今儿他为了来这儿才出门上街的），随手掩上门，不觉松了口气。店堂里静得像个黄瓜坛子，只是有股玉米棒子的霉味儿。店堂里没有一个人，只有屋角的一顶帽子里趴着只母鸡。老母鸡用一只眼瞅了瞅苏克博士，估量他身上有什么好啄食的，之后调另只眼察看他身上哪些是吃不得的，嗣后沉思了一阵子，苏克博士终于整个儿进入了它的意识，包括能食的和不能食的两部分，它开始明白这回是跟谁打交道。后事如何，且听苏克博士道来。

关于蛋和弓的故事

他说：我进了清凉的店堂，感到全身轻松。传来一阵阵的小提琴声，那声音一如给象棋布局那样，若经拼凑并稍稍改变音调和次序，便是一首完整的波洛涅伊舞曲。过了好一会儿，从里屋走出来一个匈牙利人，乐器店的主人，乳青色眸子，脸儿红红的，像就要孵蛋的母鸡，那凸出的下巴则像带脐眼儿的小肚子。他掏出随身烟灰缸，抖落烟灰，再小心翼翼地合上盖，然后问我是否走错了门。确实常有走错门的，皮货店就在隔壁。我问卖不卖供未成年小姐用的小提琴或大提琴，我想买一把，如果价钱不贵的话。

匈牙利人转过身子正想回他发散着红辣椒味儿的里屋，帽里的母鸡抬起身子，开始咕嗒咕嗒叫唤，要人们注意她刚下的鸡蛋。匈牙利人小心地捧起蛋，在蛋上写了字，放进抽屉。他在蛋上写的是日期：1982年10月2日。我好生奇怪，因为今儿距这个日期还差着好几个月。

“你何必买小提琴或大提琴呢？”店主人站在店堂与里屋之间的门下端详着我问。“如果买唱片、收音机、电视机，那倒罢了，可你知道什么是小提琴吗？驯服小提琴就像种田，天天得忙着耕耘、播种、收割，年年如此，而且驯服小提琴靠的是这个玩意儿，”他指指像挂佩刀般挂在腰际的一把琴弓，随后把它抽出来，用手指紧了紧弓上的马尾，他指甲下边套满戒指，好像生怕指甲会飞掉或脱落。“先生，给谁买小提琴？”他问，准备回他的里屋。“还是买其他东西吧，可以给她买辆助动车或者狗什么的。”

他说一不二的口气使我茫然失措地呆立在店堂里，虽然他用的字句并不严厉、横蛮，就像是易饱而无鲜味的食品。这个匈牙利人运用我们的语言相当纯熟，只是在每句句子后面要加上我所不懂的一两个匈牙利字眼儿，就像蛋糕之后还要加上甜点心。他现在就是用这种调门劝我：

“先生，去为你那小姑娘寻找另外的幸福吧！小提琴这种幸福对她来说太艰苦了，而且为时太晚、太晚了，”他从发出辣椒味的里屋门口说道。“她几岁啦？”他正经八百地问。

问罢人便消失不见。但能听到他在更衣，似乎准备出门去。我告

诉他说，杰尔索明娜·莫霍洛维奇的年龄是七岁。一听到这话，他不由打了个哆嗦，似被魔杖击了一下。他把这话悄声译成匈牙利语。显然，他只能用他的本民族语来计数。从而一种奇怪的气息在房里弥漫开来。那是甜樱桃味儿。我明白了：这味儿与他的心情改变有关。匈牙利人把烟斗模样的玻璃器皿凑到嘴上吮了口樱桃酒。他走过店堂时像是无意间踩住了我的脚，摘下一把儿童大提琴。把大提琴交我时仍踩住我的脚不放，以此表示他这店铺的空间很小。我站着，也像匈牙利人那样装糊涂，不过是他占便宜，我吃亏。

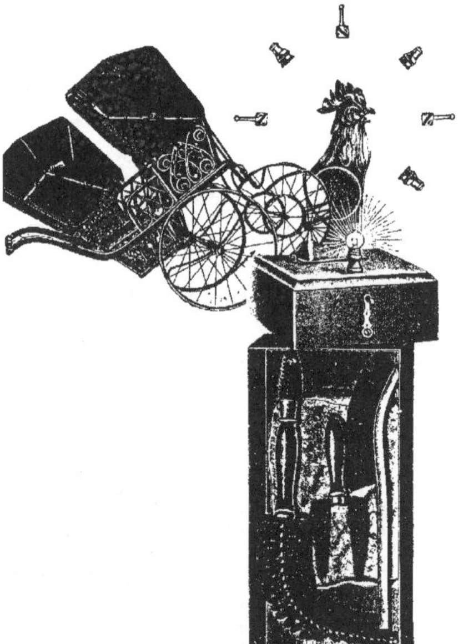

“买下吧，”他说。“这木料的年龄比你

我的年龄加起来都大，而且漆得好极了……你听！”

他用手指拨动琴弦，大提琴的四根弦发出了和音。他放开我的脚。和音似乎给世上的一切带来了解脱。

“你听到了吧？”他问。“每根琴弦都发出其他三根弦的音响，要听出这一点，得学会同时倾听四种不同的声音，可我们都懒于这么做。听出来了吗？或者听不出来？四十五万，”他把匈币折算成我们的货币。我听到这个数目，像吃了电棍似的打了个哆嗦。他仿佛能看见我口袋里的东西，这数目和我口袋里的钱恰好相符，不多也不少。这笔钱是我早就为杰尔索明娜准备好的，我当然知道这笔钱算不上是巨款，可我用了整整三年时间才积攒起来的呀！好吧，我说我决定买下……

“总数五十万，请付款，”匈牙利人说。

我打了个冷战。

“你不是说四十五万吗？”

“是的，我说过，但这是大提琴的价，另五万是琴弓的价。你是否不买弓？不需要弓？我认为乐器没弓是玩不成的……”

他从琴匣里取出弓，放进橱窗。

我目瞪口呆，说不出一句话。先是吃耳光，后是这个匈牙利人，我给闹懵了，但最后还是清醒过来，就像大病初愈，酒醒或者梦醒，我睁开眼，晃了晃脑袋，决不再让匈牙利人看笑话，我压根儿不稀罕弓，再说我也没有买弓的钱。我把这一切都说给了匈牙利人听。

他刷一下披上大衣，店堂里立时发散出樟脑味。他说：

“先生，我可没时间等你挣够了钱来买弓，再说你一时也难以挣到这五万买弓的钱。所以要等的是你，不是我。”

他本想丢下我一走了之，但，走到门口却又收住脚，转身提议：

“这样吧：用分期付款办法买弓。”

“你逗我玩儿？”我嚷道。我可不愿继续这场游戏了，转身往门外走去。

“绝不是逗你玩儿，是谈交易，你可以不同意，但听我说……”

“……你说吧，”我答。

“买下我的弓，同时买下我的蛋。”

“买蛋？”

“是呀，刚才母鸡下蛋你是亲眼看见的，我说的就是方才下的鸡蛋，”他从抽屉里拿出才生下的蛋，伸到我鼻子底下。

鸡蛋上是用铅笔写的那个日期：1982年10月2日。

“鸡蛋和弓一样价格，付款期限：两年……”

“你说什么？”我问，简直不相信自己的耳朵。

匈牙利人身上又一次发散出甜樱桃味。

“也许，你母鸡抱的是金蛋？”

“我的母鸡不会下金蛋，先生，但它下你我所下不了的，它下的是年月日，每天早晨，它下一个礼拜五，或者礼拜二。举个例子：今儿下的蛋里，代替蛋黄的是礼拜四，而明儿的蛋里藏着礼拜三。破壳而出的不是鸡雏，而是蛋主人生命中的一天！而且是什么样的一天呀！因此

它不是金蛋，是时间蛋。先生，要你这价还是便宜的哩！这蛋里有你生命中的一天，这一天就像蛋里的小鸡雏，能否破壳而出决定于你。”

“即使我相信你说的话，我又何必去买本来就是我的一天呢？”

“哎哟，先生，你怎么一点儿也不会思考？怎么不会思考的？难道你思考不是用脑子而是用耳朵？须知在这世上，我们的一切问题都出之于给我们什么光阴就得打发什么光阴，我们无法躲开带来灾祸的日子。问题的根子就在这里！你口袋中如果攒着我这个鸡蛋，一发现下一天不是好日子，你便可以打碎这蛋，从而消灾避邪。当然，为此你缩短了一天寿命，可你黯然失色的一天却能变成美味的煎蛋。”

“如果你的鸡蛋果真如此神奇，你干吗不自个儿受用？”我说时一眨也不眨地瞅着他眼睛，他那眼睛诡谲莫测。他双目中是纯粹的匈牙利语。

“先生你是在开玩笑？你可想过这只母鸡已给我下了多少蛋？你可想过，一个人为了要活得快活，可以把他的寿命打碎多少天？一千？两千？五千？不，我的蛋你要拿走多少听便，要拿走我的日子可不行。此外和普通蛋一样，这些蛋也有一定的保质期，一过保质期便会发臭，失效，因此要在它失效之前卖出去，我的先生。你已无选择余地，签字吧，”他把话讲完后，在一张纸片上写了几个字，塞给我签字。我问：

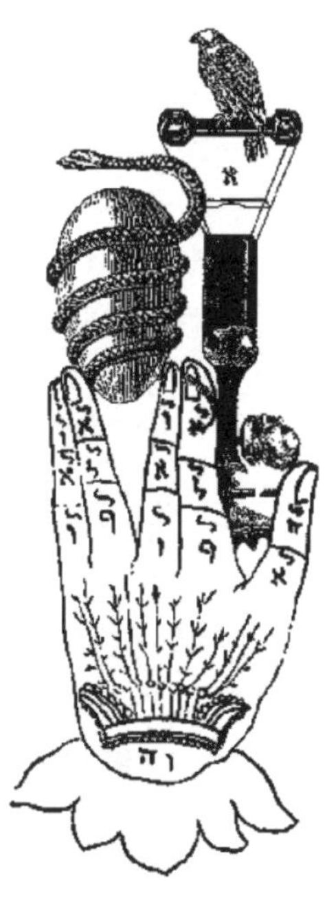

“你的蛋能否使物品，例如书本，减少或紧缩出一天时间来？”

“当然能，不过得从大头那一端打碎它才行，但为此你本人却失去了使用它的机会。”

我把字条垫在膝盖上签了字，付罢款，接过收据。又听到了母鸡的叫声，但这次是从隔壁房里发出的。匈牙利人把大提琴和弓放进套子，小心地包好鸡蛋，随后我俩一前一后离开了店堂。可他又生出事来、像逗我玩似的命我用力拉住门把手，将门关严实，他则去为橱窗板上锁。待一切做罢，他顾自扬长而去。不过走到拐弯处，却又转脸冲我说道：

“注意！蛋上写的日期是保质期的最后一天，过了那天蛋便会失效……”

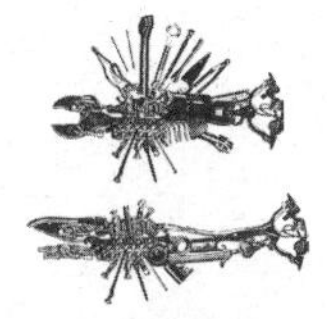

苏克博士在归途上老提溜着颗心，怕再次遭殃。幸好下雨，什么也没发生……他一溜小跑奔回他母亲的家……口袋里装着预示死亡的钥匙和可以使他死里逃生的蛋……蛋上有日期，钥匙上有个金把手。家中只母亲一人。傍晚时分她爱打会儿盹，所以一副睡眼惺忪的样儿。

“请递给我眼镜，”她对儿子说，“让我读给你听有关哈扎尔人坟地的详细描述。你听，关于乞拉列夫的哈扎尔人，苏克博士是怎样说的：

“墓群以家族为单位，坟墓杂乱无章地散落在多瑙河沿岸。但死者的头一律朝耶路撒冷方向。墓穴都是双层的，死者和他们的马匹安葬在一起。由于头朝向耶路撒冷，因而闭着的人眼和马眼都朝相反方

向。死者眼若能瞧的话，瞧见的定是他妻子的臀部，因为妻子的尸体蜷伏在前者的小腹上。也有直立式安葬的，不过都保存得很不好。这些力图冲天飞升的立尸大半都已腐朽，他们的颅骨上都刻有“耶乎德”[①]这个名字或者“萨霍尔”（“黑色”）这个字样。坟角有篝火的痕迹。死者足后安放着食物，腰际佩着刀，身侧有各种家畜和家禽的尸骨，有的墓穴中是胡羊，有的是牛或者山羊，有的是鸡、猪或者鹿。死者如果是孩子，则放在他身边的是蛋。作为陪葬物的还有镰刀、钳子等工具和珠宝首饰。死者的口、鼻、眼均由碎瓦覆盖。瓦片上刻有犹太人的七连灯台[②]图案，瓦片为三世纪或四世纪罗马所造，而灯台图案是七世纪、八世纪或九世纪所刻。灯台及其他犹太人象征物的图案显然是用利器粗糙地刻出来的，似乎刻得很匆忙，或者是私底下偷着刻的，或者不敢刻得惟妙惟肖，也可能他们记不住描画对象的特征，以致让人觉得他们从未见过灯台、灰罐、柠檬、羊角和棕榈，纯系临摹他人之作。用以遮盖口、鼻、眼的带有图案的瓦片原是为了阻止恶魔入墓的，但如今这种瓦片在整个坟地上随处可见，像是有某种强大的力量胜过了地心引力，将它们吸出墓穴，四处抛扔，因此现在已没有一片留在原处阻挡恶魔了。我们甚至可以假设，后来出于某种可怕的、外人所无从知晓的紧迫原因，故意把这些用以遮盖口、鼻、眼的瓦片从别的坟地

①《古兰经》和“圣训”中对犹太人的称谓。

② 此词原为希伯来文，意“烛台”，古代犹太教会幕和圣殿所用灯台。《圣经·出埃及记》有载。

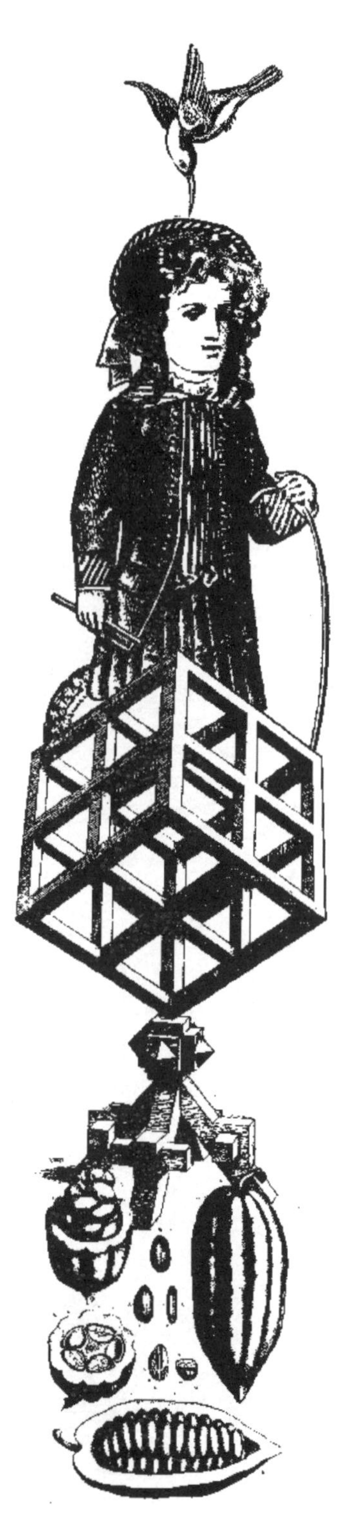

移到了这里，以便放任恶魔进入某些坟地，阻止恶魔进入另一些坟地……’”

此时门铃大作，客人们纷纷来到。杰尔索明娜·莫霍洛维奇穿着一双引人注目的靴子。但她的眼睛虽然美丽，却显得呆滞，似乎不是眸子而是两颗宝石。苏克教授的母亲当着大家的面把大提琴给她，吻了她的眉心，于是在她眉心间留下了第三只眼睛——苏克教授的母亲涂了唇膏的唇印。苏克教授的母亲说道：

“杰尔索明娜，你知道这礼物是谁送给你的吗？你猜！是苏克教授！你应该写封信好好感谢他，感谢这位年轻而英俊的先生。餐桌上的主宾席我一直是为他留下的。”

苏克太太陷入重重的心事之中，她的心事沉重得好似靴子，可以把脚踩疼。她安排客人一一入席，可是让主宾席空着，仿佛还未心死，仍在等待那位嘉宾光临。她漫不经心地、匆匆忙忙地让苏克博士坐在杰尔索明娜和一个年轻小伙之间。他们身后是盆榕树，刚浇过好多水，可以听到水珠从叶上落到地面的声音。

在晚餐席上杰尔索明娜侧身用灼热的指尖碰了碰苏克博士，说：

“在人的生活中，行为就像菜肴，思维和感情则像调料，谁要是在甜樱桃上撒盐或者在奶油蛋糕上浇醋，那么这人就要倒霉……”

杰尔索明娜说的时候苏克博士正在切面包，他一边切，一边想：“她有些年跟他在一起，而另一些年，则跟世界上其他人在一起。”

晚餐结束后，苏克教授回到他旅馆的房间，从口袋里掏出钥匙，取来放大镜对着它细细研究。在作为钥匙柄的金币上他看到了一个犹太文字母“赫”。他笑了，将钥匙放在一旁，然后从皮包里取出1691年达乌勃马奴斯版的《哈扎尔辞典》，临睡前，他读了“奶妈”这一辞条。他已相信那部有剧毒墨汁的版本就在他手中，读者连续阅读九页便会一命呜呼，而他从未连续阅读四页，故无性命之忧。他思忖：非万不得已，千万别在雨天赶路。这天晚上他选读的辞条不算太长：

“哈扎尔人中间，”达乌勃马奴斯的辞典记载道，“有一些能分泌含毒乳汁的奶妈。有人认为她们是两个阿拉伯部落——曾被伊斯兰教教徒从麦地那驱赶出去的两个部落——中一个部落的后裔，原因是她们也相信和尊崇贝督因人第四神灵马那。当人们欲除掉一名不得人心的王子，或想除掉财产的共同继承人中的一人时，就会请来这些奶妈。这便是‘毒乳汁品尝者’一说的由来：先由一些小伙子和那些奶妈上床，并吮吸她们的乳汁，然后再将需要她们哺乳的孩子交给她们。倘若那些小伙子安然无恙，她们便可进入哺乳室……”

黎明时分苏克博士睡着了。入睡之际，他想：他永远也不会知道杰尔索明娜那天晚上跟他说了些什么。因为对她的声音来说，他是个聋子。

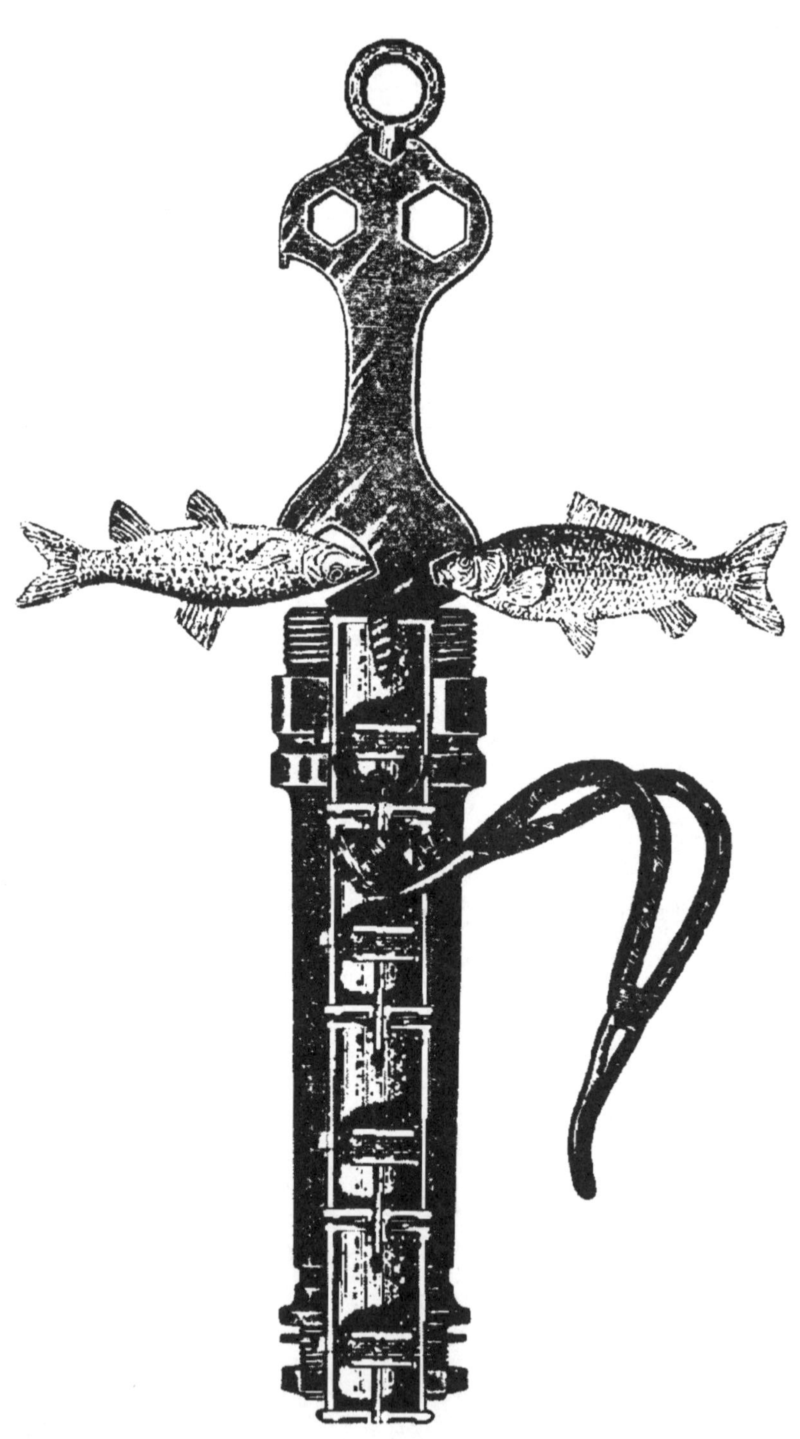

绿 书

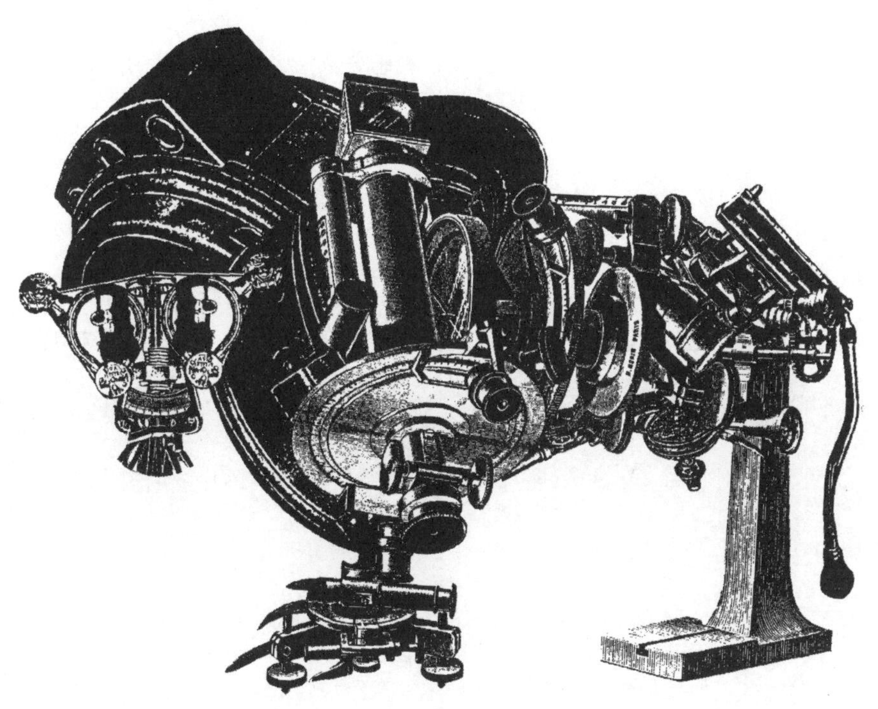

伊斯兰教关于哈扎尔
问题的史料

贾比尔·伊本·阿克萨尼（**十七世纪**） 据安那托利亚的诗琴演奏者称，魔鬼一度曾经用过这个名字，并且就是用这个名字去见十七世纪最有名的乐师之一尤素福·马苏迪☾的。伊本·阿克萨尼本人也是一名技艺高超的乐师。有一份由他抄录的乐谱保存了下来。从这份抄谱中得知，他演奏时使用的手指在十个以上。他身材魁伟，没有影子，脸上长着一对小而又小的眼睛，活像两个行将干涸的水洼。他从来不肯跟人家谈他是怎么理解死亡的，可是在论古说今时，却总是拐弯抹角地暗示别人该怎么理解，劝人家圆梦，借助捕梦者去领悟死亡的真谛。有两句格言出自他的口。一句是：死亡与睡梦同姓，只是我们不知道它们姓什么；另一句是：人日有一死，此即为睡梦，睡梦乃死亡的预习，死亡乃睡梦的姐妹，但是兄弟同姐妹的亲近程度各各不一。有一回他决定让大家看看死神是怎么行动的，便用一个信奉基督教的军事首长作为实例，这人叫阿勃拉姆·勃朗科维奇†，他在瓦拉几亚打仗，那个地方，据魔鬼说，每个人生下来时都是诗人，长大后都是贼，死后都是吸血僵尸。有段时间，贾比尔·伊本·阿克萨尼曾当过毛拉苏丹陵墓的守墓人，有位参观者曾作过有关当时情形的记录：

“守墓人关上了拱墓，漆黑的墓穴内回响着沉重的铁锁碰撞声。他和我一样动作迟缓，神情怠惰，他在近旁的一块石头上坐了下来，双眼闭合。当我以为他欲在黑暗中沉沉睡去

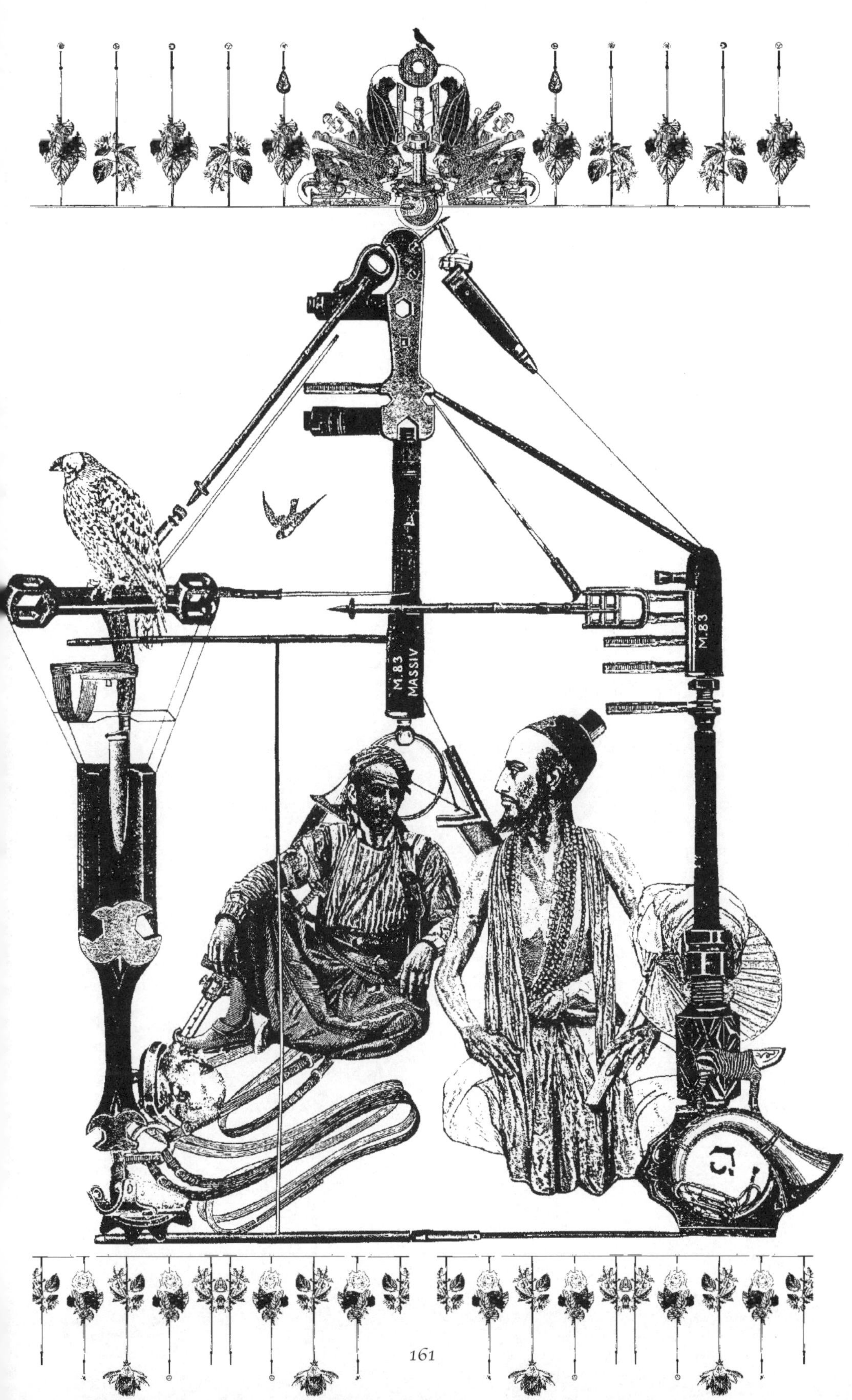
M.83
MASSIV
M.83

时，守墓人突然抬手指着一只在拱顶柱廊下飞舞的飞蛾对我道：

"'您瞧，'他口吻极为平静地说，'那飞虫在白柱廊的下方飞动，离我们很远，我们只在它飞动时才看得见它。假如我们把拱穹视作天空，那它就是一只在远处云层中飞翔的鸟儿。在这只飞蛾的眼里，拱顶不啻天空，只有我们才知道它弄错了。而它根本不明白这一点。它甚至还不知晓我们的存在。所以，你得试着传话给它，跟它说上几句，随便说什么都行，但得让它听明白。你能肯定它会听明白吗？'

"'我不知道，你行吗？'

"'我能行，'这位守墓老人平静地回答。

"说完，他用双手把飞蛾拍死，再摊开手掌让我看上面已被拍烂的飞蛾。他接着说：

"'你想它是不是明白我的话了？'

"'你也可用同样的方法表明你对一支蜡烛的作用，只消用你的两根手指把烛花剪灭就行，'我这样对他说。

"'当然啰，假如蜡烛会死亡的话……现在，有关飞蛾的事情我们全都明白了，但设想一下，还有另外一个人知道的跟我们一样多。那人知道我们的空间怎么会、什么原因、为什么是有限的，还知道什么是我们眼睛里的无限的天空，那人无法靠近我们向我们传递信息，唯一能让我们知道其存在的办法是令我们死亡。那人的衣服是我们的食物，他把我们的死亡视作与我们沟通的一种语言和手段。那人可用置我们于死地这一办法，给我们提供他存在的信息……'

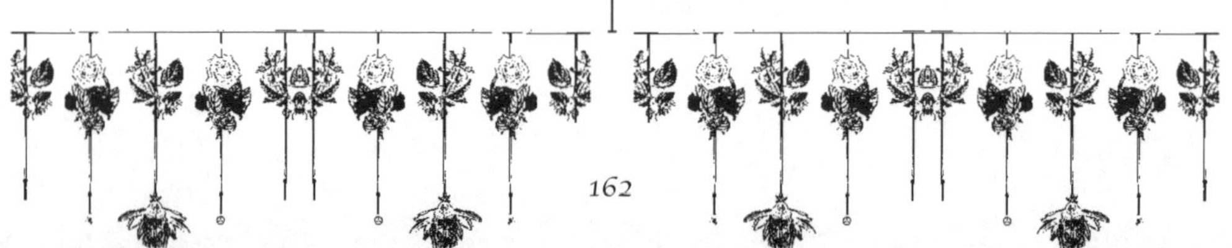

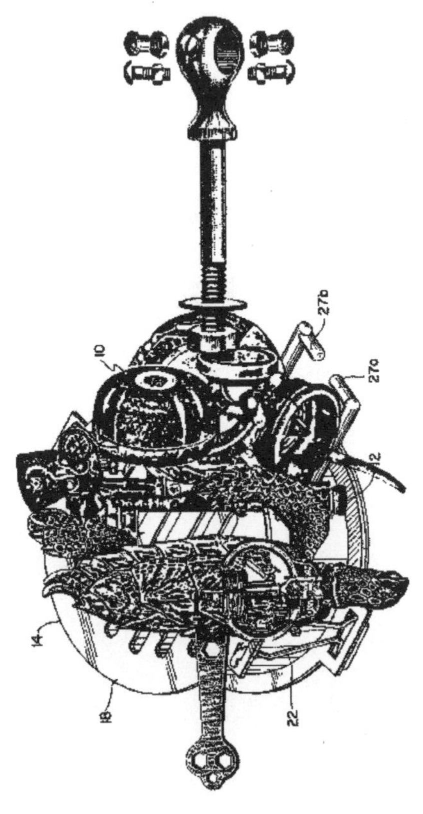

“守墓人的话没说完，我已经在想：假如他的话不过是经验之谈或是从书上看来的东西，那就不值得我牢记在心。不过，要是他确有独特的视角和比我们高明得多的见解，那可如何是好？”

贾比尔·伊本·阿克萨尼一度是个流浪汉。他携带着一把用白乌龟壳做成的乐器在小亚细亚的农村串街走巷，或演唱，或用向空中射箭的方式给人算命，或偷窃，或乞讨，每个礼拜他可讨得两筛子面粉……他仿佛在等待着他的死日。有一天，他确定他的死日已到，便请求一个农夫将其一头枣红色母牛于某时某刻牵至某地一用，为此他付给那农夫一笔酬金，并告诉他，所去的地方十分荒僻，已整整一年未见人迹。那农夫答应了，把牛牵到了那里。牛一见伊本·阿克萨尼，立刻用双角把他挑了个对穿。他当即倒地死去。他死得很轻快，像是睡着了一样，就在他断气的一刹那，他身下出现了他的影子。他的影子也

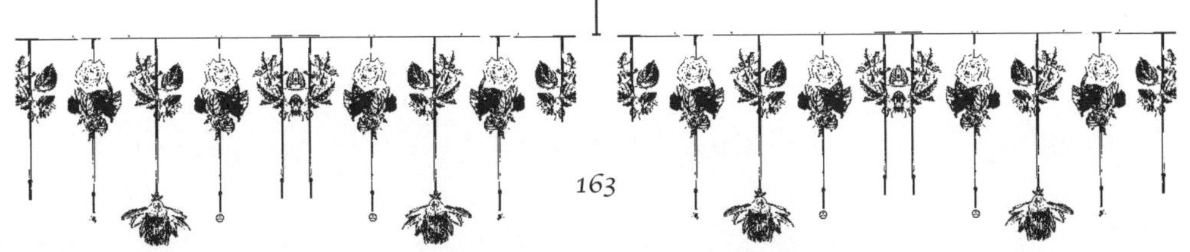

许是出来迎接他的肉身的。他一死，那把用白乌龟壳做成的诗琴就在当天恢复原形，变作活生生的乌龟，游入黑海，不复可见。诗琴演唱者们都说贾比尔·伊本·阿克萨尼一旦回魂，他的乌龟又将变作乐器，而这件乐器将替代他的影子。

他葬于内雷特瓦河畔的特诺沃，直到今天人们还把那个墓地称作“魔鬼之墓”。一年后，一名住在内雷特瓦河畔的基督徒——他与贾比尔·伊本·阿克萨尼很熟——为生意上的事来到了萨洛尼卡。他走进一家店堂欲买一把只有两根叉齿的餐叉，用这样的餐叉可以一次叉住两种肉——猪肉和牛肉——可以同时送入口中。当店主过来为他拿餐叉时，这名基督徒一下子认出了他就是贾比尔·伊本·阿克萨尼，基督徒大惑不解地问他：一年前他就葬在特诺沃了，怎么现在会在萨洛尼卡现身？

“我的朋友，”贾比尔·伊本·阿克萨尼道，“我确实死了，但由于安拉拒绝收容我，故我有了来生，我的生命又从这儿开始了，我这儿的货物应有尽有，但千万别向我买秤，因为我无权过秤。所以，我只出售军刀、餐刀、餐叉、工具等所有不需过秤的东西。我已在此定居，但每年第十一个礼拜五，我得返回我的墓穴。随便你想买什么东西，我都可以让你赊账，但你得立下字据，保证在规定的日期内付账……”

住在内雷特瓦河畔的基督徒接受了这一条件，尽管这天所有的烟斗只有咝咝的声响，而不会冒烟。他答

应第十一个礼拜五一过就支付到期的欠账。他将一根黑棍子的棍梢磨得跟麦芒一般尖利，然后，带上他所有买下的商品回家。在回内雷特瓦河畔的路上，他遭到了一头体形巨大的野猪的攻击，全仗那根棍子，他才顶住了野猪的进攻，但那畜生还是咬下了他腰间的一段蓝色腰带。到了第十一个礼拜五，他带了一支手枪和一把从萨洛尼卡买来的叉子，打开了“魔鬼之墓”，发现墓穴里面有两个人。其中一个朝天仰卧，正抽着一个长长的烟斗，另一个侧身而卧，默然无语。正当他用手枪指向他们时，抽烟斗的那个朝他脸上喷出一口烟道：

“我是尼康·谢瓦斯特†，你不欠我什么，因为我葬在多瑙河畔。”说完，人立即消失了，而他的烟斗还留在墓穴内。与此同时，另一个朝他转过脸来，他一眼认出那人就是贾比尔·伊本·阿克萨尼，后者用责备的口气道：

“嘿，我的朋友！我本可在萨洛尼卡把你杀死，但我不愿这么做，我帮了你的忙。现在你竟敢杀我，以真主的名义……”

说到此，贾比尔·伊本·阿克萨尼脸露微笑，那基督徒猛地发现了他嘴里有一截蓝色的腰带……那基督徒大吃一惊，举枪朝他射击。贾比尔·伊本·阿克萨尼欲用手挡住子弹，可惜太迟了。他大吼一声后断了气，墓穴内鲜血满地。

回到家后，内雷特瓦河畔的基督徒放好了手枪，却再也找不到那把两根叉齿的餐叉，原来，在他朝贾比

尔·伊本·阿克萨尼开枪的当儿，后者已将那把餐叉偷走了……

据另一个传说称，贾比尔·伊本·阿克萨尼并没有死。1699 年的一天早晨，他在君士坦丁堡把一张月桂叶放进盛满浴水的澡盆，然后把头伸进水里，想洗洗他的额发。他在水里浸了没几秒钟，当他把头从水中抬起，吸了一口气，站直身子时，他发现君士坦丁堡已影踪全无，他在其间洗发的那个世界也已影踪全无，他正置身在伊斯坦布尔[①]的一家名叫“金斯敦”的高级宾馆内，时间是耶稣诞生后的第 1982 年，他有一个妻子，一个孩子，一张比利时公民的护照，他操法语，然而在 F. Primavesi & Son, Corrella, Cardiff[②]的浴缸底上却有一片湿漉漉的月桂叶。

阿捷赫▼（九世纪初） 据伊斯兰教的传说，哈扎尔可汗宫中有他一个名叫阿捷赫的女性亲属，以美艳著称。她的宫室外面蹲守着巨大的银发看门狗，它们用尾巴抽打着眼睛。被驯化得站立不动，不时能看见它们一动不动地朝腿上撒尿，它们把辅音像石头一样深深吞入胸膛，睡觉之前，它们会像船缰绳一样蜷起尾巴。她有一双银色的眼睛；她系的不是钮扣，而是铃铛。照理说街上随便

① 君士坦丁堡今称伊斯坦布尔。

② 英语，意为普里马维锡父子公司，加的夫市科列拉。

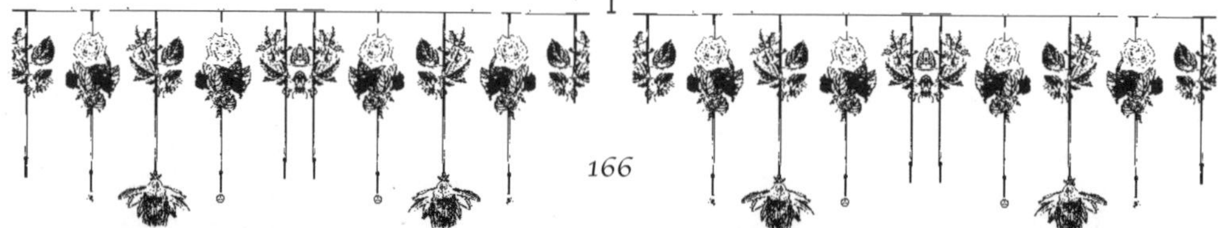

是谁，都能从铃声里判断出宫殿之内的公主正在穿衣起床，还是要卸装睡觉，但她的铃声从未被人听到过。除了有头脑，公主天生反应迟钝。她呼吸的次数比别人打喷嚏都少。她好整以暇，嫌弃任何想让她行动快起来的人或事，即便那是她自己打算要做的事。她说话时，这件迟钝的外衣会露出衬里的一角。她从不会在一个话题上逗留太久，与人交谈时，她就像鸟儿一样，从一个话题跳到另一个话题。可是没过几天，她又会出人意料地接上当初她停下的那个地方，情不自禁地继续去考虑她以前拒绝去想的事，追随着她那漫无目的的思绪。她把重要与次要的话题混为一谈，并对所有的话题都漠不关心，大家认为，这些都是公主在哈扎尔大论辩▼期间遭遇的噩运。此外，她还做诗，不过有据可考确实出于她手笔的仅一句格

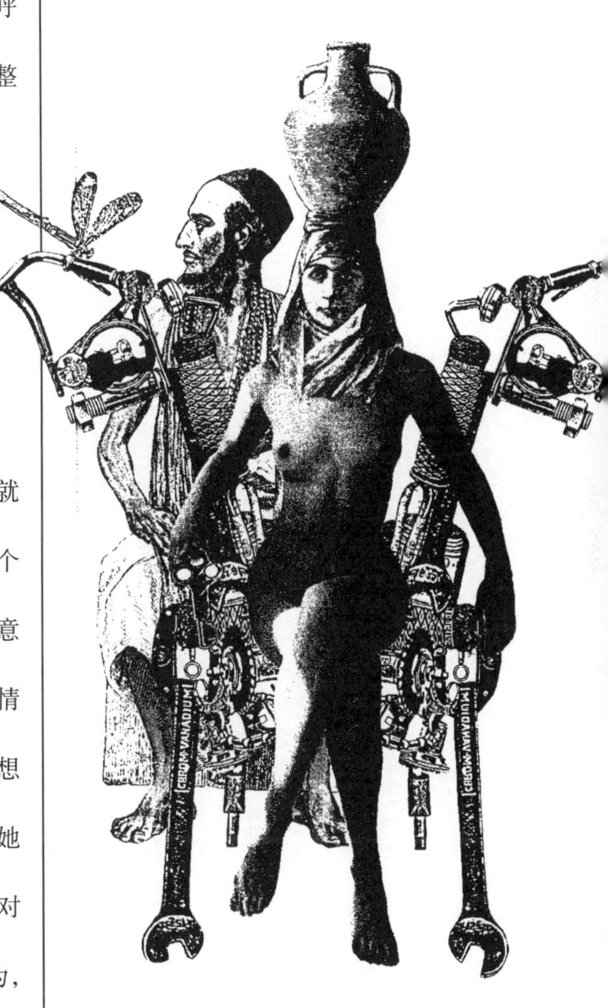

言。这句格言为："两个'是'之间的差别也许大于'是'与'非'之间的差别。"其余只是后人推断为她所作。

有人认为，她的诗作或者她参与撰写的文章有许多至今保存在阿拉伯人所迻译的典籍中，她那些涉及哈扎尔大论辩▼的诗歌引起了研究这个民族改宗新教时期的历史的史学家们特别浓厚的兴趣。根据某些人的看法，这本是一些情诗，是后人在编纂那个时期的编年史时将它们作为上文提及的大论辩的论据的。不管怎么说，阿捷赫以巨大的热情介入了这场论辩，力挫了参与这场论辩的犹太教和基督教的使者，帮助了伊斯兰教的代表法拉比·伊本·可拉☾，最终同她的主子——哈扎尔可汗一起，改宗伊斯兰教。那个参与论辩的希腊人发觉他败局已定，便串通犹太教使者，决定把阿捷赫公主交付两座地狱的主宰——犹太教地狱的彼列和基督教地狱的撒旦去发落。阿捷赫为了逃避这样的结局，自愿下第三座地狱——伊斯兰教的地狱，投靠易卜劣斯☾。然而易卜劣斯无法彻底推翻彼列和撒旦的判决，只得褫夺了阿捷赫的性别，判处她除"库"▼这个字外，忘却自己所有的诗作和语言，在这种情况下赐予她永生……就这样，阿捷赫得以长生不死，可以一而再再而三地重拾自己曾经讲过的任何一句话，曾经有过的任何一个想法，而且从从容容，无需匆忙，因为一旦长生，对于时间的感觉就迟钝了，迟也罢，早也罢，无所谓。至于爱情她只能在梦中享用。于

是阿捷赫公主便毫无保留地把自己奉献给了捕梦者教派，该教派的神职人员按《圣书》中所提及的天庭的神品建立了一套尘世的教阶体制。阿捷赫和这个教派的成员都有本领把信件、自己的和别人的思想，甚至物品输入他人的梦。阿捷赫公主能进入比她年轻一千岁的人的梦中，把任何东西送到在梦中同她相会的人手里，东西决不会在途中遗失，其安全可靠不亚于急使骑着喂过葡萄酒的快马所送的信，只是更加迅疾得多……不妨谈一件阿捷赫公主的事。有一天，她把她寝宫的钥匙放进嘴里，侧耳倾听，隔了一会，她听见一阵乐声和一个年轻女子微弱

的声音，那声音说了下面这番话：

“在人的生活中，行为就像菜肴，思维和感情则像佐料。谁要是在甜樱桃上撒盐或者在奶油蛋糕上浇醋，那么这人就要倒霉了……”

话音刚落，钥匙就从公主嘴中不翼而飞，据说，她懂得易物的法术。钥匙给了年轻女子正与之讲话的那个人，而作为交换，公主阿捷赫得到了这些话……

达乌勃马奴斯✡赌神罚咒地说，在他那个时代阿捷赫公主还在世，十七世纪，有个诗琴演奏者，是个名叫马苏迪☾的安那托利亚的土耳其人，曾经遇见过她，还同她谈过话。这人学会了捕梦的本事，还拥有《哈扎尔百科全书》或者说《哈扎尔辞典》的阿拉伯文手抄本，不过他在遇见阿捷赫公主时尚未读完辞典的全部条目，所以当阿捷赫公主发出“库”这个音时，他不懂得是什么意思。这个字见诸《哈扎尔辞典》，意为某种水果，要是马苏迪知道这个字的话，便能猜出在他面前的是谁了，此后也就无需为掌握他所企盼的法术而花去那么多的心血和精力；不幸的公主能教会他更得心应手地运用捕梦之术，远胜任何一本辞典。可是他没有认出公主，不知道她的真正价值，就这样与他最珍贵的猎物失之交臂。正因为如此，据一个传说讲，连被马苏迪充作坐骑的骆驼都瞧不起马苏迪，朝他的眼睛啐唾沫。

阿勒·拜克里·斯巴尼亚德（十一世纪） 有关哈扎尔大论辩▼这一历史事件的最主要的

阿拉伯编年史作者。叙述哈扎尔大论辩的文章，除了阿勒·拜克里的文本外，还有两篇文章保存了下来，更确切地说，这是两篇论及他们改信宗教的文章，但因文章一部分已遗佚，所以无从知道哈扎尔人皈依的是犹太教、基督教还是伊斯兰教。《绿牧场》的作者麦斯欧迪认为，哈扎尔人▼在八世纪末放弃了他们自己的宗教，那时，大量的犹太人被拜占庭人和哈里发驱赶到哈扎尔，哈扎尔人接纳了那些犹太人。哈扎尔大论辩的第三位编年史作者可能是伊本·阿勒·阿迪尔。在他的原文中已找不到他的有关论据，但迪马斯基转述了他的论据。然而，最为可靠的编年史作者当数阿勒·拜克里·斯巴尼亚德，他提供了有关哈扎尔大论辩最为翔实的细节，他认为哈扎尔人在731年以及与哈里发交战之后，与阿拉伯人签订了和约，并接受了伊斯兰教。事实上，阿拉伯编年史作者伊本·鲁斯塔和伊本·法德朗曾提到过哈扎尔王国内的许多清真寺。他们曾提及一个“双重王国”，大意是哈扎尔王国同时信奉伊斯兰教和另一种宗教——可汗信奉伊斯兰教，而哈扎尔国王则信仰犹太教。根据阿勒·拜克里·斯巴尼亚德的考证，哈扎尔人后来改信了基督教。763年哈扎尔大论辩结束后，即可汗撒勃里埃耳·奥巴迪亚统治时期，哈扎尔人可能选择了犹太教，因为伊斯兰教使者未出席大论辩，他在赴会途中被人毒死。

但是据达乌勃马奴斯✡说，阿勒·拜克里·斯巴尼亚德认为，哈扎

尔人第一次改宗信仰，皈依的是伊斯兰教，这是他们最重要的也是唯一的最后的决定。他写道，《圣书》由层叠形式构成，第一个伊玛目[①]的话可资证明："在天神所赐的这本书里，没有一句话是不经过我亲手抄录而直接从天而降的，抄录时没有一句话是不经我高声复述的。每句话都有八种不同的领悟方法：字面含义和心理含义，前一句可改变后一句的含义，后一句又可改变再后一句的含义，还有秘密含义、双重含义、特殊含义和一般含义。"一名叫扎卡里阿·拉兹的医生指出，阿勒·拜克里·斯巴尼亚德认为可将伊斯兰教、基督教和犹太教这三种宗教视作《圣书》三个层面的含义。事实上，每个民族从《圣书》中选取了与之最相适应的含义，并以此来显示其真正的特性。此书层叠结构的第一层，每一个人不管他信仰什么宗教，都可明白其中文字的含义。第二层即暗喻层，只有饱学之士方能领悟，是基督教教理的启示，它涵盖现时，亦是此书欲表达的声音（话语）。第三层统括了神秘玄奥的内容，可谓《圣书》具犹太含义的一层。第四层即预言层，是伊斯兰教接纳人教的深奥含义，亦是《圣书》的精神所在，是最最深奥的一层。哈扎尔人首先接受了《圣书》的最深奥一层含义，继而又兼收并蓄其他几层含义，他们的行为表明了改宗伊斯兰教于他们最为合适。事实上他们也从未

① 伊斯兰教用语。指穆斯林集体礼拜时，站在前面主持礼拜者，也指清真寺的教长，又可指穆斯林领袖或宗教学者。

脱离过伊斯兰教，尽管他们间或接触过基督教和犹太教。

伊本·阿勒·阿迪尔的注文再次证明这一事实：哈扎尔王国消亡前，其最后一位可汗重又接受了他一开始皈依的伊斯兰教。

阿勒·拜克里·斯巴尼亚德的文章是用精练、讲究的阿拉伯文撰写而成，实属完美无缺的语言，然而，在他生命的暮年，他的文风发生了变化，这一变化始自他六十七岁那年，当时，他已完全谢顶，手脚也不再灵便，唯有一双眼睛依然炯亮有神，一如两条蓝色的小鱼。一天夜晚，他梦见一个女人在敲门。借助月色，他依稀看见那女人的脸上抹着少女常搽的鱼粉。当他迎上去欲请她进门时，发现那女人不是站在门前，而是坐在地上敲门的。尽管她席地而坐，但她还是跟他站着一般高。当她起身——用了相当长的时间——站直时，她那硕大无比的身躯吓得阿勒·拜克里·斯巴尼亚德从梦中惊醒，但他醒后人已不在刚才做梦的那张睡床上，而置身于悬在水面之上的一个笼子里。他又变成一个二十岁的小伙子，一头长长的鬈发，未蓄浓浓的胡髭，这胡髭使他不由自主地想起，他曾用自己的胡髭蘸葡萄酒刷洗过一个姑娘的乳房。他对阿拉伯语一窍不通，但他能流利地用一种连他自己都不懂的语言与笼子的看守交谈，他的话只有那名看守听得懂。其实，阿勒·拜克里·斯巴尼亚德不再懂得任何语言，那只是他梦醒之前的回忆。笼子挂在一棵大树上，下面是河水，涨潮时，只有他的脑袋露出水面，潮退时，他可

俯身抓起一只螃蟹或乌龟。海水退潮，河水变清，他可用河里的淡水洗去他皮肤上的盐渍。他用牙齿在蟹壳上或龟背上噬出连他自己都看不懂的字，随后，将螃蟹和乌龟放入水中，向外界送出不为他所知的信息。退潮时，他也从抓到的乌龟背上看到过一些文字信息，他认真地读着，但对其含义一窍不通……

指法　此词指在演奏乐曲时手指在乐器上触及的最佳位置。十七世纪小亚细亚诗琴演奏者中，尤素福·马苏迪ʿ的指法最为出色。“魔鬼的指法”意为难度最大的指法。摩尔人爱用“魔鬼的指法”这一由西班牙人发明的指法。

这种指法只在改编成吉他演奏曲

魔鬼指法
（十八世纪成为西班牙吉他的一种指法）

的曲调中使用。众所周知，魔鬼是用第十一只手指演奏的，另有一种传说是：魔鬼还能用尾巴演奏。还有一些说法认为，“魔鬼的指法”原义与上述意思风马牛不相及，其真实的含义旨在表明炼金术的每一个操作顺序，还有就是用怎样的方法在果园里栽种果树，才能使人们从初春到深秋一直可以摘采累累的鲜果。“魔鬼的指法”只是到了后来才被转用于音乐上的，

那是一些贤人智者将前人的智慧用作他途的结果。

巴索拉残篇 一个阿拉伯文文本之名，源自十八世纪的一个抄本。有人猜测此系约翰涅斯·达乌勃马奴斯✡版《哈扎尔辞典》的部分内容。这部名为《哈扎尔辞典》的书籍于1691年在普鲁士出版后不久便被销毁，因此这一猜测无法证实，同样也无法知道这一残篇在《哈扎尔辞典》中的确切位置。所幸的是残篇内容还保留着：

“一如你的灵魂深藏于你的肉体，第三位天神阿丹·鲁阿尼将宇宙万物深藏于他的灵魂之中。在1689年，阿丹·鲁阿尼身处下行之途，已临近太阴之道和太阳之道的交合点，此为魔鬼阿里曼的所在地，这便是我们不追逼你们这些捕梦者✡的原因，并非我们不能，而是我们不为，追随阿丹·鲁阿尼的充满想象的释梦者们，欲用书籍的形式再造他的肉身。但在二十世纪末，当他处于上行途中，他的梦幻之国将向造物主靠拢，那时，我们将不得不把你们杀死，你们从别人的梦里找来有关阿丹·鲁阿尼的零星的片段，欲将这些片段组合为一本由其肉身做成的书，存留于世。我们不能容忍这本肉身之书变成一个王国。但你们别以为只有我们这些无足轻重的魔鬼对阿丹·鲁阿尼格外留意。你们至多只能造出他的一小截指尖或他腰间的一颗痣。我们的存在就是为了阻止他的一小截指尖或他腰间的一颗痣的重现。其他魔鬼看管

另一些人，那些人试图将他身体的其他部分组合起来。你们别抱幻想了，他巨大的身躯中最重要的组成部分是梦的王国，你们中间尚未有人触及过这一王国呢。拼读阿丹·鲁阿尼的工作才刚刚开了头。能代表他肉身的书还在人的梦里。再说，他肉身的一部分在死人的梦里沉睡。一如枯井汲水，你是无法从中获取欲求之物的。”

易卜劣厮，阿布 剥夺阿捷赫▼公主性别的魔鬼，住在地狱，位于太阴之道和太阳之道的交合点上……他写诗，并摘录了他自己写自己的诗句：

阿比西尼亚人、希腊人、土耳其人，
还有斯拉夫人，
在那些人家里的时光，
只要挨近他们的女人
我就如癫似狂……

阿布·易卜劣斯的诗由一名叫阿勒·马兹鲁巴尼的人专门收集，此人广为收集的魔鬼诗在十七世纪被编成一本诗集。

可汗▼ 哈扎尔执政者，这个称谓源自鞑靼的“汗”，意为“王”。据伊本·法特朗考证，哈扎尔人将历代哈扎尔可汗葬于河流的水下。可汗与平肩王分享权力，但可汗处于优越地位，他被奉为首脑。通常可汗大都出身于古老的土耳其望族，而他的平肩王，即国王，或称作别伊，则起于平民，也就是说是哈扎尔人。有一件九世纪的证据（见诸亚库比[①]的著述）称，早在六世纪可汗就跟他的总督哈里发[②]共同执政。

阿勒·伊斯塔克里对哈扎尔人中的这位可汗的论述最具权威性。这部成于回历320年（公元932年）的著述如是说：

“说到哈扎尔人的政治及其统治艺术，须知他们有一位被称作哈扎尔可汗的执政者。虽说他的等级、尊荣胜过国王，但他却是由国王选定的（由国王赐他可汗这一封号）。一俟选定，即用一条丝巾勒住他脖子，直到他要窒息时，方有人问他：‘你欲执政多久？’他会答称：‘一直到某某年。’要是他在那个年份到来之前驾崩，那便无事，否则那年份一过，他就会被处死。他虽无权颁布命令及禁令，却备受敬仰，人们见到他都下跪。可汗往往是从既无权势又无钱财的贵人中选出的。每当甄选之日来临，无人会留意候选人钱财的多寡。有人曾言之凿凿地说，他曾见过一个在街上卖面包的年轻人，可

① 亚库比（？—897/905）：阿拉伯历史学家和地理学家，写有伊斯兰教、亚述国、埃及、希腊和阿拉伯哈里发国（872年前）历史方面的著作，还写有地理著作。

② 东方许多穆斯林国家集教权与政权于一身的最高统治者的称号。

汗驾崩后，有人认为可汗之尊非那后生莫属。”

可汗的平肩王一般都是英勇无匹的战士。有一回哈扎尔又打了一场胜仗，平肩王从敌人那里虏获了一只叫作枭的鸟，这鸟能以叫声向人们指引饮用水的源泉。自从得到这件战利品后，敌寇便时时来犯。从此时间的流逝变得异常缓慢，他们衰老的速度一年等于过去的七年，他们不得不改变他们的三月等分历，即阳月、阴月和无月月。女人的妊娠期为二十天。一个夏季他们可收获九次，接下去是九个连续不断的冬季，其时正好享用夏季收获的果实。他们每天睡觉休息五次，准备十五次餐食，并用十五次正餐。无月之夜的牛奶不会发酸变质，但无月之夜异常漫长，以致黎明时，他们已忘记了外面的大路小道，也认不出以前的熟人。他们中有的长大成人，有的已经老迈。他们明白待下个夜来到时，同代人不会再相逢重聚。捕梦者在越来越高的地方书写文字，他们历尽千辛万苦，脚尖才勉强触及峰顶。书籍日渐匮乏，于是他们开始在山坡上写下文字。河水以难以置信的慢速汇入大海。有一天晚上，当马群在月光下奔驰之际，天使托梦给可汗，跟他说：

“创世主看重的是你的意愿，而不是你的举止。”

于是可汗询问捕梦者，这个梦主吉还是主凶，哈扎尔国灾祸迭起的原因何在。捕梦者称有个伟人要来，所以时光放慢速度，跟那个伟人同步。可汗对此说不以为然：

“不对，原因在于我们变得渺小了，灾祸由此而起。”

打从这次圆梦后，可汗便同哈扎尔的教士和捕梦者疏远了。他吩咐延请一名犹太人，一名阿拉伯人，一名希腊人来他宫中替他释梦。可汗决定，谁的解释最正确，他就带领子民改信谁的宗教。当三教唇枪舌剑地在可汗宫中论辩时，可汗认为阿拉伯人法拉比·伊本·可拉☾的论据无不掷地作金石声。于是可汗问他道：

“是什么照亮了我们在伸手不见五指的黑夜紧闭着眼睛所做的梦？是对已经不再存在的昨天白昼的光的追忆，还是我们从明天的白昼那里取得的未来的光，虽然天还没有亮？”

法拉比·伊本·可拉的回答使可汗龙心大悦。他回答说：

“这光在两种假设下都是不存在的，因此无所谓哪种假设正确，由此可以认为问题本身也是不存在的。”

那位携同其子民改奉伊斯兰教的可汗的名字未能留传下来。我们只知道他被安葬在“浓”（阿拉伯字母，状似半月）这个符号下面。异教的史料说，在他脱去靴子，洗过脚，走进清真寺前，他的名字本叫卡奇勃。可是当他作完祈祷，走出清真寺来到阳光底下时，他再也没找到他本来的名字和靴子。

哈扎尔。阿拉伯文：哈扎腊；汉文：苦撒 源自土耳其的一个民族之名。此名源于土耳其文“qazmak▼”（流浪、迁徙）或“quz”（一座山的北坡、冰川）。还有

一种“阿克—哈扎尔人”的称谓，意即白哈扎尔人。按依士塔克里的说法，这是为了区别于黑哈扎尔人（喀达—哈扎尔人）所用的名称。从552年始，哈扎尔人可能属于西土耳其帝国统治的臣民，他们大概也加入了西土耳其第一个可汗出征波斯要塞的行列。到了六世纪，北高加索地区落入萨比尔人之手（萨比尔人为匈奴两大部落之一）。据十世纪的一名文书马苏迪记，当时土耳其人以“萨比尔人”来称呼哈扎尔人，无人知晓这两者是否指同一民族。很可能存在着两种哈扎尔人，一如可汗之外还有国王与他同时存在。白哈扎尔人和黑哈扎尔人也可能另有其意：阿拉伯文“哈扎腊”，意即白鸟和黑鸟，由此推测，白哈扎尔人可能代表白昼，而黑哈扎尔人则代表黑夜。总之，在有文字记载的史料中，哈扎尔人初期曾征服过一个叫做“温达尔”的强悍的北方部落（见 Hudu al lain“世界地域”）。这个部落的名字与希腊人指称保加利亚人时所用的“温维吾尔人”相关。所以，哈扎尔人一开始在高加索地区发动的征战可能是以保加利亚人和阿拉伯人为对象的。据伊斯兰史料记述，阿拉伯人和哈扎尔人之间的第一次战争爆发于642年，地点在高加索地区。653年在巴朗贾尔附近的一次战斗中，因阿拉伯军队的统帅被杀致使战争暂息。据文书马苏迪记述，战前他们的首都是巴朗贾尔，后几经徙移，先迁到萨芒达尔，后定都阿蒂尔。阿拉伯—哈扎尔第二次战争始于772年，或更早些，此战在773年以

哈扎尔人的战败而告结束。这是在穆罕默德·迈尔万统治时期，当时的可汗已皈依伊斯兰教。伊德里斯时期的一张阿拉伯人绘制的地图上，证实了哈扎尔国的位置在伏尔加河下游和顿河下游之间的地区，包括萨盖尔和阿蒂尔两地。依士塔克里提到过从哈扎尔国到赫尔松有一条沙漠商队之路，有人也称这是一条从赫尔松通往伏尔加河的“王家之道”。

据伊斯兰史籍记载，哈扎尔人以耕种为生，亦是捕鱼的能手。他们的国土内有一个大河谷，每到冬季，河水上涨，河谷上方便形成一个湖，他们从湖里捕起肥壮的大鱼，用鱼身上的油脂将鱼烹熟。春天河水退尽时，他们便在河谷里播下麦种。大鱼油脂丰富，小麦长势良好。哈扎尔人在同一片土地上每年可有两次满意的收获。他们还有办法让牡蛎在树上生长。他们用石块将树枝的一头固定在海底，两年后，树上便长出足够他们食用的牡蛎，到了第三年，他们松开树枝，于是，大量美味的牡蛎由树枝带出海面。一条有两个名字的河从哈扎尔王国当中穿流而过，同一条河有两股水流，一股由东向西，另一股由西向东。这条河的两个名字与哈扎尔历法的两个年份相对应。这是因为哈扎尔人认为四季代表着两个年份，而不是一年的时间。这两个年份的时间逆向流逝，一如那条河的两股水流。

这两个年份像洗纸牌一般将时日和季节混在一起，故而冬季的日子和春季的日子混在了一块，夏季的日子又和秋季的日子合二为一。还有，这两个年份中的其中一个年份是从将来算到过去，另一个年份由过去算到将来。

哈扎尔人将他们一生中做过的重要的事情铭刻在一根棍子上，不过，这些形似动物的铭文表达的是他们的情绪和心境，而非具体的历史事件。棍子上出现的次数最多的动物形象，日后将是其主人的坟墓形状。这便是为什么哈扎尔人墓地上有各种动物形象的原因所在，有老虎、飞鸟、骆驼、豺或鱼、蛋、山羊等。

哈扎尔人认为，一条生活在里海黑暗的海底深处的鱼，是没有眼睛的，但它身体会像钟一样有节奏地摆动，此乃世上唯一最准确的计时。根据哈扎尔人的传说，万物被创造出来之始，包括过去和将来、各种事件、各种事物，皆在燃烧着的时间长河中融化，过去的和未来的有生命的东西交融混合，一如肥皂浸在水里。这时，所有有生命的受造物可创造出任何其它的受造物。他们这种大逆不道的观点引致了这样一个后果：哈扎尔的盐神只允许他们创造他们自己形象的受造物，从而限制了他们心血来潮的念头。盐神将过去从将来中分离开来，继而将其权力放在现时。这样，他便可在将来散步的同时浏览过去，一切事物都在他的监视之下。他从他自身开始创造天地万物，随后再吞进肚内，反刍一切陈旧的东西，旨在吐出一个年轻的世界。不同人种的命运

及所有民族的文字记载皆铭刻于宇宙之中，每一颗星辰代表着一个归宿，代表着一种语言和一个民族的生命起源。宇宙是一种具体的、看得见的永恒，不同人种的命运宛若星辰在宇宙之中闪烁发光。

哈扎尔人能够辨识各种颜色，一如辨读乐谱和数字。当他们进入清真寺或教堂，看见里面的壁画或圣像时，他们会拼读或吟唱画所表现的内容……

哈扎尔人是通过空间而非时间来想象未来的。他们在建造庙宇之前得先精确地选好位置。第三天神阿丹·鲁阿尼的画像——哈扎尔公主及其宗派的象征——是他们相互沟通的标识物。在哈扎尔人那里，梦的演示者可以互换，哈扎尔人也可跟随他们从一个村落到另一个村落。阿捷赫▼公主宗派的司铎们循着那些梦的演示者的足迹寻访，通过对一个又一个梦的采集，写下了他们的传记，一如撰写圣徒传记或先知传记，将他们的事迹及死因一一录于纸上。哈扎尔可汗对“捕梦者†”既讨厌又担心，但又奈何不了他们。那些捕梦者始终身带一片他们称之“库”☾的叶子，这种叶子来自他们秘密种植的某种植物。若将这片叶子放在一块撕破的薄纱上或伤口上，薄纱的撕破处或伤口便立即消失。

哈扎尔王国的结构非常复杂，其

国民分为两大类：一类是在下风处出生的（哈扎尔本土人），另一类是迎风出生的，即从别国移民到哈扎尔王国的，诸如希腊人、犹太人、撒拉逊人或俄罗斯人等。哈扎尔本土人占极大多数，从其他国度移居而来的人被视作少数民族。而在王国内的行政区划上并无少数民族和主要民族之分。整个国家由不同的省份组成。那些由犹太人、希腊人或阿拉伯人居住的省分别用犹太名、希腊名或阿拉伯名来命名。而哈扎尔本土人居住的省——占国家大部分地区——却没用哈扎尔名来命名。只有一个省是例外，即以哈扎尔本身的名字命名的省——哈扎尔省。譬如，在北部，有人杜撰出一个民族，这个民族不叫哈扎尔，而且还用其他的名字来指称它所用的语言及它所居住的省份。大量的哈扎尔人觉得他们在王国中地位低下，境遇不佳，故纷纷放弃和否认他们原来出身、语言、宗教和习俗，自称是希腊人或阿拉伯人，以期他们的生存条件得到改善。在哈扎尔王国的西部，有一小部分来自拜占庭的希腊人和犹太人定居。只有那个省以犹太人居多（被希腊王国流放的犹太人）。基督徒所居住的另一个省的情况也大致相同，那儿的哈扎尔人被视作非基督徒。哈扎尔人与希腊及犹太移民之间的军事力量对比是五比一，哈扎尔人占优。不过，这一数据是由较为独特的人口统计方法计算出的：统计时，从不计算总人口数字，而是以省份为计算单位。

每个省驻宫廷的代表不是按该

省人数多寡而定，而是按省份的名称决定的，也就是说，宫廷内非哈扎尔人的代表占大多数，而实际上这个王国大部分的臣民为哈扎尔人。上述这种情况，可以说是对非哈扎尔代表盲目认可和顺从的结果。那些人没有以哈扎尔人来称呼自己，这一带有某种自荐性质的要求，是他们得以进入宫廷的第一步。接下来的步骤是不失时机地对哈扎尔人进行刻毒的抨击，置哈扎尔人的利益于不顾，而一味地为希腊人、犹太人、土库曼人、阿拉伯人或哥特人争得好处。当时的情形实在难以让人作个明白的解释。九世纪有个阿拉伯编年史作者曾作过这样的记述：“最近，有个与我年纪相仿的哈扎尔人对我说了些奇怪难懂的话：‘迄今为止，我们哈扎尔人只到达我们未来的一部分，这是最为艰难、最难理解、最难征服的一部分，以致我们只能间接地谈论我们的未来，一如狂风刮过，池塘水面上未来的碎屑及坠落物——它们早已陈旧发霉——渐渐地铺开，并盖没我们的双脚。我们处在未来最严酷的部分，那是一个使用得老迈、停滞的未来，在这种总体分割中，在这种对未来的掠夺中，我们不知道最美好的那部分会惠顾谁，那部分至今还无人接触过……’”

当我们得知可汗不允许五十五岁以下的哈扎尔人触及国家的权力，便能理解上述的话语了。这是可汗针对哈扎尔人立下的规定，尽管他本人也是哈扎尔人。他认为他的国家里其他民族人口的数量还不多，故不会构成对其统治的威胁。根据哈扎尔宫廷的

新规定，由与可汗同龄的哈扎尔人或一个外国人空缺出来的行政职位，将不再授予五十五岁以下的哈扎尔人。这样一来，若干年后，即便哈扎尔人到了合法任职年龄（五十五岁），所有重要的官职早被非哈扎尔人瓜分一空，或者说届时重要的行政职务已各有其主，而剩下的那些无足轻重的行政空缺，哈扎尔人也不屑接受。

在哈扎尔京都伊蒂尔，倘若有两个人相遇（即便互不相识），他们可以像互换帽子一般交换各自的名字和未来，相互转换角色之后继续生活下去。不管这种交换名字和未来、相互转换生活角色的习俗有多频繁，哈扎尔人在他们的国度里始终占据了总人口的大多数。

哈扎尔京都是位于哈扎尔王国中心的战略要地，那儿居住着大量的哈扎尔人，他们的酬饷和饰品是按照当地居民人口平均分配的，非哈扎尔人诸如希腊人、哥特人、阿拉伯人、犹太人及俄罗斯人等也得到同等数量的饰品，尽管哈扎尔人口占大多数，但他们将他们自己的饰品和酬饷银两与非哈扎尔人平分共享。而在南部外省希腊人居住地，及西部犹太人居住地，还有波斯人、撒拉逊人等居住的东部地区，那儿的饰品只分授给非哈扎尔人的代表，那儿的哈扎尔人则分不到这些物品，原因是那些省份被视作非哈扎尔人省份，而实际上，那儿的哈扎尔人与其他民族的人数一样多。结果产生了这样一种现象：在哈扎尔王国中心，即京都的哈扎尔人与非哈扎尔人有福共享，而在其他地区

的哈扎尔人则一无所有，别人连一个铜板都不会分给他们。

鉴于哈扎尔王国内哈扎尔人口最众，故义务兵役制的从军人数比例也以哈扎尔人为绝大多数，军队中长官的职位是以不同民族的人数比例分配的。士兵们常听到这样的话：只有在战斗中，所有的人都平等和睦一起生活，其他情况下就谈不上了。捍卫国家和统一、保护王国的使命主要由哈扎尔人来承担。

战争爆发期间，王国内的各种关系便会发生变化，其原因大家都明白。每每这种时候，哈扎尔人能获得较多的自由，人们注视他们的手势，庆祝他们获得的胜利，因为他们都是骁勇善战的士兵，他们擅长投掷梭标，还能用脚踢起马刀，然后双手同时舞刀劈杀。他们左手和右手一样灵活有力，他们从小就进行双手并用的战斗训练。而非哈扎尔人战事一起便纷纷投靠他们原来的国家：希腊人陪着拜占庭军队一起洗掠，并要求与他们的基督教国家结盟。阿拉伯人则站到了哈里发的麾下，波斯人忙于寻找未受割礼的同胞。战斗一结束，人们便忘却了一切，非哈扎尔人在敌人军旗下获得的军衔竟会被哈扎尔军队认可，而哈扎尔人无色面包的数量却因此减少了。

着色面包可以说是哈扎尔人在他们国家里生活状况的写照。着色面包是哈扎尔人自己制作的，因为只有他们生活在产小麦的哈扎尔地区。在高加索山脉周围的贫瘠之地，人们都吃这种售价便宜的着色面包。无色面包也是哈扎尔人制作的，但价格非常昂

贵。哈扎尔人只能购买这种昂贵的无色面包，而无权作其他的选择。倘若一个哈扎尔人不遵守这一法律，去买着色面包，那么只消察看他的粪便就能发现这一违法行为。哈扎尔有一种特殊的海关检查部门，那里的工作人员会时不时地检查哈扎尔人的粪桶，违法者会受到惩罚。

哈扎尔大论辩▼ 迪马斯基曾这样记述：在事关哈扎尔人选择哪一种宗教的大论辩进行之际，整个哈扎尔国▼为一种不安和骚动的氛围所笼罩。这次大论辩在豪奢的可汗宫廷始一展开，哈扎尔民众已经坐不住了，他们纷纷出门，四处走动。你不可能在同一个地点两次遇到同一个人。有人目睹一群哈扎尔人手抱石块问：“我们把石块放在哪儿？”这些石块是哈扎尔王国的界石。这是因为阿捷赫公主▼已经下令：所有的界石必须悬空，只有等到哈扎尔人选择了一种宗教之后，界石才能落地。此事没有记载，但阿勒·拜克里☾认为哈扎尔人选择了伊斯兰教，时间为737年。那么改宗伊斯兰教和大论辩是不是同时发生的呢？这是题外话了。不过，同时发生也是有可能的。人们也不知道大论辩发生的具体日期。但是，那次大论辩的目的是非常清楚的。可汗因受到了来自各方面的压力——他得在伊斯兰教、基督教和犹太教之间选择一种宗教，于是，他要求这三大宗教各派一名使者：一名是绕过哈里发统治的领土的犹太人，一名是君士坦丁堡大学的希腊神学家及

一名《古兰经》的阿拉伯诠释者。这最后一名使者名叫法拉比·伊本·可拉ʿ。他是最后一个抵达可汗宫廷参加大论辩的使者，因为有不少人欲阻止他前去参加大论辩。所以，论辩只是在基督教使者和犹太教使者之间展开。希腊人的滔滔雄辩让可汗听得怦然心动。那希腊人眼睛大而湿润，头发上长着许多小斑点，他坐在可汗的餐桌旁说道：

“一只酒桶内，最重要的是里面的漏孔。倘若一只罐不能装东西，一个人没有灵魂，一个脑袋不能思维，换句话说，你们听好了，话语不能靠你们的沉默来产生。

“我们希腊送给你们十字架，但我们不像撒拉逊人或犹太人那样，要你们用誓言作抵押。我们不要你们在接受十字架的同时也接受希腊语。恰恰相反，你们不用放弃哈扎尔语。你们可得小心，假如你们选择犹太教或伊斯兰教的话，那你们就不可能保留你们自己的语言。你们必须同时接受他们的信仰和语言。”

可汗听了这番话后，准备接受这名希腊人的观点。这时，阿捷赫公主加入了论辩，她说：

“有个卖鸟人给我讲过这样一个故事：里海岸边住着父子俩，他们都是非常出名的艺术家。‘父亲是画家，’那名卖鸟人说，‘你会认出他所用的蓝色，因为这是你从未见过的最蓝最蓝的颜色。儿子是诗人，你会感受到他那不同寻常的诗，你会觉得他的诗你似乎已听过，但不是从人嘴里听到的，而是来自一棵植物或一只动物……’

“我戴上了旅行戒指，

来到了里海岸边。在卖鸟人告诉我的那个城里，经过打听，我找到了这两位艺术家。根据卖鸟人给我的指点和建议，我马上就认出了他们：为父的正在作神妙非凡的绘画，而他的儿子用一种陌生的语言写出崇高的诗歌。我喜欢他们，他们也喜欢我，他们问我：‘你要我们两人当中的哪一个？’

“‘我要做儿子的，’我回答，‘因为他不需要翻译。’”

希腊人不愿见他自己的智慧逊于一个女人，于是，言称：男人之所以能站着，盖因他们是由两个合为一体的瘸腿男人做成的，而女人之所以能双目视物，是因为她们由两个独眼的女人做成。为了进一步阐述他上述的话，他用了他生活中的一个小故事加以说明：

“我年轻时，爱上了一个姑娘。她起先对我不屑一顾，但我坚持不懈，有天晚上，我终于有机会向索菲亚（她的名字）吐露了我对她的爱。她感情炽烈地吻了我，她的眼泪濡湿了我的脸颊。尝到她眼泪的滋味后，我明白了她是个盲人，但这丝毫不影响我对她的爱。我们就这样紧紧地拥抱着，这时，近处的林子里传来了马匹原地踏步的蹄声。

“‘打断我们亲吻的马是白色的吗？’她问。

“‘我们不知道，只有等它走出林子我们才能知道，’我回答。

“‘你一点都不明白……’索菲亚的话音未落，只见一匹白马走出了林子。

“‘不，我什么都明白，’我回答后，问她是否知道我眼睛的颜色。

“‘绿的，’她说。

“‘瞧啊，我的眼睛是蓝色的……’”

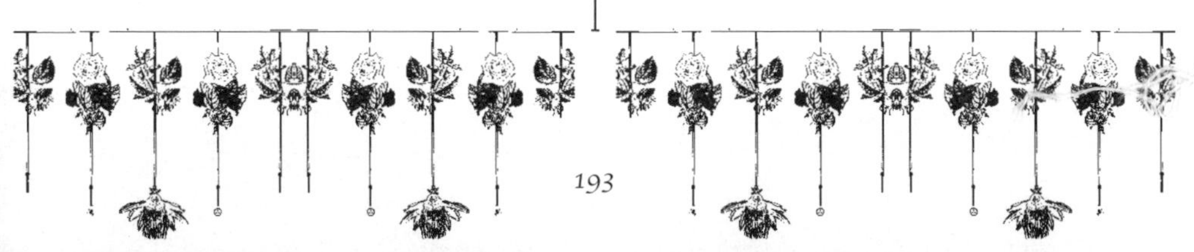

希腊使者的这个故事让可汗听得如坠云雾之中，看样子，他马上要选择基督教的天神了。阿捷赫公主明白了眼下的情势，她决定离开宫廷，但在离开之前，她对可汗说了这几句话：

> “今天早上，我的导师问我内心是不是藏着和他心里同样的东西。当时，我的指甲很长，我的银戒指发出鸣响，我抽的水烟筒冒出绿色的烟圈。
>
> “我用‘不是！’来回答导师的问题，话刚出口，我的水烟斗便掉落在地。
>
> “我的导师闷闷不乐地走开了，他哪会知道我看他离开时心里在想：要是我回答‘是的’，他同样也不会有别的反应。”

可汗听了这些话后，不禁打了个寒战，他明白了：希腊人用天使般的声音在说话，但真理在其他地方。于是，他请哈里发的使者法拉比·伊本·可拉说话。可汗请他先详一详他前几个晚上做的梦。在他的梦里，一名天使带来了口信：创世主看重的是你的意愿，而不是你的举止。法拉比·伊本·可拉听罢就问可汗：

“你梦中的天使是认知天使还是默启天使？天使是以苹果树形象出现呢还是以其他样子出现的？”

可汗回答说两者都不是，于是，法拉比·伊本·可拉又道：

“当然两者都不是，因为他是第三天使。这第三天使就是阿丹·鲁阿尼，你和你的信徒们努力去尝试，以便够到他的高度。这就是你们的意愿，是善良的意愿。然而，你们却竭力把阿丹·鲁阿尼当作一本由你们的

梦和你们捕梦者写的书。这就是你们的举止，是堕落的举止，因为你们无视《圣书》的存在，而去创作了你们自己的书。既然我们已有我们的《圣书》，那就接受它吧，与我们一起分享它吧，把你们的书扔掉……”

听到这里，可汗拥抱了法拉比·伊本·可拉，此事到此结束。可汗改宗伊斯兰教，他脱去鞋子，向安拉祈祷，然后他下令：把在他出生之前所收到的称号、姓名（哈扎尔习俗之一）统统付之一炬。

可拉，法拉比·伊本

（八世纪—九世纪） 参加哈扎尔▼大论辩的伊斯兰教代表。有关他的文字记录很少，且前后矛盾。哈扎尔大论辩最重要的编年史作者阿勒·拜克里☾从未提及他的名字，有人认为他是为了尊重法拉比·伊本·可拉才这么做的，后者不喜欢别人当他的面读出某个人名字，更不愿意别人提到他的名字。他认为一个没有名字的世界更为明朗、更为清纯。一个相同的名字会掩盖住爱和恨、生与死。他曾多次开玩笑地说起他的这一想法的由来：有一次，当他正全神贯注地注视着一条鱼时，一只小飞虫撞入了他的眼睛。于是，他看到的是鱼吃下了那只小飞虫。有些说法认为，尽管法拉比·伊本·可拉也受到过邀请，但他从未去过哈扎尔首都参加那次大论辩。据阿勒·拜克里的说法，参加大论辩的犹太使团可能派人用毒药或刀剑害死了他。另有一些史料则认为法拉比·伊本·可拉因途中耽搁，等他

到达时，哈扎尔大论辩刚好结束。然而，大论辩的结果表明，确实有一名出色的伊斯兰教代表出席了在哈扎尔可汗的宫廷举行的大论辩。法拉比·伊本·可拉出现时，众人惊讶不已，有些人以为他早已死去，并已经开始考虑为他的丧宴准备指环了。法拉比·伊本·可拉跷起二郎腿，用他那双大得出奇的眼睛扫视了一下众人，说道：

> “很久以前，在我很小的时候，有一次，我坐在草地上，看见两只飞蝶在相互碰撞；各自身上五彩缤纷的粉末沾到了对方的翅膀上，随后它们继续振翅飞舞，而我也把这事忘得一干二净了。昨晚在路上，有个人将我错当成另一个人，他用刀向我袭来▼。在我继续赶路之前，我发现一些蝶粉，而不是鲜血从我脸上飘落……”

法拉比·伊本·可拉为伊斯兰教所阐述的一个主要论据已被记录下来。哈扎尔可汗向三种宗教的代表即犹太教代表、伊斯兰教代表和基督教代表出示了一枚硬币。这是枚三角形的硬币，一面是它的币值：五滴泪水（这是哈扎尔人所用的货币单位），硬币的另一面画着一个濒临死亡的人，他手握一束树枝给身旁的三个年轻人看。可汗问伊斯兰苦行僧、犹太教拉比及基督教教士这幅图到底有什么含义。据伊斯兰教史料称，基督教代表认为这是一个古老的希腊故事：奄奄一息的父亲告诉他的儿子们这样一个道理：团结就是力量，他给他们看一束树枝，旨在说明一束树枝难折，一根树枝易断。犹太教代表则认为树枝是人体四肢的象征，只有当它们共同

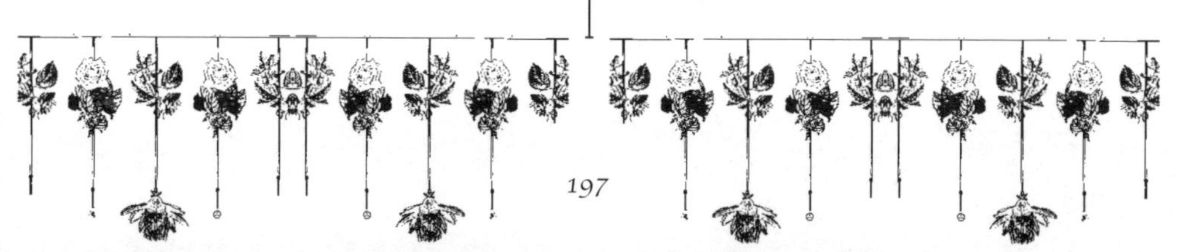

发挥作用时，才能保护人的躯体。法拉比・伊本・可拉否定了上述两种解释。他认为三角形硬币是在地狱里铸造出来的，故他的对手们的解释不可能准确。他认为此画表现的是一名被判喝下毒药的杀人犯，此人已躺在灵柩台上。他面前是三个魔鬼：犹太火焚谷的恶魔之王亚司马提，伊斯兰火狱的邪神阿里曼及基督教地狱里的魔鬼撒旦。杀人犯手握三根小棒的含义是：倘若三个魔鬼为受害者复仇，杀人犯将难免一死，倘若三个魔鬼不再复仇，他便可保全性命。三角形硬币所传达的信息相当明了。地狱将它传达到人世，不啻对世人的警告。伊斯兰教，犹太教和基督教的三个魔鬼中没有一个是受害者的代表，受害者不复仇，杀人犯可免一死。最糟糕的情况莫过于哈扎尔人和他们的可汗不属于这三个世界中的任何一个。所以，你们没有任何防卫，任何人杀害你们都不必担心会受惩罚……

显然，法拉比・伊本・可拉试图以此法劝可汗相信，为了他本人及他的臣民，放弃他们原来的信仰，皈依三大宗教的其中一种，是他义不容辞的责任，三大宗教的使者中，谁的解释最有见地，谁的回答最正确，他便可选择那人所代表的宗教。可汗觉得法拉比・伊本・可拉的阐释最有说服力，遂同意了他的观点。就这样，他选择了伊斯兰教教义，并解下腰带，向安拉作祷告。

据伊斯兰史料的说法，法拉比・伊本・可拉没有参加大论辩，甚至连哈扎尔宫廷都没到过，原因是他

在旅途中已被人用毒药害死，这一说法援引了法拉比·伊本·可拉传记的某个文本中的一些内容。其实，传记认为他的一生已经载入一本书里，那是根据长久以来口头流传的有关他的故事改编成书的。传记作者读过《一千零一夜》，一千零二个故事是相同的。但他从未在书中找到有关法拉比·伊本·可拉生平的线索。他骑在一匹骏马的背上，骏马飞奔，一双马耳像鸟翅一般飞翔，而它背上的主人却纹丝不动。撒马拉的哈里发派他前往哈扎尔首都伊蒂尔，去劝说哈扎尔可汗站到伊斯兰教一边来。法拉比·伊本·可拉开始为其使命做准备。他甚至弄到了一部哈扎尔阿捷赫▼公主的诗集。他发现其中有首诗叙述的内容就是他一直在查考的一个真实的故事，于是，他把所有精力都用于改编这首诗。诗中最使他感到惊奇的是，全诗叙述的是一个女人的故事，而根本不是一个男人的故事。诗中所有的辞句都与主人公相吻合，最特别的是用“学校”这个词来称呼哈扎尔宫廷。法拉比·伊本·可拉将诗译成阿拉伯文，他把真实看作是某种不知其名的东西。下面是他的译文：

女游客和学校

女游客拥有一本护照，不论东方还是西方的国度对此护照都格外重视。这种护照也使东西方两地的国家产生了怀疑。女游客投下了一左一右两个影子。长途旅行之后，她得在小径纵横交错的森林中寻找那所著名的小学，以参加她人生中最为重要的考试。

她的肚脐犹如一只新鲜的面包，漫长的旅途需花去数年的时光。她终于来到了森林边缘，她在那儿遇见了两个男人，于是就向他们问路。他们回答说他们知道去学校的路该怎么走，接着两人倚着长刀默默地打量她。最后，其中一人开口道：笔直朝前走，到第一个十字路口向左拐，然后再向左拐一次就是学校。女游客谢过他们之后，终于松了口气，因为那两人没查看她的身份证件。不然的话，他们定会怀疑她是个外国女人，而且还会猜度她的内心所思。她继续上路，在第一条小径相交处向左拐，然后又向左拐了一次，她想，只要顺着他们指的方向走下去，找到学校是毫不费力的。然而，到了第二条小径的尽头，除了一个池塘外，根本没有什么学校。池塘边站着两个佩着长刀的男人。他们面带微笑地请她原谅：

“刚才我们指错了路。走到第一个十字路口应该向右拐，然后再向右拐一次就是学校了。但我们得先弄清你的真实意图，我们得弄清你是真的不认识学校呢，还是假装不认识。现在，时间已经太晚了，你今天到不了学校，也就是说你再也到不了学校了，因为从明天开始，那所学校将不复存在。所以，由于这次小小的检验，你已错失了你一生中的目标，不过，你也明白这样的检验是必不可少的，那是为了防止其他不怀好意的游客找到学校。但你也不必自责。假如刚才你朝我们所指的相反方向走，即向右拐而不向左拐，最后的结果是一样的，因为我们会知道你欺骗了我

们，你明明知道通往学校的路而假作不知，那我们会不得不阻止你，因为打你向我们隐瞒你的意图的那一刻起，我们就会怀疑你的动机。其实，你永远到达不了学校。不过，你的一生也没有白白浪费：在这个世界上，你的一生为检验一件东西起了作用。所以并非一无所获……”

这两个男人如此这般地说着，女游客现在唯一的慰藉就剩她的护照了，她没向那两个站在池塘边的男人出示过护照，他俩连想都没想过她会身揣一本护照。总之，她还是骗过了他们，因为她没把护照交给他们检验，这也意味着她的一生白白浪费了。不过“白白浪费”这几个词在她和他们之间有着全然不同的含义。因为她对他们的检验狠狠地嘲弄了一番！不管怎样，结果已摆在那儿，她生存的目的已经不复存在，已明白无误地绕开她而消失在时间的长河中。于是她恍然大悟：她的目的地不在学校里，而在寻找学校路途中的某个地方，尽管寻找看来是徒劳一场。在她的内心深处，这种寻找突然变得越来越令人向往，她一下子感受到了全部的旅途之美。她幡然醒悟，继而得出了这样一个结论：最重要的意义并不在到达一条路的目的地，而在这条路上行走的过程中，即在这条路线的本身，基于这一想法，她也许从未考虑此次旅行是否会徒劳一场。她在自己的记忆中分门别类地搜索，就像一名商人重新编制他所有财产的清单，她开始重新找回依稀留在她记忆中的细节。在这些细节中，她又作了毫不留

情的甄别和严格的筛选，记下了最为重要和更加细碎的内容，最后，只剩下唯一一个场景：

> 一只餐桌，上面有一只映着另一种葡萄酒颜色的酒杯。一堆牛粪上正烤着一只刚打到的鹈鹕。飞鸟夜间的梦使其鸟肉变得富有营养。烫手的面包形似你父亲的侧影▼，又像你母亲肚脐的阴影。还有用一只出生在岛上的年轻而又衰老的母羊奶制成的干酪。餐桌上除了这些食物之外，一盏烛灯烛泪欲滴，边上是一本《圣书》，伊斯兰历四月份正在通过此书渐渐流逝。

库（Driopteria filix chazarica）[①] 系产于里海沿岸的一种水果。达乌勃马奴斯✡对这种水果作了如下记述：哈扎尔人▼培育了一种果树，这种果树除了哈扎尔外，在其他任何地方都不结果。其果实外皮像鱼鳞或者球果的果鳞。它们长在高高的树顶，挂在树枝上，就像小饭馆老板高挂在店门口用来招徕顾客，使他们隔得老远就能知道这里供应鱼汤的那种鱼。有时这种果实还会发出声音，颇似燕雀的啼声。果味微咸而极寒。秋天，这种果实变得轻若蝉翼，果实内的果核像心脏一样搏动不已。它们由树枝上飘落下来，有很长一段时间在空中飞翔，翕张着两鳃，仿佛在风波中游动。男孩子们用弹弓将它们射落，有时可以看到鹰的喙中叼着这种果实，鹰把它们错当成了鱼，而且深信不疑。

① 拉丁文，意为：哈扎尔绵马植物。

因此哈扎尔人常说："贪食的阿拉伯人就像鹰一样深信我们是鱼，其实我们不是鱼，我们是——库▼。""库"是这种果实的名字，是撒旦在罚阿捷赫公主忘却她的母语的时候允许她留在记忆中的唯一一个哈扎尔字。

每到深夜，往往能听到"库—库！"的啼声。这是阿捷赫公主▼一边哭，一边在念诵她唯一还记得的母语中的一个字，想借此回忆起她已全然忘却了的她的诗作。

马苏迪，尤素福（十七世纪中叶—1689年9月25日） 著名乐师，诗琴演奏家，本书作者之一。马苏迪拥有一本《哈扎尔辞典》的阿拉伯文手抄本，他亲手用钢笔蘸着埃塞俄比亚咖啡对这本辞典作了不

少补充……

> 史料来源：达乌勃马奴斯✡的版本中收集了一些有关马苏迪的资料。据这些资料的说法，马苏迪曾三次忘记他自己的名字，并改变过三次职业。诗琴演奏是他第一次放弃的职业，可他终生难以忘怀的恰恰是诗琴演奏。十八世纪的伊兹米尔及库拉地区的诗琴学校可谓真正的马苏迪传奇的摇篮。这些传奇连同他著名的指法一起被人传授。马苏迪也拥有一部阿拉伯文的《哈扎尔辞典》，这是他亲手用蘸着埃塞俄比亚咖啡的羽笔抄录而成的。传说他言谈拘谨，常有一副已离茅厕却便意未尽的样子。

马苏迪是安纳托利亚人。据说教会他弹奏诗琴的是他妻子，而他妻子是个左撇子，只会倒拨琴弦。但是据考证，十七世纪和十八世纪时安纳托利亚的诗琴演奏家中间流行的弹奏手法恰恰是师承了他的倒拨法。传说中凿凿有据地讲他对乐器有惊人的乐感，这种乐感能使他在尚未听到某把诗琴的声音前即可对这把诗琴的音色作出鉴定。屋里只消有一把没有定弦的诗琴他便能感觉出来，因此而焦躁不安，有时甚至会恶心。他自己用的乐器是按照星象来调弦的。他知道乐师的左手随着时间的推移会逐渐忘掉其手艺，而右手却永远不会遗忘。他很早就扔掉了音乐，由此流传下来一个传说。

他连续三天梦见他的亲人一个接一个死掉。先是父亲，继而是妻子，然后是兄弟。第四天晚上他又做了个梦，梦见他的第二房妻子死掉了，这个女人的眼睛就像花朵一样，在寒冷中会变颜色。她瞑目之前，她的双眸好

似两颗熟透了的黄灿灿的葡萄，可以看到在眸子深处有一粒粒果核。她僵卧在那里，肚脐眼里插着根蜡烛，下巴用头发缚住，免得她笑。马苏迪醒了过来，从此在他有生之年再也没有做过梦。他吓得魂飞魄散。他根本没有娶过第二房妻子。他跑去请托钵僧详梦。托钵僧打开相书，念给他听：

“噢，我亲爱的孩子！千万不要向你的兄弟谈你的梦！因为他们串通起来要加害于你！”

马苏迪对这个回答不满意，便问他唯一的妻子这梦是什么意思，她回答他说：

“千万别跟任何人谈你的梦！因为你的梦会对你信赖地与之谈梦的那个人有利，而不是对你。”

于是马苏迪决定去找捕梦者✝，随便哪个捕梦者都可以，也许他们能根据切身的经验推断出他梦的意思。人们告诉他，捕梦者现在已非常之少，比以前要少得多了；还劝他不要往西而要往东走，在东方说不定还能找到他们，因为他们的捕梦术，他们的族系都渊源于哈扎尔▼部族。当年这个部族曾居住在高加索的崇山峻岭之中，那里长满乌黑的草。

马苏迪拿着诗琴，沿着海岸朝东方走去。心想：“不但兵贵神速，连骗人，下手也得快，磨磨蹭蹭成不了事。”于是他三步并作两步去追寻捕梦者。一天半夜里，有个人把他叫醒。马苏迪睁开眼睛，看到站在他面前的是个老头儿，那人的络腮胡只有胡子尖是白的，活像刺猬背上的刺。老者问马苏迪，有没有梦见过一个眼睛呈白葡

萄酒的颜色而眸子深处却是五光十色的女子。

“在寒冷中她的眼睛会变颜色，像花朵一样！”那个陌生老者加补说。

马苏迪说他见到过她。

“她好吗？”

“她死了。”

“你怎么知道的？”

“她死在我梦里，

当着我的面死的。她是我的第二房妻子。她僵卧在那里，肚脐眼里插了一根蜡烛，下巴用头发缚住。”

听到这里，老者号啕恸哭，用沮丧的声音说道：

“死了！我千里迢迢地从巴斯拉[1]追踪她到这里。她的影像由一个梦迁至另一个梦，而我呢，循着三年来一次次梦见她的人的足迹，步履艰难地追踪着她。”

马苏迪恍然大悟，站在他面前的正是他踏破铁鞋无觅处的那个人。

“既然您老能够这样追踪这个女人，那您老大概是捕梦者吧？”

“我是捕梦者？”老者诧异地问。“这话出于你的口？你才是捕梦者，我不过是你们这种法术的一个普普通通的爱好者罢了。能由一个梦进入另一个梦的影像，只可能死在天生的捕梦者的梦中。你们这些捕梦者才是墓地，而不是我们。她走了数千里的路，为的是死在你梦中。从今往后你再也做不了梦了。你能做的唯一的事就是追逐。不过你已追逐不到那个双眸呈白葡萄酒颜色的女人了。对你来说她已经死了，对其他人来说也是如此。你得去追逐另一头野兽了。”

马苏迪就这样从老者嘴里得知了他今后要做的事，并获悉了可能获悉到的有关捕梦者的一切。老者说，如果一个人拥有可靠的资料，包括书面的和口头的，便能相当熟练地掌握捕梦术……最了不起的捕梦者都是哈扎尔人，可哈扎尔人早已不复存在。保

① 位于今伊拉克境内。

存下来的只有他们的捕梦术，以及他们一部辞典的残卷。这部辞典详述了捕梦术。哈扎尔人能够追踪别人梦中的影像，像猎兽那样猎获那些影像，从一个人的梦追至另一个人的梦，甚至穿越动物或者魔鬼的梦……

“怎么做到这一点的呢？”马苏迪问。

“你当然发现过人在睡熟之前，在半醒半梦之间，总是以一种完全特殊的方式来调整他同地心引力的关系。在这种时刻，人的思想挣脱了全然依从于力的地心的吸引，而地心引力正是以力作用于人体的。在这种时刻，那道把人的思想同世界隔开的坚壁变成了千疮百孔的颓垣，好似筛子一般，放任人的思想穿越而过。在寒气轻而易举便可侵入人体的短暂的瞬间，人的思想便会翻滚着冲出人的躯体。这些离体而去的思想，无需花多大力气便可看清。凡是凝视熟睡者的人，即使没有经过专门训练，也能看出那人在转什么念头，想什么人。要是反复练习，久而久之，便能在人的心扉打开的那一刻观察到人的心灵，便能逐步延长观察的时间，并逐步深化观察，直至进入梦境，就像在水下睁着眼睛那样在梦中追逐猎物。于是就成了捕梦者。

“这些捕梦者，哈扎尔人称之为梦中人的忏悔神父，详尽地记述了他们观察到的情况，就像天文学家或者根据太阳和星辰算命的占星家所做的那样。遵照捕梦者的庇护人阿捷赫公主▼的命令，人们把与捕梦术有关的一切事物，同那些最了不起的捕梦者

们的传略和他们的虏获物的生平集拢来，编纂成《哈扎尔百科全书》，或者称作《哈扎尔辞典》。这部辞典，捕梦者代代相传，而且每一代都必须有所补充。为此许多世纪之前，在巴斯拉创立了一座专门的学堂，它是‘虔诚者的团体’，或者说是‘忠诚之友’会，这个教派对其成员的姓名严加保密，可是却出版了《哲人历书》和《哈扎尔辞典》，然而这两部书同这个学堂伊斯兰分院的全部书籍和阿维森纳[1]的著述一起，按照穆斯汤奇哈里发的命令，被付之一炬。因此在阿捷赫公主参与下所编成的《哈扎尔辞典》最早的版本未能保存下来，我拥有的那本辞典不过是阿拉伯文译本，这是我唯一能赠送给你的东西。你收下它吧，不过听着，你得认真地学通书中的全部文章，因为如果你不能通晓你的捕梦术的辞典，也许你就会同你最主要的猎物失之交臂。你要记住：在你猎梦时，《哈扎尔辞典》中的字句如同猎户在沙滩上发现的狮子的足迹那么至关重要。”

老者这么说道。最后他把辞典送给马苏迪，同时劝他说：

“丁丁咚咚弹弹琴，每个人都干得了，而捕梦者只有选民[1]，只有受上苍恩宠的人才当得上。快丢下你的乐器吧！要知道诗琴是个叫拉姆库的犹太人发明的。把它扔掉，出发去猎梦吧！要是你的猎物不像我的那样死

① 阿维森纳（980—1037）：原名伊本·西拿，波斯人，杰出的穆斯林哲学家和医学家。）

① 指神从万民中所特别“拣选”者。

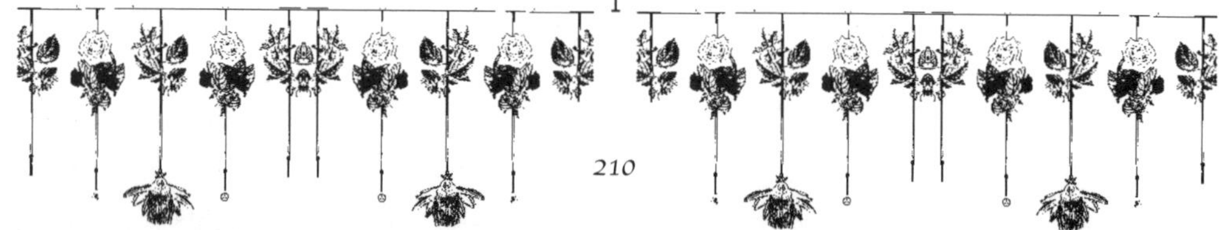

在别人的梦中，那么她一准会引导你达到目标！”

“那猎梦的目标是什么呢？”

“猎梦者的目标就是意识到每天的觉醒不过是摆脱梦的过程中的一个阶段。一个人要是领悟到他的每一个白昼不过是另一个夜晚，领悟到他的两只眼睛等于别人的一只眼睛，那么他就会奋力去求索真正的白昼，这种白昼将会带给他彻底的觉醒，从醒态中彻底觉醒过来，那时的一切就远要比醒时清晰得多。到那时他终于会发觉：同有两只眼睛的人相比，他是独眼，同明眼人相比他是盲人。”于是，老者向马苏迪讲述了：

阿丹·鲁阿尼的故事

“若把人类所有的梦都集中在一起，就会得到一个巨人，他的身形有如一个大陆。他可不是人类中的生灵，而是阿丹·鲁阿尼，是天庭的阿丹，是伊玛目们常说的人类的世祖天神。这位亚当之前的阿丹原先是世上排位第三的天神。由于他过于忧心忡忡，无暇顾及其他，以致地位跌落，待他幡然醒悟，重新恢复自己，将他谬误的同伴易卜劣斯和阿里曼扔进地狱时，他便重返天庭。然而，他在那儿从原先的第三天神的排位降到了第十，这是因为七位天神在他缺席期间登上了他上面的梯级。这样，始祖阿丹便落在了后面：这七个梯级是他自己耽搁后产生的间距，时间就这样诞生了。因为时间不过是迟到的、永恒的组成部分。这位天神，或曰先驱阿丹集男人和女人于一身，这位从第三

降至第十的天神永远试图超越自己。他的企图偶尔会成现实，但最终还是永远跌落下去，他只得继续在天神排位的第十级和第十二级之间徘徊。

“所以梦也就从人类天性的这一部分中诞生了，这一天性源自先驱阿丹天神，因为他思考的方式和我们做梦的方式一模一样。他的思维迅捷，我们只在梦中有这般速度的思维，更确切地说，我们的梦是用他天上的快速迅捷制造而成的。他的话语一如我们的梦呓，没有现在时和过去时，只有将来时。他既不能杀人，也不能繁殖后代，一如我们在梦中的情形。捕梦者潜入他人的梦和休憩之中的原因也在于此，他们逐步攀上先驱阿丹的小块肉身。他们把细小零碎的东西合为一体，就像人们每每说到的《哈扎尔辞典》，其最终目的也是集中所有这些书籍，以便在世间重新创造阿丹·鲁阿尼的巨大肉身。倘若我们在我们的始祖天神攀援天际梯级之时紧随他后，我们便可靠近上帝。要是我们不幸地在他跌落之时跟随他，那我们将远离上帝。然而，这两种情况对我们来说，永远是无法预知的。我们将命运押上，始终希冀能在他攀上第二级天神之位的当口与之相通，以便使他能带领我们向上迈进，更接近真谛。

“捕梦者的营生既可引出一桩意想不到的好事，也可招致一次巨大的不幸。不过，这两种截然相反的结果

非我等捕梦者可以左右的。我们要做的只是努力去尝试罢了，剩下的就看各自的能耐了。

“最后，还须提醒一下：穿越他人之梦的路径有时会掩盖一些征兆，而人们恰恰是通过这些征兆获知始祖阿丹是否攀上了梯级抑或已从梯级上跌落。这些征兆代表了两人互相托梦的过程。这就是为何所有捕梦者的最终目的在于发现这对相互托梦的人，并尽量透彻地了解他们的原因。他们永远是不同状态下的阿丹部分肉身的代表，始终处于等级不同的灵魂梯级当中。要是你遇上了两个相互托梦的人，你便达到了目的！最后，别忘了提交你对《哈扎尔辞典》附加和补充内容的文本，所有卓有成效的捕梦者都将这些文本留在了巴索拉的清真寺，奉献给先知拉比亚……”

老者对马苏迪说了上述的话。于是马苏迪抛舍了音乐，成为一名捕梦者。

他做的第一件事是坐下，然后，开始仔细阅读所有关于哈扎尔人的注语及有关文字，这些内容全部收录在别人送给他的一部辞典里面。第一页上写着下述文字：

“在这幢房子里，跟在其他房子里一样，并非人人皆受欢迎，并非人人都享有一视同仁的待遇。有些人占据餐桌的上座，享用最佳的菜肴。这些人可先于其他人看到上桌的菜肴，择己所爱用餐。另一些人坐在有穿堂

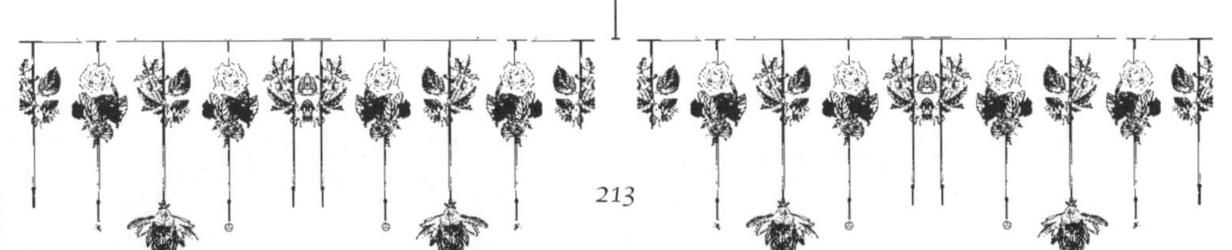

风吹过的位子上，他们至少有两种菜肴可供选择。还有些人则居末座，他们只有一种味道、一种颜色的菜肴可用来进食。但门后还有一个座位，在此落座者只有靠一个根据传说讲述故事的人的话来充饥果腹了，也就是说，此人什么东西也吃不到。”

接着，他在辞条按阿拉伯字母顺序排列的《哈扎尔辞典》里，找到了一连串哈扎尔重要人物及一些其他人的生平简介，特别是发现了有关哈扎尔人改宗伊斯兰教的内容。最重要的是一个名叫法拉比·伊本·可拉☾的苦行僧、智者，是他促成了那次改宗事件，其生平在辞典中占有很长的篇幅。辞典里还有许多缺文脱字的地方。哈扎尔可汗邀请了三名使者——阿拉伯苦行僧、犹太教拉比、基督教教士——来他的宫廷，请他们详一个他做过的梦。不过，阿拉伯文译本的《哈扎尔辞典》及论及哈扎尔问题的伊斯兰史籍对三名参加哈扎尔大论辩▼的使者的论注似乎有详有略。伊斯兰史籍几乎没有提及参加大论辩的另两名捕梦者的名字，即一名基督教使者和一名犹太教使者。论及他俩的内容要比叙述阿拉伯使者法拉比·伊本·可拉的文字简单扼要得多。在阅读《哈扎尔辞典》的过程中（所花时间不长），马苏迪一直纳闷：另外两个人到底是谁？有没有基督徒知道希腊使者的名字呢，希腊使者在由四方人士出席的哈扎尔宫廷论辩中为基督教奋力辩争。他叫什么名字呢？犹太教拉比中间是否有人知道参加哈扎尔宫廷论辩的犹太教代表的名字呢？这

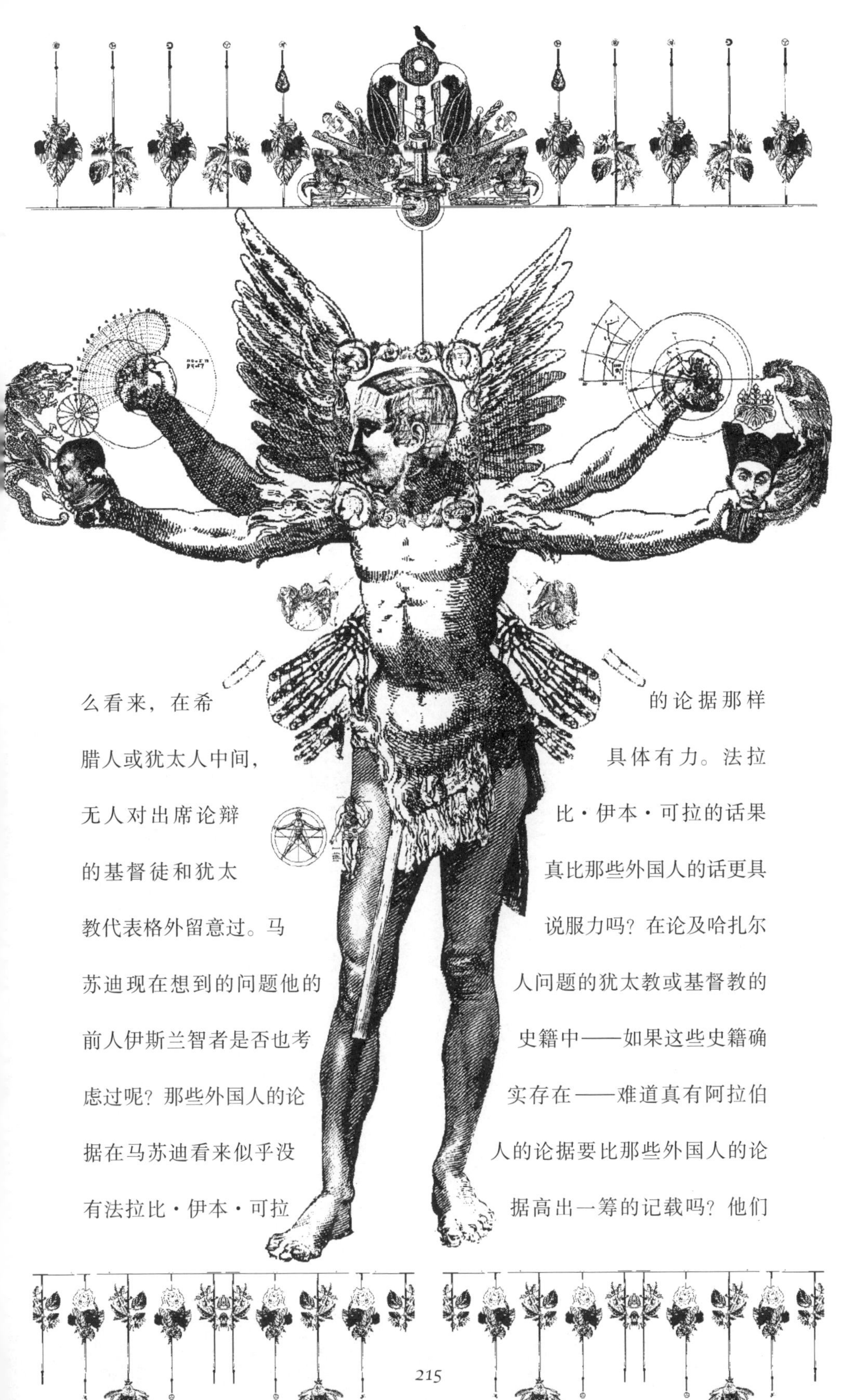

么看来，在希腊人或犹太人中间，无人对出席论辩的基督徒和犹太教代表格外留意过。马苏迪现在想到的问题他的前人伊斯兰智者是否也考虑过呢？那些外国人的论据在马苏迪看来似乎没有法拉比·伊本·可拉的论据那样具体有力。法拉比·伊本·可拉的话果真比那些外国人的话更具说服力吗？在论及哈扎尔人问题的犹太教或基督教的史籍中——如果这些史籍确实存在——难道真有阿拉伯人的论据要比那些外国人的论据高出一筹的记载吗？他们

HEMISPHERE AUSTRAL
HEMISPHERE BOREAL
le Poisson austral
le Verseau
le Sagittaire
le Capricorne
Antinous
Ophiuchus
la Vierge
la Coupe
Pegase
le Dragon
le Bouvier
la Couronne Boreale
le Serpent
la Lyre
le Dauphin
l'Aigle

会不会对我们闭口不谈，一如我们对他们所做的那样？有朝一日，有没有可能编纂一部有关哈扎尔问题的辞典或一部百科辞典，将三个捕梦者的故事全部收人，这样的话，情况不就真实了吗？在《哈扎尔辞典》具体确切的书页上，按字母顺序排列，编入出席哈扎尔大论辩的基督教使者和犹太教使者的姓名及生平的条目，再加上编年史作者收集的基督徒和犹太人里面对此次大论辩的有关信息。假如阿丹·鲁阿尼肉身尚缺少某些部分，那他怎么能被创造出来呢？

想到这里，马苏迪觉得周身有如蚁群爬过。他瞥见他的衣服在门敞开着的衣柜内微微晃动，不禁有些害怕，于是他立即关上柜门，打开他的辞典。他四处寻找有关哈扎尔人的希伯来文和希腊文的手稿。在他头巾的折裥处，人们可读到“圣书”这两个字，而他却跑步赶上前面的异教徒，他付钱给在路上遇见的希腊人和犹太人，请他们将他们的语言教授给他，对他来说，他们也是折射世界的镜子，但折射的方法迥然不同。他学着在这些镜子里观察自己。他所获取的有关哈扎尔的信息不断膨胀，他还决定有朝一日为他捕获到的猎物立传，为一项业已完成的工作作一次圆满的总结。这也将是对阿丹·鲁阿尼巨大的肉身作一点微不足道的贡献。然而，一如所有的猎人，他也无法预知哪一种猎物将会出现。

到了回历四月份的第三个主麻日，马苏迪终于第一次瞥见了别人的梦。他投宿在一家车马店里，睡在他

身旁那个人的脸他看不见，可是却听见他在唱一支什么歌。起初马苏迪没弄懂是怎么回事，可是他的听觉比他的思维要敏捷。原来有一把女人的钥匙，空心，沿轴线有个孔，正在寻找一个轴线在内的男人的锁孔。那把钥匙终于找到了那个锁孔。跟他并睡在黑洞洞的屋里的那人其实并没有唱歌，唱歌的是那人体内的某个人，是那人梦见的某个人……四周非常之静，因此听得见跟马苏迪并睡在黑洞洞的屋里的那个人的头发在蓬蓬勃勃地生长。这时马苏迪就像照镜子那么轻而易举地进入了一个广漠的梦境，但见黄沙遍地，无处可避风雨，触目皆是野狗和干渴的骆驼。他立刻感到他有被撕咬成残废的危险，这种危险步步紧逼着他。但他没有收住脚步，依然踏着沙地往前走去，那沙地随着睡者呼吸的节奏时而升起，时而下沉。在梦境的一个角落里坐着一个人，那人正用一棵树制作诗琴，这棵树本来是横在河面上的，树根一直蔓延至河口，而现在木质已经干了。马苏迪知道那人是在按照三百年前的方法制作乐器。如此说来，梦比做梦的人要老得多。梦中人时不时放下手中的活，抓起一把抓饭来放进嘴里，而每吃一把抓饭，跟马苏迪的距离至少要远上一百来步。因此马苏迪得以看到梦境的边界，那边有一抹微光！发出难以形容的臭气。在梦境深处，有一个专事饲养老废马匹的养马场，有两人在埋葬一匹马。其中一个就是唱歌的人。现在马苏迪不但听见了歌声，而且突然看到了歌者的面容。那

个睡在马苏迪身旁的人梦见了一个青年，这人的唇髭有一撇是白的。马苏迪知道塞尔维亚的狗先咬人，后汪汪叫，瓦拉几亚的狗光咬不叫，而土耳其的狗先猜猜狂吠，然后才咬人。这个梦中人不属于上述三类畜生中的任何一类。马苏迪记住了歌子，因为明天他必须设法去寻获下一个梦见这个有一撇白唇髭的青年的人。马苏迪很快就想出了一个妙法。他雇用了好几个诗琴演奏者和歌手来充当围猎的猎手，在他的指挥下教会了他们弹唱这支歌。他十根手指上戴着十种不同颜色的宝石戒指，每种颜色都适合于他所运用的音级的十个音阶。马苏迪向歌手们举起这个或那个手指，每个歌手就像每种野兽都只选食它们要吃的那种食物那样，根据戒指的颜色，知道他该取什么乐音，决不会弄错，虽然歌子的旋律对他们来说是陌生的。他们在热闹的地方，像清真寺前、广场上、水井旁演唱，于是到处响起这支歌的旋律，这对那些在夜里梦见过马苏迪所追寻的那个猎物的过路人来说便成了诱饵。他们会吃惊得像看到月光由太阳上泻下来那样目瞪口呆地站在原地，着魔似的听着。

马苏迪追踪着他的猎物，沿着黑海海滨，由一个城市走到另一个城市。那些做他要追逐的那种梦的人有何特点，他已开始掌握。他发现一个地方如果有众多的人梦见那个有撇白唇髭的青年，必有一个奇怪的现象：动词在他们的话语中起着比名词远为重要的作用，只要有可能他们就把名词删去，哪怕这种可能性微乎其

微。有时候，那青年会出现在一大群人的梦中。亚美尼亚的商人们梦见他被捆在绞刑架下，绞刑架安在一辆套着几头犍牛的板车上。他就这样在漂亮的石城内游街，由东及西，由南及北，刽子手拔光了他的唇髭。后来当兵的也都梦见他在海滨一个由人精心照料的养马场上埋葬一匹马，梦见他同一个妇人厮混，妇人的脸在梦中看不清，能看见的只有那个有一撇白唇髭的青年在她面颊上留下的亲吻的印痕，大小只相当于一粒米……可后来那个猎物突然消失，马苏迪失去了所有的线索。他唯一能做到的事就是把他在这次旅途中的见闻不分巨细统统写进他的《哈扎尔辞典》，于是他的那些按字母顺序排列，装在绿袋子里，陪同他一起餐风宿露、千里跋涉的新老笔记变得越来越沉。但是马苏迪总感觉到他错过了好些梦，而做这些梦的那个人就在他身旁，他没能及时捕获这些梦，并判断是谁做的。梦的数量多于做梦者的数量。马苏迪终于注意到了他那匹充作坐骑的骆驼。他进入这匹畜生的梦，见到了那个前额有疙瘩、唇髭呈双色的青年，他的唇髭所以会如此，看来是对他的惩罚。他头顶上亮着一个星座，这星座从未映照在海水中。他站在窗口，正在读一本扔在他脚边的书。这本书叫《*Liber Cosri*》†，当骆驼闭着眼睛做这个梦时，马苏迪还不知道这两个字的意思。其时对梦的追逐把他带到了前哈扎尔国的国界。只见旷野里到处长着乌黑的草。

马苏迪碰到了越来越多的人让那

个携带着一本叫作《*Liber Cosri*》的书的青年到他们的梦中过夜。他知道有时候整整好几代人，甚至好些社会阶层都会做同样的梦，梦见同样一些人。但是他知道这些梦正在逐步退化，乃至消失，还知道这些梦大都是旧梦。这些梦催人衰老。但是在这里，在边境上，他在追梦中碰见了新的情况。那就是那个有一撇白唇髭的青年还放债，他借给每个他进入其梦的人一个小银币。借款条件优越，年息只要一厘。在这里小亚细亚的穷乡僻壤，梦中借钱往往用不着出具借据，因为人们认为在梦中是不可能欺骗人的，不可能赖账的，只要他们所梦见的那个人，只要手中掌握有账本和账单的那个人还存在于他们的生活中的话。这样一来，仿佛有一个组织得很严密的双班制的会计处，包揽了醒态中的和睡态中的借贷业务，而且把这两种状态下的资本合并在一起，并得到借贷双方的默认。

在一个礼拜四的赶圩日，马苏迪来到了一个他不知其名的小村落，走进一个波斯人的大帐篷，波斯人正在里面表演节目。帐篷内人头攒动，假如朝黑压压的观众扔枚鸡蛋，这枚鸡蛋肯定不会滚落到地上。帐篷中央的一堆地毯上放着一个燃烧着的火盆，有人在向观众介绍一个全身赤裸的女孩。她身体微微颤抖，两手各握一只燕雀。她的左手一松放出一只燕雀，当鸟儿振翅欲飞的当口，她用令人难以置信的速度将它抓在手里。她有一种奇怪的病：她左手的速度比右手的速度快得多。她说她左手快得可以比

她身体其余部分先触到死亡："人们在安葬我时，无法连我的左手一起下葬！我已看见我的左手在距我很远的一座小坟墓里安息，这座坟墓既没有名字也没有任何标记，就像在一艘没有船尾的船上……"

这时，那个波斯人请观众在夜间的梦里梦到女孩，以便让她的病痊愈，他向观众详尽地解释了这个梦的作用。观众散去，马苏迪走在头里，有种如刺鲠喉的感觉，他用蘸着埃塞俄比亚咖啡的笔将这一感觉写进了他的《哈扎尔记事录》。那个波斯人看来也有他自己的记事录，他也是一名捕梦者。照此看来，伺奉阿丹·鲁阿尼的方法有很多，且各不相同。那么，马苏迪的方法好不好呢？

流光易逝，转眼到了回历五月的第二个主麻日。河上升起的浓雾遮蔽了河滩上一座光秃秃、暖洋洋的新的城市。在河面上，由于浓雾弥漫看不见这座城市，但是在河水中，在雾的下边却清晰地倒映出每一座清真寺的宣礼楼，楼的塔尖直刺河中的湍流。而在浓雾之外，在干燥的地方则笼罩着寂静，一种深邃的、持续了三天三夜之久的寂静。马苏迪发觉这寂静、这城市、这干涸的河水使他萌生了男人的欲念。就在这一天，他渴望一尝女人的滋味。他派往城里去唱歌的那帮围猎的猎手中有一人走了回来，禀报他说他们已有所猎获。这回猎获到的是个——女人。

"顺着城里的大街走，一直走到闻见姜的气味，凭着这股姜的气味你就可以认出哪里是她家，因为她煮什

么东西都搁姜。”

马苏迪在城里走着，直到闻见姜的气味才停下来。有个女人坐在一堆篝火前，火上吊着一个铁汤锅，汤水上的气泡不时爆裂。孩子们拿着碗同狗一起排成一条长龙领食。马苏迪知道她一勺勺舀出来的是梦。她的嘴唇变幻着颜色……当马苏迪走到她跟前时，她也要舀一勺汤给他，可他笑了笑，谢绝了。

“我再也做不了梦了，”他说，于是她把铁锅搬了开去。

她活像一只梦见自己是个女人的白鹭。马苏迪不顾他的脚趾甲已经磨烂，手指甲都已啃坏，就饧着两眼躺到地上，偎在她身旁。空地上就他们两人，静得可以听见黄蜂用刺叮咬干枯的树皮。他凑过头去吻那个女人，可她的脸骤然大变。接受他吻的竟是老婆子的枯腮。他问她这是怎么回事儿，她说道：

“唉，岁月不饶人呀。你就别问了。岁月使我的脸发生变化，比使你的脸或者你的骆驼的脸发生变化要快上好几十倍。你在我裙子下边忙也是白忙，那里没有你要找的东西，我没有那只黑洞洞的乌鸦。没有肉体的阴魂是存在的，犹太人称他们为鬼魂，基督徒称他们为灵魂。然而还存在一种没有性别的肉体。阴魂是没有性别的，可肉体应当有性别。只有被魔鬼剥夺了性别的肉体才没有性别。我的情况就是如此。魔鬼易卜劣厮☾褫夺了我的性别，却保全了我的性命。长话短说吧，我如今只有一个情夫，他的名字叫合罕✡。”

“这合罕是什么人？”马苏迪问。

“是个总是到我梦里来，而且正在被你追踪的犹太人。是个有一撇白唇髭的青年。他的肉体藏匿在三个灵魂中，而我的灵魂则藏匿在肉体中，我只能同他一人分享我的灵魂，当他来到我梦里的时候，他是个很在行的情夫，我没什么可抱怨的。何况他是唯一还记得我的人，除了他之外，谁也不到我梦里来……”

马苏迪终于遇见了知情者，晓得他所追踪的那个青年的名字。那青年叫合罕。

“那你是怎么知道他的名字的呢？”马苏迪试探地问。

“我听到的。有人用这个名字喊他，他答应了。”

“在梦里吗？”

“在梦里。这是在他出发去君士坦丁堡的那个晚上。不过你要注意，我们所说的君士坦丁堡在今天的君士坦丁堡的西边，距今天的君士坦丁堡有一百昼夜的路程。”

后来那女人打怀里掏出一个水果之类的东西，形状像条小鱼，她把它递给马苏迪，说：

“这是库▼。你想尝尝吗？或者你想要的是别的什么？”

“我想要你就在此刻，就在这儿做梦，见到合罕，”马苏迪说，那女人听了很惊讶，她指出：

“你的要求太低了。考虑到把你从千里之外引到我身边来的原因，你就提出这么一个要求，过于低了，但是根据各种情况判断，你意识不到这一点。我答应你，这就专门为你做这个梦，这

梦本来就是要赠送给你的，现在提前送给你。不过你要当心：追踪你梦见的那个人的女人也会来收拾你的。”

她把头枕在狗身上，她的脸庞和双手被许多世纪以来投在她身上的无数目光所擦伤，只见她把合罕接纳到她的梦中，合罕对她说：

> “Intentio tua grata et accepta est Creatori, sed opera tua non sunt accepta ...”

马苏迪的流浪生涯告终了，他从这个女人那里获悉的东西多于他通过各种探索所获悉的东西的总和，现在他就像一棵发芽的树那样迫不及待。他给骆驼套上鞍鞯，匆匆踏上归途，朝君士坦丁堡而去。猎物在京都等他。就在这时，正当马苏迪洋洋得意地想着这最后一次猎梦是何等地成功时，被他充作坐骑的那匹骆驼转过头来，朝他的眼睛啐了口唾沫。马苏迪气得举起湿漉漉的缰绳抽打骆驼的脸，直把它打得放光了两个驼峰中的水，可是他始终未能猜出骆驼这个举动的用意何在。

道路老是粘住他的鞋子，他一边走，一边反复背诵合罕那句话，这话像音乐一般好听，可是他不懂得这句话的意思。他一边走，一边背，一边想只要见到第一家车马大店，就立刻进去把鞋子洗净，因为道路要所有在它们上边走了一天的鞋掌都在当天把粘在上边的尘土归还原路。

有个除了希腊语外不知道任何其他语言的基督教修士告诉马苏迪说，他所记住的那些字是拉丁文，建议他去请教当地的拉比。拉比把合罕的这

句句子翻译给他听:“创世主看重的是你的意愿,而不是你的举止!”

于是马苏迪明白了他的夙愿正在实现,他走的路是对的。他理解这句话的意思。他早就知道这句话的阿拉伯语说法,因为大天使在好几百年前就向哈扎尔可汗说过。马苏迪已经悟到合罕就是他在寻找的两个人中的一个,因为合罕跟他一样也在追踪哈扎尔人的事,只是合罕所根据的是犹太教传说,而他根据的是伊斯兰教传说。合罕正是马苏迪在研读他的《哈扎尔辞典》时所预见到的那个人。辞典与梦是吻合的。

然而,正当马苏迪接近这一伟大发现的当口,他明白了他的猎物从某种意义上说,就是钻研哈扎尔历史和故事的另一个他,于是,马苏迪义无反顾地舍弃了他的《哈扎尔辞典》,而且从今以后永不回头。这一转变是通过下面的故事开始的。

一天晚上,马苏迪已在一家沙漠车马大店里熟睡。他忽然觉得自己的身体有如浪尖上的小船在不住地摇晃。隔壁的客房里有人正在弹奏诗琴。后来过了很久,有关这一晚上的故事和音乐的传说才在安纳托利亚的诗琴手中流传开来。马苏迪很快便发现这是架不同寻常的乐器。此琴所用的木头不是用斧子砍伐下来的,因为树木的声音没有消失。此木源自山顶的森林,那里的树木听不到水的声响。特别是琴

肚，它不是木质的，而是用某种动物的甲壳加工而成。马苏迪能够辨听出这些不同之处，一如葡萄酒行家懂得分辨白葡萄酒和红葡萄酒两者之间不同的酒性。马苏迪听出了陌生人弹奏的是哪首曲子，这是最难得听到的曲子之一，使马苏迪着实惊讶的是，他竟在这人迹罕至的偏僻之地听到了这首曲子。此曲中有一段弹奏难度极高，马苏迪弹奏诗琴那会儿，曾为此曲找到了一种特别的指法，打那以后，其他的诗琴弹奏者开始纷纷效仿这一指法。然而，陌生人用的并不是马苏迪的那种指法，他的指法更佳，马苏迪无法辨听出他用的是什么指法。他听得直发愣。等到那个曲段重复弹奏时，马苏迪终于明白了。在弹奏那个曲段时，陌生人用了十一个手指，而不是十个手指。于是，马苏迪认为那个陌生人的身上有魔鬼附身，因为魔鬼演奏乐曲时，连尾巴也一起用上。

“我们两人中间到底谁追上了谁？是他追上了我，还是我追上了他？”马苏迪自言自语地说，一面冲进隔壁的客房。他看见一个男子，手指纤细，且一样长短，留着一撇弯弯的银白色唇髭。这个叫贾比尔·伊本·阿克萨尼☾的人正手抚一架用一只白色龟壳制成的乐器。

“给我看，”马苏迪含糊不清地说道，“快给我看呀！那曲子太动听了……”

贾比尔·伊本·阿克萨尼打了个呵欠，他那双翻开的嘴唇——就像里面刚产出一个看不见的婴儿——慢慢挪动了一会儿后，终于恢复到原来的形状。

“你要我给你看什么?”他一面反问，一面放声大笑。“是尾巴吗?不过，你已有很长时间不再为歌曲和音乐操心了呀。你现在是捕梦者了。可你却对我还这么在意!你想让魔鬼帮你一把。原因就像书里说的，魔鬼能见到主神，而人见不到主神。那你想知道我什么呢?我骑上一头鸵鸟，当我开始行走时，便有魔鬼和小妖魔们伴我而行，这些魔鬼中间有一个诗人。此人在好几个世纪中写下了许多歌曲，时间要比安拉创造第一个人阿丹和好娃更早。他的诗节里讲到了我们众魔鬼，讲到了我们的魔鬼胚胎。不过，我希望别把这些太当真，因为诗的词句不是真正的词句。真正的词句永远像树上的一只苹果，树干上缠绕着一条蛇，树根入地，树顶参天。现在，我要向我、向你透露另一件事情。

“这件事是已知的，凡《古兰经》读者都知道的。那就是我和所有的魔鬼一样都是火做的，而你是泥做的。除了我用在你身上的力量和从你身上汲取的力量外，我再也没有其他的力量。这是因为人们可以从真理的本身抽取人们强加于它的东西。这足够了，一切事物都可在真理中找到位置。你们人类，一旦上天，便可按你们的意愿变成任何模样，但是只要你们还在地上，你们注定要永远保持同一个样子，即你们来到世上时所建造的形象。而我们则恰恰相反，在地上，我们可以随心所欲地改变模样，但只要我们一越过天园之河，我们就注定永远是魔鬼，保持原来的模样。不过，我们火的属性可使我们的

记忆不至于完全消失，用泥土做成的你们，情况也大致相同。这便是我、魔鬼和你、人类，最根本的区别。安拉用双手创造了你，而我是安拉用一只手做出来的，我的种类先于你的种类存在于世。所以，我们之间在时间上有一个重要的区别。虽然我们的痛苦并存，但我的种类先于你们人类抵达地狱。在你们人类之后还有第三种类会抵达地狱。你的痛苦永远比我的痛苦短暂。这是因为安拉已听见了第三种类的声音，这第三种类很快会被创造出来，这对我们，对你们都非常不利：为了减轻我们的痛苦，加倍惩罚先前的种类吧！这就是说，痛苦并非无穷无尽。这里面存在着一个纽结，任何书里都找不到的一种密切关系从此开始了，因而我可为你所用。但有一点千万别忘：我们的死亡比你们的死亡更古老。我们魔鬼所拥有的死亡经验较之人类更丰富悠久，而且我们善于掌握这种经验。所以，关于死亡，我可以对你说的东西比你的任何一个同类所说的要多一些，即便他是经验丰富的智者也好，他对死亡的认知不会比我多。我们经历死亡的时间比你们更久。现在，我要讲一个故事，仔细听好了，要是你有一只金耳环，得趁此机会利用一下。因为今天故事的讲述者，明天还可再讲一遍，而听故事的人只有听一次的机会。”于是，贾比尔·伊本·阿克萨尼开始给马苏迪讲述：

孩子的死亡故事

“一个孩子之死向来可以作为其

父母之死的模式。母亲分娩，赋予她孩子生命，而孩子之死又为其父之死提供了一种形式。当儿子先于父亲死去，那父亲的死会因没有陪伴、没有模式而变得残缺不全。这就是为什么我们魔鬼的死亡非常容易简单的原因所在，因为我们没有子孙后裔。我们的死亡没有任何模式。没有

后嗣的人的死亡同样相当容易简单，因为他们在冥国所有的活动只带来刹那间一瞬即逝的丁点火星。简言之，孩子将来的死亡不啻父母死亡的一面镜子，一如某项自反定律产生的效力。死亡是唯一可以逆向继承、可以逆时而溯的东西，它可以由年轻的传给年长的，由儿子传给父亲——祖先可以继承后辈的死亡，就像某种贵族的继承关系。死亡的基因——毁灭的标记——逆时而上，从将来到过去，就这样连接死亡和诞生、时间和永恒，也将阿丹·鲁阿尼和他本身连接起来。死亡就是这样成为具有家庭和继承特征的部分现象。但在这儿，人们不会去考虑黑睫毛或水痘的遗传。这里涉及的是一个人经历其死亡的方式，而不是其死亡的原因。人或死于剑下，或死于疾病，或寿终正寝，不论死于何种原因，他始终是通过他人的死亡来体验自己的死亡的。他经历他人的死亡，即未来的死亡，而从不经历自己的死亡。他经历的是其孩子的死，正如我们刚才说到的那样。他把死亡变为某种带集体性质的东西，变为某种家产。而没有后嗣的人仅有他自己的一次死亡。于是，有孩子的人就受罪了，他虽没有自己的死亡，却拥有所有他孩子们的多次死亡。那些拥有众多后嗣的人的死亡是可怕的，因为他们的人数会成倍减少，生命和死亡不受相同的比例限制。我给你举个例子。好几个世纪以前，在哈扎尔的一个修道院里住着一个名叫莫加达萨·阿勒·萨费尔☾的修士。这座修道院除他之外，还生活着一万名

处女。让所有这些修女受孕，便是他虔诚的宗教使命。他拥有了与这些修女人数不相上下的孩子。你知道他的死因吗？因为他吞下了一只蜜蜂。你知道他死亡的情形吗？一万种方法同时用上，他的死被乘上了一万。他要为每一个他的孩子死亡一次。他根本不需下葬。他的一次次死亡已将他分成碎片，他身上除了留下了这个故事之外，已经一无所剩。

“另一个关于一束树枝的故事讲的也是这个道理，你们人类误解了这个故事的含义。父亲临死前，把他的几个儿子召集到身边，告诉他们折断一根孤枝根本不费什么力气，而实际上，他欲使他们明白的是：对只有一个儿子的父亲来说，死亡是非常容易的。而在他告诉他们折断一束树枝是多么不易的时候，目的是要他们懂得他的死实在是一项艰难繁重的事情。他一再强调，一个有很多孩子的人的死亡是难以忍受的，因为那人得承受他所有孩子的死亡，得预先经历他们临终前的弥留。所以，一束树枝的枝数越多，你面临的威胁就越大，从来不会有相反情况出现。至于女人的死亡及她们的后嗣，我们暂且不谈，她们属于另一种类，她们的死亡和男人的死亡毫不相关，她们的死亡归入另一种自然定律……”

“瞧，我们魔鬼就这样窥见了冥冥之中的秘密，我们的死亡经验要比

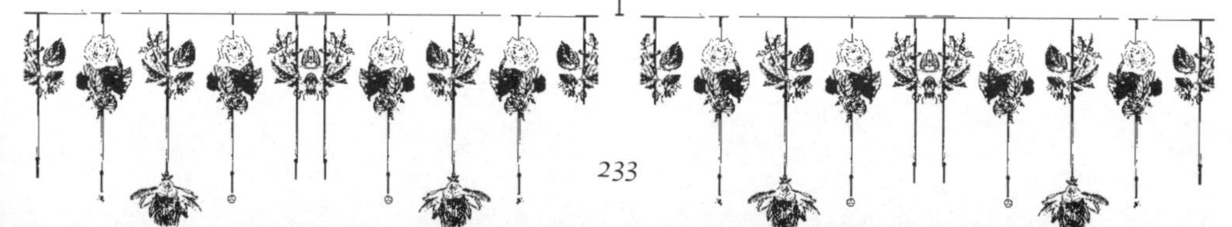

你们人类多一点。别忘了你是捕梦者，假如你能留心观察的话，你将有机会证实我说的话。”

“你指什么？”马苏迪问。

“你捕猎的目的——所有在垃圾堆里陷入困境的释梦者都明白——是要找到两个相互托梦的人。睡眠者向来是从苏醒者那儿去梦见现实的。我说的对吗？”

“对。”

“现在，你可想象苏醒者正在死亡，因为死亡是最严酷的现实。梦想实现者实际上是在梦想他的死亡，因为此刻另一个人的现实就是死亡。所以，他能像看自己的掌纹一样看他人是怎么死亡的，而他自己可以不死。但是，他将永远不会苏醒，因为那个死亡的人将不再梦想这个活着的人的现实，不再有家蚕来编织他的现实之网。所以说，那个梦到睡醒者之死的人，永远不会苏醒，因而永远无法告诉我们他梦中所见，也无法说出一个濒死者如何经历死亡的，尽管他已直接地获取了这种经验。你，作为一个梦的释读者，你有权去读他的梦，从梦里发现、获悉一切有关死亡的内容，去验证和补全我等种类的经验。人人都可创作音乐，或写一部辞典。把这两件事让给别人去做吧，因为只有像你一样少见而又特殊的人方可透过两对目光之间的裂隙，瞥见死亡的王国。好好利用你捕梦的才华吧，争取捕到一只重要的猎物。‘你要决定的事情是经过你自己考虑、观察过的，’”贾比尔·伊本·阿克萨尼用了《圣书》里的一句话作为他故事的结尾。

外面，夜色退尽，黎明已至。沙漠车马大店的门前传来水槽的流水声。水是从一根状似男人生殖器的铜管里流出来的，边上还有两只布满铁丝的金属蛋状物，铜管的一头在嘴里的感觉很光滑。马苏迪喝了水，他又一次改变了职业。他永远不再撰写他的《哈扎尔辞典》了，永远不再去为他那漂泊的犹太人立传了。假如他在捕猎过程中不再需要一本手册作为寻找死亡真谛的指南的话，那他一定已把用蘸过咖啡的笔写满字的纸页连同那只装这些纸页的绿袋子一起扔掉了。他在继续赶路，虽然目标已改，但猎物始终没变。

日月如梭，已是回历六月的第一个主麻日，马苏迪的想法如落叶一般，一个接一个脱离它们的树枝，往下飘落；马苏迪目不转睛地看着他的想法怎么在他面前纷纷打旋，又怎么永远沉落在他的秋的渊底。他同他所雇用的诗琴演奏者和歌手们结清了账，任他们各奔东西，他孤单单一个人闭着眼睛席地而坐，背靠在棕榈树的树干上，靴子烤灼着他的脚，他觉得在他与风之间什么东西也没有，只有冰凉、苦涩的汗水。他把一只煮熟的鸡蛋浸到汗水中，鸡蛋就成了咸蛋。正在来到的礼拜六对他来说就像虔诚的礼拜五穆斯林于每个礼拜五[1]

[1] 正午过后都去当地清真寺举行集体礼拜，此日称主麻日。

一般伟大，他已清楚地知道他必须办成的一切事情。关于合罕，他已晓得那人正在去君士坦丁堡的路上，因此他无需再守候在他人梦境的出入口，像头畜生那样遭到鞭打、役使和侮辱。更重要、更棘手的问题是怎么在偌大的君士坦丁堡找到合罕。不过话要说回来，用不着他马苏迪亲自去找，自有人替他去做这件事。他只需要找到这个梦见合罕的人。而充当这个第三者的，如果好好思考一下的话，非一个人莫属。这人马苏迪已隐隐绰绰预见到了。

“就像在玫瑰茶中放进椴树蜜，蜜的气味会妨碍喝茶的人闻到茶真正的香气那样，也有什么东西在妨碍我看清并弄懂我周围的人所做的有关合罕的梦，”马苏迪思索道。定有一个什么人，一个第三者在妨碍着他……

马苏迪早就认为世上除他之外，至少还有两个人在研究哈扎尔部族。一个是合罕，犹太教有关哈扎尔国改宗新教的史料中已有详载；而第三个是谁，目前还不清楚，基督教有关这些事件的史料必定有所记载。现在要找的正是这个第三者，他是个希腊人或者其他民族的基督徒，是个对哈扎尔问题深感兴趣的学者。这人不消说就是合罕去君士坦丁堡寻找的那个人。必须找到这个第三者。马苏迪豁然开朗，领悟到找着此人是何等的必要。马苏迪已经打算站起身来，因为所有的问题他都一一思考过了，斟酌过了，可就在这时，他发觉自己重又坠入了某个人的梦，重又开始狩猎，不过这回不是他自愿的。他四周既没

有人，也没有动物。只有黄沙，只有像天空那样伸展开去的沙原，而在沙原尽头是君士坦丁堡。但是梦境里却有条汹涌奔腾的大河在隆隆轰鸣，河水深达心脏，水质甜而致命，震耳欲聋的涛声渗透了马苏迪裹在头上那顶状似《古兰经》第五章中一个字母的缠头的所有褶裥，致使马苏迪牢牢记住了这条河。马苏迪晓得梦中的季节有别于醒时。他明白了这是他背靠着的那棵棕榈树在做梦。棕榈树梦见了河水。除此以外，梦境中什么也没有，只有河水巧妙地顺着曲曲弯弯得像泛白了的缠头一般的河床喧闹地向前奔去……他于回历七月底的旱季抵达君士坦丁堡后，立即拿出《哈扎尔辞典》中的一卷到最大的集市上去，声称要出售。只有一个人对这件货物感兴趣，那人是希腊教会的一名修士，叫杰奥克季斯特·尼科尔斯基，他把马苏迪带去见他的主子。他主子连价钱都不问就买下了这卷辞典，并问马苏迪还有没有要卖掉的。据此，马苏迪推断，他已接近目标，他面前就是踏破铁鞋无觅处的那个第三者，那个梦见合罕的人，这人将成为他猎获合罕的诱饵。合罕不消说是为了这人才来君士坦丁堡的。买下马苏迪绿袋子中这卷《哈扎尔辞典》的阔佬是住在君士坦丁堡的一名外交官，他为驻奥斯曼帝国政府的英吉利公使工作，名叫阿勃拉姆·勃朗科维奇†。他是个基督徒，特兰西瓦尼亚人，体躯魁伟，衣着奢华。马苏迪自荐为他帮佣，被他接纳。由于阿勃拉姆·勃朗科维奇老爷是在夜里钻进藏书室工作，白天睡

觉的，他的亲随马苏迪第一天早晨就找到了机会窥视主子的梦境。在阿勃拉姆·勃朗科维奇的梦里，合罕忽而骑骆驼，忽而骑马，操西班牙语，离君士坦丁堡越来越近。这是第一个在大白天梦见合罕的人。显然，勃朗科维奇和合罕相互轮流托梦。看来圆圈已合拢在即，该是收场的时候了。

“好吧，”马苏迪主意已定，“当你拴住了一头骆驼，最好拴紧，别再松开，因为你不知道明天它会被谁骑！”接着，他开始打听他主人子女的情况。他得知阿勃拉姆老爷有两个儿子，次子患了一种头发的疾病，他最后一根头发掉落之时，也就是他的死日。阿勃拉姆的长子叫格古尔·勃朗科维奇▼，他身挂佩剑，骑在一副布满土耳其人头发的马鞍上……

马苏迪所猎获到的尽在于此了，可他已经满足。他想剩下来的就是时间问题和等待了，于是他开始消磨时光。他首先忘掉的是他的第一手艺——音乐。他忘却的不是一支又一支歌曲，而是歌曲的一个局部又一个局部，起初从他记忆中消失的是低音部分，此后忘却之浪犹如涨潮一般，越升越高，直抵高音部分，渐渐歌曲的血肉部分全被他忘得一干二净，最后留在他记忆中的只有旋律，那像是歌曲的骨架。后来连他的《哈扎尔辞典》他也开始遗忘，一个字又一个字地忘掉，因此有天夜里当勃朗科维奇的另一名亲随把这部辞典扔进炉火时，他并没感到伤心……

但这时发生了一桩未曾预料到的事。阿勃拉姆·勃朗科维奇老爷就

像一只会倒飞的啄木鸟，在回历十月的最后一个主麻日忽发奇想，离开了君士坦丁堡。他辞去了外交官职务，携同他的全体侍从和亲随出发去多瑙河作战。在耶稣诞生后的第1689年，他们到达了多瑙河畔一个叫克拉多夫的小地方，那里是巴堂斯基王子统率的奥地利军的营地，于是勃朗科维奇投到亲王麾下。马苏迪不知道该怎么办才好，因为他那个犹太人正在朝君士坦丁堡进发，而不是朝克拉多夫，事件的进程离开马苏迪的计划越来越远。他坐在多瑙河边，一丝不苟地裹着缠头。这时他听到了隆隆的涛声。河水在他身下很深的地方奔腾咆哮，这喧声他是熟悉的，在他那裹得好似《古兰经》第五章中一个字母的缠头的褶裥中还完整地保存着这隆隆之声。这就是几个月前，他在靠近君士坦丁堡的沙原上所窥视到的棕榈树梦境中的那条河。这是个征兆，根据这个征兆，马苏迪懂得一切顺遂，他的路是该在多瑙河上告终。于是他在克拉多夫留了下来，成天跟勃朗科维奇的一名文书在战壕里掷骰子。这个文书没一天不大输特输，可是一心想翻本，怎么也不肯停止这场疯狂的赌博，甚至当土耳其的枪弹如雨一般落到他们战壕中时还不肯罢休。马苏迪也不想去找个比较安全的地方，因为勃朗科维奇又在他身后梦见了合罕。合罕正在策马穿越流经勃朗科维奇梦境的一条什么河的喧嚣的涛声，马苏迪一下子明白了这就是在醒态中也可听到的多瑙河的涛声。后来一阵风把一撮尘土刮到他身上，他立刻明白一切都要了了。当他们中有个人掷下骰子时，一队土耳其士兵冲进了他们的阵地，随身带来了一股尿臊臭，土耳其精兵左右砍杀，马苏迪激动地睁大眼睛，在他们中间寻找着那个有一撇白唇髭的青年。他终于看见了他。马苏迪看到的合罕的模样跟他在别人梦中见到的一模一样：火红色头发、一撇银白色的唇髭下挂着一抹浅笑，肩上扛着个背包，背上挂着一根节距很短的链条。这时土耳其人砍死了那名文书，用长矛捅穿了还没来得及醒过来的勃朗科维奇，然后扑向马苏迪。合罕救了他。一见到勃朗科维奇，合罕就像被人一刀砍死了似的跌倒在地，他背包中的纸片撒落得满地都是。马苏迪立刻明白合罕睡着了，正在做着梦，睡得非常之沉，永远也醒不过来了。

"怎么了，翻译官牺牲了？"土耳其帕夏几乎是幸灾乐祸地问他的亲信，不料马苏迪在一旁用阿拉伯语回答说：

"没有，他睡着了，"就这么一句话延长了他一天的寿命，因为帕夏对他的回答感到奇怪，便问他怎么知道的，马苏迪回答说他是扣紧和解开别人的梦之结的人，这行当称之为捕梦者，他早就在跟踪那名中间人了，那是他的诱饵，用来捕捉真正的猎物，现在这个猎物已被长矛捅穿了身子，一命归阴，他请求让他活到次日早晨，以便跟踪合罕的梦，那人此刻正在做梦，见到了勃朗科维奇的死。

"那个人没醒过来之前，就留着他一条命，"帕夏吩咐说，于是土耳其人把睡着的合罕搁到马苏迪肩上，他扛着他企盼已久的猎物跟着他们朝土耳其一方走去。他所扛着的合罕此刻的确梦见了勃朗科维奇，因此马苏迪觉得他扛的不是一个人，而是两个人。他肩膀上那个年轻人此刻在梦中见到的阿勃拉姆·勃朗科维奇老爷，就像往常一样，正处于醒态之中，因为他的梦态乃是勃朗科维奇的醒态。要是勃朗科维奇有过醒的时候，那恰恰就是此刻，就是矛穿过他身子的时刻，因为人死之后就不做梦了……

马苏迪就像注视他上颚中的星宿那样注视着合罕的梦，度过了这天的白昼和夜晚。据说他所见到的勃朗科维奇的死，就如勃朗科维奇本人亲眼见到的那样。因此马苏迪醒过来时睫毛都变白了，两耳瑟瑟发抖，此外手指甲和脚趾甲都长得又大又长，发出恶臭。他专心致志地想着什么事，以致没有发觉有个人挥舞马刀，一下子把他砍成两段，利索得连掉落下来的裤带都没散开。马刀砍出了一个可怕的伤口，伤口曲曲弯弯像张嘴巴，发出模模糊糊的声音，发出肉的惨叫……马苏迪的惨死是否罪有应得，他在临刑前向帕夏吐露了什么秘密，无人得知。他有否通过那顶架在火狱上边直通天园的细如发丝、快如马刀的西拉特桥，只有再也不能开口的人才知道……

据传，马苏迪曾这样说过：“我若从未吟唱过歌曲该有多好，那样的话，我就可和无赖、强盗一起上天园了！而当我触及真谛之际，音乐使我进入了幻觉的歧途。”说完，他的音乐上了天园，而马苏迪本人则被抛入地狱。在紧挨多瑙河的马苏迪墓地上，有这么一段铭文：

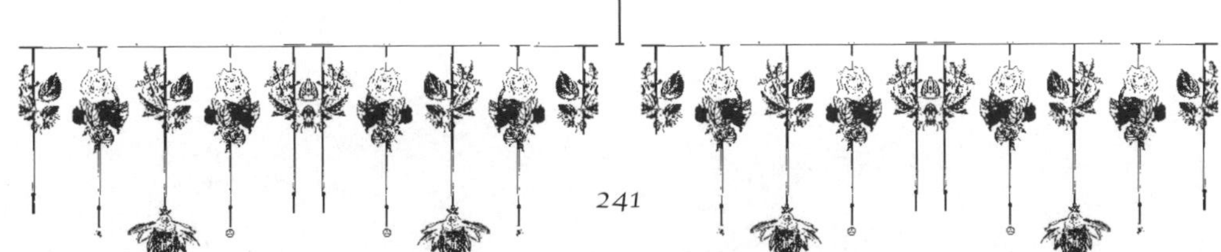

我所得到的和学到的一切都伴着勺匙碰及我牙齿的声响消失了。

莫加达萨·阿勒·萨费尔☾（九世纪、十世纪和十一世纪） 居住在一个女修院的哈扎尔修士。他的第二种生活是与另一个修道院里的一名修士弈棋，但他们不用棋盘，也没有棋子。他们每年走一步，棋路越过黑海和里海之间广袤的空间。他们轮流放隼来捕捉棋路上作为棋子的动物。动物被捕捉到的地点作为棋盘格，地点的海拔高度也被计算在内。莫加达萨·阿勒·萨费尔是哈扎尔最出色的捕梦者之一。有人认为他可算作阿丹·鲁阿尼的一根头发（参看马苏迪，尤素福☾）。

他的修行方式及女修院的规定是：在他的一生中，得使一万名修女受孕。阿捷赫公主▼是最后一名把自己卧室钥匙交给他的女人。那是一把阴性钥匙，上面有一个金环。这把钥匙让这名修士付出了生命的代价，因为它激起了可汗的妒意。他被囚禁在一个悬在水面上的笼子里，最后在笼子里面死去。

穆阿维亚，阿布·卡比尔博士（1930—1982） 阿拉伯的希伯来语专家，开罗大学教授。从事近东宗教的比较研究。毕业于耶路撒冷一所大学，在美国通过博士论文答辩，论文题目叫：《十九世纪西班牙的古犹太哲学及芦秆笔[①]书法教学》。

① 古代使用阿拉伯字母的民族所用的一种笔。

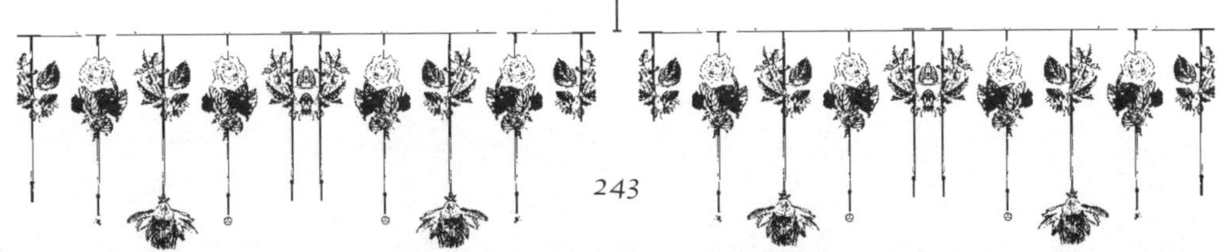

他身材高大，腰圆膀粗，背部宽大到了他的一只胳膊肘碰不到另一只的地步，他能背诵犹太·哈列维✡的大部分诗歌，他认为达乌勃马奴斯✡在1691年出版的《哈扎尔辞典》今天在某家老字号书店里还能觅得。为了给这一论断寻找证据，他考证了自十七世纪起有关此书发行的每一件事，编制了一份翔实可靠的书单，把此书每一本的去向都作了交代，其中大部分已毁，传世的极少。但他得出结论，这部公认为已经失传的辞典至少还有两册尚留人世。尽管他始终未能找到尚存两册辞典的线索，可仍孜孜不倦、一丝不苟地继续寻找。正当他的创作力异乎寻常地高涨，出版了有关这部辞典的三千册图书索引的时候，爆发了1967年的以埃战争。他作为埃

及军队的军官，杀奔沙场，结果负伤被俘。军队文件证明他的头颅和身躯多处受伤，留下了阳痿的后遗症。他被遣返回国时，脸上像裹着条头巾似的裹着一种恍惚窘迫的笑容。他住进旅馆后，立刻脱光身上的军装，第一回照着铜镜看到了身上的创疤。那些创疤发出一股山雀粪的臭气，于是他明白了，他此生再也不可能同女人睡觉了。他一边慢慢地穿上衣服，一边想：“我当了三十多年厨师，日复一日做菜，终于做成了一道用我自身作为原料的菜；我还自任面包师，同时充当面团，我用自己和成了我愿意成为的那种面团，不料突然出现了另一个厨师，手里拿着自备的菜刀，一转眼就把我做成一道全然不同的菜，连我自己都不认识自己了。现在我成了

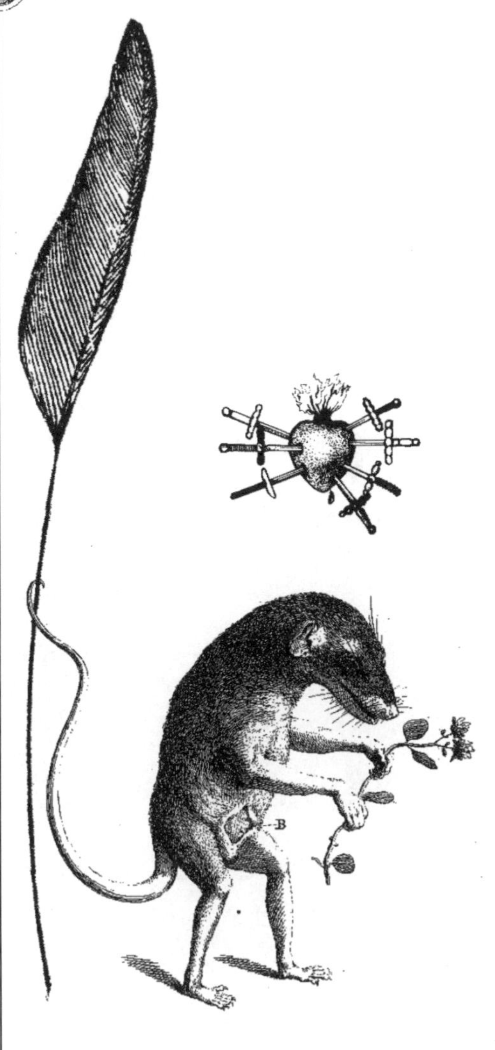

主的姐姐，一个子虚乌有的人物！”

于是他再也没回到开罗他自己的家去，再也没回到他任教的大学去。他在亚历山大港他父亲的一幢空房子里住了下来，匆匆忙忙打发着日子，注视着空气白色的气泡好像是从鱼鳃中放出来的那样打他脚趾下向宇宙空间升腾而去。他掩埋了自己的毛发，穿上一双贝督因人的凉鞋。这鞋留下的脚印活像马蹄的印子，有天夜里下着牛眼般大的雨点，他伴着雨声做了最后一个梦。他记下了梦中所见：

> 两个女人瞅见一只从小树林里蹿出来的小动物，它身上的颜色鲜艳多变，就像两只细小的腿支撑着一张涂满粉脂的花脸，它欲穿越小路，她俩喊道：
>
> “瞧啊，这是一只……”（她们说出了它的名字！）它的一个家庭成员已经被杀，或者说，它的巢穴已经被毁。恐惧使它的巢穴改变了形状，变得更为美丽。现在得给它一本书、一支笔或一些果酱。它开始阅读，而且还在写着什么，但它没写在纸上，而是写在花朵上……

这便是阿布·卡比尔·穆阿维亚博士的梦。第二天晚上，他又做了同样的梦，但他再也记不起第一次梦里的那只小动物的名字。随后，他开始由近及远一个一个地反向在梦里回忆做过的梦。先回忆昨晚的梦，再回忆前天晚上的梦，接下去是大前天晚上的梦，就按这样的顺序越来越快地搜寻下去，直至一年中所有的梦都在一夜之间显现。搜寻到第三十七个晚上的梦时，他看见了他的工作即将大功告成，他最遥远的孩提时代的梦已经

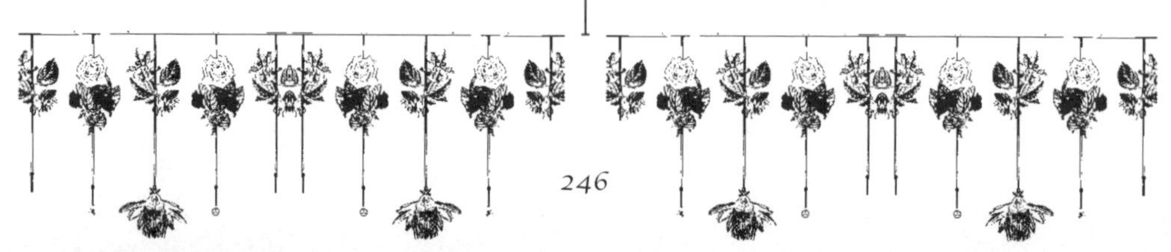

重现，而在他醒着时，他从来没有记起过那些梦的内容。他在梦里发现他的混血男仆阿斯朗用大胡子擦盘碟，而且只在下雪时拉屎，他还能用赤裸的双脚掰面包，他的行为像三十七岁时的博士本人。

他夜晚的时光，一如哈扎尔人的时光，由生命的终点向着生命的起点倒流，现在终于流到尽头了。自此他不再做梦。他斩断同尘世的一切孽缘，着手过全新的生活，开始每天晚上去泡“母狗酒铺”……

在“母狗酒铺”只有座位要收钱，酒铺不出售任何食品和任何饮料，三教九流乃至蝇营狗苟之徒聚集到这儿来只是为了吃喝自备的酒菜，或者围坐在公共餐桌旁打瞌睡。酒铺常常客满，但谁都不认识谁。往往所有的嘴都在动，却没有一个人说话。铺内没有酒柜，没有厨房，没有炉火，没有跑堂，只有铺门口坐着一个收座位钱的人。穆阿维亚坐在“母狗酒铺”的顾客中间，抽着烟斗，反复锻炼怎么来缩短思考时间，不让自己任何一个想法持续的时间超过吸一口烟的工夫。他呼吸着臭烘烘的空气，望着周围的人如何贪馋地吃着叫做“破裤衩”的焦薄饼或者加有葡萄的南瓜泥，望着他们如何每吃一口都要用苦涩的眼神盯自备的食品一眼，望着他们如何用手帕揩擦牙齿，望着他们如何在睡梦中扭动身子，把衬衫绷裂。

他一面观察他们，一面在思考：属于他和他们的每一瞬间，都在不停地利用已经耗去的几个世纪的时间碎片。因为过去处于现实当中，过去是

靠现实来滋养的，除此之外，没有其他可用于滋养的内容。过去无数个瞬间，在无数个世纪的时间长河中，被多次地反复使用，一如用于不同建筑的无数石块，只要我们能够细心留意，即便在今天也可将它们清晰地辨认出，就好比人们在集市上看见一枚韦斯巴芗时代（一世纪）的金币，并开价欲买……

这些想法没给他带来丁点儿如释重负的感觉。他倒是在对这些人的细细观察中得到了些许安慰。这些人别无他求，只等待一件事：就像他已经欺骗过他们一样，让他再去欺骗其他人。这群焦躁不宁、嘴巴不停咀嚼的人倒是为他认识他的新生活帮了忙。这些人身上散发的恶臭可从这儿一直飘到小亚细亚，但他们当中不大会有人认为他们比他更不幸。想到此，他感到一阵宽慰。不管怎么样，“母狗酒铺”对穆阿维亚来说，不啻是一个和平的港湾。一张张被海盐磨光的桌子和一盏盏燃着鱼油的提灯，使得酒铺看上去比它七十年的存在具有更悠久的历史，这一切使穆阿维亚的心绪归于宁静平和。因为他已无法忍受任何与他本人或与他的过去有联系的东西。就像是他的专利似的，现时让他厌恶的东西，过去也一直在等待他，他隐居在某种“半过去”的时间里，那里的乳白石和玉石也是同母异父的姊妹，那儿的布谷鸟唱出只为一个人活着的天数，那儿的铁匠还在打制一把把双刃钝刀……

他每天在酒铺里吃完充作晚餐的牛耳朵或者羊耳朵之后，便回转他父

亲的终日重门深锁的房子里去，在那里翻阅堆得像小山也似的十九世纪末亚历山大港出版的英文和法文报纸，直至夜深。他坐在一摞卡片上，感觉到食肉后那种胀鼓鼓的黑暗渗入他体内，同时怀着极大的兴趣贪婪地读着这些旧报，因为旧报不可能跟他有任何牵连。尤其广告更无这种可能了。

他夜复一夜地翻阅早已不在人世的人刊登的广告和启事，这些文字已失去意义，被年纪比他老得多的尘埃所覆盖。在这些发黄的报纸上，有治疗风湿病的法国露酒的广告，有推销男用和女用漱口水的广告。有个叫奥古斯特·齐格勒的奥地利人登出广告说，他开设的经销医院设备、医生和接生婆用品的专业商店有治疗胃失调的药剂、有适用于静脉曲张病患者穿的长统袜和充气橡皮鞋垫出售……有个匿名买主愿以分期付款方式征购一个犹太灵魂，而且指明要最低级的贱民的灵魂。一个大名鼎鼎的建筑师登载启事说，他可按照买主的设计图在天上，也就是说，在天园中，为其建造豪华别墅，不但价格低廉，而且可在买主生前将别墅钥匙交给他，买主只消按账单付清全部款项，立即便可拿到钥匙，不过款子不是付给营造者，而是付给开罗的城市贫民。此外，还有包治蜜月秃发症的广告，有出售魔语的广告，声称每句魔语均可根据购者的意愿变作一条蜥蜴或者一朵月亮玫瑰，或者一本万利地变作一寸土地，从这寸土地上，在每年四月的第三个主麻日可以见到月光彩虹。有一家叫作罗尼父子公司的英国公司刊登广告说，每一个女人只要衣着清洁，在灭掉虱子，去掉粉刺、雀斑和痣后，擦用该公司的换肤粉，便可出落成美女。还有启事说，有套用于喝绿茶的细瓷茶具，状似一只波斯母鸡带着一窝鸡雏，凡购得者可同时获得曾暂厝第七代伊玛目英魂的灵钵……

形形色色公司、商场、商店的名字和地址出现在上个世纪的旧报上，这些公司、商场、商店早已不复存在，早已不再营业，而穆阿维亚却沉湎在这个已经消失的世界之中，将其视作与他的灾难和烦恼毫无干系并能使他得救的新社会。1971年的一天傍晚，穆阿维亚博士觉得他的每一颗牙齿都好像变成了一个单独的字母，于是坐下来，回答1896年的一份启事。他用工整的楷体在这封订购信的信封上写下了一家公司的名字和地址，从邮局寄了出去，而这家公司十之八九在亚历山大港早已不再存在。从这天起，他每天晚上都按十九世纪末的一个地址寄出一封信去。就这样，他把一大堆信寄向了虚无，不料有天早晨竟然收到了回信。陌生人在回信中说，穆阿维亚博士来函订购广告中所推销的法国产的土鲁尔牌家务用品已悉，遗憾的是他已不再拥有销售此类用品的专利权，不过他可提供其他一些东西。果然，第二天早晨如这封回信所说，一个姑娘和一只鹦鹉来到穆阿维亚家，以二重唱的形式，给他唱了一首关于木掌平底鞋的歌子。然后鹦鹉又独唱了一首歌，可是所使用的语言却是穆阿维亚所不懂得的。穆阿维亚问姑娘，她们两个中哪一个出

售，她回答说，由他选择。穆阿维亚直勾勾地看着姑娘，她有一双美丽的眼睛，乳房活像两枚煮熟的鸡蛋。后来，他终于从忘形中清醒过来，吩咐阿斯兰在顶楼上腾出一间大房间，并在那里安个环，他买下了鹦鹉。此后，随着上世纪末登广告者的八竿子也打不着的远亲纷纷寄来回信，这间屋里的东西渐渐多了起来。其中有许多件不知作何用途的老式家具，有副硕大无朋的骆驼鞍子，有件以小铃铛作为钮扣的连衣裙，有个用来关押人犯将其吊在天花板下的铁笼子，有两面镜子，一面映照影像的举动要落后一步，一面已打碎，还有一叠诗稿，是用他所不懂得的语言和不懂得的字母写就的。

Zaludu ſciglieſcmi ſarchalo od ſrecche
Kaden gliedni ti obarzani ureche
Umiſto ſuonoghar, ca iſcan ya ſreto
Obras moi ſlobiegha od glietana glieto
Uarcchiamti daronoy, ſreni ſnann ni
Okade obarz tuoi za moiſe zamini.

一年后，顶楼上的那间屋里已塞满东西，有天早晨穆阿维亚博士走进去时大为惊愕，发现他所收集的东西均已具有某种涵义。特别有一部分东西颇像是什么医院里的设备。但不是现今随处可见的那种医院，而很可能是古代的医院，其治病方法与今天截然不同。在穆阿维亚博士的这家医院里，坐椅上都开有好些怪形怪状的窟窿，长凳上都安有铁箍，用来捆住坐者，护面罩都是木头做的，上面只开一个小洞，供左眼或者右眼看物之用，也有供在黑暗中睁开的第三只眼睛看物用的。穆阿维亚把这些东西单独移往另一间屋，请他大学医学系的一位

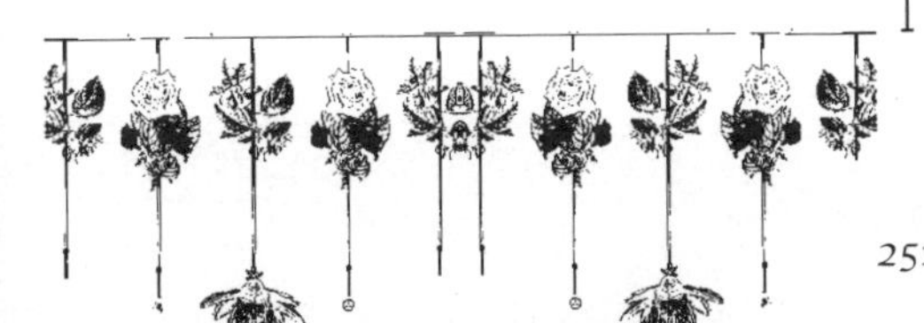

同事来看。这是他自1967年战争之后第一次同他过去大学里的朋友会面。医学教授察看了这些东西后说：这是远古时代的医疗设备，用于医梦，确切地说，用于治疗梦中的视觉器官。据某些宗教认为，我们在梦中看物所用的绝非醒态时的双目，而是梦眼。

穆阿维亚博士对这个结论一笑置之，转身去察看其他东西。这些东西仍然搁在那间栖有鹦鹉的大房间里，但是要弄清楚这些东西之间的联系是非常难的，比考证那些医治梦眼的用具之间的联系还要难。他久已在为所有这些古董寻求公分母，最后决定采用他在过去的学者生涯中使用的办法，乞灵于电脑。他打电话到开罗给他当年的同事，一位概率论专家，请那人把他函告的所有东西的名称统统输入电脑。三天后电脑处理完毕，于是穆阿维亚博士收到了开罗的回音。

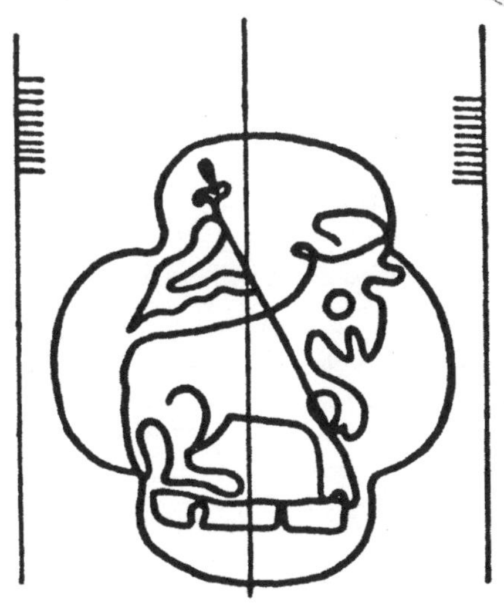

阿布·卡比尔·穆阿维亚博士
所收藏的水印

关于诗篇，电脑只知道是用某种古斯拉夫语写在1660年制造的纸张上的，纸上有水印，图案为一面三叶草旗，旗下一头羔羊。其余的东西，诸如鹦鹉、缀有小铃铛的骆驼鞍子、既像鱼又像球果的干硬了的水果、囚笼等等均同属一源。具体地说，电脑根据其所掌握的有限的一点儿资料，主要是穆阿维亚博士本人的学术著作，推断所有这些东西都是现已亡佚的《哈扎尔辞典》所提及的物品。

就这样，穆阿维亚博士重又陷入他在战争爆发前的地域。他再次去“母狗酒铺”抽着烟斗环顾了四周一圈，便熄掉烟斗，回转开罗，依然去大学任教。在他的办公桌上，有一大堆信件和学术讨论会的请柬在等待他，他选了一张1982年在伊斯坦布尔召开的学术会议的请柬，便着手准备他将在会议上宣读的学术报告，报告题目为：《中世纪黑海流域的文化》。他重又研读了犹太·哈列维关于哈扎尔人的专著，写成了学术报告，便启程去伊斯坦布尔，指望能在那里遇见个什么人对哈扎尔的事情知道得比他更多。那个在伊斯坦布尔枪杀穆阿维亚的人，把枪口对准他，说道：

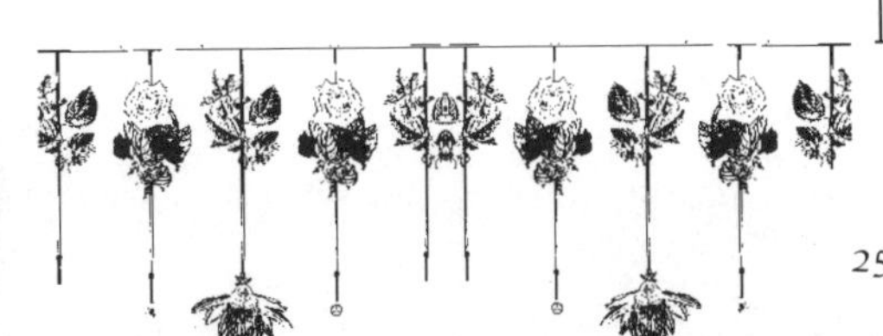

“把嘴张大，省得我碰坏你的牙！”

穆阿维亚博士死命张大嘴巴，那人开枪结果了他，枪法非常之准，穆阿维亚博士的一口牙齿完好无损。

音乐圬工 哈扎尔人当中，曾有一些在大风横穿而过的地点以开凿和集中巨大的盐块为生的圬工。在哈扎尔四十阵风（一半是咸风，一半是淡风）当中每一阵风的必经之地，音乐圬工们用盐块砌起一堵墙，在每年一度的风莅临之际，他们聚在一块，仔细辨听，然后评出哪个圬工作的曲子最为精彩。阵风吹来，在盐墙上环绕轻叩，掠过盐块的尖脊，奏出不同凡响的曲子，直到盐墙和圬工在雨水的洗涤下、在路人的目光的驱赶下、在牛羊的舌头舔触下消失，方告曲终人散。

春暖花开之际，一个阿拉伯圬工由一个犹太人和一个哈扎尔人相伴，一起出门远行去听他的盐石之歌。在一座人们可集体做梦的庙宇旁边，那个犹太人和那个阿拉伯人发生了争执，继而相互厮杀，最终双双身亡。当时，这名阿拉伯圬工正在庙宇内熟睡，有人却指控是他杀了那名犹太人，因为众所周知他俩是不共戴天的邻居，所以所有犹太人一致要求处死这名阿拉伯人。这名阿拉伯人沉思良久，想到了这样一个事实：一旦来自三方的灾祸降落到你头上，那就断然不可能有第四方来救你一命。在哈扎尔王国，基督教法律保护希腊人，犹太教法律保护犹太人，伊斯兰教法律保护阿拉伯人，所有这些法律在哈扎尔王国同时实施，并行不悖……于是，这名阿拉

伯人就强调这一点来为他自己辩护……（以下文字无法辨读，只能从略）。最后，他成功了，他没被处死，而是被判去战船上服刑，内容是划船。刑满之后，他还可去听盐墙上奏出的音乐，直到盐墙被坚硬的静默摧毁为止。

穆斯泰·别依·萨勃里阿克（十七世纪） 特雷比涅的土耳其帕夏之一。据穆斯泰·别依·萨勃里阿克的同时代人称，他的肚内无法保存食物，一如鸽子，他的吃喝拉撒是同时进行的。他带兵征战时，总要带些供他人乳的奶妈。他很少去找女人，也不找男人；他只能和一些濒临死亡的人睡觉，所以，送进他帐篷的，都是些奄奄一息的女人、男人及孩子，这些人是他手下的人买来的，并给他们洗净了身体。他只能和这些人上床，因为他害怕跟一个人交媾以后，那人还能活下去。他常说他不是为现世生孩子，而是为冥间生孩子。

“我永远弄不明白，”他不无伤感地说，“那些孩子我是为天园而生的呢，还是为火狱而生的。他们将与犹太人的天神或基督徒的撒旦为伍，轮到我去另一个世界时，我永远不会看见他们……”

他以非常简单的方法向一名苦行僧解释了他的爱好和习性：“当你接近爱情和死亡时，你会把这个世界和另一个世界放在平行的位置上，你能从这两个世界学到很多东西。就像这些猴子，它们会时不时地去另一个世界走一遭。它们返回时，每一只猴子身上的伤口就是智慧的源泉。所以，

要是有些人的手臂被猴子咬了，不必大惊小怪，他们可以从伤口里认识真理。而我却不需要这些……”

所以，就像他喜欢从事马匹交易而不爱骑马一样，穆斯泰·别依·萨勃里阿克并不爱他买来的那些濒临死亡的人，但他却要骑在那些人身上。穆斯泰·别依·萨勃里阿克有一座濒海的马冢，墓穴四周围着大理石，由一个名叫撒母尔·合罕✡的犹太人看守。此人记录了萨勃里阿克帕夏兵营内发生的一件事情，时间是帕夏出征瓦拉什期间。

“帕夏手下的一名士兵被怀疑犯下过失，但人们又无法拿出证据。在多瑙河边一次与敌人的交战中，他是唯一的幸存者。分队长认为他因临阵脱逃才保全了性命，而这名士兵声称他们在夜间遭到全身赤裸的敌兵的偷袭，由于他英勇无畏，孤身拼死抵抗，才得以幸存。他被带到萨勃里阿克帕夏面前，由帕夏来判定他是有罪的还是无辜的。帕夏的卫士扯下这名士兵的一只袖子，将他绑住后推到总督跟前，后者很长时间没说一句话，在场的人也都默不作声。蓦地，帕夏像头野兽一样猛扑上去，狠狠地在那年轻人的手臂上咬了一口。继而，他转过身，面带轻松的神情，与此同时，卫士已将那不幸的士兵推出了帐外。帕夏没正眼看过那名士兵，也没跟他说过一句话，现在，他咀嚼着从士兵手臂上咬下的那块肉，那神情似乎在品尝美酒佳肴。接着，他将那块肉吐了出来，意思是：帐外的那名士兵是有罪之人。于是，士兵被就地斩首。

“由于我伺候帕夏的时间不长，”合罕在他的记事本上写道，“我没能经常旁听此类审判，但我知道，原告的申诉可以被立即驳回，只要帕夏能把被告身上的一块肉吞下肚去，那就

说明被告是无罪的，可获自由。

“还有一点，萨勃里阿克帕夏身材硕大，但显得有些头重脚轻。他给人的感觉不是衣服掩盖皮肤，而是皮肤裹着衣服。”

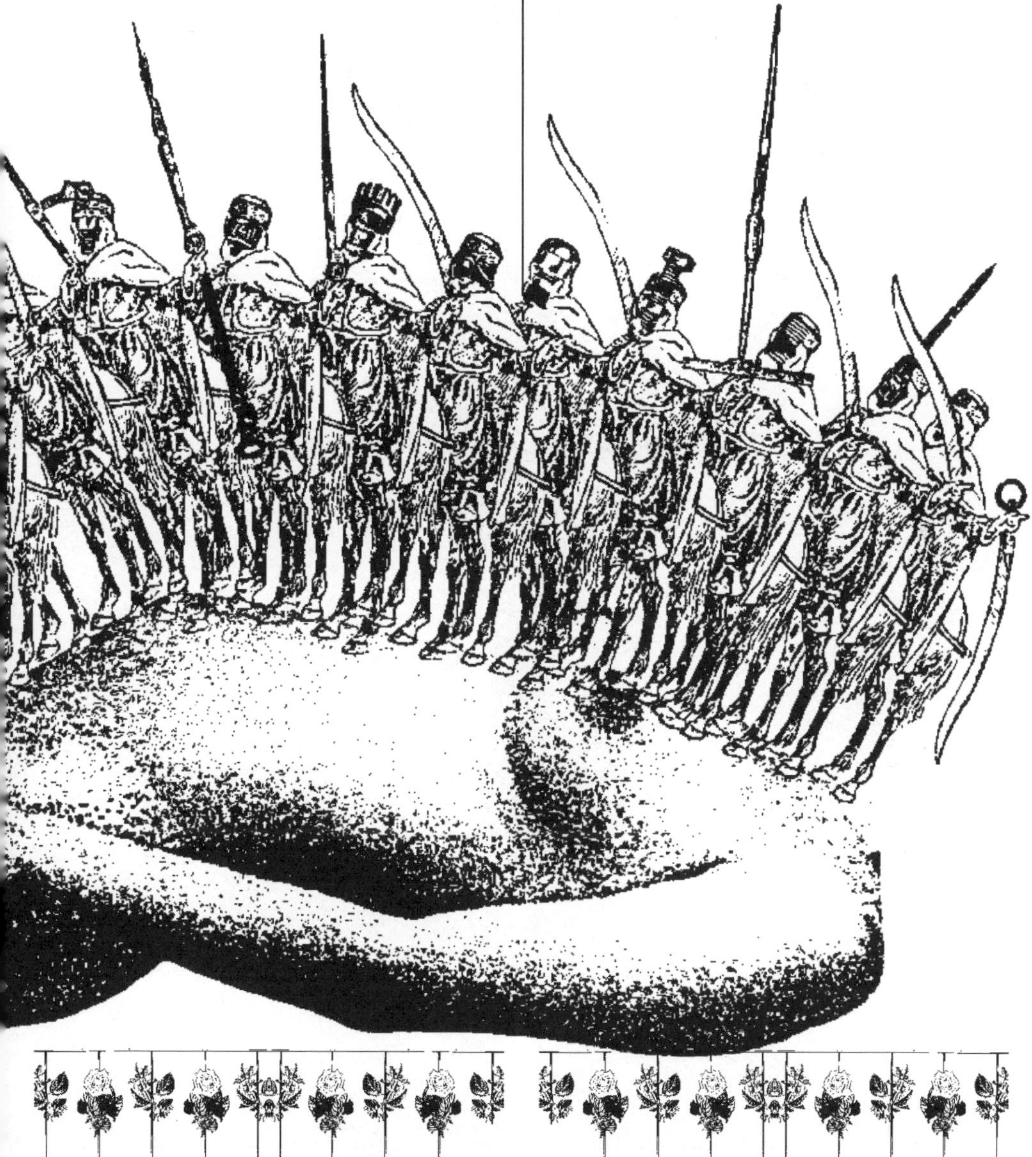

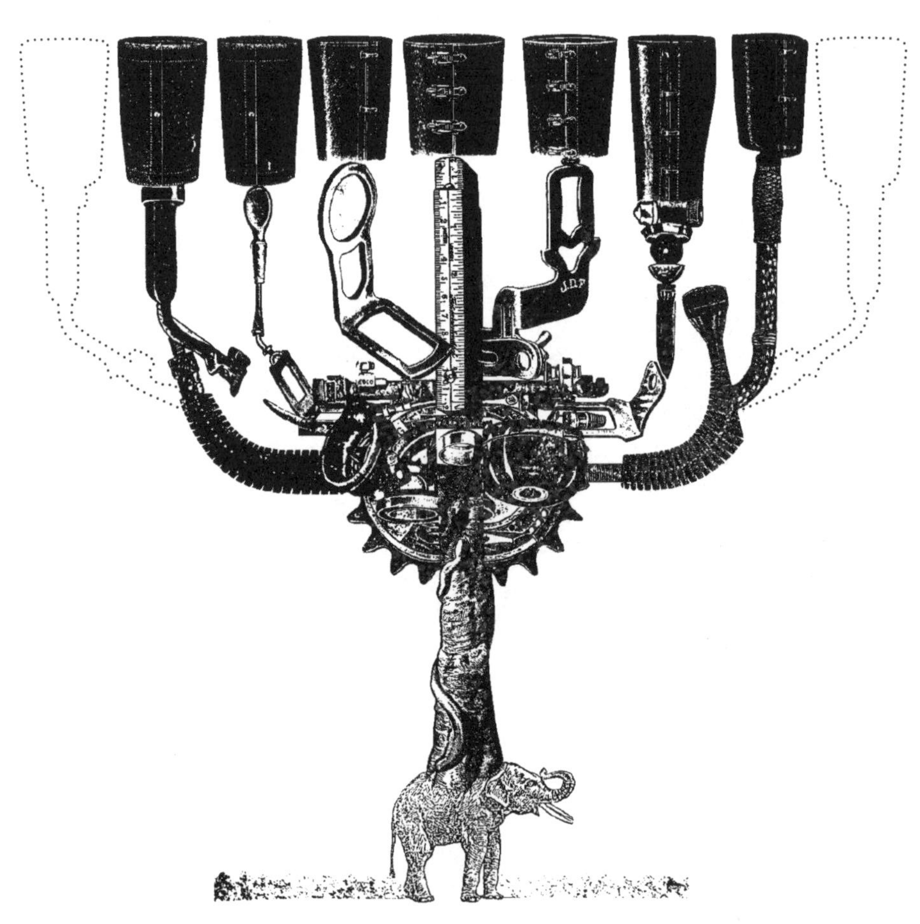

黄　书

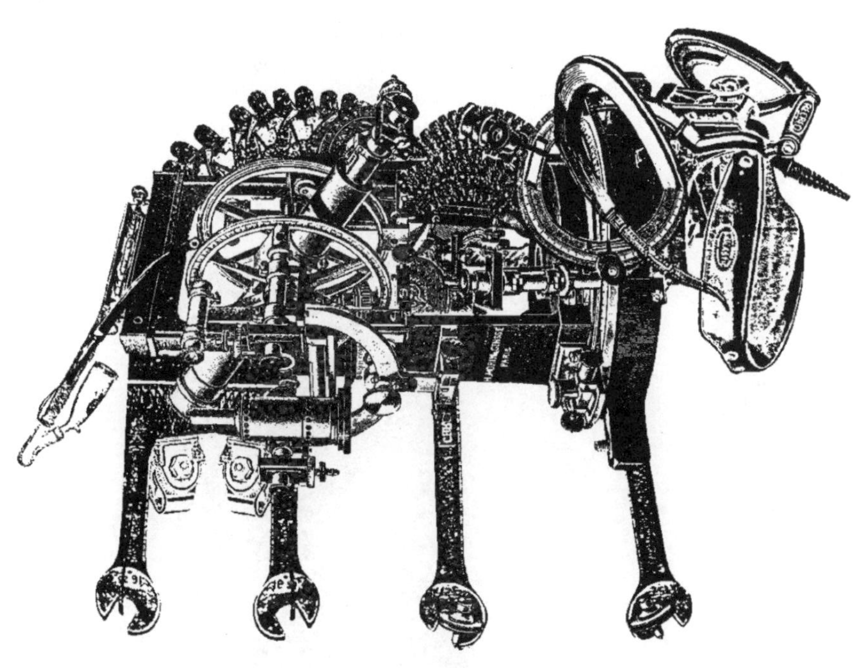

古犹太教关于哈扎尔
问题的史料

阿捷赫▼（八世纪） 哈扎尔公主名，生活于哈扎尔▼国归化犹太教期间。达乌勃马奴斯✡将公主芳名译成希伯来文，并将构成她芳名的三个字母的含义昭示世人。现照录于下：

אטה

我们可从这些字母的象形符号，推断出哈扎尔公主芳名的轮廓。她芳名的第一个字母传达的是至高无上的权位和智慧的意思，同时，也兼有俯视和仰视的含义，如母亲俯视她的孩子。所以，阿捷赫若想知道她生男还是生女，并非一定要尝了她情人的精液才明白，这是因为一切从上到下的事情和一切从下到上的事情都属于智慧秘密的一部分，是无法预见的。第一个字母是她芳名的起始，也涵盖了所有其他字母的含义。这个字母也是一个礼拜七个昼夜的第一个昼夜。

她芳名的第二个字母按犹太字母的顺序而言，位居第九，九也是其数值。这个字母代表了安息日，也就是说，和土星与天神安息有关。但它也有新娘的意思，因为礼拜六是一位新娘，此话源出《以西结书》（第十四章二十三节）里的一句句子。句子有扫帚一词出现因而和打扫有关，其意思是：摧毁和拒绝无宗教信仰的人，同时还含有力量的意思。阿捷赫公主在那次著名的哈扎尔大论辩▼中，倾向于犹太教的使者。她的腰带上挂着她情人莫加达萨·阿勒·萨费尔☾的头颅，她食黏土，饮盐水。她在自己的眼眶里植上了矢车菊，以便能看见冥间的蓝色。

她芳名的第三个字母是唯一真神之名的第四个字母。这个字母是手臂、权力、冲动的象征，还有坚硬（左臂）和仁慈（右臂）及葡萄顺藤从地面跃上九天的意思。

在哈扎尔大论辩中，阿捷赫公主显示了极为出色的辩才。她说：“各种想法如大雪一般自天而降，将我埋没。我好不容易烤暖了身子，才起死回生。”

阿捷赫公主以她滔滔不绝的论据驳倒了哈扎尔大论辩的阿拉伯参加者，帮助了犹太教参加者伊萨克·桑加里✡，于是哈扎尔国可汗▼倒向犹太教一边。有一种史料称，阿捷赫公主工于作诗，其诗篇收在《哈扎尔书》中，《哈扎尔大论辩史》的古犹太作者犹太·哈列维✡曾参考过此书。而根据其他史料，正是阿捷赫公主本人撰写了关于哈扎尔的全集或者百科全书，详述了哈扎尔的历史、信仰和捕梦者†。她把上述资料配置在按字母顺序排列的一组组诗篇中，在哈扎尔国元首宫中进行的大论辩，不言而喻，也是用史诗的形式加以描述的。阿捷赫公主在回答谁将在这场论辩中获胜这个问题时，说："两个战士对垒，治疗伤口久者必胜。"据一份史料说，公主的这部集子名叫《字欲论》，《哈扎尔辞典》就是在《字欲论》的土壤上如发酵般迅速地生长出来的。如果此说属实，那么阿捷赫公主便是这部辞典最早的作者，是开山鼻祖。不过这个用哈扎尔语写成的祖本还不是三卷本，总共只一卷，只一种语言。祖本演变成现在版本的地方非常少，这就好比一只狗的忧伤无法通过孩子们的模仿传递到另一只狗身上。

可汗因阿捷赫公主之故接受了经文护符匣和《摩西五经》一事，气坏了参与论辩的其他人。因此伊斯兰教恶魔惩罚阿捷赫公主，让她忘掉哈扎尔语和她写的诗篇。她甚至连她情夫的名字和留在她记忆中的唯一的一个本族的字眼，一种鱼形水果的名称，也忘记得一干二净。然而在此之前，阿捷赫公主即已预感到大难临头，便降旨征集会讲人语的鹦鹉，越多越好。结果《哈扎尔辞典》有多少条目，征入宫中的鹦鹉便有多少。每只鹦鹉学一个辞条，由于鹦鹉能把辞条的诗文背诵出来，辞条便能在任何时候再现。诗文是用哈扎尔语写的，鹦鹉背诵时当然也是用这种语言。在哈扎尔国改变信仰后，哈扎尔语便急速消亡，这时阿捷赫便将所有学会哈扎尔语的鹦鹉放生。她说："你们飞走吧，去教会其他鹦鹉背诵这些诗篇，因为这里不消多久就没有一个人知道这些诗篇了……"鹦鹉各奔东西，飞往黑海沿岸的一座座森林。它们在那里教其他鹦鹉这些诗，其他鹦鹉又教另一些鹦鹉，久而久之，只有鹦鹉知道这些诗，只有鹦鹉讲哈扎尔语。十七世纪在黑海岸边逮住了一只能背诵好几首诗的鹦鹉，可是诗的语言却无人懂得，后据这只鹦鹉的所有者，君士坦丁堡一名叫阿勃拉姆·勃朗科维奇✝的外交官考证，这种语言是哈扎尔语。他关照手下的一名文书把鹦鹉背诵的统统记录下来，指望靠这个办法能获得"鹦鹉诗"，亦即阿捷赫公主的诗篇。也许，正是通过这样的途径，"鹦鹉诗"进入了达乌勃马奴斯的《哈扎尔辞典》。

应该说，阿捷赫公主是哈扎尔教派最强有力的保护者，人们以捕梦者或拜梦者来称呼这个宗派。她的百科全书不过是一种企望而已：收集那些捕梦者在数个世纪中积累下来的记录和注文。她的情人年轻且目光独特，也是这个宗派里最出名的成员之一。阿捷赫公主有一首诗专门论及这个宗派：

> 当黑夜让我们进入梦乡时，我们都变成了演员，我们在各不相同的舞台上扮演我们的角色。白天呢？白天，我们在真实的世界里学习我们的角色。有时，我们学得不好，不敢在舞台上亮相，但我们会躲在台词和脚步都比我们练得好的演员后面。
>
> 而你，你来剧院不是为了扮演一个角色，而是来观看我们的演出。在我掌握了我的角色之际，仔细地看着我，因为在一个礼拜的七天里，没有人会显得更智慧和美丽！

还有一段译文传达了这样一个意思：在哈扎尔宫廷里，犹太使者面对怒不可遏的基督教使者和阿拉伯使者，巧妙地保护了阿捷赫公主，并让她的捕梦者情人替她受罚。她接受了，于是他被流放，被囚禁在一个悬在水面上的笼子里，没有逃脱此劫。

撒母耳·合罕和莉迪茜娅·萨鲁克的婚约（十七世纪）杜布罗夫尼克档案馆内有关撒母

耳·合罕✡的材料中藏有一份订婚契约，契约就有关事项作了如下规定：

“定一吉祥、神圣的时刻，撒母耳·合罕与萨洛尼卡市已升天国的、受人尊敬的主教杰罗姆·萨鲁克之女莉迪茜娅小姐举行订婚仪式，这次订婚仪式须遵循下述条件。第一：姑娘的母亲萨蒂女士须为女儿莉迪茜娅准备一份嫁妆，包括一床与其身份、地位相符的西班牙床垫、一口衣橱。第二：婚礼须在自订婚之日起的两年半后举行。此外，假如撒母耳·合罕在定好的大婚之日没有到场，即便他确实发生了意外，根据法律，他已经赠与和将要赠与给未婚妻的珠宝首饰及其他一应物品，不管在任何情况下，永归后者所有，他无权起诉索回。这些首饰和衣物计有：手镯、项链、戒指、女帽、长袜和鞋子等共计二十四件。要是撒母耳·合罕未在规定日子前来迎娶的话，这些价值两千两百阿克切的首饰衣物便永归女方所有。撒母耳·合罕先生还要受到革去教籍的惩罚，而且，除了他的未婚妻莉迪茜娅外，他不得与其他女人订婚和结婚。

“上述一切条件和要求均严格地依法规定，撒母耳·合罕先生今天宣誓，永远信守婚约之内容。

“法官：阿勃拉姆·哈迪达、夏洛莫·阿德罗盖、约瑟夫·巴哈尔、以斯拉埃·哈列维。”

在这份婚约文件的背面，还有些关于合罕的记述，这是犹太社团的一个密探记录下来的。其中有一段记述了撒母耳·合罕 1680 年 3 月 2 日有关斯特拉多恩的对话：

“在他们船队的几艘船上，哈扎尔人用鱼网代替风帆，船照样正常航行。当一个希腊人问哈扎尔修士，他们怎么会有如此这般的能耐时，一名犹太人替哈扎尔修士作了回答：‘这很简单：他们的鱼网网到的不是风，而是其他的东西。’”

这名犹太社团密探记述的第二段内容是有关女贵族叶芙洛茜妮娅·卢卡列维奇✡的。那年五月，撒母耳·合罕在卢查里察街邂逅了叶芙洛茜妮娅夫人，他问她：

“礼拜五夜晚你不许别人看你，那段时间你和平时一样美丽呢，还是不如平时美丽？”

叶芙洛茜妮娅听罢从腰带上取下一盏小灯，举至眼前，她闭上一只眼睛，另一只眼睛凝视着灯芯。这一目光将合罕的名字铭刻在空气中，也点燃了灯芯，照亮了她回家的路。

合罕，撒母耳（**1660—1689 年 9 月 24 日**） 杜布罗夫尼克城的犹太人，本书作者之一。1689 年被驱逐出杜布罗夫尼克，同年在去君士坦丁堡途中陷入休眠状态，再未苏醒而卒。

史料来源：杜布罗夫尼克城犹太区居民合罕的相貌见诸该城警方的密奏，密奏用细斜体字写成，显然不是书写者的母语。有关合罕的情况还可参考判决书原本及尼古拉·里基和歪鼻子这两名艺人的证词。可资参考的还有在合罕家发现的财产清单，此清单是应杜布罗夫尼克城犹太社团的要求编制的，后又在该市市政档案中的“1680—1689 刑事诉讼”系列案卷中发现了该清单的副本。合罕死前情况可参阅贝尔格莱德犹太社团发往杜布罗夫尼克的材料，内附有合罕在 1688 年在上面刻了四个数字的戒指，四个数字为：1689。1689 年是合罕的卒年。若要进一步了解合罕其人其事，还可将这些材料与杜布罗夫尼克城犹太使团的观察报告对照比较，这个犹太使团是圣巴其尔共和国驻维也纳使节马蒂亚·玛丽·布尼契于 1689 年派往克拉多夫观察奥土冲突的。他们关于合罕的记述仅三言两语，还说他们从这次使命中得到的“草比马多”。

撒母耳·合罕的同时代人说他身躯修长，双眸呈火红色，尽管年纪轻轻，可是有一撇唇髭已经花白。他的母亲克拉拉夫人有一回谈起他时说：“打我记得他的时候起，他一直觉得冷。直到生前最后几年身子才稍稍暖和过来。”据她说，他夜里三天两头儿要做梦，梦里走到很远很远的地方，有时又累又脏地苏醒过来，常常瘸着一条腿，要到做梦的疲劳恢复过来以后才能行走如常。他母亲说，她觉得合罕睡着以后便陷入某种奇怪的境地，她解释这种现象时说，他梦里的举止不像个犹太人，而像个异教徒，连安息日[1]做梦还骑马出游，如果那晚梦见寻找失物时唱的第八篇赞美诗的话，他甚至会唱起歌来，不过是用基督徒的腔调唱。除了犹太语外，他还会说意大利语、拉丁语、塞尔维亚语，可是夜里做梦的时候却叽里咕噜说一种奇怪的语言，而他醒的时候是不会这种语言的，后来有人辨出那是一种瓦拉几亚语。他下葬时，左手上有个可怕的伤疤，像是被什么

① 犹太教规定礼拜五日落至礼拜六日落为安息日，是日停止工作，娱乐，不举火做饭，专事敬拜上帝。

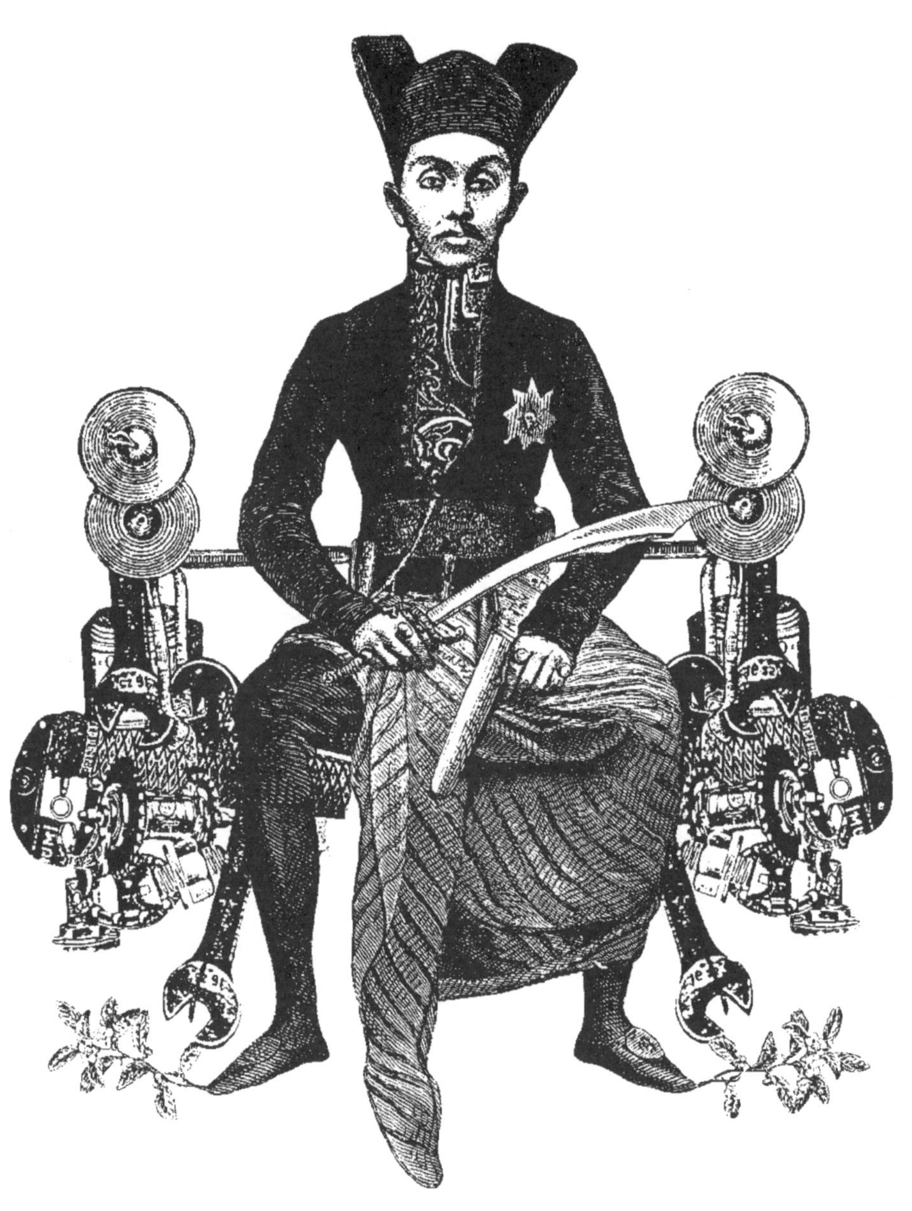

东西咬的。他渴望去耶路撒冷，果然在梦里见到了这座屹立在时间长河畔的城市，城里的大街小巷都铺着麦秸，他住在面积相当于一个小教堂的塔楼里，里边摆满了书橱，塔楼外面喷泉的喧声好似哗哗的雨声。但很快他就弄清楚了，他在梦里见到并认为是耶路撒冷的那座城市根本不是圣城，而是君士坦丁堡，他之所以能确定这一点是靠了一幅君士坦丁堡全景图，合罕有收藏旧地图的癖好，无论天上还是地下的地图，无论城市还是星辰的地图，他一概都收，他向一个商人买下了这幅全景图，一眼就认出了他梦见的街道、广场和塔楼。合罕无可置疑有很高的天赋，可是按克拉拉夫人的看法，他丝毫也没有把天赋用到实事上去。他能够根据云影测定空中的风速，熟知比率、演算和数字，可是人、名字和物品，他却转身就忘。杜布罗夫尼克的居民都记得，他总是站在犹太区他那间屋子的窗旁，从不变换位置，眼睛始终盯着地面。他这是在看书。他把书摊开在地上，光着脚丫子站着看，书页则用脚趾来翻。特雷比涅的萨勃里阿克帕夏听说杜布罗夫尼克有个犹太人是制作马用假发的高手，于是将其召至他帐下效命；合罕果然名不虚传，替帕夏在坐落于海滨的养马场上照料马匹，同时制作逢年过节和出征时用于装饰黑马马头的假发。合罕很满意自己这份差使，只是帕夏本人他几乎没见着过。不过他经常为马刀和马鞍的事同帕夏那些机敏麻利的亲随打交道。他把自己同他们比较，发现自己在梦里比醒时要机敏得多，麻利得多。合罕在作出这个结论后，便用他特有的一种最可靠的办法来加以验证。他梦见自己握着一把出鞘的马刀站在苹果树下。时值秋天，他握着刀，等待起风。只消有风刮过，苹果便会纷纷坠落，落地时发出的瓮声瓮气的声音很像有一群马队得得驰过。一阵风刮来，有只苹果坠落了，未待它落地，他就挥动马刀，在半空中将其劈为两半。合罕一觉醒来，也正好是秋天；他照梦里所

做的那样，向人家借了把马刀，朝皮列要塞的城门走去，来到了桥堍下。那里有一棵苹果树，他便站在树下等风。风刮起来了，苹果开始坠落，他深信他没有能耐用马刀把这些苹果在半空中劈成两半，哪怕只劈中一只。事实果真如此，这下合罕清楚地知道他在梦态时使刀比醒态时要敏捷。这也许是因为他在梦中练武，而醒时却不练的缘故。他三天两头儿梦见自己在伸手不见五指的黑暗中，右手紧执马刀，左手收拢骆驼缰绳，另一端也有个人在收拢缰绳，是什么人他看不见。浓重的黑暗堵塞了他的耳朵，但他还是通过这黑暗听到了有人把马刀对准他，利刃正穿过黑暗朝他头上砍来，他正确无误地感觉出了对方的举动，就在飕飕的刀声和看不见的刀刃快要落到他头上的一瞬间，他迅速出刀，只听得“咣当”一声，那把由黑暗中朝他砍将下来的钢刀被他的马刀挡住了。

撒母耳·合罕一下子成了千夫所指的罪人，他被指控犯有各种各样的罪行：非法干预杜布罗夫尼克耶稣会教徒的宗教生活，跟一个信仰基督教的贵妇人私通，还传播异教的邪说……

一切都起自撒母耳·合罕于1689年4月23日对杜布罗夫尼克市的耶稣会修道院的一次叫人大为纳罕的访问，这次访问以锒铛入狱告终。那天早晨人们看见合罕走上台阶去找耶稣会修士，一边走，一边把烟斗放进含有笑意的嘴里，他是在有次梦见自己抽烟斗之后才抽上烟的。他拉响了修道院的门铃，修士们刚把门打开，他就向人家打听一个传教士，那人是位圣徒，年纪比他大八百岁，他不知道那人姓甚名谁，但是却能如数家珍地讲出那人的生平：怎样在萨洛尼卡城和君士坦丁堡求学，怎样厌恶圣像，怎样在克里米亚学习古犹太语，又怎样在哈扎尔国说服迷途者归化基督教，那人有个弟弟总是和他在一起，在各方面襄助他。合罕最后说，那人于869年死在罗马。他央求修士们把这位圣徒的名字告诉他，如果他们知道的话，并指点他上哪里去寻找那人的圣徒传。但是耶稣会修士没有让合罕进门。他们一直听他讲，不时举起十字架朝他的嘴巴画十字，等他一讲完，便把警官叫来了，警官把合罕关进了监狱。这是因为1606年圣母大教堂的堂区教务会议作出反犹决定，严禁杜布罗夫尼克犹太人区的居民就基督教问题作任何讨论，凡违背这一禁令者，处以三十天的囚禁。当合罕于狱内度过这三十天的囚徒生活，终日用耳朵揩擦板凳期间，发生了两桩值得一书的事。一桩是犹太社团决定检查和登记合罕的手稿与书籍，另一桩是有个关心他命运的妇人出场了。

叶芙洛茜妮娅·卢卡列维奇夫人✡是卢查里察街的一位贵妇。每天傍晚五点，当明切特塔楼的阴影移到对面要塞的墙上时，她便拿起瓷烟斗，将存放在葡萄干中间整整一冬的蜜型烟丝装满烟斗。用一块神香或者一片拉斯托沃岛的松木片把烟斗点燃，抽着，然后塞给斯特拉顿街的一个什么野孩子一个银币，让他把抽着了的烟斗送往监狱，交给撒母耳·合罕。那孩子把烟斗转交给合罕，待他在狱中抽完后，再把空烟斗送还给卢查里察的叶芙洛茜妮娅。

这位叶芙洛茜妮娅夫人出身望族，本姓盖塔尔奇奇克罗霍拉奇奇，嫁给杜布罗夫尼克的贵族世家卢卡列家后便从夫姓。她所以出名不单单是因为她姿容秀美，还因为从未有人看到过她的手。传说她每只手上本该长小指的地方却长了大拇指，所以每只手都有两个大拇指，每只手都可既是左手也是右手。还说这可以从瞒着叶芙洛茜妮娅夫人偷偷画下来的一幅她的半身像中看出来。在那幅画像中她用两只大拇指捏着一本书。如果不谈她的这个特征，那么叶芙洛茜妮娅夫人的生活与其他贵夫人的生活并无不同。如果硬要指出有什么不同的话，那便是犹太人区的剧院演出犹太人的节目时，她有戏必到，而且看得如醉似痴。当时杜布罗夫尼克当局还未禁演犹太剧，这位叶芙洛茜妮娅夫人甚至把她的一件“红黄条纹相间的天蓝色”连衣裙送给犹太人区的一名男戏子作为戏装，供他扮演女角时穿，那时女角都由男人扮演。1687 年 2 月，撒母耳·合罕在一部《田园诗》中演女主角，就是穿着上文提及的叶芙洛茜妮娅夫人的天蓝色连衣裙扮演牧女的。告密者在呈交杜布罗夫尼克当局的汇报书中说，“犹太人合罕”在演出时行为不端，好像“根本不是在演戏”。他打扮成牧女，“穿着丝绸衣裳，上面尽是绦带、花边，有雪青的，有绛红的，脸上还涂着白粉，因此认不出他的本来面目”，按剧本规定，合罕应当向牧童“朗诵”表爱的“诗体台词”。可是在演这段戏时，他没有把脸对着牧童，却转过身去对着叶芙洛茜妮娅夫人（他就是穿着她的连衣裙），不顾台上台下所有人的惊讶，献给那个夫人一面镜子，并伴之以“滔滔不绝的爱的表白”，连具体的话也一字不漏地写入了告密信中：

> 赠我这面过于智慧的镜子又有何用，
> 在镜子里我又看不见你的脸；
> 该你的脸映现的地方，我看见的是自己的脸，
> 谁趁夏日远行，然后返回……
> 收回你的礼物吧，从我看不

见你脸开始，

我已不再需要睡眠。

令所有的人更为惊讶的是叶芙洛茜妮娅夫人对于这种越轨行为不但不气愤，而且还慷慨地赏给演员好些橙子。更有甚者，开春后，到领圣餐那天，叶芙洛茜妮娅夫人在众目睽睽之下，竟抱着个布娃娃当作女儿带她去教堂望弥撒，布娃娃穿着一袭天蓝色的豪华衣裳，黄色和红色条纹相间，同“犹太人合罕在犹太人区戏院子里念那段台词时”所穿的那套连衣裙一模一样。合罕一看到她，便指着布娃娃嚷嚷着说这是带他的女儿来领圣餐，这是带他的爱情的果实——他的“亲骨肉”来教堂，哪怕这教堂是基督教的。那天黄昏，在犹太区的寨门就要关闭时，叶芙洛茜妮娅夫人同合罕在圣母大教堂前会面，她让他吻了她的腰带边，并抓住他的腰带，就像抓住马缰绳那样把他牵到一边，刚走到背影处，就连忙塞给他一把钥匙，告诉他明天晚上她在普里耶科街那幢房子里等他。

合罕如约来到普里耶科街那幢房子门前，锁孔在门锁的顶部，他不得不把钥匙从上边插进去，把锁柄往上拽开。进门是条狭窄的走廊，右边的墙与通常的墙壁一般无二，可左边的墙却由一根根方形石柱组成，石柱成梯形排列，越往左越长，合罕由石柱的空隙间往左看去，远处的景色一览无余，那里是一片茫无涯际的广漠世界，在那个世界深处，大海在月光下喧闹……合罕这时明白了，走廊的整座左墙实际上是一条倒插在地面上的石梯……他没遇到任何困难就顺着这条梯子上了楼，向一间有灯光的房间走去。在走进去前，他朝楼下深处瞥了一眼，看到那里的大海同他平时看见的一样，在他脚下喧闹。他走进屋里，只见叶芙洛茜妮娅夫人光着双脚，披头散发，正在流泪。她面前是张三条腿的小桌子，桌上放着一只小巧的女鞋，鞋里放着面包，鞋尖上点着一支蜡烛。在披垂至肩膀的长发下边是叶芙洛茜妮娅夫人裸露的双乳，她的乳房如同眼睛，既有睫毛，又有眉毛，只是从眼睛中流出的是黑色的目光，而从她乳房中流出的却是黑色的乳汁……她用两只各长有两枚大拇指的手把面包掰成小块，放在裙裾上，让泪水和乳汁将其泡软，然后把它们投放到她脚上，她双足的脚趾上该长趾甲的地方都长着牙齿。她把两只脚掌紧贴在一起，用脚上的牙齿贪婪地嚼着投掷下来的面包，但由于没有可把面包吞下肚去的进口，于是嚼烂了的面包泥全撂在她脚边的灰尘里……

一看见合罕，她就把他紧紧搂住，领他上床。那天夜里她使他成了她的情夫，喂他喝了黑色的乳汁，并告诉他说：

"不能过量，过量就会催人衰老，因为这是从我体内流出的光阴。适度可强身，过度便损害健康……"

自这天和她一夜欢娱之后，合罕决定改信她的基督教。他像喝醉了酒，见谁就讲这件事，因此人人都知道他要改宗基督教，可他却并无动静。他曾把他这个意图讲给叶芙洛茜妮娅听，她劝他说：

"这可断断使不得，因为，要是你想知道的话，我信的也不是基督教，确切地说，我是个临时性的基督徒，嫁夫只得从夫。其实从一定意义上说，我属于你的世界，也就是说犹太人的世界，这事说来话长，非三言两语解释得了的。也许，你在斯特拉顿街上见到过一个你压根儿不认识的女人竟披着一件你非常熟悉的斗篷。我们女人都披这种斗篷，我也如此。我是魔鬼，名叫梦。我出生于犹太教地狱，出生于火焚谷，我的座位在圣殿的左边，与众恶神为伍，我是撒加利亚本人的后代，关于他，人们有一句话：‘Atque hinc in illo creata est Gehenna.’①我是第一个夏娃，我的名字叫莉莉特，我认识耶和华，和他发生了争执。自此我一直在他的阴影下借《摩西五经》的七重深意反省。现在这副容貌的我，你所看见并爱上了的我，乃是真神和地神的混合物；我有三个父亲却没有一个母亲。我不敢朝后退一步。如果你吻我的额头，我就会死。你如果改信基督教，你就将替我去死。你就会落人基督教地狱的群魔的掌心，到那时来照料你的将是他们而不是我。对我来说，将永恒地失去你，我再也不可能和你团圆，再也不可能和你欢会，不仅仅是此生，而且是今后生生世世……”

于是杜布罗夫尼克的西班牙系

① 拉丁文，意为：何况火焚谷就是在（他）那里创造出来的。

犹太人[1]撒母耳·合罕仍然保持其原来的信仰。尽管他已放弃了原先的意图，可是谣诼并未停息。他的名字比他本人走得更快，他的名字先于他自身遭到了非议。1689年谢肉节，众圣徒的礼拜天期间，事情终于闹大。谢肉节一过，杜布罗夫尼克的戏子尼古拉·里基就被传出庭，就他和他的戏班子扰乱城市秩序一案受审。人们指控他把杜布罗夫尼克德高望重的著名犹太人巴巴·撒母耳写入剧本，并予上演，并指使合罕当着全城上下所有人的面对撒母耳极尽挖苦之能事。戏子里基大呼冤枉，辩称他怎么也没料到在谢肉节流动演出期间躲在假面具后边的竟会是撒母耳·合罕。一年一度的谢肉节流动演出是杜布罗夫尼克年轻人的传统，风刚一变色，里基就跟戏子歪鼻子排练“齐奇阿达”，也就是说排练有犹太人角色的谢肉节流动演出。他俩雇了一辆由犍牛驾的板车作为彩车，在上边安了一台绞刑架，而那个曾多次演过犹太人的歪鼻子则弄来一件帆布衬衫和一顶用渔网做的帽子，用麻屑做了一部火红色络腮胡子，并写了一篇告别辞，在“齐奇阿达”中，犹太人就刑前一定要念告别辞。他俩按约定的时间相会时都已经穿好戏装，戴着假面具，里基向法庭发誓，他当时深信不疑与往年谢肉节时一样，板车所载的是化装成犹太人的歪鼻子，他站在绞刑架下忍受着鞭打、啐唾沫和其他屈辱，总之忍受着凡演这种戏所需要忍受的一切……当彩车行至卢查里察街卢卡列维奇老爷的府邸门口时，正好是按剧本情节该绞死“犹太瘪三”的时刻。

① 原指居住在莱茵河流域和法兰西而于十一至十三世纪历次十字军战争期间迁往波兰、立陶宛、俄国等斯拉夫国家的犹太人，操意第绪语，后来凡采用德系犹太教礼拜仪式的犹太人通称德系犹太人，以区别于西班牙系犹太人。现在全世界百分之八十以上是德系犹太人。在以色列国，两系各有大拉比，地位相等。

里基把绞索套到他脖子上，仍像刚才那样，深信不疑藏在假面具后边的是戏子歪鼻子。可是这个戴假面具的人没有念告别辞，却把套在绞索里的脖子转向站在府邸阳台上、头发上抹着啄木鸟蛋清的叶芙洛茜妮娅·卢卡列维奇，朗诵起诗歌或者类似诗歌的东西，天知道是什么玩意儿，反正同“齐奇阿达”中犹太人的告别辞风马牛不相及。那段台词是：

> 秋天是你的装饰，项链绕着你的脖子，
> 冬天是皮带，围着你的腰，
> 春天是衣裙，遮藏你身躯；
> 春天过去之后，夏天将你焚烤，
> 时光过得越快，你身上穿得越多，
> 多一件衣服便增加一年逝去的光阴，
> 扔掉你的衣服和所有的岁月，
> 趁我的火焰还在燃烧。

这样的台词只可能见诸假面喜剧，绝不可能同“齐奇阿达”搭界，全然不像犹太人临刑前的告别辞。直到听见这样的台词之后，戏子和观众才生起疑来，意识到出事了，于是里基一把撕下念台词人的假面具。使所有在场的人大吃一惊的是假面具后边的人不是戏子歪鼻子，而是来自犹太人区的货真价实的犹太人撒母耳·合罕。这个“犹太瘪三”自愿替代歪鼻子来受人家鞭打、侮辱、啐唾沫，对于这件事，尼古拉·里基无论如何不负任何责任，因为他并不知道乘着板车走遍全城的戴假面具的人是合罕，并不知道合罕买通了歪鼻子，歪鼻子把自己的角色让给他，并答应对这件事守口如瓶。因此，在唆使合罕侮辱和嘲弄撒母耳这件案子中出乎所有人的意料，里基是清白无辜的，倒是合罕本人违反了严禁犹太人在谢肉节期间到基督徒中间去的这条法律。合罕前因走访耶稣会修士一案入狱，释放还没多久，就又一次犯案，这便提供了充分理由将这名“不怕掉脑袋的”、曾经在赫尔察维纳某地替土耳其人照看养马场的犹太瘪三逐出本城。只有一点还不清楚，犹太社团会不会袒护合罕，替他讲情，那么驱逐出城的判决就会推迟作出，甚至取消。因此在合罕被拘狱中期间，全城的人都拭目以待，看看犹太人区将作何动作。

而犹太人区作出的决定是趁热打铁。在这年厄路耳月[1]的第二个月夜，阿勃拉哈姆·巴波拉比和伊茨哈克·涅哈玛便前去查抄合罕的手稿和书籍。因为他走访修士的消息不仅使耶稣会的教徒而且使犹太人区大为震惊。

他俩来到他家，那里没有人。他们按铃时，根据铃声判断出大门钥匙在门铃里，挂在簧片上。屋里点着蜡烛，虽然合罕的母亲不在家。他俩找到了捣肉桂的研钵、吊床（吊床吊得那么高，躺在上边可以把书径直按在天花板上阅读）、散发出薰衣草香气的撒沙器、有三根分枝的三连灯台，三根分枝上分别刻着涅费什、鲁阿赫和涅什马赫等字样，那是人的三个魂魄的名字。窗台上放着好些花草，根据花草的品种，两个查抄者作出结论，这些花草受巨蟹星座诸星的护卫。在沿墙的一溜书架里，放着诗琴、马刀和一百三十二只红、蓝、黑、白四色粗布袋，里边存放着合罕本人的手稿，或者是由他抄写的别人的书稿……书籍中间引起两个查抄者注意的是放在窗边地板上的三本书，那里是合罕通常看书的地方。显然，他是轮流着看这些书的，这种读书方法颇像一夫多妻制……阿勃拉哈姆·巴波拉比打开窗

① 犹历厄路耳月在公历八九月间，共二十九天。

户，阵阵南风吹进屋来，巴波拉比打开一本书，侧耳倾听了一会儿书页在穿堂风下颤抖的声音，然后对伊茨哈克·涅哈玛说：

“你听，这纸的声音在说：涅费什，涅费什。听出来了吗？”

然后拉比让下一本书讲话，这本书的书页在南风的拂弄下清楚而又响亮地讲道：鲁阿赫，鲁阿赫，鲁阿赫。

“要是第三本书讲‘涅什马赫’，”巴波指出，“那么我们就可推断这是书本在召唤合罕的灵魂。”

阿勃拉哈姆·巴波刚打开第三本书，两人便听到那书在悄声说：涅什马赫，涅什马赫，涅什马赫！

“这三本书在为这间屋里的某样东西争吵，”巴波拉比下结论说，“这屋里有什么东西想消灭另外一些东西。”

他俩坐了下来，一动也不动地注视着暗处。突然间三连灯台上出现了三朵火苗，仿佛是三本书的悄语声和窸窣声把它们召来的。有一朵火苗离开灯台，用两条嗓子哭了起来，于是巴波拉比说道：

“这是合罕的第一条，也是最年轻的一条魂魄在哭肉身，而肉身则在哭魂魄。”

后来这条魂魄向放在书架中的诗琴靠拢，拨动琴弦，响起了微弱的音乐声，魂魄用琴声为它的哭泣伴奏……

那条魂魄在那里久久地忙着什么事，最后终于化为合罕，

也是火红色眼睛，也是有一撇白唇髭。它从书架中拿下马刀，与第一个魂魄会合，而合罕的第三个魂魄，也是他最老的魂魄，化作火苗高高地翱翔在天花板下。当一、二两条魂魄向放着手稿的书架靠拢时，第三条魂魄含有敌意地独自停在高处的一个角落里，刮掉写在吊床上边的天花板上的好些字母。那些字母是：

יא	כד	ז	כ	ג
ד	יב	כה	ח	טז
יז	ה	יג	כא	ט
י	יח	א	יד	כב
כג	ו	יט	ב	טו

这时巴波拉比和涅哈玛恍然大悟，合罕的三条魂魄在为盛手稿的布袋争吵，可手稿这么多，根本看不过来。于是巴波拉比问：

“你有没有和我一样注意到布袋的颜色？”

“布袋的颜色就是火苗的颜色，这难道还不够清楚吗？”涅哈玛指出。“你看那蜡烛。蜡烛的火苗由蓝、红、黑三种颜色组成，这种三色的火能把东西烧着，凡是它烧着什么东西时，烛芯和油脂也陪着燃烧。在三色的火上边有第二朵火苗，那是由下面的火支撑着的白色的火，这火烧不着东西，可是能够照亮，也就是说，这是由火滋养的火。摩西站在山顶上这种白色的火焰之中，这火焰烧不着人，却大放光明，而我们则站在山下三色的火焰之中，这火能把一切烧毁，除了白色的火之外，因为白色之火是最伟大、最神秘的睿智的象征。既然如此，我们不妨在那些个白布袋里寻找我们要找的东西吧！”

书籍不多，全装在一只白布袋里。他俩在其中找到了犹太·哈列维✡的一本书，是1660年在巴塞尔出版的，书中附有该书由阿拉伯文译为古希伯来文的译文，译者是耶和达·本·奇朋✡拉比，还有出版者用拉丁文作的注释。其他白布袋里都是合罕的手稿。其中一篇手稿内容如下：

亚当·喀德蒙注

哈扎尔人在梦里看见了字母，他们通过那些字母探寻人类始祖亚当·喀德蒙，他集男人和女人于一身。哈扎尔人认为，每个人都有一个与之对应的字母，每个字母都代表了亚当·喀德蒙肉身的一部分，这些字母在人的梦里排列组合，并将生命赋予亚当之躯。但是，那些字母以及用那些字母组成的语言并不是我们使用的语言。哈扎尔人认为他们知道两种语言、两种字母及“耶和华”和“davar”的界线在哪儿……别忘了亚伯拉罕很清楚这一点：耶和华创造世界用的是动词而不是名词。所以，我们使用的语言是由两种不相等的力量所组成的，它们的来源也不同。因为，动词、逻各斯希腊哲学、神学用语。指蕴藏于宇宙之中，支配宇宙并使宇宙具有形式和意义的绝对的神圣之礼。、法律、规则、操行及具体的行为的保证，这一切的发生均先于世界的创造，也就是说，先于世界创造过程中的一切可能发生的行为和传递。而名词是在这个世界之后创造出来的，旨在指称世界的事物。亚当在《诗篇》第一百三十九篇里道：“耶和华啊，我舌头上的话，你没有一句不知道的。”随后，名词来到了，一如帽子上的铃铛。名词的使命在于同人名相对应，这一事实更证明了名词与上帝之名所拥有的词语不属同类。因为上帝之名（见《托拉》犹太教口传律法集，为该教仅次于《圣经》的主要经典。）是一个动词而非一个名词。这个动词由“Aleph”开始，也就是说，上帝创造世界时，他正在看《托拉》，所以世界之始的那个词是动词。我们的语言有两种属性，一种是上帝的，另一种来源不明，甚至可疑……所以，天堂和地狱，过去和未来早已存在于语言及构成语言的字母之中。

的确存在于构成语言的字母之中！地上的字母是天上字母的镜子，它分担着语言的命运。虽然动词远高于名词，但我们还是在共同使用名同和动词。动词有不同的年纪和来源，它们在造物之前就被创造出来，而名词则是在造物之后才出现的。所有这些对字母颇为重要。因此，组成名词的字母和组成动词的字母不可能源自同一属性，它们向来是以两种不同类别的符号组合在一起的。而今天，它们在我们的眼中已经混合在一起，因为眼睛是遗忘的住宅。每一个地上的字母与人体的一部分相对应，同样，每一个天上的字母与亚当・喀德蒙的部分肉身相对应。字母之间的空白是躯体的运动空间。但是由于天上的字母和人间的字母不可同时出现，两者不是一隐一现，便是一进一退。《圣经》的字母情况相同，《圣经》在不停地呼吸。有时，动词在里面闪亮，动词一退，名词立即显现，那些黑色的字母，我们无法将它们完全看清，一如我们无法看清黑色火焰下面的白色火焰。亚当・喀德蒙的肉身以同样的方式进入或离开我们的身体，依循天上字母的进退，潮涨潮落般地起起落落。我们的字母是看得见的，而天上的字母只在我们的梦里出现，一如洒落在水中的亮光和沙子，那时，我们熟睡的眼睛驱走了人间的字母。在梦里，人是用眼睛和耳朵来思考的，梦里的语言不是由名词构成的，语言在梦中只使用动词。所有的人只在梦里是圣贤，而绝不会成为杀人犯……我，撒母耳・合罕，上述这些文字的作者，像哈扎尔的捕梦者一样，潜入世界黑暗无光的一面，旨在取回囚禁在那儿的上天之光。但我的灵魂也可能遭囚禁。我用我自己收集的字母，再加上前人所收集的字母，准备写一本书，按哈扎尔捕梦者的那种说法，此书将是亚当·喀德蒙的肉身……

巴波拉比和涅哈玛在朦胧的夜色中互相瞥了一眼，动手查阅其他的白布袋，没找到任何东西，除了几十个按字母顺序排列的各种各样的名词，亦即合罕所说的《哈扎尔辞典》(《*Lexicon Cosri*》)，据他俩看，这是按字母顺序排列的有关哈扎尔国，有关其宗教、习俗，以及与此相连的所有的人，有关哈扎尔的历史及他们改宗犹太教的材料。这些材料同合罕之前许多世纪的犹太·哈列维在其关于哈扎尔的著作中所列出的材料十分近似，只是合罕比哈列维走得要远，他试图深入问题的本质，弄清哈列维在其著作中隐去姓名的参与大论辩▼的基督教和伊斯兰教的使者究竟是谁。合罕竭力想考证出这两个人的姓名，论据，以及生平，将其写入他的辞典，他认为他的辞典应兼收并蓄，凡关于哈扎尔的事，即使犹太史学家忽视的问题都应收入。所以合罕的辞典里有一名基督教传教士的传略，合罕向耶稣会修士打听的显然就是那个传教士，但是传略的材料非常贫乏，而且还缺名字，合罕没能打听到他的名字，所以这个传略不能正式入典。“犹太·哈列维，”合罕对这段远未完工的传略作出诠注说，“及其出版人和其他犹太注家及史学家都只提到哈扎尔可汗宫廷内那场宗教大论辩的三个参与者中一个人的名字。这人就是犹太教代表伊萨克·桑加里✡，他向哈扎尔统治者阐释了天使显灵的那个梦。大论辩其他两个参加者——基督教和伊斯兰教的使者的名字，犹太史料只字未提，只谈到其中有一人是哲学家，至于另一人，亦即阿拉伯人，甚至都未交待他是在论辩结束前抑或结束后被处决的。”合罕继续写道：“也许在世界上的某个地方，还有人像犹太·哈列维一样，搜集有关哈扎尔的文件和资料，而且像我所做的那样，将其编纂为资料汇编或者辞典。也许这么做的是一名异教徒——基督徒或者伊斯兰信徒。也许世界上有两个人像我在寻找他们那样，也在寻找我。也许他们时常梦见我，就像我时常梦见他们一样，他们渴望知道我已经掌握的情况，因为我所知道的真情对他们来说是秘密，一如他们所知道的真情对我来说是秘密，否则我所有问题便都能迎刃而解了。无怪乎有这么句老话说，每个梦都有六成是真情。也许我不是平白无故地梦见君士坦丁堡的，我梦见的那座城市里的我全然不是现实中的我，我麻利地策马疾驰，手执快刀，瘸着一条腿，我所信仰的不是我现在所信仰的唯一真神。《塔木德》[1]）中写道：‘让他往前走，他的梦便可在三位一体的面前获得解释！’谁是我的三位一体呢？在我的身旁会不会有第二个追逐哈扎尔问题的猎手，一名基督徒，和第三个猎手，一名伊斯兰教徒？在我的魂魄中会不会存在三种信仰而不是一种？我的三个魂魄中会不会有两个入地狱，只一个升天堂？或者说，任何时候，就如关于创世的典籍中所说的那样，必须三位一体才能成事，仅仅一个人是成不了事的，所以我绝非偶然地在竭力寻找另外两个人，一如另外两个人必然也在千方百计寻找第三

① 即《托拉》。

个人。我并不知道，但是我清楚地感觉到我的三个魂魄正在我体内争吵，其中一个已提着马刀直奔君士坦丁堡，另一个迟疑不决，正弹着诗琴，一面哭，一面唱，而第三个则与我为敌。那第三个至今尚未露面，要不然就是他虽竭尽努力，可就是到不了我身边。因此我在梦里只能见到那提着马刀的第一个，而第二个弹诗琴的就梦见不到了。拉夫·希斯代说过：'未曾圆过的梦犹如未拆阅的信。'我将这句话稍作变动，改为：'未拆阅的信犹如未作过的梦。'有多少递送给我的梦，我没有收到，没有见着的呢？这我就不得而知了，可我知道我有条魂魄凝视着睡者的脑门，便可识破这个人的魂魄的来龙去脉。我感觉到在其他人中间，在骆驼中间，石头和植物中间都能遇到我的一部分魂魄，有个人的梦从我魂魄的躯体中撷取材料，用以在很远很远的地方建造他的房屋。我的魂魄为其自身的完善寻求其他人的魂魄的协助，魂魄是互相帮助的。我知道我的《哈扎尔辞典》将十个数字和二十二个犹太字母囊括无遗，足可造一个世界，可这件事恰恰是我无能为力的。我缺少好几个名字，因此还有些地方尚未用字母填满。我是多么想望辞典不用名词而只用动词！然而凡人是无此能耐的。因为构成动词的字母源自埃洛希姆[①]，非我们所能理解得了，它们不是凡人的，而是神的，只有组成名词的字母，只有这些源自火焚谷，源自魔鬼的字母，搭配成为我的辞典，只有这些字母是我所理解的。因此我只得与名词和魔鬼为伍……"

"嗬，不得了！"巴波拉比看到这里，惊呼道。"这小子是不是在说胡话！"

---

① 古代犹太教曾以此名称其神。

“我认为恰恰相反，”涅哈玛回答说，把蜡烛吹熄。

“你在想什么？”巴波拉比问道，把油灯吹灭，三条魂魄各悄声念了一遍自己的名字就消失了。

“我在想，”涅哈玛回答说，这时屋里已没有一息火光，以致屋子的黑暗和他嘴巴的黑暗融为一体，我在想哪个地方对他更合适：“是席姆林，卡瓦拉，还是萨洛尼卡？”

“萨洛尼卡，那个犹太城？”巴波拉比深感诧异地问。“这不等于是送他去享福吗？应当把他流放到锡捷罗卡普锡的服苦役的矿场去！”

“我们把他遣送到萨洛尼卡他的未婚妻那里去吧，”第二位老者沉思着说，他们没点燃蜡烛就走出了大门。

撒母耳·合罕的命运就这么决定了。他被驱逐出杜布罗夫尼克，从公差的呈文中得知他与亲友诀别的那天“是1689年圣多马使徒日，是日大旱，致使牲畜尾巴纷纷脱毛，整个斯特拉顿为飞禽脱落之羽毛所覆盖”。那天夜里，叶芙洛茜妮娅夫人换上男式裤子，像任何女人那样向市区走去。那天夜里，合罕最后一次离开药房向斯朋萨宫走去，她在加尔希达拱门下把一枚银币扔到他脚边。他拾起银币，走到站在漆黑的夜色中的她面前。起初他打了个冷战，以为站在他面前的是个男人，但是她刚用手指碰了他一下，他便立刻认出了她。

“别走了，”她对他说，“法官是可以买通的。你只要说声同意，我就去办。不管判你流放到哪里，都可以改为仅仅在河边的牢狱里关上几天，大事化小，小事化了。我只消把几枚金币塞到络腮胡子边，我们俩就无须分离了。”

“我必须走并非我被驱逐出境，”合罕回答说，“对我来说这几纸判决书的价值如同鸟粪。我必须走是因为现在已经到最后关头。我打孩子时起就梦见自己在漆黑的夜色中同个什么人用马刀拼杀，我瘸着一条腿。我梦态时所操的语言是我醒态时所不懂得的。从我第一次做这样的梦算起，已经过去了二十二个年头，梦应验的时间终于要到了。届时将水落石出，真相大白。错过了这个时刻就永无机会了。而要弄清真相，只有到我不知多少次梦见过的君士坦丁堡才办得到。因为我并非平白无故梦见这些为了要挡风而铺得曲曲弯弯的街道的，我并非平白无故梦见这些塔楼和塔楼下边的河水的……”

“如果我们今生不能团圆，”叶芙洛茜妮娅夫人针对他的话说道，“那么我们在来世或来世的来世必将重逢。也许我们只是灵魂的根部，有朝一日将会发芽。也许你的灵魂中就像孕育着胎儿那样孕育着我的灵魂，有朝一日会把我生出来，但是在此之前，我俩的灵魂必须走完命定他们要走的路程……”

“哪怕这样，我们在未来的世界上也相互不会认识。你的灵魂可不是亚当的灵魂，亚当的灵魂被驱逐到他所有后代的灵魂之中，随着我们每个人的死一次又一次被处死。”

“如果不是这样，我们就按另一种方式重逢。我告诉你怎么来辨认我。那时我将是个男性，可我的手依旧故我，每只手有两个大拇指，

因此我的双手都可以是左手，也可以是右手……”

叶芙洛茜妮娅夫人一边这么说，一边吻了一下合罕的宝石戒指，两人从此永别。别后不久叶芙洛茜妮娅便死了，她死得那么快，那么可怕，以致民谣中都无法把她的死归咎到合罕身上，因为叶芙洛茜妮娅夫人死的时候，合罕本人已陷入昏迷，做着一个永无梦醒之时的长梦。

起初大家都以为合罕去了萨洛尼卡他未婚妻莉迪茜娅那里，并且按照杜布罗夫尼克犹太社团的建议，在那里同她完婚。可是他没有这么做。那天夜里他把烟斗装满，翌日清晨吸完这斗烟时，他已经在特雷比涅的萨勃里阿克帕夏的营地内了，帕夏正在秣马厉兵，准备进军瓦拉几亚。因此合罕违背众愿，朝君士坦丁堡方向进发。但是他永远也到不了那里。帕夏侍从中间的目击者们接受了杜布罗夫尼克的犹太人贿赂的染麻用的植物颜料，向他们讲了合罕的结局：

“那年帕夏在他侍从的簇拥下往北而去，可是他们头顶上的云却自始至终往南飞去，仿佛要把他们的记忆带走。只此一节就非好兆。他们目不转睛地望着他们的狗，纵马疾驰，就像穿越一年四季那样，飞也似的穿过波斯尼亚香气扑鼻的树林，在月食下，驰进了沙巴茨城郊一家车马店。帕夏的一匹牡马在萨瓦河边折断了腿，他便叫替他照看养马场的合罕来给马治伤。可合罕睡得太死，没听见帕夏叫他，帕夏举起鞭子在他眉心间抽了一鞭，并像从井中汲水那样，将鞭子狠命往后一拽，只听得他手上哧喇一声响。合罕马上跳起身来，跑去完成他的职责。在这件事情之后，有一段时间不见合罕的影踪，因为他离开了帕夏的营地，去了那时掌握在奥地利人手中的贝尔格莱德。众所周知，他在贝尔格莱德访问了土耳其的西班牙系犹太人所拥有的那幢三层楼的广厦，那里穿堂风在所有的走廊里飕飕地打着唿哨……他住在一家古老的车马店的四十七间房间中的一间里，这家宿店属于当地的一名德系犹太人，姓阿什凯纳齐。他在这家宿店里找到了一本释梦的书，是用拉定[①]—西班牙语写的，居住在地中海诸国的犹太人都操这种语言……

“当萨勃里阿克帕夏的人马前行至那条属四大天国之河、象征《圣经》中的寓意层的多瑙河畔时，合罕归队了。这时，发生了一件事情，此事使得帕夏对合罕宠信有加。帕夏用重金招募来了一名希腊铸炮匠。此人跟在队伍后

① 系居住在瑞士、意大利的拉定族人的语言。

面，花了一整天时间摆弄他的铸模和工具。同塞尔维亚人和奥地利人炮战伊始，帕夏下令在杰尔达普[①]铸造一门重炮，射程为三千肘长[②]，其球形炮弹比普通的重一倍。

"'这门大炮将杀死未破壳的鸟，'帕夏说，'这门炮能令雌狐流产，能令蜂箱里的蜜变酸。'帕夏下令让合罕去传那名希腊铸炮匠来见他。但那天恰逢安息日，合罕没有跃上马背，而是倒头大睡……

"第二天清早，合罕挑了一头由雄性双峰驼和雌性单峰驼交配出的骆驼。随后他又牵了一匹'快活马'，在母马和种马交配之前，这种'快活马'一般被用来诱使母马发情。合罕轮流骑骆驼和马，花了一天的时间完成了一匹马需要两天的时间才能到达的距离。帕夏十分惊奇，问合罕在哪儿学的骑术，跟谁学的，合罕回答说他是在梦里练习骑术的。这一回答使帕夏龙心大悦，他赐给合罕一枚戴在鼻子上的小环饰。

"这门炮运抵战地后，立即射击奥地利阵地。萨勃里阿克率全体士卒发起冲锋，所有的人，包括合罕在内，如排山倒海一般压向塞尔维亚阵地，合罕没有马刀，只拿着一只装燕麦用的袋子，事后我们知道，袋中没有任何贵重物品，只有一些用蝇头小楷书写的旧稿，外包白布套。"

"在稠得像粥一样的天空下，"一名目击者讲述说，"我们朝一个阵地扑去，遇到三名敌军，其余的都已抱头鼠窜。其中两名只顾掷骰子，连看都不看我们一眼。在他俩旁边，有个衣着华丽的人躺在帐篷外面，好像已经昏迷，他的一群狗朝我们反扑过来。一转眼间，我们的人就把一名掷

① 南斯拉夫地名，即前之铁门。
② 古时一种长度单位，每一肘长约合半米。

骰子的劈为两半，用长矛把那个睡着了的骑士钉牢在地上。他虽然身体已被捅穿，仍用一只手撑起身子，看了一眼合罕。这一瞥使得合罕像中了枪弹一般訇然一声跌倒在地，他的手稿纷纷从袋子里撒落出来。帕夏问，合罕怎么了，是不是牺牲了，另一个掷骰子的用阿拉伯语回答说：

‘如果他叫合罕的话，那么把他撂倒在地的不是枪弹，而是梦……’”

事实果然如掷骰子的所说，就这么一句话让掷骰子的多活了一天。

‘如果他叫合罕的话，那么把他撂倒在地的不是枪弹，而是梦……’”

事实果然如掷骰子的所说，就这么一句话让掷骰子的多活了一天。

关于撒母耳·合罕这个出生于杜布罗夫尼克城犹太人区的犹太人的生平事迹，是以他所做的最后一个梦作为结尾的，这个梦是那么的沉，那么的深，他沉入此梦之后就像沉入了大海，再也没有回来。撒母耳·合罕所做的这个最后的梦，特雷比涅的萨勃里阿克帕夏是听那个掷骰子的人讲给他听的，他在战场上留下了那人的命。那人当时给帕夏讲的话，已永远留在多瑙河畔那顶关得密不透风的丝帐篷里边，我们所听到的只是从不透雨的绿色织物后边传出来的片言只语。那个掷骰子的叫尤素福·马苏迪，他能看梦。他甚至能逮住别人梦里的兔子，更别说人了。他在那个被长矛刺醒的骑士手下当差。这个骑士是个重要人物，家财万贯，叫阿勃拉姆·勃朗科维奇，光他那几匹快马的价钱就不比一大船火药低。马苏迪讲给帕夏听的事匪夷所思。他告诉萨勃里阿克帕夏，合罕在他的酣梦中见到的人正是这个阿勃拉姆·勃朗科维奇。

“你说你会看梦？”萨勃里阿克帕夏反问他道。“那么你能不能看见合罕此刻在做的梦呢？”

"当然能。我已经看见他此刻所做的梦了。勃朗科维奇正处于弥留之中，所以他梦见的是勃朗科维奇的死亡过程。"

听到这句话，帕夏精神为之一振。

"这么说，"帕夏讲得很快，"合罕此刻所梦见的是任何一个凡人所梦见不了的，他在梦中看着勃朗科维奇一步步死去，那么他自己能顶住死亡，活下来吗？"

"是的，是这样，"马苏迪肯定地回答说，"不过他不能醒过来了，不能把他梦见的一切讲给我们听了。"

"可是你能看到他在梦中看到的这个死亡过程……"

"留我到明天我就能讲给你听一个人的死亡过程，以及他在这个过程中的感觉……"

无论萨勃里阿克帕夏还是我们都不知道这个掷骰子的为什么要提出这个要求，是想多活一天，还是真的想看合罕的梦，并且在那里找到勃朗科维奇的死。不管怎么样，帕夏认为值得一试。他说每一个次日的价值等于一只未使用过的马蹄铁，而每一个昨日的价值等于一只脱落了的马蹄铁，于是他决定将马苏迪的命留至明晨。

这天夜里合罕睡了最后一觉，他的巨大的鼻子像是一只鸟，从他的笑容中朝外飞，而他的笑容则像许久以前一场筵席的残羹冷炙。马苏迪直至次晨，一步也没离开过合罕的床头。天亮时，马苏迪已形容憔悴得面目全非了，仿佛他在观梦时遭到了梦中人的毒打。他看到的梦境是：

勃朗科维奇似乎并不是因长矛刺出的伤而死的。他根本没感觉到长矛的伤。他感到的是身上一下子出现了许多伤口，而且伤口数以飞快的速度增长。他觉得他高高地站在一根什么石柱上数着数。时值春天，刮着春风，风把柳丝编成辫子，从穆列什河到蒂萨河再到多瑙河所有的柳树都梳着一根根辫子。有不少像箭矢之类的东西射进他身躯，然而中箭的过程却是颠倒过来的，每中一箭，他首先感到的是伤口，然后是箭镞碰着皮肤的疼痛，此后疼痛消失，响起箭矢划破空气的飕飕声，最后才是箭脱弦的声音。他咽气前在数着箭的数目，一共十七支，后来他从石柱上摔落下来，便停止数箭了。他坠落在一件坚硬的、一动也不动的、巨大的物体上。然而这不是土地。这是死亡……

可是这回他又一次没有死成，虽说在这一回的死亡中连最轻微的痛苦也不存在了。在乱箭射来时他已死过一次，然而那完全是按另一种方式去死的，以一种孩童式的充满稚气的蛮勇去死的，他当时唯一担心的事是生怕不能及时把这件大事（因为死亡是一种繁重的劳动）应付过去，以致耽误了从石柱子上摔落下来的那一个瞬间的到来，不能按另一种死法去死。因此他竭尽全力，急急忙忙地去死。尽管急急忙忙，可身体并不动弹，始终躺在一只花花绿绿的室内炉子的后边，那小巧的炉子形状像是一座有金碧辉煌的红色圆顶的玩具教堂。一阵又一阵炽烈的和冰凉的疼痛交替着由他身上流向室内，仿佛从他身上流出了迅速交替的一年四季。夜色像水一般向四边漫溢，屋里每一间房间都按自己的方式黑了下来，只有窗户还载满白昼的残光，比屋里的暮色稍微白一些。他拿着蜡烛穿过门廊向里屋走去，里屋的门框内黑色的门扇多得像一本书中的书页，他这个进门者迅速地翻开书页，以致烛火都颤动了，他终于走进里屋。有什么东西从他身上源源流出，这是他在把自己的全部过去放离他自身，于是他体内空无一物了。后来户外的夜就如涨潮一般，从地面向空中升高，他的头发突然散开，仿佛有人把他的帽子从他头上打落，而他的头早已死去。

这时合罕的梦中出现了勃朗科维奇的第三次死，这死被时间所可能沉积起来的东西湮没了，所以勉强才能看见。勃朗科维奇的前两次死去与第三次死之间仿佛相隔数百年，这第三次死去从马苏迪所在的地方只能依稀看到……第三次的死去死得很快，很短促。勃朗科维奇躺在一张奇特的床上，有个男人抓过一个枕头来开始闷死他。在此期间，勃朗科维奇只想着一件事，得赶紧抓过那只搁在床头柜上的蛋来把它敲碎。勃朗科维奇不知道为什么要这么做，但是当人家用枕头闷死他时，他顿悟把蛋敲碎是唯一一件重要的事。与此同时，他明白了人类大大延误了打开自己的昨天和明天的时间，竟在人类出现后的亿万斯年之后才去打开，先是打开明天，然后是昨天。当真正的白昼熄灭于暮色之中时，他用一个久远的夜打开了明天和昨天。今天的白昼紧紧夹在过去与未来之间，已濒于断裂，可在那天夜里，过去与未来膨胀到了几乎要相连的地步。此时此刻也和那天夜里一样。真正的白昼熄灭了，是被过去与未来这两个永恒吹灭的，于是勃朗科维奇在过去与未来于他体内相接的那一刹那，在他终于把蛋压碎的那一刹那第三次死去……

就在这一瞬间，合罕突然觉得自己犹如干涸的河床，已空空如也。到了该醒的时候了，但是已不复有人能像勃朗科维奇生前那样梦见醒态中的他的一举一动。

马苏迪看到合罕已濒于死亡，只见他的梦中，名词好像一顶顶帽子纷纷从他周围的物体上坠落，于是世界变得像处子一般纯洁，就像创世的第一日。只有一至十几个数字和字母表中那些组成动词的字母在合罕周围所有物体上熠熠生辉，亮得好像一颗颗黄金的泪珠。这时他恍然大悟，十诫这个数字也是动词，人若忘却语言，这个数字必是最后忘却的，即使诫条本身已从记忆中消失，这个数字仍将作为回声留在记忆之中。

就在这一瞬间，合罕在死亡中醒了过来，顿时所有的道路在马苏迪眼前消失了，因为地平线上已绽出鱼肚白，在那片晨曦上用亚鲍克的河水写着一行字："你的梦是永夜的白昼。"

史料来源：《*Lexicon Corsi, continens colloquium seu disputationem de religione*》作者不详；Regiemonti Borussiae excudebat typographus Iaonnes. Daubmannus, Anno 1691 版；有关合罕祖先的情况可参阅 M·潘蒂奇的《母子订婚》……《南斯拉夫史学院杜布罗夫尼克科学、艺术编录》，1953 年版第二卷，第 209 页至 216 页。

约翰涅斯，达乌勃马奴斯（十七世纪）typographus Ioannes Daubmannus[①]。波兰出版家，十七世纪上半叶在普鲁士主持出版波兰辞典，1691 年问世的另一部题为《*Lexicon Cosri — Continens Colloquium seu disputationem de Religione*》[②]的辞典的扉页上也赫然印着他的名字。可见达乌勃马奴斯是本书母本的出版者，而此刻握于读者诸君手中的则是本书的子本。达乌勃马奴斯出版的《哈扎尔辞典》母本在 1692 年由天主教宗教裁判所下令销毁，但是有两册却逃过此劫，保存了下来。根据各种情况判断，这部关于哈扎尔问题的三卷本辞典的资料，是达乌勃马奴斯从一名东正教教士那里得到的，后来他又加以充实，因此可以认为他不

① 拉丁文，意为：出版人约翰涅斯·达乌勃马奴斯。

② 拉丁文，意为：《科思里辞典——论宗教》。

但是《哈扎尔辞典》的出版者，而且还是编纂者。这从上文提及的辞典母本所使用的几种语言也可得知。诠释系用拉丁文撰写，这显然出于达乌勃马奴斯手笔，因为那名修士不消说是不识拉丁文的。至于辞典本身则用阿拉伯文、古希伯来文、希腊文，以及塞尔维亚文出版，完全保存了辞典手稿落入出版者手中时的形式与内容。来自德意志的一种说法认为：1691 年出版《哈扎尔辞典》的达乌勃马奴斯与十七世纪上半叶该辞典波兰文出版者达乌勃马奴斯并非同一人。据普鲁士史料，两个达乌勃马奴斯中年轻的一位幼年曾患重疾。当时，他并不叫约翰涅斯·达乌勃马奴斯，而是叫雅可布·塔姆·大卫·本·亚雅，这才是他的真名实姓。一个卖颜料的女商贩曾大吼大叫地恶咒他："让他每日每夜被诅咒吧！"可没人知道她为什么这样恨他，但这个诅咒应验了。那小伙子在阿达尔月[1]月初，顶着漫天大雪回到家，不料，身体突然佝偻得像一柄弯弯的马刀。打那天以后，他行走时一只手着地，另一只手得拉住头发以固定脑袋的位置，原因是他的脑袋会不住地垂向前胸。于是他决定投身于印刷这一行当，因为让脑袋靠在肩上对干这门活儿不但没有妨碍，相反还有利。他笑呵呵地说："黑夜即是光明！"他忠心耿耿地开始为年长的那个约翰涅斯·达乌勃马奴斯干活。就像亚当给一个礼拜的每一天都起了名字一样，他也为书籍印刷装订的七种技艺一一取名。他边唱边在木格内寻找字母铅块，每找到一个字母便换首歌唱。他虽身患重疾，却显得平静恬淡。事有凑巧，有天一位名医路经普鲁士来到此地，此人是少数几个知道上帝如何用其灵魂与亚当婚配的人之一。年长的达乌勃

① 犹太教历十二月，在公历二三月间。

马奴斯让亚可夫·塔姆·大卫去那位名医那儿接受治疗。亚可夫已长大成人，脸上常露快活的笑意，就是那种常人说的“咸咸的”微笑。他裤腿的颜色也各不相同。在厄路耳月，即犹太教历六月[①]，他开始吃炒鸡蛋，十只母鸡下的蛋也满足不了他的食欲。到了夏天，所有的鸡蛋都存放在通风的炉膛内。他听了年长的达乌勃马奴斯的建议后，两眼放光，喜出望外，遂将长胡须打了个结，一手提起脑袋外出了。无人知晓他出门有多久，突然，在一个阳光明媚的白天，健康、硬朗、高大的亚可夫·塔姆·大

① 公历八九月间。

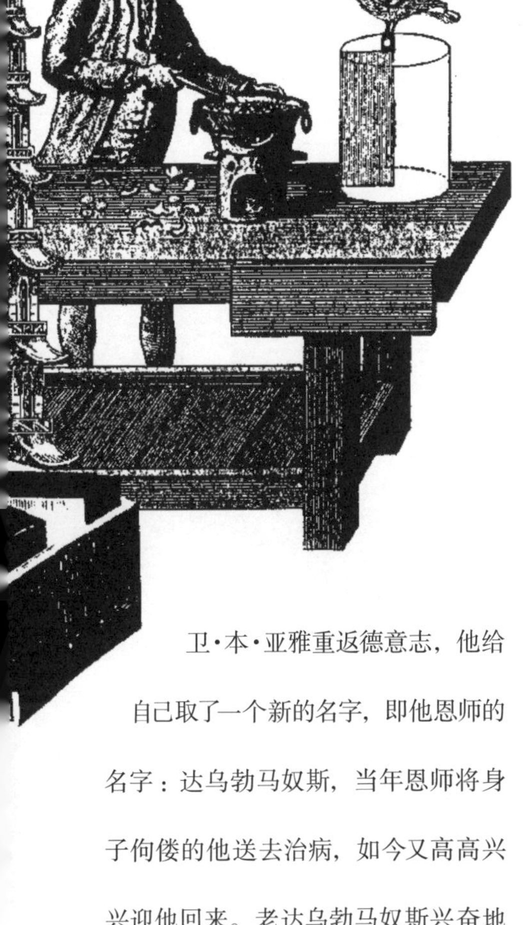

卫·本·亚雅重返德意志，他给自己取了一个新的名字，即他恩师的名字：达乌勃马奴斯，当年恩师将身子佝偻的他送去治病，如今又高高兴兴迎他回来。老达乌勃马奴斯兴奋地说："谁说有半条命，若有的话，那就是半条命在天堂半条命在地狱！人间从来没有半条命，你就是证明。"

于是，小达乌勃马奴斯用这个新的名字开始了新的生活。他过着一种双重的生活，一如厄代利的双底餐盘。小达乌勃马奴斯穿着讲究，喜欢打扮。他从集市返回时，身上有两顶帽子：一顶戴在头上，一顶别在腰间。为了显得高雅俊美，他频频换戴帽子。他在依雅尔月[1]长出的头发有如光洁的麻丝。他的面容充满各种各样的魅力，一如息汪月[2]有各不相同的三十天。不少姑娘梦想嫁给他。然而人们不久就注意到，自从他恢复健康后，他那俊美的微笑随即离去。可以这么说，早晨走进印刷厂时，他的双唇驱走了微笑，而到了晚上，这微笑又重返他的嘴唇，一如他家门前一只每晚同他相见的小狗。四周议论纷纷，说这位年轻的印刷业主自从他的

① 犹太教历二月，公历四五月间。
② 犹太教历三月，公历五六月间。

老板去世后，一直忧心忡忡。据说他对如今的地位已有高处不胜寒之感，尤其在面对其他男人的时候，他简直不敢相信从前那么卑微渺小的他，如今已超越了对方。

除了这些街头巷尾的议论外，还有些流言蜚语的内容，比河底的泥沙更为沉重。例如有一股流言诋毁达乌勃马奴斯，说他过去腰弯背驼，反而因祸得福，得以享受到一种无上之快乐：他可吮吸自己的性器，以证实男人的精液和女人的乳汁味道是一样的。他所以能霍然病愈靠的就是吸取自己的精液。一俟他能直腰挺胸，就再也够不着自己的性器了……这些因他而起的流言传闻也许只说明了一点：一个人的过去也会变得和他的未来一样模糊难解。不过，人人都看到，小达乌勃马奴斯自从康复之后，置身于印刷工场里的年轻人中，津津有味地编织着一幕幕不同寻常的喜剧。比如，他会突然停下手中的活，一手支撑在地，一手扯住自己的头发将脑袋朝上提。于是，那咸咸的微笑立刻重现，昔日的亚雅歌声又起。人们不难得出这样的结论：为了彻底康复，这位印刷业主舍弃了太多的东西。他说："德意志像一顿难消化的晚宴在我梦里重现。"他这话可不是随便说说的。最糟糕的莫过于他不像从前那样爱在印刷厂干活。他将铅字压进枪膛，然后外出去打猎。凡是起决定性作用的事件好比兀立于中流的岩石，将溪水一劈为二，令其分别流向两处不同的海洋。对他来说，起决定性作用的事件便是邂逅了一个女人。那女人来自遥远的地方，身穿一件淡紫色长裙，一副希腊被土耳其占领期间犹太妇女的打扮。她是罗马里欧的遗孀，罗马里欧生前一直在卡瓦拉地区制作加西奥卡瓦洛奶酪。达乌勃马奴斯在街上看见了她。两人眼中顿生爱慕之情，可当他朝她伸出两根手指时，她却说了一句话，拒他于千里之外。那句话是：

“凡成双作对而非三只或单只栖息于枝头的鸟，必喜食不洁之物……”小达乌勃马奴斯痛苦得都快发疯了。要不是老达乌勃马奴斯猝然离世，他定会舍弃一切离家出走。一天晚上，在老达乌勃马奴斯的继承者的印刷厂里，来了一位基督教修士，他手捧着三棵串在一起的甘蓝，褡裢里揣着些肥膘。他在火炉旁坐了下来，朝水已烧沸的锅里扔进盐和肥膘，继而，边切甘蓝边说：“我的耳朵满是圣语，我的嘴里满是甘蓝……”

此人名叫尼科尔斯基[A]，是圣尼古里耶修道院的录事，该修道院就位于很久以前酒神巴克斯的女祭司撕碎俄耳甫斯的同一地方——摩拉瓦河畔。他问小达乌勃马奴斯是否愿意出版一部有点奇特的书，一般说来，像这样奇特的书是绝对无人会出版的。老达乌勃马奴斯若在世定会断然拒绝，然而，神经有些错乱的小达乌勃马奴斯倒觉得这是他的一次机会。他同意了。于是，尼科尔斯基开始将熟记在心的书写下来。到了第七天，他的自我听写结束，与此同时，他那长得几乎要触及鼻子的门牙也啃完了甘蓝，此书终于大功告成。小达乌勃马奴斯没顾得上读一遍，便将手稿付梓：“学问是一件容易变质的商品，一不小心就会发霉腐烂，如同一个人的未来。”小达乌勃马奴斯先用含毒的油墨印了一本，然后开始阅读。读着读着，油墨的毒性越来越发作，小达乌勃马奴斯又渐渐开始佝偻。书中的每一个辅音都影响他身体的某个器官组织。他又回到了从前腰弯背驼的模样。他为健康付出过的那些痛苦今已消失，他的脑袋又要靠左手来扶持，而他的右手又重新开始触地。小达乌勃马奴斯的手刚触及地面，便面露喜色，始于他童年的、凝聚了所有过去岁月的微笑立时重现，随即一命呜呼。临终前的刹那间，他那略带笑意的嘴角吐出了他在辞典上读到的最后一行字："Verbum caro factumest.[①]"（动词是肉。）

哈列维，犹太（**阿拉伯文作：阿卜拉桑·阿勒·拉维，小哈列维**）（1075—1141） 哈扎尔▼大论辩最主要的犹太编年史作者，三位最著名的西班牙籍犹太诗人之一。犹太·哈列维出生于西班牙中部卡斯蒂利亚地区以南的托莱德，他不负其父撒母耳·哈列维的希望，成了西班牙摩尔人的饱学之士。"智慧是独一无二的，"哈列维后来这样写道，"宇宙中最高层次的智慧并不比最小的动物的智慧更伟大。只不过前者由纯粹的物质构成，故能永恒，层次也更高，只有创造它的造物主能将其毁灭，而动物则由容易受到各种影响的物质组成的。智慧在它们身上感受热、冷及其他影响它们本质的一切东西。"哈

① 拉丁文，意同其后括号内之文字。

列维在卢塞纳的以撒·阿尔法西犹太教法典学校研读医学，他能讲卡斯蒂利亚语和阿拉伯语。他用阿拉伯语研究源自古希腊的哲学，并有感而发地写道："这一哲学只有色彩而没有果实，只滋养心智而不赋予情感。"由此，哈列维坚信这一点：一个哲学家永远不会成为一个预言家。哈列维的职业是医生，但他对文学及犹太秘传也怀有极大的兴趣。他在西班牙许多城市生活过，与诗人、犹太教拉比及科学家都有来往。哈列维是《犹太教法典》的专家，他研究过上帝之名头韵的起源，寻找字母I和E的源头，为如何解释现代《圣经》提供了重要方法。他有一句格言："元音乃辅音之躯的灵魂。"他认为时间拥有许多结，这些谓"岁月之心"的结以其心脉的跳动守护着时间、空间及人类的运动节奏。这样，与这些结相对应的万物便与时间和谐地依存。他认为事物各不相同的原因是由它们的本质所致："一个人可以问：为何不让我成为天神？而地上的一条小虫也可这样问：为何不让我变成人？"哈列维在十三岁那年就知道过去系在船尾，未来位于船首，船只比河流快，而心跳又比船只快，但两者的运动方向不同。人们保存了一千首被认为是哈列维创作的诗，还有一些他写给友人的信，他在信中写道："一个人嘴里若有一小片面包，便无法叫出他的名字，而叫出名字的人口中的食物就会变苦。"哈列维从卡斯蒂利亚出发去科多尔。当时，那个地区由阿拉伯人统治，几个世纪以来，那里的哈扎尔人一直是既得利益者。他在那儿行医，并写下了他的第一首诗。他用阿拉伯诗体作诗，还把他自己的名字写入藏头诗。"我是波涛汹涌的海，"他这样形容自己。突尼斯曾发现过他的一本诗集，也就是后来经过增补的一部手稿。十八世纪，赫尔德[①]和门德尔松[②]将这部手稿译成了德文。1141年，哈列维用散文诗体写下了一部有关哈扎尔人的著作。此书一开始便详述了哈扎尔可汗▼宫廷内发生的大论辩。这场论辩在一名伊斯兰教智者、一名基督教哲学家和一名犹太教拉比中间展开，内容是对一个梦的解析。到了后面的章节只剩下两个人物了——犹太教拉比和哈扎尔可汗。这部著作到头来变成了其副题为“捍卫犹太教的论点和论据集成”的说明书了。[③]哈列维在撰写此书期间，像他书中的主人公一样，决定离开西班牙，向东方行进，为了去看一眼耶路撒冷。“我的心在为东方哭泣，”他写道，“而我的身却被钉在西方……珍珠般的民族，欢乐的世界，哦，我被你深深吸引……即便你的王国不复存在，即便你那芳香安宁的花园现在被蛇蝎盖满。”他到过西班牙的格拉纳达、埃及的亚历山大、黎巴嫩的提尔和叙利亚的大马士革，传说蛇在他所经过之处的沙地上写下了它们的名字。他的主要诗作就是在这次旅行中完成的，其中包括著名的《锡安之歌》。他在达到目的之际，即抵达他祖先生活的神圣的海岸时去世了。据一个目击者称，他是在瞥见耶路撒冷的当口，被撒拉逊人的马匹踩死的。他在论及基督教和伊斯兰教的冲突时写道：“无论在东方或者西方，我们都无法找到一个和平的港湾……伊斯兰教徒也好，基督徒也好，不管他们

① 德国哲学家及路德派神学家，浪漫主义运动先驱。

② 德意志境内出生的犹太人哲学家、评论家、《圣经》翻译注释家。

③ 哈列维曾用阿拉伯文写成哲学著作《信仰论证》，体裁采用一犹太学者与哈扎尔可汗布朗对话的形式，试图论证信仰高于逻辑，“精神真理”高于“理性真理”。此书后译成希伯来文和其他多种文字。

谁成为征服者，我的命运将是注定不变的——忍受痛苦。”传说哈列维的墓碑上有如下铭文：“哦，慷慨、谦逊和智慧，你们都飞向了何方？我们躺在这块石头下面，即便在墓里，我们依然和犹太永不分离！”哈列维就这样证实了一句谚语：“条条道路通向巴勒斯坦，但没有一条归路。”

哈列维用阿拉伯文写下了这部有关哈扎尔人的著名散文诗作，而希伯来语的译本是在1506年才面世的。由伊本·蒂蓬✡（1167）和犹太·本·伊萨克红衣主教收集编纂的原著及一些希伯来语译文前后有好几个版本。1547年和1594年在威尼斯出版的希伯来语译本与原著内容已有很大出入（尤其是1594年版），这与当时的审查制度及犹太·穆斯卡特的评注有关，故这个版本一直被视作最重要、最权威的版本。到了十七世纪，哈列维的这部有关哈扎尔人的著作由约翰尼·布克斯托夫译成拉丁文。书中曾遭查禁的论述哈扎尔人的内容正是通过这个拉丁文译本在欧洲广为流传的。这些内容有参加哈扎尔大论辩的犹太教使者伊萨克·桑加里✡的宏论，还有不知其名的伊斯兰教使者和基督教使者的话。然而，序言里有段文字好像是哈列维自己写的：“常有人问我会用什么言辞去回答那些信仰与我们不同的哲学家（基督徒除外），还有如何回答我们中间那些不信宗教的人——他们在大家都能接受的犹太宗教面前退却了。我没忘记在哈扎尔国王那儿的论辩中某个博学者的观点和论辞，那位国王在四百年前改宗犹太教。”很明显，上述句子括号里的几个字“基督徒除外”是为了通过审查制度的规定后加上去的，因为哈列维在其书中论及基督教的段落比比皆是。实际上，他论述了三种宗教——基督教、伊斯兰教和犹太教，用一棵树来象征这三种宗教。他说这棵树的树枝、树叶和花代表基督教和伊斯兰教，而树根则代表了犹太教。还有，书中虽然没有提到那名参加论辩的基督教使者的名字，但他的头衔还是在书中经常出现的，即“哲学家”。希伯来语史料和基督教史料（希腊文）都这样称呼那位参加论辩的基督教使者，其实，这只是拜占庭大学的一个学衔，它并不具有人们使用这个词时所认为的通常的含义。

在瑞士巴塞尔印制的哈列维这部著作的拉丁文译本——由约翰尼·布克斯托夫翻译——大获成功，该书出版后，出版商收到了大量的读者来信。达乌勃马奴斯在其1691版的《哈扎尔辞典》中曾提到过，哈列维著作的评注者之一是个叫撒母耳·合罕✡的犹太人，拉丁文译本出现后又出现了西班牙文译本、德文译本及英文译本。1887年，里斯本出版了一本附有希伯来语译文的阿拉伯文评注本。希尔施费尔德认为哈列维在论及灵魂的本质时，曾受到伊本·西拿（阿维森纳）一篇文章的启示。

哈列维迅速变得遐迩闻名，有关他的传说也广为流传。据说他没有儿子，只有一个女儿，他女儿生有一子，她儿子有一个和外祖父一样的名字。《俄罗斯大百科辞典》关于犹太人辞目上的记载也证明了这一点：著名的饱学之士阿伯罕·本·艾兹拉没有娶哈列维之女为妻，因为艾兹拉的儿子不叫犹太。此事在阿吉巴·本·约瑟的意第绪语的书中有记载。那本书提到，托莱多地区著名的语法学家和诗人阿伯罕·本·艾兹拉（1167年卒）应在哈扎尔娶哈列维之女为妻。达乌勃马奴斯曾对那次传说中的婚礼描述过一番：

阿伯罕·本·艾兹拉住在海边的一间小屋内，四周草木环抱，芬芳四溢。大风只能像移动一块地毯那样移动这些植物的芬芳，而无法将它们吹散。一天，阿伯罕·本·艾兹拉发现芬芳变了味，这种感觉是他心中恐惧所致。这种恐惧由小变大，到头来，阿伯罕·本·艾兹拉再也无法待在小屋里了，他想走出去，然而，在他刚要跨过门槛之际，突然瞥见面前横挂着昨夜蜘蛛结起的网。蛛网除了颜色是棕红色之外，与其它的蛛网没什么两样。他刚要拿掉蛛网时，发现这蛛网是由发丝织成的。于是，他开始寻找这头发的主人。他没有发现任何线索，但有一天他在城里瞥见有个外国女人和他的父亲在一起。她有一头棕红色的长发，她没注意艾兹拉。阿伯罕·本·艾兹拉觉得恐惧再次降落在他身上，他在门上发现了第二个棕红色蛛网。那天他遇见那位姑娘时，他送了两束爱神木叶给她。

她笑着问道：

“你是怎么找到我的？”

“我一下子发现了你，”他说，“我身上有三种恐惧，而不是一种恐惧。”

史料来源：哈列维著作（Liber Cosri，1660 年巴塞尔版）的拉丁文译本“序言”，作者：约翰尼·布克斯托夫；《*Lexicon Cosri, continens colloquium seu disputationem de religione*》，Regiemonti Borussiae excudebat typographus, Ioanne Daubmanuns, Anno 1691 版（已毁）；《犹太百科全书》，彼得堡 1906—1913，第一卷第 1 至第 16 页收入一篇论述哈列维的长文及其他史料；在 Y·哈列维的著作《*The Kuzari*》（Kitab al Khazari）纽约 1968 年版第 311 页至第 313 页附有参考书目选录；最新的版本为 1973 年纽约阿诺出版公司出版的哈列维诗歌双语对照本；《犹太百科全书》，耶路撒冷，1971 年版。

可汗▼ 哈扎尔统治者，可汗这一称呼源自犹太“合罕”一词，意为“王”。哈扎尔国归化犹太教后的第一任可汗名撒勃里埃耳，其妻名塞拉赫。至于那位决定进行哈扎尔大论辩▼，把犹太人、希腊人和阿拉伯人召至他宫中为他释梦的可汗姓甚名谁，已不可考。据达乌勃马奴斯✡所援引的犹太史料证实，在哈扎尔国▼

改宗犹太教前，可汗做过一个梦，他把这个梦讲给了他的女儿或者妹妹阿捷赫▼公主听：

“我梦见我在齐腰深的河水中一边走，一边看书。这河是库拉河，河水浑浊，密密麻麻长满水草，要喝河水得把头浸在水里才喝得着。有大浪涌过来时，我就把书举到头顶上，免得溅湿，待浪头过后，又继续阅读。深潭已越来越近，我得在掉进去之前，赶快把书看完。就在这千钧一发之际，手中托着一只鸟的天使降临到我面前，说道：‘创世主看重的是你的意愿，而不是你的举止。’早晨我醒来，睁开眼睛一看，我果真站在浑浊的库拉河里，手中拿着的也正是那本书，站在我面前的天使，就是梦中见到的那个，手里托着一只鸟。我赶紧闭上眼睛，可照样还是

看到河、天使、鸟以及其他一切。我再睁开眼睛，还是这副景象。吓得我魂不附体。我把眼睛移到书上，看到的第一句话是：‘穿鞋的人切勿自吹自擂……’我闭上眼睛，依然看得见这句句子，我就用闭着的眼睛把这句句子看完：‘……脱掉鞋子的人也一样。’就在这时，鸟扑棱着翅膀从天使手上飞起。我睁开眼睛看到鸟飞离而去。这时我明白了，我已不能再对真相视而不见，不能再闭着眼睛去求超升，从此不再有睡和非睡，不再有入梦和梦醒。只剩下一个永恒的白昼和像蛇一般将我团团箍住的世界。我看到了遥远而又巨大的幸福，可是这幸福却显得既近且小；我理解大即是空，而小却实实在在，是我的情人……于是我做了我所做的事。”

哈扎尔人▼ 七世纪至十世纪定居于高加索的一个强悍好战的民族。他们曾有一个强大的帝国，他们的兵船曾在黑海和里海游弋，那儿海风猛烈，鱼虾累累，他们拥有三个京都：夏京，冬京及战时起用的战京，他们还有松树般高高耸起的年份。他们曾信仰一种至今无人知晓的宗教，他们崇拜盐，在地下的晶盐矿里挖建他们的庙宇，或在含盐量较高的山上修造神殿。根据哈列维✡的说法，哈扎尔人于740年改宗犹太教，哈扎尔最后一位可汗约瑟夫甚至同西班牙犹太人接触过，因为他每逢安息日必驾船出海，而且，必诅咒人，船只便在咒语的驱动下，离开海岸，向西班牙犹太人驶去。他们间的接触直至970年才告中断，原因是俄罗斯人占领了他们的京都，毁灭了他们的国家。后来，一部分哈扎尔人融入东欧的犹太人群体，其余的哈扎尔人则融入了其他民族，如阿拉伯人、土耳其人和希腊人，所以我们今天才知道，第二次世界大战爆发（1939）之前，还有一些独自为政的哈扎尔小部落存在于东欧和中欧的一些地区，这些哈扎尔人早已忘了他们自己的语言和信仰，这些小部落是在第二次世界大战爆发之后彻底消失的。犹太人是用“Kuzari”（复数形式为“Kuzarim”）来表示哈扎尔人的。通常的说法是，改宗犹太教的只是哈扎尔的贵族；而在七至十世纪的潘诺尼亚平原有个犹太化的居民点（乞拉列夫✝），哈扎尔人被认为是那里的主要居民。德意志西北部的威斯特伐利亚有个叫德鲁斯玛·达基坦的修士约在800年时撰文指出，潘诺尼亚平原的哈扎尔人受过割礼且信崇摩西律法，他们形成了一个相当强悍的部落。十二世纪拜占庭的历史学家辛纳穆斯的文章认为，哈扎尔人遵循摩西律法生活，但并不十分严格。十世纪的阿拉伯文史料（伊本·鲁斯达、伊斯达克里、伊本·哈卡尔）对犹太可汗也有论述。

有人在一本名为《哈扎尔信札》的史籍中发现了许多有关哈扎尔人的细节。这本史籍至少用了两种文字，其中一种文字的内容相对完整一些，迄今为止，尚无人对里面的内容作出全面的评论。这本史籍是由用希伯来文写的书信组成的，目前保存在牛津，均为哈扎尔国王约瑟夫和西班牙犹太人哈斯达伊·伊本·沙普鲁特之间的书信往来，后者在十世纪中叶写信给哈扎尔国王，请求他回答下列问题：

1. 世界某地是否存在着一个犹太国？
2. 犹太人是怎样来到哈扎尔的？
3. 哈扎尔人改宗犹太教的过程是如何进行的？
4. 哈扎尔国王住在什么地方？
5. 他属于哪一个部落？
6. 他在战时起什么作用？
7. 礼拜六安息日是否停战？
8. 哈扎尔国王对可能来临的世界末日是否得到有关消息？

约瑟夫详述了哈扎尔大论辩▼的全

过程，以此作为回答，哈扎尔人在大论辩之后，改宗犹太教。

那次大论辩也曾被今已消失的另一史料记录过。达乌勃马奴斯✡在其辞典的《哈扎尔人》辞条里，引用过名为《哈扎尔人问题》这一史料（可能是拉丁文译本）。史料的最后部分显然是犹太教代表伊萨克·桑加里✡为参加那次著名的论辩所草拟的一份报告。以下是该史料尚存的文字：

哈扎尔人之称呼。 哈扎尔国今称‘哈扎尔可汗王国’或‘可汗耐特’。哈扎尔第一个王国之名——在‘可汗耐特’之前以刀剑创立的王国之名——今已不为人知。在哈扎尔国如称呼其国民为‘哈扎尔人’是令人极为不快的事。人们都用另外的词来代替‘哈扎尔人’这一名词。克里米亚附近有几个地区居住着希腊人和哈扎尔人，人们概称哈扎尔人为‘非希腊人’或‘未改宗基督教之希腊人’；在克里米亚南部的犹太人居住区，人们把哈扎尔人称作‘非犹太人居民’，而在哈扎尔国东部阿拉伯人居住区，哈扎尔人被叫作‘非伊斯兰居民’。那些已经改宗外国宗教如犹太教、基督教或伊斯兰教的哈扎尔人不再被称为哈扎尔人，人们直截了当称他们为犹太人、希腊人或阿拉伯人，而极少数改宗哈扎尔宗教的外国人却不会被当作哈扎尔人看待，他们改宗前是什么人，改宗后依旧是什么人，譬如希腊人、犹太人或阿拉伯人。举个例子，如一个希腊人欲指某人过去是哈扎尔人，他便用下述的方法来表达：‘在可汗耐特，那些讲哈扎尔语的非希腊宗教信仰者被称作“未来的犹太人”。’在哈扎尔国，不少犹太人、希腊人和阿拉伯人的饱学之士对过去、书籍和哈扎尔的文物古迹不但了如指掌，而且可以高谈阔论，他们中有些人甚至在撰写哈扎尔的历史，而哈扎尔人要这么做，却是不允许的，他们无权讲述他们的过去，也无权撰写这类题材。

哈扎尔语。 优美和谐，我曾听过的用哈扎尔语朗读的诗句非常悦耳，但我无法记下这些诗句的发音；据传，这些诗句是一位哈扎尔公主写的。这一语言拥有七种性，除了阳性、阴性和中性之外，还有一种为阉人使用的性，一种为无性器官的女人使用的性（他们的性器官被一个阿拉伯恶魔窃走了），一种为男人变成女人或女人变成男人的变性人使用的性，最后还有一种为麻风病人使用的性，麻风病人必须用此语性说话，只消他们一开口，你便可知他们患有此病。女孩说话的口音有别于男孩，男女的口音是不一样的。这是因为男孩根据他们居住地的不同——或与希腊人或与犹太人，或与撒拉逊人，或与波斯人在一起——而去选学阿拉伯语、希伯来语或希腊语。所以，当这些男孩说哈扎尔语时，会有不少犹太人的口音混杂其中。而女孩从来不学希伯来语、希腊语及阿拉伯语，所以，她们的发音要比男孩纯正得多。众所周知，倘若一个民族消亡，最先消失的是它的贵族阶级和它的文学，而唯一能留存下来的是这个民族的人民已经铭记在心的律法书。哈扎尔人便是最好的例子。在他们的都城内，哈扎尔文的律法书价格最贵，而希伯来文、阿拉伯文或希腊文的律法书相对便宜，有时甚至可免费领取。有件事很有意思：哈扎尔人如在外国邂逅自己的同胞，他们绝对不会主动承认自己是哈扎尔人，而是竭力掩盖他们的血统，并装出一副不会讲哈扎尔语，而且连听都听不懂的样子，哈扎尔人之间相互掩饰自己血统的次数要比他们面对外国人时更频繁。在哈扎尔人集中的地方，尽管哈扎尔语是官方语言，但是官府欣赏的、重用的却是那些哈扎尔语讲得不好的人。凡精通哈扎尔语的人在说这门语言时无不尽可能显得结结巴巴，而且还要带点外国口音，这样就可无往而不利。在从事笔译的人当中，比如说把哈扎尔文译成希伯来文，或将希腊文译成哈扎尔文，身价高且最受欢迎的是那些经常译错——不管他是否故意——哈扎尔文的译者。

司法。 在和犹太人一起居住的地区，根据哈扎尔的法律，有些轻罪可判处一至两年的苦役；在和阿拉伯人一起居住的地区，同样的罪只判六个月的劳役；而在和希腊人一起居住的地区，上述那些轻罪根本不算犯法，所以也不会受惩罚。但在王国的中部，即人称哈扎尔人省的那个地区（尽管哈扎尔人占大多数），若犯同样的罪可判死刑。

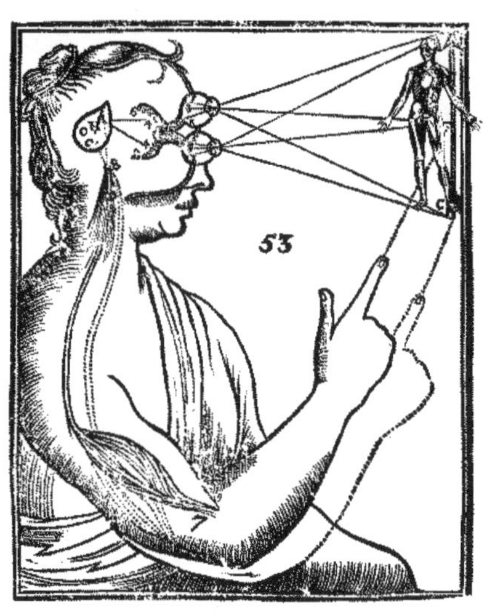

盐和梦。 哈扎尔语的字母取自菜肴之名，哈扎尔的数字源于不同种类的盐，因为哈扎尔人能分出七种不同的盐。哈扎尔人认为人之所以会衰老，是由于受到目光注视的缘故，不管是别人看你，抑或你看别人，目光对身体都会产生同样的作用：目光会用其情欲、憎恶、意图和欲望生出的五花八门的、最具杀伤力的武器侵蚀和撕裂你的躯体。只有上帝含盐的目光才不会使人衰老。哭泣是哈扎尔人祈祷的方式，因为眼泪归上帝所有。泪水里总含盐分，一如贝壳里面藏有珍珠。有时，女人们手拿一块头巾，一次又一次地折叠，这是她们在做祈祷。哈扎尔人还崇拜梦。不管什么人，只要他丢失了盐，那他便休想入睡。这是睡眠须知。我还要讲明一点，所以我得打个比方，这就好比我们听不到大路的声音，那是因为有马车的声音。哈扎尔人认为倘若你居住在某人的过去，那你就会被那人的记忆缠住，就好比你遭囚禁、受到诅咒一样；你再也无法改变任何东西，你的所作所为只能重复过去，你只能遇上你早就见过面的人，你甚至不会增岁变老……

迁徙。 一般认为，古时哈扎尔人的部落每十代人就要迁徙一次，通过这样的迁徙，这个原本尚武好战的民族逐渐演变成爱好经商贸易的民族。他们那种挥刀舞剑的敏捷身手突然变成了另一种才能：估算船只、田宅的价值，辨听金币的真伪及从事各类买卖。对哈扎尔人的这一演变，曾有许多不同的解释，其中最有说服力的解释是：哈扎尔人的生育能力可能发生了退化，为了使他们的人种继续存在，为了改善和更新他们的生殖能力，他们不得不通过迁徙来实现这一目的。一旦他们的生殖能力恢复，他们便返回故国，重握刀剑和长矛。

宗教习惯。 哈扎尔可汗不允许宗教介入国家的军务和政务。他说：‘马刀若是两头尖的话，那就可称为镐头了。’他对三种宗教，即犹太教、基督教及伊斯兰教一视同仁……不过，多人同食一盆饭，总会有人饥饿有人饱。我们的犹太教、基督教及伊斯兰教的根系均在外国，都会得到这三种宗教各自的信徒来自国外的力量的保护，而哈扎尔教是唯一没有境外势力支持的宗教。这样一来，遇上同样的困境，它在王国内所承受的压力比上述三种宗教大得多。换句话说，以上三种宗教的影响和势力不断扩大，而哈扎尔宗教却饱经磨难。例如：可汗新近欲缩小修士的活动范围，决定让每一种宗教各减去十座修道院或教堂。由于哈扎尔教信徒的人数远比犹太教、伊斯兰教和基督教的人数少，所以哈扎尔教堂所受的影响最大。哈扎尔教的境遇可谓每况愈下。哈扎尔人的公墓也逐渐消失。在希腊人居住区（如克里米亚）、犹太人居住区（如塔马达卡）或阿拉伯人居住区（如沿波斯边境一带），哈扎尔人墓地的大门一个接着一个被关闭，哈扎尔人的传统的葬礼遭到禁止，弥留之际的哈扎尔人被运往京都伊蒂尔周围地区，以寻找他们的安息之地，京都四周的哈扎尔人墓地尚未关闭。一路上，他们的灵魂在呻吟。'我们身后的过去还未达到足够的纵深度，'有些哈扎尔修士观察着所有这些情状，不由得发出了抱怨。'我们的人民得等到过去积累足够的时间，打下足够的地基，方可成功地创建未来。'

"有个现象很有意思：在哈扎尔王国，希腊人和亚美尼亚人信奉同一种宗教，但他们之间从未太平过。他们之间的争执和冲突显示出了双方当事人的才智，结局永远是一样的：希腊人和亚美尼亚人要求将他们双方的庙宇分开。由于哈扎尔国对他们利益的重视及保护，每次冲突后，他们双方的庙宇数目便扩大一倍，当然，这是以牺牲哈扎尔人的利益及宗教为代价的。

哈扎尔辞典。 此乃哈扎尔捕梦者的汇集。捕梦者代表着哈扎尔人中间一个非常强大的教派。这部辞典对他们来说不啻一部《圣书》和《圣经》。《哈扎尔辞典》是以不同男女的传记构成的一幅镶嵌画，画中唯一的角色是我们称之为亚当·喀德蒙的那位。我摘引这部辞典中的两段内容：

"'真理是透明的，人们无法觉察。而谎言是不透明的，光线和目光都无法将它穿透。还有第三种情况存在，即上述两者的混合状态，此为最常见的情况。我们一只眼睛的目光透过真理，消失于无限之中，而另一只欲透过谎言的眼睛就连我们自己的手指也看不见，这只眼睛的目光只能停留在咫尺之间，它与我们相依相伴，就这样，随着它歪歪斜斜地伸展，我们开辟了一条生活之路。有鉴于此，真理与谎言恰恰相反，真理无法被直接认识，只能通过两者的比较，即真理与谎言的比较，方可被认识。《哈扎尔辞典》书页中的空白处是同真谛和神圣之名（亚当·喀德蒙之名）构成的透明之窗相对应的。而空白处之间的黑色字母的位置正是我们的目光无法穿透的所在……

"'同样，字母也可与你穿的各种衣服作比较。冬天你用羊毛或裘皮裹身，你戴上围脖和衬里温暖的帽子，腰间紧束一根腰带。夏天亚麻开始上身，你扔掉了所有厚重的裹身之物，你穿得轻巧随便。而在夏季已尽，冬季未到这段时间，你时而添加衣服，时而脱减衣服——阅读也是这样。在你生命的不同阶段，你所读之书的内容对你也会产生不同的含义，因为你在用不同的方式组合你的衣服。眼下，《哈扎尔辞典》不过是大量的字母和无序排列的亚当·喀德蒙的各种化名。然而，随着时间的推移，你会穿起衣服，你将获取更多的内容……梦是被称为礼拜六这一现实中的一个礼拜五。梦在指引日子，并与这一天混合，每一天都必须进行这样的混合（礼拜四对礼拜天，礼拜一对礼拜三，等等）。谁懂得整体阅读，就会得到全部，就会拥有（亚当·喀德蒙）肉身的一部分……'

"我希望我的话能对依萨克教士有所帮助，我能说的已尽在于此。礼拜五称我为亚贝尔，礼拜天称我吐巴兰，只有礼拜六称我为犹巴尔。付出这番努力之后，我要歇息了，因为记忆是一次旷日持久的割礼……"

哈扎尔陶罐。 这只陶罐是某修道院一名见习修士收到的一份礼物，他将陶罐放置在修道院内他的密室里。一天晚上，他把戒指脱下放入罐中。但次日早上他欲将戒指取出时，发现戒指已不翼而飞。他一次次将手臂伸进罐内，可就是碰不到罐底。这使他好生纳闷，因为他手臂的长度明显要超过瓦罐的长度。他提起罐子，只见罐底平坦密实，没有任何洞孔或缝隙。他拿来一根棍子，插进罐内，但依旧无法触及罐底，这罐底像是在和他捉迷藏似的一直躲着他。他思忖道："我置身之处便是我之极限，"于是，他向其导师莫加达萨·阿勒·萨费尔✡☾求救，请他解释这究竟是怎么回事。后者拿起一块鹅卵石扔进罐内，开始计数。当他数到七十时，罐内传来一声"扑通"，就像有样东西掉进了水里，他道：

"我可以告诉你此罐的含义，但你得先考虑一下是否值得。因为当我一告诉你此罐是怎么回事后，对你及其他人来说，它的价值便一落千丈。其实，不管它本身身价如何，它不会比其他任何东西更有价值。只要我一对你说明它究竟是何物，它原来的功能和价值便全部消失，因此也不会是现在这个样子了。”

见习修士对导师的话没有异议，只见后者举起一根棍子砸碎了瓦罐。年轻的见习修士见状惊呆了，遂问导师为何要毁掉瓦罐，后者答道：

“要是先告诉你它是派什么用的，再将它砸碎，那才可惜呢。既然你不知道它的用途，那就不存在可惜了，因为这瓦罐对你的用处永远是一样的，就好比它没被打碎一样……”

事实上，尽管哈扎尔瓦罐消失已久，但它依然在起作用。

LIBER COSRI 犹太·哈列维✡所著关于哈扎尔人一书的拉丁文译本的书名，发表于1660年。译者约翰尼·布克斯托夫（1599—1664）将此书从希伯来文译成拉丁文。布克斯托夫与其父同姓同名，他年轻时便通晓古希伯来文。他把迈蒙尼德[①]的著作译成拉丁文（巴塞尔，1629年），他就重音符号和《圣经》字母中的元音符号问题与路易·卡佩尔[②]进行过长时间的公开论战。他于1660年在巴塞尔出版了哈列维著作的译本，在译本序中，他作了一点说明：他使用了由伊本·蒂蓬✡译成希伯来文的威尼斯版本。他的观点和哈列维一样，认为元音是字母的灵魂，故二十二个辅音中的每个辅音拥有三个元音。阅读就是将一块鹅卵石扔向另一块正在飞行的鹅卵石，辅音便是鹅卵石，而元音是这些鹅卵石的飞行速度。他认为早在挪亚时代，七个数字就被弄成鸽子的形状带上了挪亚方舟，因为鸽子数数能数到七。这些数字带有元音

① 迈蒙尼德（1135—1204），犹太教法学家、哲学家、科学家，主要著作有《犹太律法辅导》、《迷途指津》等。

② 路易·卡佩尔（1585—1658），法国基督教胡格诺派神学家，希伯来文学者。

כוזרי

LIBER

COSRI

Continens

COLLOQUIUM seu DISPUTATIONEM

DE RELIGIONE

Habitam ante nongentos annos, inter REGEM COSAREORUM, & R. ISAACUM SANGARUM Judæum; Contra PHILOSOPHOS præcipuè è Gentilibus, & Karraitas è Judæis; SYNOPSIN simul exhibens THEOLOGIÆ & PHILOSOPHIÆ Judaicæ, variâ & reconditâ eruditione refertam;

Eam collegit, in ordinem redegit, & in LINGUA ARABICA ante quingentos annos descripsit R. JEHUDAH LEVITA, Hispanus;

Ex Arabica in LINGUAM HEBRÆAM, circa idem tempus, transtulit R. JEHUDAH ABEN TYBBON, itidem natione Hispanus, Civitate Jerichuntinus.

JOHANNES BUXTORFIUS, FIL.

Cum PRIVILEGIO.

BASILEÆ,

Sumptibus AUTHORIS,

Typis GEORGI DECKERI, Acad. Typogr. A. cIↃ IↃc LX.

哈列维论哈扎尔人一书的扉页

（十七世纪巴塞尔版）

的特征，而不是辅音的特征。

哈列维论哈扎尔人一书的扉页（十七世纪巴塞尔版）尽管《哈扎尔信札》早在1577年就已问世，但直到1660年布克斯托夫所译的哈列维著作的译本面世后它才广为人知，原因是这个译本里增补了哈斯达伊・伊本・沙普鲁特书信及哈扎尔国王约瑟夫的复函。

卢卡列维奇（Luccari①，**叶芙洛茜妮娅（十七世纪）** 杜布罗夫尼克女贵族，出身世家，姓盖塔尔奇奇克罗霍拉奇奇，嫁于Luccari家族的一名子弟。她在自家豪宅里养了只笼中八哥，八哥的存在对这幢屋子起到了净化作用，墙壁上有个希腊时钟，每逢节日就会唱起圣歌和赞美诗。她常说打开生活中每一扇新的门就像玩扑克牌一样不确定，关于她有钱的丈夫，她是这么讲的：沉默和水是他的食粮。她因美色和举止放浪而艳闻四播；她辩白时开玩笑地说，情欲与贞操不愿走在同一条小径上，所以她每只手上都长有两个大拇指。她终日戴着手套，甚至吃饭时也不脱下来，她爱食红、蓝、黄三种颜色的菜肴，她所穿的衣服也是这三种颜色

① 拉丁文，姓氏，音译“卢卡列”。

的。她有一男一女两个小孩。一天晚上，通过把她的卧室和她母亲的房间隔开的那扇窗户，那个七岁小女孩看到了母亲生产。那只笼中八哥也在场，叶芙洛茜妮娅夫人生下一个长胡子的小老头，他的光脚上长着马刺，他呱呱坠地时嚷道：“一个饥饿的希腊人连天国都敢去，”他咬断脐带，顺手抓过一顶帽子而不是衣服，叫着他姐姐的名字，匆匆逃走了。小姑娘吓得目瞪口呆，带不走她也推不动她，后来大人把她送到康纳弗莱去，不想再见到她。传说叶芙洛茜妮娅夫人身上发生过这些事，因为她曾经站在面包上，传说她同杜布罗夫尼克犹太人区的一名名叫撒母耳・合罕✡的犹太人暗中私通。

对指责她放浪的说法，叶芙洛茜妮娅夫人只是冷冷地回答，她不从任何人那里接受教训。

“事实上，如果让我能从一百个

可爱、强壮、高贵的长黑发的老爷里进行选择，他们的时日也不会飞逝，我就会屈从于这种诱惑。不过在拉古萨，在一百年里连个这样的仆从都找不到！更何况谁又能等上一百年呢！”还传说她未出阁前即会巫术，出阁后成了巫婆，而死后必将当上三年的吸血僵尸，后一点大家都不相信，因为人们认为当吸血僵尸的大都是土耳其人，希腊人很少当，而犹太人就更没有一个当的。至于叶芙洛茜妮娅夫人，人们窃窃私语说，她暗地里信奉的是摩西的教。

不管怎么说，撒母耳·合罕被逐

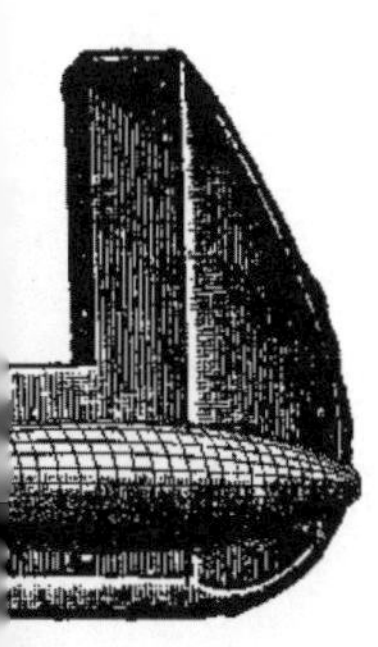

出杜布罗夫尼克一事，对叶芙洛茜妮娅夫人来说，不啻晴天霹雳，有传说讲她害了相思病，而且厉害得几乎要死去，因为从那天起她每天夜里都忧戚地把两只大拇指从两边收拢，紧紧地捏着拳头，像沉重的石头那样搁在心口。但是她并没有去寻死，有天早晨她离开了杜布罗夫尼克。有人在科纳夫拉和丹恰看到过她中午时分坐在坟墩上梳头，后来又有传说讲，她去了北方，去贝尔格莱德和多瑙河寻找她的情夫，得悉合罕已死在克拉多夫城郊后，她就再也没有回家。她剪去青丝，将其埋入土中，自此不知所终。叶芙洛茜妮娅香消玉殒，成了民歌反复吟咏的千古之恨。那些漫长、凄切的词句于1721年在左科托尔城被记录成文，然而保存至今的只有意大利文的译本，歌名为《正当妙龄的拉丁少妇和瓦拉几亚督爷德拉库拉》。意大利译本译笔不佳，但从中可以看到女主人公的遭际正是叶芙洛茜妮娅夫人命运的再现。众所周知，那位德拉库拉督爷的原型是一个叫弗拉德·马莱斯库的人，在十七世纪末十八世纪初的特兰西瓦尼亚平原确有其人。这首民歌的大意如下：

在白芦竹抽条的季节，有位美艳而又悲切的女人款步朝多瑙河行去，寻觅她已赴疆场的恋人。得知他已战死，她就去见德拉库拉督爷。督爷是医治悲伤的绝顶高手，双眼能洞悉明天的事。他的头发盖着几近黑色的颅顶，脸上有一条沉默的皱纹，下身有一只硕大无朋的阳具，每逢节庆日，他用丝线将一只燕雀拴于阳具之上，任它在身前扑翅飞动。他腰间挂着一只牡蛎壳，他用此壳可完美无缺地剥下活人的皮，再把那张皮穿在被剥皮者身上。为能让人甜甜蜜蜜死去，他炮制了种种药剂。他的院内住满吸血僵尸，它们边吹蜡烛边央求德拉库拉让它们再死一次。对于它们来说，死是触及生的唯一希望。他府邸的门把手曾自动转动使前方升腾起一小股气流，开始不停地旋转，旋转，所到之处，无坚不摧。这股气流已旋转了七千年。七千年来，这股气流中心的风眼处像一轮巨月把一切照得亮如正午。那名少妇前来拜谒时，德拉库拉督爷的仆人们正坐在旋风边上饮酒，一个提起盛酒的陶罐，一个哼唱悠长的歌子，一个仰头畅饮，一个渐渐苏醒。然后他们互换角色，周而复始。为了迎接女客到来，他们先用黄昏之音唱第一首歌，再用乡野之声唱第二首，最后的第三首叫《头对头》，内容是：

“春天，当鸟儿开始数多瑙河里的游鱼时，在大河的河口处，白芦竹抽条了（白芦竹抽条的时间只有三天）。那时间，咸水与淡水交融，白芦竹种子的生命力最强劲，萌芽的速度超过龟行，连往上爬的蚂蚁也赶不上白芦竹抽条的速度。在干旱的泥地里，白芦竹种子可以长眠两百年，但是一入水中，它在一小时内就可发芽生长，三刻钟至一小时嫩枝就能长到一米高，然后渐渐变粗，待到日落时分，一只手休想把竹竿握住。到了第二天，白芦竹的直径便和男人的腰围相若，高度可达房子的屋顶。渔夫可将鱼网挂在上面，竹竿不停地长高变粗，鱼网也就随之而被提出水面。鸟儿都知道，千万别把白芦竹种子和嫩芽吞进肚子，否则它们的肚子就要遭殃了。渔夫和牧羊人常看见某只正在飞翔的鸟儿突然身体崩裂，他们知道那鸟儿准定一时糊涂或被同类所骗，吞进了白芦竹的种子，不断生长的种子使鸟儿迅速解体而死。白芦竹的根部总有些被什么东西咬过的痕迹，据牧羊人说，白芦竹并非起于泥土，而是在水栖魔鬼的口中生长，并由魔鬼用吹口哨和喊话的方法，吸引飞鸟及其他馋嘴家伙来觅食种子。有的渔夫说，偶尔会有一只雄鸟不用它自己的精子而用白芦竹的种子使雌鸟受孕，于是地上便生出了死亡之蛋……”

吟唱完毕后，年轻女人放出她的几条猎兔狗，让它们去追逐狐狸。她走进德拉库拉督爷的塔楼，向他献上一包金币，请他医治她的悲痛。他用手臂搂住她，将她拥进他的卧房。在猎兔狗返回之前，他是不会让她离开的。他们次日清晨才分手。当天傍晚，有几个牧羊人在多瑙河边看见了那几条正在呜呜哀鸣的猎兔狗，一旁是个身破体裂的美貌少妇，那模样像一只吞下了白芦竹种子的鸟。白芦竹巨大的茎干上，至今依旧醒目地挂着她的丝长裙，而缠绕着她头发的白芦竹的根也一直在沙沙作响。少妇生下了一个电闪光影般的女儿——她自己的死亡。死亡中，她的美貌变成乳清和凝结的乳液，然后又渐渐分解，露出一张吸住了白芦竹的嘴……

莫加达萨·阿勒·萨费尔☾（八至九世纪） 最杰出的释梦者和捕梦者。据传，他构思编纂了《哈扎尔百科全书》的阳性部分，而阿捷赫公主▼完成了该辞典的阴性部分。阿勒·萨费尔编纂这部百科全书（或曰《哈扎尔辞典》），并非为了他的同代人及后代，他是用五世纪的古哈扎尔文编就这部辞典的，所以，他的同代人及后代无人能读懂该辞典。他在辞典里撰写的文字只为他的祖先所知。阿捷赫公主是阿勒·萨费尔的情妇，传说他曾用自己的胡子蘸葡萄酒为她洗胸脯。有人说他因阿捷赫公主和哈扎尔可汗之间的一次误会而遭囚禁致死。那次误会是由阿捷赫公主的一封信引起的，阿捷赫公主从未发过这封信，可信还是到了哈扎尔可汗手里。由于信里的内容与阿勒·萨费尔有关，可汗读后妒火中烧。信中写道：

> 我在你的靴内种上玫瑰，紫罗兰从你的帽子上长出。我在漫无尽头的黑夜中等你，降临于我身上的白昼有如一封被撕碎的信的残片。我将残片一一收起，欲拼读出你温柔的话语。但我读得很费力，因为时而会有陌生的笔迹和另一封信的片言只语闯进你的字里行间，于是，我的黑夜便混进了他人的白昼和信件。我等你归来，届时信和白昼将成为多余。我寻思：另一个人还会写信给我吗？黑夜还将漫无尽头吗？

另有一些史料认为（达乌勃马奴斯✡所指的开罗犹太教堂的手稿），这封信，或者说这首诗绝不是写给哈扎尔可汗的，而是写给阿勒·萨费尔的，信中内容涉及他和亚当·喀德蒙。总之，此信煽起了哈扎尔可汗的满腔妒火，或曰政治怨仇（原因是阿捷赫公主控制的捕梦者是一股强大的反对派势力）。阿勒·萨费尔遂被囚于悬在树下的一个铁笼内。阿捷赫公主年年都要托梦给他，给他送去她卧室的钥匙。这样，她便可减轻他的痛苦，她收买了一些魔鬼，其他一些人的部分生活构成了阿勒·萨费尔的生命，那些人每人轮流借给他几个礼拜的时间。在这期间，这对情人用非常特殊的方式互通信息：阿勒·萨费尔从铁笼下的河水里抓住乌龟或螃蟹，用牙齿在它们背上刻出几个字后，再将它们放掉。她也以同样的方式给他回信：将情书刻在铁笼下河流中的活龟背上，然后将它们放回河里。当魔鬼剥夺阿捷赫公主的记忆，甚至罚她忘却哈扎尔语时，她只能停止写信，而阿勒·萨费尔却不间断地传递信息，他欲使她想起他的名字及他的诗句。

几百年后，有人在里海岸边捕获两只乌龟，它们的背甲上刻着一些文字，这是两个相爱着的男女相互传递的信息。男的刻下的文字如下：

> 你从不早起，就像这个姑娘。嫁到邻村后，她不得不早早起床，当她第一次看见田野里的晨霜时，她说：“我们村里从来没这东西！”你的想法和她一样，你觉得世上不存在爱情，那是因为你起得不够早，无法遇上它，而它每天早晨都在，从不迟到……

那女的所刻的铭文较短，只有几行字：

寂静是我的祖国，沉默是我的食粮。我安生于我的名字之上，一如桨手坐在他的小船里。我恨你恨得夜不能寐。

莫加达萨葬在一座形如山羊的坟墓里。

哈扎尔大论辩▼ 据希伯来文的史料记载，这次大论辩是致使哈扎尔人改宗犹太教的关键。有关此事的文字材料很少且矛盾百出，所以人们甚至不知道大论辩的确切时间，改宗犹太教的日期与三名释梦者抵达哈扎尔首都的日期混在了一起。可追溯到十世纪的哈扎尔国王约瑟夫（已改宗犹太教）和哈斯达伊·伊本·沙普鲁特之间的通信是迄今保存下来的最早的史料，后者当时是西班牙南部科尔多瓦哈里发的一名大臣。哈斯达伊曾是一名犹太人，可汗根据他的要求，向他描述了哈扎尔人是在怎样的情状下接受犹太教的。据此信所述，改宗事件早在可汗布朗统治时期就已发生，恰好在阿尔达比勒被征服之后（约 731 年）。根据此信推断，哈扎尔可汗宫里关于宗教问题的论辩就是在那时发生的。由于犹太教使者战胜了阿拉伯使者和希腊使者，哈扎尔人在布朗的继承者奥巴迪亚即位后，便改宗犹太教。另一史料源自一封犹太人写的信的摘录，此信是 1912 年在英国的剑桥被发现的，是开罗犹太教堂的手稿中的一部分。信是 950 年一个哈扎尔裔的犹太人写给科尔多瓦宫廷的沙普鲁特大臣的，此信是国王约瑟夫给沙普鲁特大臣回信的补充。从信的内容来看，哈扎尔人改宗犹太教发生在大论辩之前，当时的情况是这样的：一名不再信教的犹太人英勇善战，成了哈扎尔人的可汗。他的妻子和岳父希望他趁此机会接受他们祖先信奉的宗教，但可汗犹豫不决。一天晚上，当他听了妻子的一席话后，终于下了决心（达乌勃马奴斯✡曾注过同样的内容）。他妻子的话是这样的：

> 天球赤道下面，在甜玫瑰和盐玫瑰争妍的山谷里，有一棵巨形毒牛肝菌。菌盖上，发臭的血液变成了花蜜，长出一只只美味可食的小蘑菇。雄鹿常常喜欢来此吃这些小蘑菇，以焕发它们雄性的力量。但是，那些啃得太深的雄鹿也会咬到毒牛肝菌，因而中毒送命。
>
> 每天晚上，当我吻着我心爱之人，我会这样想：总有一天，我也会咬得太深……

听完这番话后，可汗决定重新成为一个信奉宗教的犹太人。此事发生于大论辩之前，同一史料还表明了确切的时间为拜占庭皇帝莱昂三世统治时期（717—740年）。大论辩之后，犹太教完全进入了哈扎尔王国及其几个邻国，那是可汗撒勃里埃耳统治时期，这是可汗奥巴迪亚的又名。因为（据达乌勃马奴斯所言）在他统治时期，年份逢双他叫撒勃里埃耳，年份逢单便叫奥巴迪亚。

虽然希伯来文史料在时间上较其他史料晚些，但内容更具体，也更严谨可信。希伯来文史料即是犹太·哈列维✡的《哈扎尔人》，他是著名诗人及哈扎尔大论辩的史籍的整理者。他断定大论辩及哈扎尔人改宗犹太教这两大事件在他写此书之前的四个世纪就发生了，也就是说在740年。在此，还应说一下，巴歇曾在《米德拉西》犹太教讲解《圣经》的布道书，成于2—11世纪。中发现有关哈扎尔人皈依犹太教的内容。有关此事的种种传说在克里米亚、塔芒半岛及哈扎尔王国内的犹太城市塔马达卡的流传尤为广泛。

下述的内容是各种传闻、史料的中心点。在黑海沿岸可汗的夏京，那

儿的人秋天时将石灰抹在挂在枝头的梨子上，以求在冬季摘取新鲜的梨子。有一天来了三个神学家：一个是犹太人，一个是希腊人，还有一个是阿拉伯人。可汗把他和他的人民将要改宗的决定告诉了他们，并说他们三人中谁为他释的梦最令人信服，他便选择那人所代表的宗教。可汗梦见一个天神对他说："创世主看重的是你的意愿，而非你的举止。"于是，争论就围绕这几个字展开，达乌勃马奴斯所录的希伯来文史料描述了一波三折的论辩过程。

起初，犹太教使者伊萨克·桑加里✡沉默不语，他让希腊使者和阿拉伯使者先说话。正当可汗似乎快要赞同阿拉伯使者的一番话时，一位名叫阿捷赫▼的哈扎尔公主加入了进来，她用下述话语驳斥了阿拉伯使者：

> 你在和我说话时太富于智慧了。而我只见弥漫的云雾在山后消失，我的思维也随之飘逝。泪水有时会从云中滴落，然而，在云雾偶尔散去的刹那间，我瞥见一线蓝天及在蓝天深处的你的脸。只有在这刹那间没有任何东西能遮盖你原来的面目。

阿拉伯使者对可汗说他给哈扎尔人准备的不是陷阱，而是一本《圣书》，即《古兰经》，因为哈扎尔人还没有《圣书》："我们是由两个瘸子合为一体的，所以我们会大步行走，而你们还在跛行。"

这时，阿捷赫公主问阿拉伯使者：

"所有的书都有一父一母。父亲在母亲受孕后死去，将他的姓氏留给了孩子。分娩后的母亲先给孩子喂奶，再让他独自生活。请问谁是你们的《圣书》之母呢？"

阿拉伯使者无从回答，他再次重申了他准备的是《圣书》而非陷阱，说《圣书》是天父，是人类之间爱的信使。

于是，阿捷赫公主用下面这段话结束了这场舌战：

“波斯王沙赫和希腊皇帝为了谋求和平，决定相互交换数量极丰的礼物。于是，一名外交信使从君士坦丁堡出发，另一名则从伊斯法罕出发。两人在巴格达相会时得知纳迪尔，即波斯王沙赫已被废黜，而希腊皇帝也已驾崩。他俩只得在巴格达滞留下来。因为带了大量财宝，他俩的生命受到来自各方的威胁，他俩十分害怕。眼见钱财一天一天地减少，他俩心如火燎，于是就商量如何走出困境。其中一个说道：

“‘不管我们怎么做，都不会有好结果，还不如我们每人拿一个金币，把余下的都扔掉……’

“他们还真是这么做了。

“那么，由这些信使来传达的我们的爱会怎么样呢？这爱不也是掌握在那些各拿一个金币，再将余下的都扔掉的信使手中吗？”

可汗听了这一比喻后，认为公主言之有理，于是，就用这番话拒绝了阿拉伯使者的建议。这些话是由哈列维摘录的：

“共同生活在这个世界绝大部分地区的基督徒和伊斯兰教徒为何要用战争来侍奉他们各自的天主呢？尽管他们信奉各自天主的动机非常纯洁，一如僧侣守斋，修士祷告。他们通过杀戮来达到他们各自的目的，他们相信此乃靠近天主的必经之路。他们相互残杀，他们相信等待他们的将是天堂和永恒的幸福，而同时拥有两种信仰又是不可能的事。”

可汗最后说：

“你的哈里发拥有扬着绿帆的大船和狼吞虎咽的士兵。要是我们信仰你们的宗教，那么哈扎尔人留给他们自己的还有什么呢？既然要作出选择，那我们还是向已被希腊人驱赶出来的犹太人靠拢为好，靠拢那些在齐塔比亚时期从花剌子模今乌兹别克西北部地区。来到此地的可怜的流浪者们。他们除了聚集在犹太教堂里的信徒外，没有刀剑盔甲，没有军队，只有留下他们字迹的羊皮卷轴。”

说完，可汗转身朝向犹太教使者，请他说说他们宗教的情况。犹太教使者伊萨克·桑加里✡回答说，哈扎尔人用不着接受一个新的宗教。他们可以信仰他们原来的宗教。此语一出，四座皆惊，于是，犹太教使者又解释道：

“你们不是哈扎尔人。你们是犹太人，你们应该返璞归真：回到你们祖先永生的耶和华那儿。”

于是，犹太教使者开始向可汗口述教理。时间在慢慢流逝，他滔滔不绝地讲着。为了引起可汗的注意和兴趣，他先说了七样先于创世的事物：天堂、密西拿律法、司法、以色列、荣光宝座、耶路撒冷和麦西哈，即大卫之子。接着，他列举了一些更高一层的东西：永生的主之神灵、神灵之态、风之水和水之火。随后，他又列举了三位世母，即宇宙中的空气、水和火；生命体内的胸、胃和头；一年中的潮湿、冰冻和炎热。还有七个双辅音，它们是：“Beth”、“Ghimel”、“Daleth”、“Kaph”、“Pé”、“Resh” 和“Thav”，在宇宙中，它们是土星、木星、火星、太阳、金星、水星和月亮；在生命之魂中有智慧、财富、权力、生命、怜悯、子孙、和平；在年份中有星期六安息日、有礼拜四、礼拜二、礼拜日、礼拜五、礼拜三和礼拜一……

可汗开始明白上帝在天堂对亚当所说的话了，他道：“现在我备酒，他人在我后面饮。”

犹太·哈列维的著作里描述了可汗和伊萨克·桑加里✡之间曾进行过详尽长久的商讨，也提及了可汗改宗一事。

“据哈扎尔人的历史记载，此事过后，哈扎尔可汗由他的一名大臣跟随，出发前往沿海一带的荒山上，一天晚上，他来到一个山洞前，那儿聚着一群正在迎庆逾越节的犹太人。可汗和他的随从向他们作了自我介绍，并接受了他们的宗教仪式。他俩在山洞里行了割礼后返回了他们自己的国家，立即开始研学犹太律法。起初，他们牢牢地保守着他们改宗的秘密，直到他们认为时机已经成熟，才将此事告诉给一些可靠的朋友。朋友传朋友，渐渐地，知道此事的人越来越多，到头来，全国上下几乎无人不知，大家也就接受了犹太教。大家都希望从异国他乡得到书籍和导师，人们开始研习犹太教经籍……”

其实，哈扎尔人改宗犹太教是分两个阶段进行的。第一阶段始于730年，那时，哈扎尔人刚在南高加索战胜阿拉伯人，他们用战利品按《圣经》所描绘的样子建了一座圣殿。740年左右，犹太教的某些表面的形式已被接受。当时的哈扎尔可汗布朗邀请别国的一些犹太教拉比前来给哈扎尔人讲道。据说八世纪六十年代或八十年代胡萨特起义失败后，有些在哈扎尔宫廷避难的赫尔松居民，在一个犹太教拉比的带领下，率先皈依犹太教。

约800年，可汗奥巴迪亚进行了一次改革运动，他建造犹太教会堂，开设学校。哈扎尔人开始学习《密西拿》犹太教经籍。希伯来文原意为“反复教导”，是继《圣经》之后历史最悠久的权威性口传律法汇编。及犹太教礼拜仪式，犹太教就这样被哈扎尔人广为接受。

阿拉伯人在这次改宗过程中，起了决定性的作用。哈扎尔国的重要人物改宗犹太教之际，正值伊斯兰教的影响因哈里发的奥玛亚德王朝和阿波斯王朝之间的争斗而衰微之时。据马苏迪记载，哈扎尔国王是在阿波斯王朝第五代哈里发哈伦·赖世德在位期间（786—809）成为犹太人的，这与哈扎尔可汗奥巴迪亚的宗教改革运动的年代完全吻合。

伊萨克·桑加里✡（**八世纪**）犹太教拉比，参加哈扎尔大论辩▼的犹太使者。一直到十二世纪他才被称作一名《旧约全书》释读者及哈扎尔人▼改宗犹太教的引导者。他一直为发现和捍卫希伯来文的价值而努力，其实，他还熟谙许多其他语言。他认为各种语言的不同之处归纳起来只有一个特点：除了上帝的语言，其他所有的语言皆为痛苦的语言，皆为疼痛的辞典。他说："我发现痛苦是通过一条细缝从时间和我的体内流逝的，否则现在痛苦的数量要多得多。语言的状况亦如此。"R·基达利（约1587年）曾提到，伊萨克·桑加里在哈扎尔宫廷是用哈扎尔语回答别人提问的。据哈列维✡所述，桑加里运用了其导师拉比那鸿的学说，后者指出了贤哲是如何得到先知的预言的。"这是我从拉比马亚什那儿得知的，"拉比那鸿写道。据哈列维记载，桑加里也以同样的方式对哈扎尔可汗说："这是我从拉比马亚什那儿得知的，他则是从成双而行的讲道者那里听来的，而讲道者是从先知那儿得知摩西在西奈山上所得的训诫的。他们恪守规矩，不作个别传授，一位临终前的老者对其子的告诫明白地说明了这一点：

"'我的儿，以后你得放弃你的观点，即从我这儿学到的观点，你要接受我指给你的那四个人的观点。'

"'为什么呢？'做儿子的问，'难道你的观点没有他们的高明吗？'

"'这是因为，'老者回答说，'我的观点是从其他一些人那里获得的，而他们的观点又是从另一些人那里得到的。这样，我保持了我自己的传统，而别人也保持了他们的习俗，但你的观点是从一个人，即我这里得到的。应该舍弃一个人的观点，接受多数人的观点……'"

传说桑加里在哈扎尔宫廷里展开的大论辩中，抑止了阿拉伯使者的作用，他设法将大论辩安排在彗星无法遥助阿拉伯使者的时间内，安排在他所有的宗教信仰都能在一只装满水的罐里立足的那一天。而桑加里自己冒了很大的风险才参加了这次大论辩。达乌勃马奴斯✡撰文中曾提到此事：

> "伊萨克·桑加里搭船前往哈扎尔都城。船遭撒拉逊人的攻击，他们欲杀死船上所有的人。犹太人纷纷跳海逃命，却被海盗用船桨砍死。只有伊萨克·桑加里一个人平静地站在甲板上。撒拉逊人惊讶不已，问他为什么不像其他

人一样跳海逃命。

“‘我不会游泳，’桑加里撒谎道，他因此躲过一劫。

“海盗没有砍杀他，而是将他推入海里后离开了船只。

“‘体内的心脏好比战场上的国王，’伊萨克·桑加里认为，‘但是，人有时在战场上得表现得像体内的心脏。’”

桑加里就这样到了可汗的宫廷，与基督教使者和伊斯兰教使者一起参加了大论辩，他非常用心地为可汗释梦，并劝说可汗率领他的人民改宗犹太教，这是希冀未来远多于企求过去的宗教。天神托梦于可汗道：“创世主看重的是你的意愿，而不是你的举止。’桑加里用亚当之子赛特的故事解释了这句话：

“耶和华创造的亚当和亚当创造的他的儿子赛特之间有天壤之别，”桑加里对可汗道，“赛特之后所有的人都是神的意愿，但都属人的所为。所以，应该把意愿和举止区分开。意愿在人身上是纯洁的，是神圣的，它是动词，或逻各斯，它作为举止的概念先于举止而存在，而举止是尘世的，它有赛特之名。人身上的品质和缺陷就像这些一个套着一个的木偶玩具。若要真正地去发现一个人，唯一的方法就是从大到小逐个打开这些空心的木偶。所以，千万别以为那是天神在谴责你；最糟糕的谬误莫过于误解那句话的含义。你只要想一想你真正的本性即可……”

多罗塔·舒利茨博士

（克拉科夫，1944—）斯拉夫学家，耶路撒冷某大学教授；出嫁前姓克瓦什涅夫斯卡娅。无论是在克瓦什涅夫斯卡娅所毕业的波兰克拉科夫市雅吉隆大学的档案内，还是在授予多罗塔·克瓦什涅夫斯卡娅博士学位的美国耶鲁大学的档案内，都没有关于她的出身的资料。克瓦什涅夫斯卡娅是一名犹太女人和一个波兰人的女儿，生于非常时期的克拉科夫市，母亲留给她一个护身符，是她父亲生前佩戴的，护身符上写着 :“我的心是我的女儿 ; 当我与星辰并行时，我的心则与月亮和痛苦并行，痛苦在一切速度的边缘等待着……”克瓦什涅夫斯卡娅始终未能知道这句话出于谁的口。她母亲的哥哥阿什凯纳齐·肖列姆于 1943 年德国占领波兰，迫害犹太人期间失踪，但他在失踪之前搭救了她的妹妹。他费尽心血，冒用一个波兰女人的名字，为她妹妹弄到了一张假身份证，并娶她为妻。婚礼在华沙圣多马教堂举行，因此人们都认为这是一个入了基督教的犹太人同一名波兰女子的婚姻。他是个瘾君

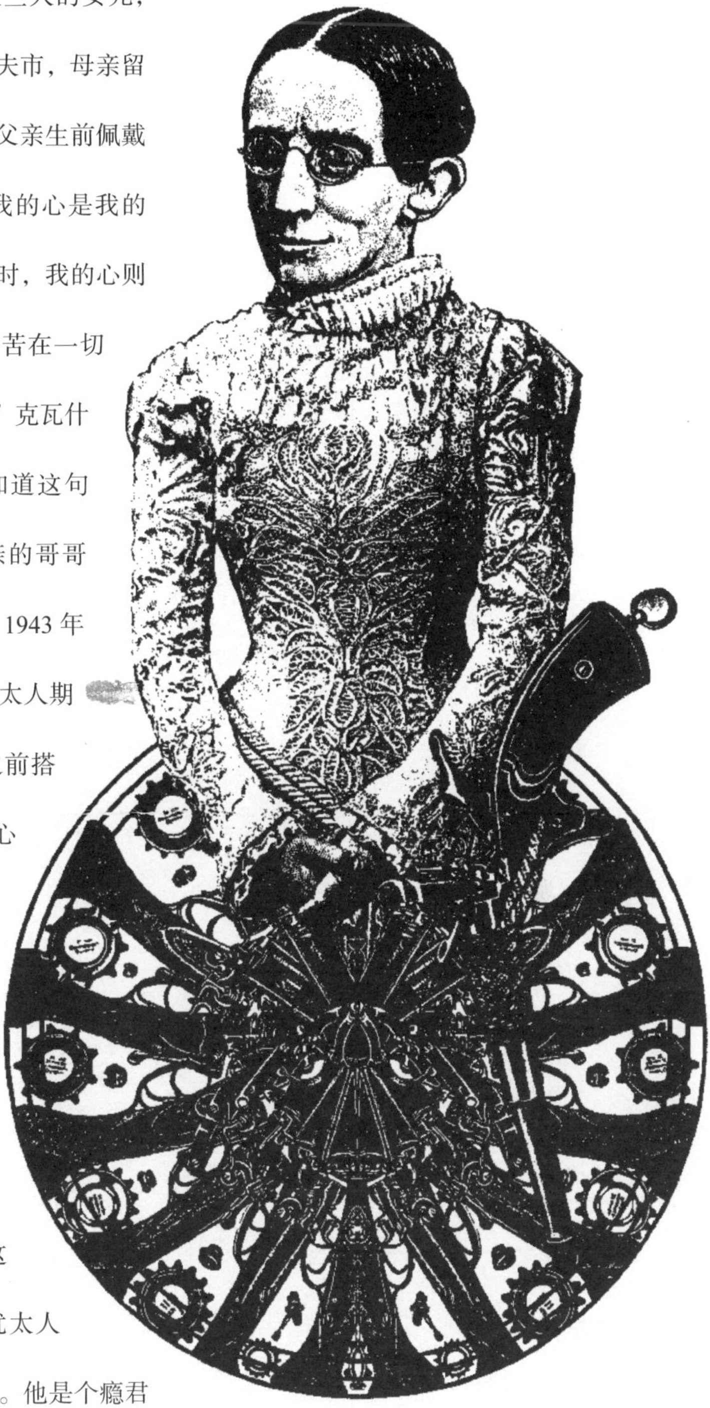

子，但不抽烟丝，而抽薄荷茶叶，当他被抓走时，他的妹妹，同时又是他妻子的安娜·肖列姆（她并未被识破，仍被认为是波兰女人，用的是她根本不认识的娘家的姓，叫安娜·扎凯维奇）便和她的丈夫（又是她的哥哥，这事只有她本人知道）离婚，这样便保全了自己的性命。不久她便再嫁，后夫是个鳏夫，姓克瓦什涅夫斯基，眼睛像鸡蛋一样布满许多细小的斑点；是个出言吐语并无棱角，可思想却充满棱角的外圆内方的人。安娜同他生了唯一的一个孩子，这就是多罗塔·克瓦什涅夫斯卡娅。多罗塔在斯拉夫学系修业期满之后，去美国深造，在那里就古斯拉夫文学问题通过了博士学位论文答辩，此后，她在大学生时代即与之相恋的以撒·舒利茨离美去以色列，她便随他同往。1967年以埃战争期间，以撒负伤，1968年，多罗塔与他完婚，自此便定居在特拉维夫和耶路撒冷，研读斯拉夫人的早期基督教史。她经常寄信到波兰去，信封上开的是她当年在克拉科夫的旧址，收信人是她自己。克瓦什涅夫斯卡娅（婚后姓舒利茨）这些寄给她自己的信，由她旧居的女房东原封未动地保存着，指望有朝一日能把它们交给克瓦什涅夫斯卡娅。这些信除一两封之外均为短简，实际上是多罗塔·舒利茨博士自1968年至1982年间的某种形式的日记。这些信所以同哈扎尔有关是因为从伊斯坦布尔的拘留所寄出的最后一封信涉及了哈扎尔大论辩▼。现将这些信按年代顺序援引于下。

1

特拉维夫，1967年8月21日

亲爱的多罗特卡[①]：

我在此地有这样的感觉，我平常

① 多罗塔的爱称。

吃的粗茶淡饭概由人家花钱，而守斋则自己付款。我知道当我提起笔来写这封信时，你在那边，在你的克拉科夫，在我们那间屋子里（那里天天都是礼拜五，人家总是把肉桂往我们肚子里塞，好像我们是苹果），你会变得比我稍微年轻些。可是你什么时候收到这封信，拆开来看的那一瞬间，就会比我老了。

以撒的伤势好多了，他住在前线医院，很快就可康复，这从他的笔迹就可知道。他来信说，他梦见了“克拉科夫的长达三个礼拜的寂静，其间有两次变得异常炎热，白天还稍稍有些焦味”。很快我就要同他重逢，但我害怕跟他重逢，不但因为他负了伤，关于他的伤情我还一无所知，而且还因为我们俩都是深埋在自己树荫下的树木。

我很幸运，不爱以撒的你，留在了那边，跟我们相隔万里。这样我同你就比较容易相爱了。

2

耶路撒冷，1968 年 9 月

多罗特卡：

这封信仅两三句话，你得永远记住：你所以要工作是因为你不会生活。要是你会生活，你就不用工作，任何科学对你来说就都不存在了。可是人家只教我们如何工作，却没有教我们如何生活。所以我不会生活。

以撒回来了。他穿上衣服后，看不见他的伤疤，还像过去那样俊美，活脱是一条学会了跳克拉科维克舞波兰的一种民间舞。的公狗。他爱我的右乳胜于左乳，我们云尤雨时的颠狂之态迹近于下流……我跟你讲定，我们这样来分配角色，你在那边克拉科夫继续从事科学研究，我则在这里学会生活。

3

海法，1971 年 3 月

我永远也不会忘怀的亲爱的多罗捷娅①：

很久没见到你了，不知道还能不能认出你来。也许你早就认不出我了，早就不在我们屋里（我们那间屋里的门把手老是要钩住袖子）想念我了。我时常忆起波兰的树林，想像着

① 也是多罗塔的爱称。

你怎样在昨天的雨帘下奔跑，从高枝上滴落的雨珠的声音反比从低枝上滴落的来得响。我回忆你小女孩时的模样，你长得那么快，比你的指甲和头发长得还快，与此同时，你心里对母亲的憎恨也在增长，而且增长得更快。难道我们应该这么憎恨她吗？此地的莽莽黄砂唤起我强烈的情欲，但我久已觉得我同以撒之间的关系有点儿别扭。这跟他跟我之间的爱情无关。这与第三者有关。跟他的伤疤有关。每天晚上，他躺在帐篷里的床上看书，我睡在他旁边，当我需要他抚爱时，便把灯熄掉。每回都有好几分钟时间，他一动不动地躺着，眼睛在黑暗中继续看着书本，每回我都感觉得出他的思想正顺着这些看不见的句子迅跑。此后他把身体转向我。可是我们的肌肤刚一接触，我立刻感觉到了他身上那个可怕的伤疤。每回我们作爱之后，各自躺在那里凝视着眼前的黑暗出神。几天前的一个夜晚于事毕之后我问他：

“那是在夜里吗？”

“什么在夜里？”他问，不知道我指的是什么。

“你受伤的时间。”

“是在夜里。”

“你知道是用什么使你致伤的吗？”

“不知道，但我想是刺刀。”

4

耶路撒冷，1974 年 10 月

亲爱的多罗特卡：

我正在阅读一本书，书中写的是斯拉夫人如何把梭标插在靴子里由山上来到海边。同时我在想被正字法和语言方面的层出不穷的错误（此乃文字发展的姊妹）所覆盖的克拉科夫有些什么变化。我想你必定依然故我，而我同以撒的变化则越来越大。我拿不定主意要不要告诉他。不管我们俩如何作爱，不管我们作爱作得如何快乐，不管我们作爱时做出什么动作，我的乳房和小腹自始至终都感觉到那把刺刀留下的伤疤。我事先就感觉到这个伤疤的存在，在我们的床上，它插在我和以撒中间。就这么一刹那工夫，一个人便用刺刀在别人身上签下了名，并永远把他的痕迹留在别人的肉体上，难道可以这样吗？这伤疤像一张嘴。只要我们，以撒和我，刚一相抱，这个伤疤，好似一张没有牙齿的嘴，便吻着了我的乳房。我睡在以撒旁边，在黑暗中望着他正在沉睡的地方。三叶草的气息盖过了马厩的气味。我等他翻身——人在翻身时易于警醒，我便可把他叫醒，他不会抱怨。有的睡梦是无价的，有的则贱如垃圾。我把他叫醒，问他道：

“他是左撇子吗？”

“看来是的，”他睡意朦胧地回答我说，但语气肯定，根据这点我明白他知道我在想什么。“我们的人把他俘虏了，第二天早晨将他带进我的帐篷。他蓄着络腮胡，一对碧绿的眼睛，头部受伤。人们带他来是为了让我看看这个伤口。是我把他打伤的。用枪托。”

5

再次由海法寄出，1975年9月

多罗特卡：

你没有意识到你生活在那边，生活在你的瓦韦尔山冈[①]上是何等的幸运，你无须经受我生活中的那种恐怖。你不妨设想一下，你在床上拥抱你丈夫的时候，却有一个旁的什么人来咬你，啃你，吻你。在以撒和我之间，现在躺着并且将永远躺着一个满面胡髭、长一对碧绿的眼珠的撒拉逊人！对于我的每一个动作，他作出的响应都要早于以撒，因为较之以撒的肉体，他离我的肉体更近。而且这个撒拉逊人并非臆造！这个畜生是个左撇子，他爱我左边的乳房胜过右边的！多罗特卡，你说这有多么可怖！你不像我，你不爱以撒，告诉我，我该怎么向他解释这一切？我把你抛在波兰，千里迢迢来到这里都是为了以撒，可是在他怀里，我却碰到了一个绿眼睛的怪物，它半夜里醒过来，用无牙的嘴咬我，啃我，时时刻刻都要我的身子。有时候以撒逼得我差点儿死在这个阿拉伯人手里。他无时无刻不在这里！他每时每刻都能够……

多罗特卡，我们的挂钟今秋走得何其匆忙，来春怕要慢下来了……

6

1978年10月

多罗捷娅：

那个阿拉伯人在我丈夫拥抱我时强奸了我，我再也不知道我是跟谁在我床上共享交欢之乐了。由于这个撒拉逊人的缘故，我觉得我的丈夫与过

① 瓦韦尔系波兰克拉科夫一丘冈名，古迹有圣母马利亚圆堂，哥特式天主教堂，皇家城堡及历代波兰帝王的墓穴。

去相比已判若两人，如今我用另外一种眼光来看他和理解他，这是难以忍受的。往事发生了突变，未来越是滚滚而来，往事的变化就越是剧烈，它变得比以前凶险了，像明天那样难以预测，在它那里每走一步都有紧闭着的门户拦住去路，从这些门里不时窜出活生生的野兽。每只野兽都有自己的名字。那头使我和以撒产生裂痕的野兽有一个凶残的长名字。你想得到吗，多罗特卡，我问以撒他叫什么名字，以撒竟然回答得出。他一开始就知道这人的名字。这个阿拉伯人叫阿布·卡比尔·穆阿维亚ʿ。他早在沙漠上的那天夜里，离野兽饮水处不远的地方，就开始干他那个勾当了。就像一切野兽那样。

7

特拉维夫，1978 年 11 月 1 日

被遗忘了的亲爱的多罗特卡：

你回到我的生活里来了，然而我却处于可怖的境况之中。在那边，在你的波兰，置身于浓重得可沉入水中的迷雾之间，你难以想像我为你作出的安排。我给你写这封信是出于最利己主义的考虑。我常常以为我是躺在黑暗之中，而且睁大着眼睛，其实屋里亮着灯，以撒在看书，我则闭着眼睛假寐。在床上，那个第三者仍跟过去一样，插在我跟以撒之间，我决定略施小计将其摆脱。但是谈何容易，因为战场局限于以撒的躯体。已经有好几个月了，每行房事，我总是从我丈夫身体的右侧向着左侧移动，以避开那个阿拉伯人的嘴。我都已经认为我挣脱了陷阱，不料在以撒身体的另一侧我又中了埋伏。我同那个阿拉伯人的还有一张嘴遭遇了。在以撒耳朵后边的头发下边我发现了第二个伤疤，我顿时觉得阿布·卡比尔·穆阿维亚把他的舌头插进了我嘴里。真叫人毛骨悚然！如今我名副其实地落入了陷阱——要是我避他的第一张嘴，那么在以撒身体的另一侧，第二张嘴正在等候着我。我拿以撒怎么办呢？我再也无法同他亲热了，因为我害怕我的嘴碰到那个撒拉逊人的嘴。瞧，如今我们的夫妻生活是在他的印记之下进行的。试问，你在这种情况下能怀上孩子吗？然而最最可怖的是前天发生的那件事。在撒拉逊人一而再的亲吻中，有一个吻令我忆起了我们母亲的吻。已有多少年了我没想起过她，可突然间，她自己出来让我想起她。而且是在什么样的情况之下呀！

奉劝那些个虽然穿着鞋子其实跟脱掉鞋子并无两样的人别再往自己脸上贴金了，可是他们受得了吗？

我开门见山地问以撒，那个埃及人是否还活着。你能料想到他是怎么回答的吗？他说那人还活着，而且在开罗工作。那人的脚步如同痰那样紧随着那人在世界上行走。我向你发出咒语：赶快来帮我的忙！也许你能把我从那个硬插进来的情夫手中搭救出去，要是你能把他的淫欲引到你身上，那么你既救了我，也救了以撒。记住这个该诅咒的名字：阿布·卡比尔·穆阿维亚，让我们各取所需吧，你把这个阿拉伯的左撇子带到你克拉科夫的床上去，而我呢，设法把以撒保留下来。

8

Department of Slavic Studies
University of Yale USA
October 1980[①]

亲爱的克瓦什涅夫斯卡娅小姐：

给你写信的是你的舒利茨博士。我是在课间休息时写这封信的。我同以撒一切如常。我的耳际还印满他乏味的吻。我们几乎已言归于好，何况现在我们的床已分搁在不同的大陆上。我工作很忙。在长达将近十年的间歇之后，我重又参加学术会议。不用太久我又将出差，这次去的地方离你比较近。两年后将在伊斯坦布尔举行讨论黑海沿岸问题的学术会议。我正在写学术报告。你还记得Wyke[②]教授和你的毕业论文《两位斯拉夫启蒙者，圣徒基里尔和梅福季的传记》吗？你还记得我们当年曾经参考过的德沃尔尼克的学术著作吗？现在这本书再版了，是增订本（1969年），写得那么饶有趣味，我名副其实地将其吞下了肚去。我的学术报告谈的是基里尔✝和梅福季两人哈扎尔之行的使命，可惜关于这件事的最重要的史料——基里尔本人的札记——早已失传。圣徒基里尔传[③]的编著者是谁，已不可考，他在圣徒传中说，基里尔将其在哈扎尔大论辩中的论据记在可汗宫中一套称之为《哈扎尔布道书》的书籍中。“谁想完整地找到他这次

---

① 英文，意为美国耶鲁大学斯拉夫学系，1980年10月。

② 波兰文，音译为韦凯。

③ 即前所提及的《圣徒康斯坦丁·索隆斯基传》。

所布的道，”基里尔传记的作者指出，“请阅基里尔的著作，该书由哲学家康斯坦丁的兄长，我们的老师和大主教梅福季加以翻译，分成八卷。”这部由基督教圣徒，斯拉夫字母的创造者用希腊文写成又被译为斯拉夫文的长达八卷的布道书竟会散佚得无踪无影，真是不可思议！会不会因为书中有过多的异教的邪说？会不会因为其中圣像破坏运动[①]的色彩过浓，虽对论辩有利，却不符合教义，因而遭到取缔？我又一次翻阅了伊林斯基[②]：苏联语文学家，有斯拉夫诸语言和共同斯拉夫语比较语法、斯拉夫文字的起源与沿革方面的著作。）所著1934年之前《有关基里尔和梅福季著作的系统化图书目录概述》一书，然后又翻阅了他的后继者们（波普鲁任科、罗曼斯基、彼得科维奇等人）的著述。我重又读完了莫森的著作。然后又阅读了他著作中所援引的关于哈扎尔问题的全部文献。但哪本书里都没提到过《哈扎尔布道书》曾引起过什么人的注意。这部书怎么可能消失得无影无踪，连一丝痕迹都没留下的呢？这个问题始终没有人注意到。要知道这部书不仅有希腊文的正式文本，而且还有斯拉夫文译本，由此可以推断当时一度曾广为流传。而且基里尔的论点不但在哈扎尔传教士团中，而且此后在来自萨洛尼卡的斯拉夫兄弟会的传教士团中，甚至在同“三语派”卫道者们的论辩中都必定被奉为圭臬。否则何以要译为斯拉夫文？我认为还是有可能找到基里尔的《哈扎尔布道书》的线索的，如果用比较法去找的话。要是系统地去研究关于哈扎尔大论辩的伊斯兰教的和犹太教的全部史料，说不定会发现有关《哈扎尔布道书》的线索。但问题在于我本人力量微薄，完成不了，单靠斯拉夫学家也完成不了，得要由东方学家和研究犹太古文化的专家参加。我看了Dunlopa的著作（*History of Jewish Khazars*，1954）[③]，即使在这本书里也没有哲学家康斯坦丁那本散佚了的《哈扎尔布道书》的蛛丝马迹。

你瞧见了吧，不只是你在你那座雅吉隆大学里从事科学研究，我在此地也在从事。我回到了我的本专业中，回到了我的青春年代，我的青春年代就其

① 八至九世纪前半期拜占庭发生的社会、政治和宗教运动，因反对供奉圣像，故名。

② 格·安·伊林斯基（1876—1937）

③ 英文，意为：邓洛普《犹太哈扎尔人史》，1954年版。

滋味而言一如由远洋轮从大洋彼岸运来的水果。我戴着一顶像篮子一般的草帽。戴着这种帽子，可以无须脱帽，就从集市上把樱桃装在里边带回家。每当克拉科夫市的大自鸣钟在午夜敲响时，我便老了一天，每当瓦韦尔山冈上响起教堂的钟声时，我便醒了过来。我嫉妒你永恒的青春。你的阿布·卡比尔·穆阿维亚可好？他是不是果真像我经常在梦中见到的那样有一对好似熏制过的干枯的耳朵和一根挺拔的鼻子？谢谢你把他取去自用。他的情况想必你都已知晓。真难以想象，他从事的工作竟跟你我从事的非常接近。我们跟他几乎是在同一领域里工作。他在开罗大学讲授比较近东宗教史，同时还研究古犹太史。你跟他在一起也像我跟他在一起那样遭罪吗？

爱你的舒利茨博士

9

耶路撒冷，1981 年 1 月

多罗特卡：

发生了不可思议的事。我从美国回来，在一大堆未拆开的邮件中有一份讨论黑海沿岸文化的国际学术会议参加者名单。你难以想像，我在那张名单里见到了谁的名字！也许这件事你比我知道得早？因为你有一颗未卜先知的心灵，这个心灵是无须理发师来烫发的。我看到了那个阿拉伯人的名字，就是把我从我丈夫床上撵走的那个家伙的名字。他将出席在伊斯坦布尔召开的国际学术会议。不过我不想引起你的误解。他去那里并非为了与我相见。我去伊斯坦布尔倒是为了最终能看到他。我早就认为我跟他的职业如此相近，我们迟早会一同去参加国际学术会议，使我们的道路最终交接的。在我的手提包里搁着我关于基里尔和梅福季的哈扎尔传教士团的报告，而在报告下边是一把斯密德维桑点 38 口径的 36 式手枪。谢谢你想把阿布·卡比尔·穆阿维亚博士取去自用而未果。现在我自己要拿他派用场了。你要爱我，爱的程度要与你不爱以撒的程度相等。现在这对我来说比以往任何时候都重要。我们共同的父亲将保佑我们俩……

10

伊斯坦布尔，“金斯敦”宾馆，
1982 年 10 月 1 日

亲爱的多罗捷娅：

我在前一封信上说，我们共同

的父亲将保佑我们。可是我的傻丫头，关于我们共同的父亲你又知道些什么呢？我在你那个年龄时，也一无所知，就像你现在一样。但我的新生活给予了我思索的时间。孩子，你知道谁是你的生身之父吗？你以为是蓄着一部乱如草堆的络腮胡子，给了你克瓦什涅夫斯卡娅这个姓氏、敢于娶你的母亲安娜·肖列姆为妻的那个波兰人？我认为不是他。你试着去回忆回忆那个我们怎么也不可能回忆起来的人。你还记得有个叫肖列姆·阿什凯纳齐的人吗，就是照片上那个脸上总戴着一副眼镜，坎肩的口袋里又戳出另一副眼镜的青年人。就是不抽烟丝而抽茶叶，一头漂亮的头发都汇集到两只像是蜡制的耳朵上的那个人。关于那个人，人家讲给我们听过，他曾说："搭救我们的是我们臆想中的那个牺牲品。"你还记得我们那位冒称娘家姓扎凯维奇，从前夫姓肖列姆，从后夫姓克瓦什涅夫斯卡娅的母亲安娜·肖列姆的亲兄弟兼第一任丈夫吗？你可知道究竟谁是她的两个女儿——你和我——的第一任父亲吗？过了这么多年后，你总该想明白了吧？你的舅舅，你母亲的亲兄弟兼做我们两人的生身之父岂不是轻车熟路吗？说实在的，为什么他就不能当你母亲的丈夫呢？我的亲爱的，你对这样的人伦关系作何想法？也许，肖列姆太太婚前没有男人，因而再婚时就不可能像第一次那样是个处子？很可能正因为这样，后人才以如此意想不到的方式记起她，并感到恐怖。不管怎么说，她的努力并未付诸东流，而且我认为要是她真是这么做的，那也做得对，一千个对，而且如果父亲可以由我来选择的话，我可不选别人，宁愿选我母亲的兄弟。深重的灾难，我的亲爱的多罗捷娅，深重的灾难教会了我们颠倒过来看我们的生活。

在这儿，在伊斯坦布尔，我已经认识了一些人。我不想让人家觉得我为人古怪，所以我跟谁都攀谈，天南地北无所不聊，嘴一刻也没停过。来此地出席国际会议的我的同行中间有一位是以撒洛·苏克博士†。他是考古学家和研究中世纪史的专家，熟谙阿拉伯语，我和他用德语交谈，用波兰语打趣，因为他懂得塞尔维亚语，他认为他是蛀蚀他自己衣服的蠹虫。已经有一百年了，他家一直在把同一只磁砖炉子由一幢房子搬至另一幢房子，但他认为二十一世纪不同于我们世纪之处是到那时人们将终于对无聊群起而攻之，可我们现在却把无聊当作脏水，到处乱泼。苏克博士说，我们就跟西绪福斯[①]一样，肩扛无聊之石往一座高山上爬去。而未来的人想必会一往直前地反对这一瘟疫，反对无聊的学校，无聊的书籍，无聊的音乐，无聊的科学，无聊的会面，这样他们就把厌倦从他们的生活和劳动中排除出去了，而这正是我们的始祖亚当所企求的。他说这番话时多少有一些开玩笑的味道，他喝酒时，不让人往他酒杯里添酒，他认为酒杯不同于手提香炉，可以不待旧的神香烧光就添加新的。全世界都在学习他写的课本，可要他自个儿来教他的课本他却教不了。他对他的学科有极其渊博的知识，然而他的学术地位却微乎其微，学问和名望不相符合。我把这个看法讲给他听时，他微笑着向我解释说：

"问题在于你完全可以当伟大的学者或者伟大的小提琴家（你知道吗，除了帕格尼尼[②]之外，所有伟大的小提琴家都是犹太人），只要当今世界三大国际——犹太国际、伊斯兰国际或者天主教国际——中有一个国际支持你，袒护你和你的成就的话。你属于三个国际中的一个。而我不属于任何国际，因此我出不了名。所有的鱼早已从我的手指缝中滑走了。"

"你最后一句话是指什么而言？"我诧异地问他道。

"这是对一千年前一篇哈扎尔文章的释义。而你，从你将要给我们作的报告来看，熟知哈扎尔问题。你怎么会对这句话感到诧异的呢？要不就是你从未见到过达乌勃马奴斯的那本书？"

必须承认，他的话使我大为困惑。特别是在他提到达乌勃马奴斯的《哈扎尔辞典》时。如果确实有过这部辞典的话，那么据我所知，没有一本留传下来。

亲爱的多罗特卡，我看到了波兰的雪，看到了雪花怎样在你双眸中变成泪水。我看到了跟一捆葱一起吊在杆子上的谷物，看到了停在屋顶的炊烟中取暖的小鸟。苏克博士说，时光由南方而来，在特拉雅诺夫桥渡过多瑙河。此地没有雪，天上的云朵活像那种把鱼抛出水面的波浪，只是不翻腾而已。苏克博士还让我注意一个情况。在我们宾馆里住着一家古怪的比利时人，姓范登·斯巴克。像这样的家庭我们这儿从来没有过，我也永远不会建立这样的家庭。这是个三口之

① 希腊神话人物，在冥土中受罚，永远推巨石上山，将及山顶巨石又复落下，如此循环不止。

② 帕格尼尼（1782—1840）：意大利小提琴家和作曲家，开创了小提琴艺术史上的新时代。

家：父亲、母亲和儿子。苏克博士称他家为“神圣家族”。每天早晨用早餐时，我都观察这一家子怎么进食；一家人都吃得脑满肠肥，有一回我偶然听见斯巴克先生开玩笑说：跳蚤不咬肥猫……他常常出神入化地弹奏一种乐器，这种乐器不知叫什么，是用白乌龟壳做的。那个比利时女人从事绘画，而且画得惟妙惟肖。她拿到什么就在什么上画：毛巾、茶杯、刀子、她儿子的手套上都有她的画。小男孩四岁，头发剪得很短，名叫马努伊尔，他不久前才刚刚学会说完整的句子。他吃完一个小圆面包之后，走到我桌子跟前，直勾勾地盯着我，那神态像是坠入了我的情网。他眼睛四周全是一个个像小路上的小石子一般的斑点，他好几次问我：“你认出我来了吗？’我摩挲着他的头，像是在摩挲一只小鸟，而他则吻着我的手指。他把他父亲（那人活脱是个哈西德教派的长老）的烟斗递给我，要我抽。他喜欢一切红、蓝、黄颜色的东西。他爱吃这三种颜色的一切东西。有一回我发现了他的一个生理缺陷，不禁毛骨悚然：他的两只手上都有两个大拇指。怎么也闹不清他哪只手是右手，哪只是左手。但看来他还不懂得这是缺陷，从不将他的手避开我，虽说他的父母总是给他戴上手套。我不知道你是否信我的话，有时候他的手一点儿也不使我觉得不自在，我不再认为这是畸形。

今晨吃早饭时，我听说阿布·卡比尔·穆阿维亚已到达伊斯坦布尔，出席国际学术会议，这下有什么东西好教我不自在了。“……淫妇的嘴滴下蜂蜜，他的口比油更滑，至终却苦似茵陈，快如两刃的刀。他的脚，下入死地，他脚步，踏住阴间。”[①]《圣经》上如是说。

11

伊斯坦布尔，1982年10月8日

多罗婕娅·克瓦什涅夫斯卡娅小姐——克拉科夫。

你的利己主义和残酷的判决令我震惊。你毁灭了我的生活和以撒的生活。我一直害怕你的科学，预感到它会给我带来灾祸。那天早晨我去吃早饭时，决定结果穆阿维亚，待他一走

① 见《圣经·旧约全书·箴言》第五章第三、四节。

进宾馆内我们用早餐的小花园，就开枪把他打死。我一边坐在那里等他，一边观察着飞过宾馆的鸟怎样把影子投到墙上，影子又怎样迅疾地向前移动。这时发生了一件怎么也料想不到的事。有个人走进了花园，我立刻猜出这人是谁。他的脸黝黑得像面包，头发花白，他的唇髭里仿佛嵌有好些鱼骨头。只有他太阳穴的伤疤上长着一撮怪里怪气的乌黑的头发，这撮头发竟不变白。穆阿维亚博士径直走到我的桌子前，请求我允许他坐下。一望而知他是个跛子，他的一只眼睛眯得很细，活像一张闭紧的小嘴。起初我呆住了，后来我把手伸进包里，打开了手枪的保险，环顾着四周。花园里除了我们两人之外，只有四岁的马努伊尔；他在邻桌的桌子底下玩。

“请坐，”我说，那人把一叠东西放到桌上。这叠东西将使我的命运发生遽变。这是一叠纸。

“我知道你报告的题目，”他一边说，一边坐了下来，“正因为如此，我想就与此有关的一个问题向你谈谈我的浅见。”

我们用英语交谈。他的两排牙齿微微磕碰，他跟我不同，他觉得冷，他双唇不时打颤，可他并不设法止住颤抖。他把手捂在烟斗上取暖，把烟喷入袖口之中。他的那个问题同基里尔和梅福季的《哈扎尔布道书》有关。

“我翻阅了所有同《哈扎尔布道书》有关的著述，任何一本书中都未提供这部书有否流传至今的线索。其实基里尔的《哈扎尔布道书》留传了下来，早在数百年前即已铅印成书，不可思议的是竟没有一个人知道这件事。”

我大为震惊。这人如此肯定的这件事很可能是我那个学术领域——斯拉夫学领域内自其存在以来的最大发现，如果他所言属实的话。

“有什么不可思议的呢？”我诧异地问道，并不太有把握地谈了我对这个问题的看法，“基里尔的《哈扎尔布道书》，凡学术著述均未提及，只有《圣徒基里尔传》中提起过，我们是从圣徒传中得知有过这么一本书的。因此要说布道书有什么手稿或者印就的书留传了下来的话，那就滑天下之大稽了。”

“我当初加以考证的正是这一点，”穆阿维亚博士说道，“从现在起，学术界可以知道，反过来说才是正确的……”

于是他把搁在我面前的那一叠纸——一叠复印件递给我。*在把复印件递到我手里时，他的大拇指碰到了我的大拇指，两个拇指的相接使我浑*

身起了鸡皮疙瘩。我产生了一种感觉，我们的过去和现在全部汇集到了我们的手指上，并已交接在一起。这下我恍然大悟，我刚要阅读那叠纸的文字时，何以会有片刻工夫不知该从何着手，不自觉地把自己的情感融于这些文字之中了。在这一自我遗忘的片刻，每行文字虽已读过，却不解其意，一无收获。好几个世纪在这片刻之间流逝。稍后，当我重返自我，重又进入阅读的航道时，我发现我这个阅读者所返回的码头，已不是适才那座涌向大海的情感码头。不阅读这些文字我的收获远比阅读后的收获多。我问穆阿维亚博士，布道书怎么会落到他手里的，他的回答使我更加惊奇。

“重要的不是布道书怎会落到我手里的。十二世纪时布道书为你的同族人犹太·哈列维所拥有，并将其引用到他写的关于哈扎尔的著述中。他在描述那场著名的论辩时，援引了这场论辩的基督教参加者的话，称那人为‘哲学家’，也就是说同《圣徒基里尔传》的作者在描绘那场论辩时对那人的称呼完全一样。在这部犹太教的史料中没有提基里尔这个名字，就如没有提阿拉伯参加者的名字一样，只是引用了基督教参加者基里尔的称号。这就是为什么至今没有一个人到犹太·哈列维的哈扎尔编年史中去寻找基里尔的布道书的原因所在。”

我注视着穆阿维亚，觉得他同几秒钟前与我同桌的那个长着一对绿眼睛的伤兵一无共同之处。他所有的论据都那么令人信服，那么清晰，而且完全符合学术界已经知晓的事实，这使人不能不感到奇怪为什么过去从来没想到过用这种办法去寻找这部布道书。

“可这里边还有个漏洞，”我还是向穆阿维亚博士谈了我的看法，“哈列维的文章写的是八世纪的事，而基里尔的传教士团去哈扎尔则是在九世纪，即861年。”

“凡知道捷径的人，也可绕道而走！”穆阿维亚针对我的话说。“我们感兴趣的不是日期，而是出世比基里尔晚的哈列维在写他那本关于哈扎尔的著作时手头有没有《哈扎尔布道书》。还有在这本引用了哈扎尔大论辩中基督教参加者的言论的著作中有否运用过这部布道书。我立刻就可回答这个问题，在哈列维笔下这名基督教哲人的言论同流传至今的基里尔的言论，毫无疑问是吻合的。我知道你是《圣徒基里尔传》英文本的译者，不消说得，你可以毫不困难就说出某个论点的出处。请告诉我，譬如说吧，人的位置介于天使和畜生之间这个论点是谁说的。”

不用说，我马上把原话背了出来：

“‘创造天地万物的上帝把人造得介于天使和畜生之间，语言和智慧使人不同于畜生，怒气和淫欲又使人有别于天使，由于这些特性，人或接近崇高，或接近卑下。’”我指出，“这句话见诸圣徒传中有关基里尔率领的阿加尔[①]传教士团的那一章。”

“完全正确，但是在哈列维那本书的第五章中，就是他同那位名叫哲学家的人辩论的那一章中，也有与此相同的话。除此之外，其他相同之处也不少。其中最重要的是哈列维书中所写的那位基督教学者在哈扎尔大论辩中所探讨的问题，恰恰是圣徒传中写明是基里尔在大论辩时所讨论的。这两本书中都谈了圣三位一体，摩西之前的法律、几种禁食的肉和巫医，都引用了相同的论点，诸如当人的肉体最衰弱的时候（五十岁左右），其灵魂却最有力等等。最后一点是哈列维在其书中讲，哈扎尔可汗指摘大论辩的阿拉伯参加者和犹太参加者说，他们的经书（《古兰经》和《摩西五经》）所使用的语言是哈扎尔人、印度人和其他一些民族的人所丝毫不懂得的。而这也是《圣徒基里尔传》中在描述反对“三语派”卫道者（指那些认为只有用希腊语、古犹太语和拉丁语才可礼拜上帝的人）的斗争的那一节中所援引的主要论据之一。这就很清楚了，在这个问题上，可汗受了大论辩的基督教参加者的影响，并作出了相应的结论，我们从其他来源也可得知，这些结论的确出之于基里尔。哈列维不过是转述而已。

① 历史学家对阿拉伯游牧部族的称呼。

“最后，还有两点必须加以注意。第一，我们没有掌握已散佚了的康斯坦丁·索隆斯基（基里尔）的《哈扎尔布道书》的全部内容，也不知道其中有多少被引用到哈列维的著述中。可以假定，这类被引用的材料比我带到这里来的要多。第二，哈列维的著述中，恰恰是涉及大论辩的基督教参加者那一章被删节得支离破碎。这一章在阿拉伯的史料中没有保存下来，但在后来问世的希伯来文译本中却有这一章，可知其时哈列维的著述，尤其是涉及十六世纪的，众所周知，被基督教教会查禁。

“简而言之，哈列维关于哈扎尔的那本书把基里尔的《哈扎尔布道书》的一部分传至我们，虽然这部分的规模有多大，我们现在还不知道。不过，在此地伊斯坦布尔，”穆阿维亚博士结束他的话说，“将有一位叫以撒洛·苏克的博士出席我们这次的学术会议，他熟谙阿拉伯语，专门研究关于哈扎尔大论辩的伊斯兰教史料。他曾讲给我听，他有一本出版于十七世纪的《哈扎尔辞典》，编纂者是某个叫达乌勃马奴斯的人。从这本辞典中得知，哈列维曾运用过基里尔的《哈扎尔布道书》。因此我来请求你去同苏克博士谈一谈。他未必肯同我谈。他感兴趣的只有生活在一千年之后或者一千年之前的阿拉伯人。至于其他的人，他没有时间去同他们谈天说地。你能不能介绍我认识苏克博士，弄明白这个问题……”

阿布·卡比尔·穆阿维亚博士就这样结束了他的长篇大论，我顿时豁然开朗，脑子里所有的线索一下子都连接了起来。当你忘却了时间朝什么方向流逝时，爱情会帮助你确定这个方向。爱情始终是时间的源流。过去多少年了，可我又被你对科学的那种痴情占据了我的身心，于是我背叛了以撒。我没有开枪，却跑去找苏克博士，把我那份报告和报告下边的枪留在了花园里。花园门口一个侍应生也没有，厨房里有人把一片面包蘸蘸火，放进嘴里吃掉。我看到范登·斯巴克由一间房间里走出来，这个房间我知道是苏克博士的。我叩了几下苏克博士的房门，没有人答应。我身后什么地方有放轻了的脚步声，在脚步声与脚步声之间我感到有一股女人身体的热气。我又叩门，门在我的扣击下微微打开了点儿。原来门没有上锁。我先只看到一只床头柜，上边放着一只小碟子，碟子里搁着一只鸡蛋和一把钥匙。我把门推开后，不由得惊叫了起来。苏克博士躺在床上，被人用枕头闷死了。他直僵僵地躺在那里，咬着唇髭，仿佛急匆匆地在风里走。我尖叫着拔腿就逃，就在这一瞬间，小花园里响起了枪声。枪声只响了一下，可我的两只耳朵却是一先一后听见的。我立刻听出这是我那把枪的枪声。我飞也似的奔进花园，只见穆阿维亚博士横在花径上，头颅已破碎……那个孩子则戴着手套在邻桌上喝巧克力，仿佛什么事也没发生……除他之外，花园里寂无一人。

我立刻被捕了。斯密德维桑左轮手枪上只有我的手印，这成了我的罪证。我被控蓄意谋杀阿布·卡比尔·穆阿维亚博士。这封信我是在拘留所里给你写的，我对所发生的一切一无所知。我真是如坠五里雾中……是谁杀死了穆阿维亚博士？你瞧，居然是我！说是一个犹太女人杀死了一个阿拉伯人，以泄心中之恨！整个伊斯兰国际，整个埃及和土耳其舆论界都对我口诛笔伐。“仇敌起来攻击你，耶和华必使他们在你面前被你杀败；他们从一条路起来攻击你，必从七条路逃跑。”[①]怎么才能证明你没有做你确实想做的那件事？必须找到一个天衣无缝的谎言，一个如呼风唤雨之父那么可畏而又有力的谎言，才能使真相大白。要构想出这种谎言的人得用犄角来替代眼睛。如果真能找到的话，我就能活下去，把你从克拉科夫接到以色列我那儿去，我们将重又回到我们年青时代的科学中去。我们臆想中的牺牲品将搭救我们——我们两个父亲中的一个如是说……他的善心是多么难以忍受，更别说愤怒了。

又及：附上哲学家的引文，录自哈列维论哈扎尔人一书（*Liber Cosri* ☾）。穆阿维亚博士认为这些引文确系已经遗失的《哈扎尔布道书》节录，其作者为哲学家康斯坦丁，或圣基里尔：

① 见《圣经·旧约全书·申命记》第二十八章第七节。

היהודים די לי במה שהוא
נראה משפלותם ומיעוטם
ושהכל מואסים אותם וקרא
לחכם מחכמי אדום ושאל
אותו על חכמתו ומעשהו ו
ואמר לו אני מאמין בחדוש
הנבראות ובקדמות הבורא ית'
ושהוא ברא העולם כלו
בשש' ימים ושכל המדברים
צאצאי אדם ואליו הם מ
מתייחסים כלם ויש לבורא
השגחה על הברואים והדבקות
במדברים וקצף ורחמים
ודבור והראות והגלות לנביאיו
וחסידיו והוא שוכן בתוך
רצויו מהמוני בני אדם וכללו
של דבר אני מאמין בכל מה
שבא בתורה ובספרי בני
ישראל אשר אין ספק ב
באמתתם בעבור פרסומם
והתמדתם והגלותם בהמונים
גדולים [ובאחריתם ו
ובעקבותם נגשמה האלהות
והיה עובר ברחם בתולה
מנשיאות בני ישראל וילדה
אותו אנושי הנראה אלקי
הנסתר נביא שלוח בנראה
אלוה שלוח בנסתר והוא
המשיח הנקרא בן אלקים
והוא האב והבן והוא רוח
הקדש ואנחנו מיחדים א
אמתתו ואם נראה על לשוננו
השלוש נאמין בו והאחדו ו

Ad Judæos quod attinet, ſatis mihi eſt cognita illorum humilitas, vilitas, paucitas; & quòd illos ab omnibus reprobari & contemni videmus (*ut non opus ſit, illos audire*).

Accerſivit itaq; Sapientem ex Edomæis, (*h. e. è* [1.] *Chriſtianis*) & quęſivit ex eo de Sapientiâ & Operibus ſeu Actionibus ipſius. Qui ei dixit; Ego credo Innovationem Creaturarum (*i. e. omnia eſſe creata, non ab æterno*), & Æternitatem Creatoris Benedicti; quòd ſc. ille Mundum totum creaverit ſpatio ſex dierum; quòd omnes homines rationales ſint progenies Adami, ab illo familiam ſuam ducentes; quòd ſit Providentia Dei ſuper res creatas, quòd item adhæreat rationalibus (*h. e. ſe communicet cum hominibus*): credo etiam Dei iram, amorem, miſericordiam, ſermonem, viſionem, revelationem Prophetis & viris ſanctis factam; denique, quòd Deus habitet inter eos qui accepti ipſi ſunt ex humano genere. Summa: Credo omnia quæ ſcripta ſunt in Lege & libris Iſraëlitarum, de quorum veritate nullus eſt dubitandi locus, eò quòd illa publicata, vel, publicè geſta, continuè conſervata & propagata, revelataque ſint in maxima hominum turba & frequentia. [Et [2.] in extremo ac fine illorum (*Reipublicæ & Eccleſiæ Judæorum*) incorporata (*incarnata*) eſt Deitas, tranſiens in uterum virginis cujuſdam è primariis inter Iſraëlitas, quæ genuit eum Hominem viſibiliter, Deum latenter, Prophetam miſſum viſibiliter, Deum miſſum occultè. Hicque fuit Meſſias, dictus Filius Dei, qui eſt Pater, Filius, & Spiritus Sanctus, cujus Eſſentiam unicam eſſe credimus & fatemur. Licet enim ex verbis noſtris videatur, nos Trinitatem vel Tres Deos credere, credimus tamen unitatem. Habitatio autem ejus fuit inter filios Israël, summo ipsorum cum honore, quandiu Res Divina ipsis adhæsit (*durante Templo*), donec illi rebellarunt contra Messiam istum, eumque crucifixerunt. Tum conversa fuit Ira Divina continua super eos, gratia verò & Benevolentia super paucos (*è Judæis*) qui sequuti sunt Messiam, & postea etiam super alios populos, qui hos paucos sunt sequuti & imitati, è quibus nos sumus. Et quamvis non simus Israëlitæ, longè potiori tamen jure nobis nomen Israëlitarum debetur, quia nos ambulamus secundum verba Messiæ, & Duodecim Sociorum (*h. e. Discipulorum vel Apostolorum*) ejus è filiis Israël, loco Duodecim tribuum, prout etiam populus magnus è filiis Israëlis sunt sequuti illos Duodecim, qui fuerunt quasi Pasta populi Christiani. Unde nos digni facti sumus Dignitate Israëlitarum, & penes nos nunc est potentia & robur in terris, omnesque populi vocantur ad fidem hanc, & jubentur adhærére ei, atque magnificare & exaltare Messiam, ejusque Lignum (*h. e. Crucem*) venerari, in quo crucifixus fuit, & similia: Judiciaque & Statuta nostra sunt partim Præcepta Simeonis socii (*h. e. Petri Apostoli*), & partim Statuta Legis, quam nos discimus, & de cujus veritate nullo modo dubitari potest, quin à Deo sit profecta. Nam in ipso Evangelio in verbis Messiæ habetur; *Non veni ut destruam præceptum aliquod ex præceptis filiorum Israël, & Mosis, Prophetæ ipsorum, sed veni, ut illa impleam & confirmem, Matth. 5.*]

ומשכנו בתוך בני ישראל ל לכבוד להם כאשר היה הענין האלקי נדבק בהם עד ך׳ ז המרדם במשיח הזה ות תלוהו ושב הקצף מתמיד עליה׳ והרצון ליחידים ההולכים אחרי המשיח ואחרי כן לאומות ההולכים אחרי היחידים האלה ואנחנו מהם ואם לא נהיה מבני ישראל אנחנו יותר ראוי שנקרא בני ישראל מפני שאנחנו הולכים אחרי דברי המשיח וחביריו. מבני ישראל שנים עשר במקום השבטים ואחר כן הלכו עם רב מבני ישראל אחרי השנים עשר ההם והיו כמחמצת לאומת הנוצרים והיינו אנו ראוים למעלת בני ישראל והיתה לנו הגבורה והעצמות בארצות וכל האומות נקראים אל האמונה הזאת ומצוים להדבק בה ולגדל ולרומם למשיח ולגדל את עצו אשר נתלה עליו והדומה לזה ודינינו וחקינו ממצות שמעון החבר וחוקים מן התורה אשר אנו לומדים אותה ואין ספק באמתתה שהיא מאת האלקים ; וכבר בא באון גליון מדברי המשיח לא באתי לסתור מצוה ממצות בני ישראל ומשה נביאם אבל באתי לחזקם ולאמצם ;]

N O T Æ.

[ל.] *Ubi prima editio habet* אֱדוֹם, h. e. Christianum; *pro eo in secundâ substitu*

犹太·伊本·蒂蓬（二十世纪） 他将犹太·哈列维✡的《哈扎尔人》由阿拉伯文译成希伯来文。译本于1167年面世，译文的质量瑕瑜互见，对此有两种解释：其一，译本刚印制即遭基督教宗教裁判所的贬斥和查禁；其二，蒂蓬本人负有责任，但也是当时环境所致。

当伊本·蒂蓬和他未婚妻情意绵绵之时，他的译文就显得很忠实；当他心情苦闷时，他的译文准确达意；若遇冬天寒风凛冽，他的译文就变得拖沓、啰嗦；若逢雨天，他便会随意发挥，添加说明文字，从而偏离原文，当他快乐得意之时，便有误译出现。

每译完一个章节后，蒂蓬就像翻译《圣经》的古亚历山大学派的译者所做的一样，让人一面读他的译文一面从他身边往远处走，而他自己则一动不动地凝神谛听。随着距离的拉长，译文中有些音节和句子会消失在风中和墙隅间，其余的声音则会从林中树丛折返回来。它们穿过大门或栅栏后，名词及元音逐渐减弱，最后跌落在楼梯的踏步上，就这样，这些声音出发时是男声，而完成旅行时却变成女声了。若在远处，只有动词和数字的声音清晰可辨。当那名朗读者返回时，整个过程正好相反，蒂蓬根据朗读者行走时发音的印象，开始修改他的译文。

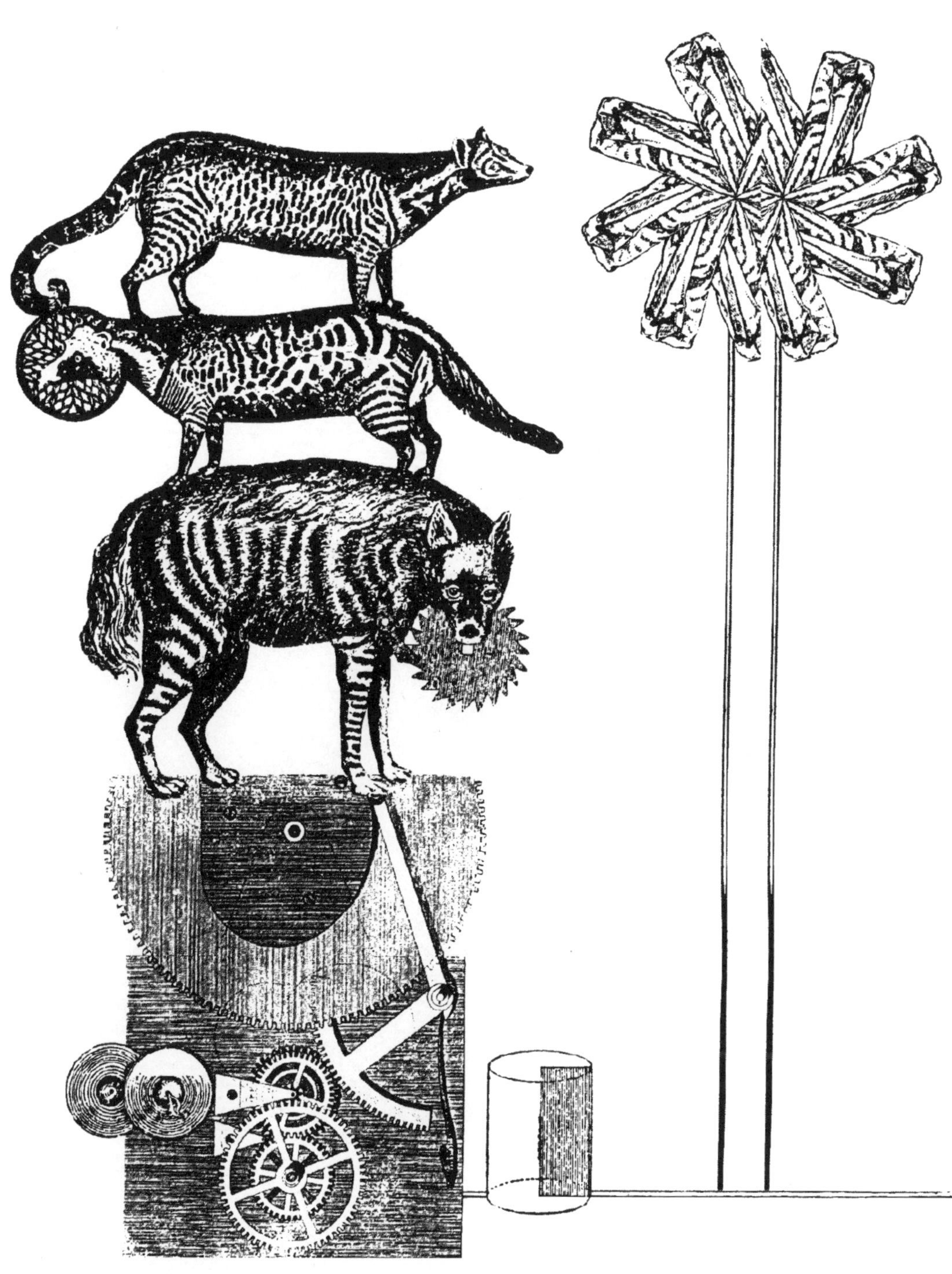

补编一

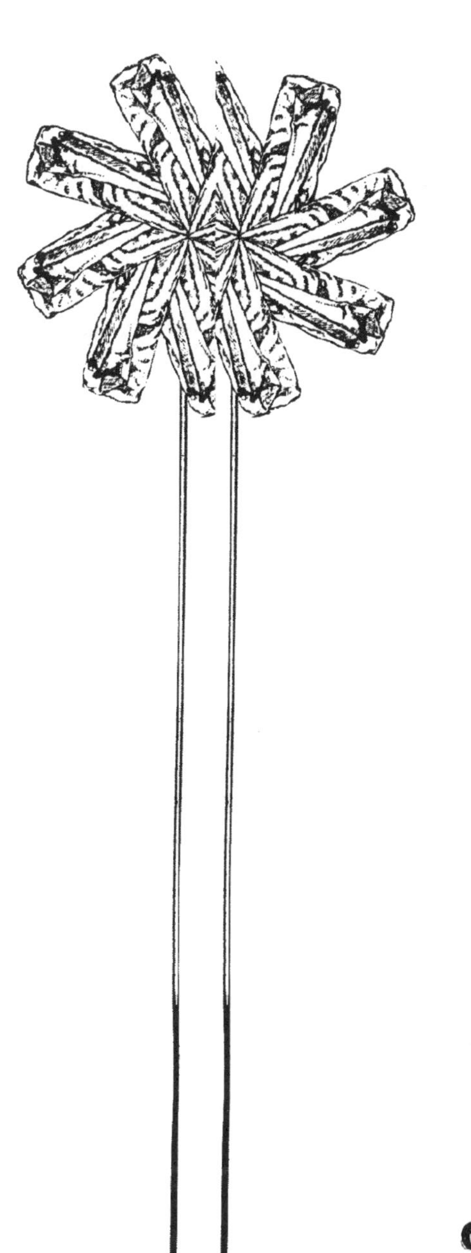

杰奥克季斯特·尼科尔斯基神甫
——初版《哈扎尔辞典》的编纂者

波兰某地，临终前的杰奥克季斯特·尼科尔斯基神甫在漆黑无光的房间里，以他的唾液稀释粉末，用草体基里尔字母写下了忏悔书，其时，紧闭的门外，女房东对他的谩骂和诅咒不绝于耳。忏悔书是写给佩奇的主教阿尔森·哈尔诺维奇的。

"教皇陛下定知道，"杰奥克季斯特写道，"我非得有一副好记性不可，我的未来会不断地填满记忆，而我的过去却不可遗忘。我于1641年生于约凡尼隶属于圣·让修道院的一个村庄，我家的餐桌上永远摆着双耳陶盆，里面装有滋养灵魂和身心的食物。一如我那熟睡时木匙永不离手的哥哥，我永远记得自我出世以来所有注视过我的眼睛。每当我看见奥夫恰山上空同一方位上五年一聚的云层，发现它们和我在五年前的秋天所见的云一模一样时，便会不寒而栗，遂生隐遁之念，因为这样的记忆不啻一种惩罚。期间，我从君士坦丁堡的硬币上学会了土耳其语，在犹太人社团的商人那里学会了希伯来语，从各类圣像上学会了用塞尔维亚文阅读。我已陷于记忆的狂热之中，无以自拔，且为某种渴的感觉所驱使，但虽能称渴感，却不思饮水，因为此渴非水能止，唯有饥饿方能使其缓解。但这种饥饿亦不同寻常，非食能缓。就像绵羊寻觅晶盐，我徒劳地苦苦寻觅这种能将我从渴感中解救出来的饥饿。因为我害怕我的记忆。我知道我们的记忆和回忆有如座座冰山，我们只见露出水面的一部分，而下面巨量的泥沙流动我们却无法目击，也难以接近。我们感觉不到它们巨大的分量，因为它们被时间淹没，就像冰山被海水浸盖一样。要是我们处于它们的位置，便会在我们自身的经历中搁浅，必遭海难。对我，这好比白雪飘落在摩拉瓦河，是天赐我的食粮，但我从未敢碰及。令我惊讶的是，有一天，我居然有片刻时间丧失了记忆，这是真的。我顿时欣喜若狂，但当我明白这会将我引向何处时，又为刹那间的欣喜感后悔不已。此事的经过就是这样。

"在我十八岁那年，父亲把我托付给约凡尼的圣·让修道院里的修道士，临行前，他要求我：斋戒期间，你的嘴里一个字都别放进去，这样，你的嘴至少可以远离话语的污染而得到净化，因为你的耳朵是做不到这一点的。话语并非来自头脑和心灵，而是来自世俗、出自肮脏的语言和污秽的嘴巴；长久以来，话语一直被啃噬、一直被龌龊油腻的嘴永无休止地吐进吐出。长久以来，话语已不再完整，被无数张嘴和牙齿传来传去……圣·让的修道士接纳了我，他们说我躯体过大而灵魂窄小，让我抄书习字。我坐在一间满是书籍的修道士小室内，书内带黑标示的页码正是修道士临终前读到的地方。我如此这般工作着。这时，在尼古里耶那边的圣尼科拉修道院已有消息传出：又来了一名录事。

"沿着摩拉瓦河，在陡峭的河岸和河水之间，有一条通向尼古里耶的小道。这是通往那个修道院的必经之路，所以，若你穿靴子，不论是左是右，必有一只会弄脏；若你骑马，必有两只马蹄被沾湿。只消看看这只沾满湿泥的靴子，

尼古里耶的修道士们便知来者来自何方：判断从西而来或由东而至只消看看来者涉水而行的是右脚还是左脚。1661 年的一个礼拜天，人们听说尼古里耶来了个魁伟英俊的汉子，此人眼大如蛋，髯须浓密，头发有如帽子一直盖到眼睛，他的左靴上沾着湿泥。他叫尼康·谢瓦斯特，他很快就成了尼古里耶最出色的录事，因为在这之前，他已经是另一门艺术的行家里手。他以前是一名兵器工匠，不过他的行当不具危险性：在军旗上绘画着色，在靶子和盾牌上绘图，创作各种形象以供子弹、箭及刀剑攻击训练之用。他说他此行的目的地是君士坦丁堡，而尼古里耶仅仅是路过而已。

“圣基里亚克修道日那天，三股和煦的秋风挟带着它们各自的鸟儿徐徐刮起——一只椋鸟、另一只是最后一群燕子中的一只，第三只是雀鹰；冷暖两种气息相交掺和，已有消息传至约凡尼，说尼古里耶修道院新来的录事绘了一幅圣像，所有住在奥夫恰山口的居民都在翘首凝望。我也去观摩了，圣像画在修道院的墙上，耶和华搂着坐在他膝上的幼年耶稣。我挤进人群和大家一起察看画的内容。在用餐时，我第一次见到了尼康·谢瓦斯特，他英俊的脸庞令我想起一个以前我认识的人，但我无论如何想不起那人是谁。不管储存在我记忆里的许多我见过的脸也好——像一张张摊开的扑克牌，还是在我的梦里可以一一搜寻的面孔也好——像把一张张扑克牌依次翻转过来，就是没有这张面孔。

“山里传来斧子砍伐山毛榉的声音，斧子砍击一棵山毛榉或砍击一棵榆树发出的声音是不同的，每年的这个季节，砍伐山毛榉或榆树都比较容易。我清楚地记得十年前的一个暴风雨之夜初次听到这种砍伐声时的情景。我记得死鸟被风暴高高刮起，继而又重重地跌落在开始融化的雪地里。但我无论如何也想不起适才我在尼康·谢瓦斯特脸上看到的东西。我连他面孔的轮廓、肤色都想不起，我甚至忘了他是否留胡子。我有生以来第一次，也是唯一的一次背叛了我的记忆。这对我来说是一件绝无仅有、令人难以置信的事情，不过我很快就找到了原因所在。只有一种可能：不属于这个世界的东西是无法铭记的，就像雌鸭肚子上的一只小虫难以被记忆储存一样。返回时，我又看见了尼康·谢瓦斯特，我目不转睛地盯住他的嘴。我突然害怕起来，好像他就要咬掉我的双眼似的。这事真的发生了，因为他的牙齿在格格作响，像是已咬下了一口什么东西。就这样，我的目光像是被咬过一般，木然返回约凡尼。

“我又开始埋头抄书，一如既往。然而，有一天我觉得我唾沫里的词语比写在书上的词语来得多。于是，我在我抄写的文本里东加一词，西添一句，随后整句整句地添加进去。那是礼拜二的夜晚，我牙齿下的词语有些酸硬。我在接下来的几个晚上注意到，随着秋天的渐渐远离，词语越发成熟，像一颗果实，其果肉一天比一天饱满多汁，鲜美甘甜。到了第七天晚上，我开始烦躁不安，似乎担心我的果实熟透坠地，继而变质腐烂。我在圣巴拉塞瓦的传记里加上了一整页我正在抄写的书里根本没有的内容。我的罪孽无人发现，这且不说，修士们还越发频繁地要我抄录经我增补过的文本，他们宁可要我而非其他人来做此事，尽管牧羊犬谷断文识字者大有人在。这对我，不啻一种鼓励，于是，我决定一不做二不休。我不仅在诸位圣人的传记里加上他们的轶事趣闻，还杜撰出不少隐士的生平，我编造了新的圣迹显灵的故事，我的手抄本卖得比我所抄的原书还贵。渐渐地，我意识到，我在墨水瓶里拥有可怕的权力，我可以随心所欲地在世界上留下我想留下的东西。这样，我便得出一个结论：任何作家都可毫不费力地用两行字宰杀他笔下的主人公。而宰杀一个有血有肉的读者，只消用一本书的人物，或者传记的主人公，稍加隐喻便可做到。这是轻而易举的……

“那时候，在斯雷坦尼修道院住着一个名叫隆居纳的年轻修士。他过着隐居的生活，他觉得自己像只翅膀微张的天鹅，清风一吹便会滑向水面。连亚当也没他如此灵敏的听觉。他的眼睛像两只胡蜂，传播着神圣的习尚。他有一阳一阴两只眼睛，且均带螫针，时刻准备攻击善良，就像飞鹰扑袭雏鸡。他常道：‘人人皆可学人之长克己之短，这样便可建起一座精神之梯，就像雅各布之梯，从陆地到天上，一切都可轻而易举地在快乐中得到安排和解决，他人之良言乃己修身之道。在这个世界上，所有的罪恶皆因我们听信、效仿那些人所致，他们的罪恶比起我们有过之而无不及……’当他要我抄录圣彼得·科里希奇传记时，天色已暗，鸟儿像点点黑影，跌落在树枝丛中的巢窝里。我的思想也在快速飞翔，我觉得自己缺乏力量，无法抵抗唤醒我身心的一股暗力。我着手抄录圣彼得·科里希奇的传记，抄到斋戒日的段落时，我把五天改为了五十天，随后，将抄录本交给了年轻的修士。他兴高采烈地接过我的抄录本，当晚便埋头阅读，次日，整个山谷流传着一个消息：隆居纳修士已开始过他漫长的斋戒日……

“第五十一天，当人们在布拉戈维奇蒂尼山脚下为隆居纳修士举行安葬仪式时，我的决心已定：从此封笔。我惶恐不安地凝视着墨水瓶，心里在想：我的灵魂窄小而躯体过大。我决心痛悔自己的罪孽。次日早晨，我去了录事长那里，请求他在尼古拉耶修道院为我谋个录事的差使，去当第一录事尼康·谢瓦斯特的助手。到了那里，尼康·谢瓦斯特把我带到了抄书院，里面散发着笋瓜籽儿和洋苏草的味道，修士们说那洋苏草会祈祷。修士们从其他修道院或是乌克兰商人那儿借了些书来，借期约四五天，这些书根本无法在尼古拉耶找着，他们要我把书背下记熟。随后，他们将这些书还给主人，于是，数月当中，日复一日，我将用心记下的内容复述出来，供第一录事尼康·谢瓦斯特记录。他一面磨笔一面叙述，他说唯独绿颜色不是从植物中提炼的，绿颜色来自铁。他从植物中提炼出其他各种颜色，为我们写的书加上了彩色装饰字母。我和尼康·谢瓦斯特的合作就这样开始了。他是左撇子，他左手所做的任何事，他都要用右手去掩盖。我们整天整天抄个不停，等到抄完以后，他就到修道院的墙上去作画。他很快便放弃了绘制圣像的爱好，又一头扎进抄书习字中去了。日复一日，年复一年，我们的生命之线在渐渐地延伸。

“1683 年塞尔维亚圣尤斯塔斯节那天，庄稼开始结冰。狗已不再出窝，靴子也被冻裂，我们笑不露齿，生怕牙齿冻住。乌鸦在绿莹莹的天上飞着飞着翅膀就被冻住，遂像石块一样坠到地上，天空只留下它们凄厉的嘶鸣。嘴唇冻得已感觉不到舌头的存在。凛冽的寒风开始在冰冻的摩拉瓦河对岸呼啸。沿河两岸竖着一片片裹着寒霜的芦苇及茼蒿，像是岸边草地上长出的白胡须。垂柳俯向河面的枝梢也被河水冻住。孤鸫从晨雾中钻出，在原地盘旋，翅膀在潮湿的白雾中时隐时现。就在这冰冻的山峦之上，我和尼康·谢瓦斯特的思绪穿越无垠的天际，告别这片土地，一如夏天迅速移动的云朵那样稍纵即逝。而我们思维中的记忆却像冬天的沉疴那样难以祛除。在三月第一个封斋期的礼拜天，我们把一只平底锅放入正在烧煮的菜豆当中，以此来烫热茴香酒。吃饱喝足后，

我们便永远离开了尼科拉耶。在那年第一片雪花飘落之时，我们到达了贝尔格莱德，我们参加了为追思贝城第一批殉教者斯特拉托尼克、多纳特和埃米尔所做的弥撒，我们的新生活开始了。

"我们成了四处游走的录事，我们身揣笔墨，跋山涉水，穿越一个又一个国家。我们用多种文字抄书誊经，但为修道院做的事却越来越少。过去我们一直为男人抄录书籍，现在，我们也要开始为女人做同样的事了，因为阳性故事和阴性故事的结尾是不一样的。我们翻山越岭，身后留下了许多山谷和河流（我们只能带走它们的名字），还有腐尸的目光、钥匙状的耳环、一条条铺着鸟喙织出的草茎的小道、燃烧着的木勺及用勺子制成的叉子。1684 年万圣节的礼拜二，我们到达了王都之城维也纳。圣艾蒂安教堂上的大钟开始为我们报时，那些小钟声音细碎急促，仿佛钟楼上落下把把餐刀，而大钟的响声庄严隆重，像是在教堂周围下出了一个个蛋。暮色四合，当我们走进钟楼，摇曳的烛光呈线状一直射到石墁的地面，构成了一张光线之网，四周烛味弥漫，从教堂内一直飘散到石墙，一如裹着外套的躯体发出的气味。周围看不见任何东西，我们的目光朝钟楼上望去，黑暗显得更为浓重，让人觉得躲在上面的黑魔随时会切断散向楼底的光线……我们就是在那里找到了一份新的差事，并认识了我们的主人阿勃拉姆·勃朗科维奇老爷——一个用笔来统辖下人，用剑来建造教堂的人。我想用几句话来说说他的事，说说为什么有人爱他也有人恨他。

"百姓常这样说到勃朗科维奇：'他不会孤单。'有人说他年轻时，曾一连四十天没洗澡，当他的脚一放入魔盆，他的灵魂顿时沾上了神灵之气。他的两肩各长着一丛毛发。他有非凡的洞察力，但在三月里，他总处于半睡半醒的状态。他平素生性快活。他的身体跳得很远，而他的灵魂则蹦得更远。当他的身体处于睡眠状态时，他身上的神灵像一群鸽子那般来去飞翔，那神灵呼风唤雨、左右冰雪，并与海外的其他的神灵斗法搏击，以保护庄稼的收获或牲畜的平安，不让它们把五谷和牛马从他的国家掠夺而去。百姓们相信勃朗科维奇常去拜见天神，他们用这样的话来说他：'哪里有天神，哪里就有面包！'据说他属于第二营地的神灵，一如斯库达的大臣和普拉夫及古西涅的别伊。在一次同特雷比涅众神灵的战斗中，他击退了帕夏穆斯泰·萨勃里阿克，后者是第三阵营的神灵。勃朗科维奇在战斗中用沙子、笔及一只桶作武器，他的一条腿受了伤。打这以后，他一直骑一匹黑马，此马为马中之王，它在打盹时会嘶鸣，因为它也是一个神灵。勃朗科维奇成了瘸子，在参加天神之战的征途中，他骑着那匹马的灵魂，而马已化作一根麦秆。传说他在君士坦丁堡做过忏悔，承认他是神灵，于是，他就成了凡人，特兰西瓦尼亚的牲畜在他经过牲口栏边时，不会再往后退了……

"这人睡得很死，千万不可把他的头的位置移到他脚的位置上去，要是头脚换位，他会长眠不醒；这个将被俯卧而葬的人——他死后依旧在作爱——聘我们为文书，将我们引入他的书房，这也是他叔叔乔治·勃朗科维奇公爵的书房。我们犹如置身于没有出口的迷宫和许多螺旋式楼梯里一样，在书籍堆里迷失了方向。我们在维也纳街头的摊店上，为阿勃拉姆老爷买来了阿拉伯文、希伯来文和希腊文的手稿，看着那一座座房子，我觉得它们像是建造在同一块搁板上的，一如勃朗科维奇书房内一本本放在书架搁板上的书。我认为那些房子恰似书籍：你置身其中，抬眼望去，你只能瞥见其中的几座房子，而稍后你将进入或者居住的房子更是屈指可数。一座房子对你而言，更多的时候是一个小酒吧、一个小客栈、一顶用来出租过夜的帐篷或一个酒窖。但是在非常偶然的情况下，遇上恶劣的天气，你会碰上这样的情境：再次进入一座你以前住过的房子，你在里面过夜，你想起了昔日你睡觉的地方，强烈、持续的感觉熟悉而又陌生，你想起往日春风是从哪扇窗吹进的，也想起了秋天你是打哪扇门外出的……

“1685 年万圣节四个礼拜后的圣彼得节和圣保罗节前夕，我们的老爷阿勃拉姆·勃朗科维奇作为外交官出任英国驻土耳其公使，我们搬到了君士坦丁堡居住。我们住在一座俯瞰博斯普鲁斯海峡的塔楼里，我们的主人早已把他的刀剑、驼鞍、地毯及高得像小教堂一般的衣橱堆在里面。他让人在塔楼里的一个祈祷用的跪凳上做了一个小祭坛，用以祭祀暴君圣安吉利纳，即他叔叔乔治公爵的曾祖父及他的祖先。我们的主人雇了一名安纳托利亚人，此人能将他的长辫甩得如同鞭子一般，他的辫梢上串着许多霰弹。这名新来的亲随叫尤素福·马苏迪，他教我们主人阿拉伯文，并为他守梦。他来时背了一个大袋子，里面装满了写着字的纸片，有人说他是释梦者或捕梦者，就像那些用梦来互相鞭打的人。第一个年头，我和尼康·谢瓦斯特一直整理书籍和手稿，将它们放置在书架上和柜橱里，这些书籍和手稿依然散发着将它们从维也纳驮来的骆驼和马的气味。一天，当亲随马苏迪正在阿勃拉姆老爷的卧室里守梦时，我拿来了他的那只大袋子。我努力阅读并记下了里面纸片上每个字母、每个词，但我根本不解其中的含义，因为这是用阿拉伯文写的字。我只知这些东西合在一起像本词典，像一本难懂的古词词典，里面的词条是按阿拉伯字母的顺序排列的，字行像螃蟹爬行的路线蜿蜒曲折，读起来有种乌鸫倒退飞翔的感觉……

"这座城市以及市内的座座桥梁并没有让我感到新奇和惊讶。我们刚到君士坦丁堡，我就在街上认出了一张张面孔，又看见了憎恶、女人、云彩、动物、爱意这些我避之已久的东西，还有那些匆匆相交便永生不忘的目光。我认为光阴荏苒，但万事依旧；岁月流逝，而世界永恒，不过，世界在空间里变化，它创造出无数种形状，又将这些形状如同洗牌一般弄混，又像授课一样，将一些人的过去当作将来或现在教授给另一些人。在此，一个人所有的回忆、所有的记忆和现时的一切，刹那间在不同的地点和不同的人身上变得具体了。同理可证，不能把我们周围所有过去的夜晚看作单独一个夜晚（以前我是这么想的），因为这个夜晚另有他意：千千万万个夜晚和一只接着一只飞翔的鸟不一样，和翻过的日历及走动的时钟也不相同，那无数的夜晚是在同一时间形成、实现的。我的夜晚和你的夜晚并非日历上的同一个夜晚。今天对罗马和这里的天主教徒来说，是圣母升天之日，而对正统派的基督徒、对希腊人及独立的宗教仪式来说，是副主教圣斯蒂芬的圣骨迁葬日。对有些人来说，1688 年将提前十五日结束，对犹太人区的犹太人来说，这已经到了 5446 年，而对阿拉伯人来说，这是伊斯兰教历 905 年。对我们——阿勃拉姆老爷的七个亲随来说，从此时至黎明，一个礼拜的夜晚将要流逝。我们将从这里到托普卡比，从圣索菲亚到弗拉谢纳，边走边收集整个九月份的夜晚，整个十月也会被我们耗尽。我们阿勃拉姆老爷的梦做在别处，就像另一个人做的梦，而另一个人却在做阿勃拉姆老爷的梦。莫非我们的勃朗科维奇老爷已经抵达此地，已经到了君士坦丁堡，莫非他来此是为了遇见托梦给他的那个人，后者在梦里所消耗的是勃朗科维奇老爷的生命，而勃朗科维奇老爷来这儿的目的也并非为去土耳其宫廷的英国公使当翻译。这是因为今夜在我们周围，一个人托梦给茫茫人海中的另一个人的情况绝非独一无二，没有一个人的梦不是靠他人的存在来实现的。从这儿一直步行到博斯普鲁斯海峡，穿过条条街巷，日复一日，你会与一年中的四季重逢，因为对处于生命不同阶段的人类来说，春天和秋天是不会同时到来的，在同一天时间内，任何人都不能用年轻或年迈来形容。一个人整个生命过程可以浓缩，一如将数支蜡烛聚合在一起后点燃，那样的话，任何人休想让一口气溜过生死之间的空隙将烛火吹灭。要是你知道自己何去何从，你就会发现今夜已经有人度过了你的白天和你未来的黑夜，他在吃你明天的面包，还有个人在八年前为你服丧，或亲吻你未来的妻子，第三个人已奄奄一息，气若游丝，这正是你将来临终之前的症状。假如你走得更快，研究得更广泛、更深入，你就会看见所有的来生之夜都是在今夜的一个广袤空间中一次实现的。时间在一座城市里已经流逝，而在另一座城市里则刚刚开始，所以，你可在两座城市之间作穿越时间的旅行，你可走向未来或回到过去。你可以在一座男性城市遇见一个活着的女人，而她在另一座女性城市里早已死去，或者情形恰恰相反。所有未来的和过去的时间，所有的来生之光已经在那儿，它们被分成小块，由人和他们的梦在分享。世上第一人亚当巨大的肉身在梦中移动和呼吸。这里，人类一口咬下了他们的时间，而没有等待明天。所以，时间未在这儿存在。它来自彼世的某个地方，由远及近地轻舔着现世……

"'从哪里来？'尼康·谢瓦斯特问我，他好像听到了我的思想。我没回答，因为我知道它从哪里来。时间并非始于大地，而是从深不可测的地下深渊喷泻而出。它是属于撒旦的，他把它当作一个线团藏在口袋里，他可随心所欲地根据他的好恶将它放长或缩短。必须把它抢过来。假使你想祈求上帝给你永生，并想如愿，那么，你只有从撒旦那里夺得永生的对头——时间……

“在使徒圣·犹大日那天，阿勃拉姆老爷把我们召集在一起，说我们即将离开君士坦丁堡。一切都已准备妥当，出发的命令也已下达，就在这时，尼康·谢瓦斯特和安纳托利亚人马苏迪之间爆发了一场短暂而激烈的争吵，于是尼康·谢瓦斯特的下眼皮开始像鸟眼一般不停地眨动。他怒气冲冲地夺下马苏迪的那只袋子（里面装的类似阿拉伯文的古词词典的卡片，我读过，并已铭记在心），然后将它扔入火堆。马苏迪似乎相当平静，他转身对阿勃拉姆老爷道：

“‘老爷，看这家伙，他是用尾巴从背后交配的，所以，他看不到交媾对象。他的两个鼻孔当中没有鼻中膈。’

“他话音刚落，所有的目光齐刷刷地朝尼康·谢瓦斯特射去，阿勃拉姆老爷从墙上取下一面镜子，放到尼康·谢瓦斯特的鼻子下方。我们都靠上前去挨近了看：千真万确，他真的没有鼻中膈。这样一来，大家都认为我早就知道了我的同伴尼康·谢瓦斯特是撒旦。再说连他自己也没当场否认。而实际上，我和其他人一样，没有仔细检查过他的鼻腔。我只是看了看那面镜子，我所看见的想必其他人早就知晓。其实，尼康·谢瓦斯特的脸——使我想起过去曾见过的一张脸——和我的脸几乎是一模一样的。我俩曾形同孪生一块穿越世界，一

块用魔鬼的眼泪揉捏出上帝的面包。

“这天晚上我意识到：是时候了！一个人终日浑噩昏沉，谁会料想有朝一日他能清醒。尼康·谢瓦斯特就是这样估计我的。应该说我不属于那些处于弥留之际却突然醒来的人，但我怕尼康·谢瓦斯特。他的牙齿对我身上骨头的位置了如指掌。不管怎么说，我们曾结伴而行。我知道魔鬼老是跟在人的身后，有一步左右的距离，所以，我踩着他的脚印走，他便不会注意我。我早就发现，在阿勃拉姆·勃朗科维奇老爷的书房里，尼康·谢瓦斯特最为关注的是那些哈扎尔词汇。我们文书要做的就是整理这部类似识字读本的材料，并根据一个已经消失的民族的起源、消亡、习俗和战争情况来分类。阿勃拉姆·勃朗科维奇对那个民族抱有极浓厚的兴趣，他不惜代价地买下了各种有关的旧文献资料；为了获得‘喉舌’，即那些对哈扎尔民族有所了解的人，为了派人追寻那些身怀古哈扎尔魔技的捕梦者的足迹，他花重金雇用、豢养了不少可用之人。这部识字读本也引起了我的注意，因为在勃朗科维奇书房里成千上万种书卷中，尼康·谢瓦斯特唯独对这部东西感兴趣。勃朗科维奇的《哈扎尔辞典》我已烂熟于胸，我开始留神尼康·谢瓦斯特的举动了。直到那天晚上之前，他根本没什么异常的反应和言行。照镜子的插曲过后，他爬上了塔楼的最高层，在那儿把一只鹦鹉放在高脚灯座上，然后坐下听它说话。阿勃拉姆老爷的这只鹦鹉经常会背诵一些诗歌，阿勃拉姆老爷认为这些诗歌均出自阿捷赫▼公主之口。我们所要做的是把这只鹦鹉所说的话记录下来，以此为阿勃拉姆老爷的哈扎尔古词词典收集资料，做些增补。但这天晚上，尼康·谢瓦斯特没作任何记录。他一直在凝神谛听，那鹦鹉道：

"'往日温煦、芬芳的春天时而在我们内心重现。我们把这些春天藏在胸口，带进眼下的冬季。有一天，当我们经过窗边，发现冰雪不再是一幅画时，就轮到这些春天呵护我们的胸膛了。这样的春天九年前曾在我心中出现，而今它依然暖我心胸。想像一下吧，今冬会有两个这样的春天来相会，一如两块芬芳四溢的草地同时聚合。这就是我们用以御寒的棉袄。'

"当鹦鹉不再出声时，我感到了强烈的孤寂，这种秘藏在心底的孤寂使你感觉不到春天。只有我与尼康·谢瓦斯特共同度过的岁月犹如烛光在我的记忆里微微闪亮。'多漂亮的烛光啊，'我心里在想，这时尼康·谢瓦斯特正好用刀将鹦鹉的舌头割断，继而，他走近阿勃拉姆·勃朗科维奇的《哈扎尔辞典》，把它们一页一页地扔进火堆付之一炬。连阿勃拉姆·勃朗科维奇手书的最后一页也未逃过此劫，这最后一页写的是：

耶稣之兄亚当的故事

"哈扎尔人认为第一个同时也是最后一个人亚当是耶稣基督之兄、撒旦之弟，他由七个部分组成。是撒旦创造了他：他的皮肉是泥土做的，他的骨骼是石头做的，他的眼睛是水做的，他的血液是露水做的，他的呼吸源自风，他的思想源自云，他的智慧由天使敏捷的动作所赋。不过，只有在他第二父亲即真正的父亲上帝将灵魂吹入他的体内后，他才有生命，才可以动弹。灵魂进入他体内后，亚当用他的阳性左拇指轻轻地擦了擦他阴性右拇指，于是，一个有生命的亚当出现了。在两个世界中——上帝创造的、看不见的精神世界和不公正的撒旦创造的、看得见的物质世界——只有亚当是这两个创造者共同的作品，他同时属于这两个世界。撒旦将两个堕落的天使禁锢于他体内，在世界末日到来之前，他俩的贪欲是无法得到满足的。这两个天使一个叫亚当，一个叫夏娃。网是夏娃的眼睛，绳是夏娃的舌头。亚当一下子开始增岁变老了，因为他的灵魂是在另外的时间里繁殖迁徙的候鸟。亚当之躯一开始是由两种时间组成的，即阳性时间和阴性时间在他身上同时存在。随后，有了四种时间（它们属于夏娃及他们的儿子该隐、亚伯和塞特）。再后来，禁锢于他体内的时间微粒的数量不断增多，亚当之躯不断膨胀，直至变成一个巨大的帝国，跟整个大自然很相像，但成分完全不一样。最后一名凡人将终生在亚当的脑袋里面打转，欲找一条出口，但他永远不会找到，因为唯一能找到亚当之躯的入口和出口者只有基督。巨大无比的亚当之躯并不占据空间，而是存在于时间之中。不过，奇迹的发生并不像穿鞋那么容易，用词句话语也做不成铲子。亚当之魂并非单独迁移到后人身上的。亚当后裔所有的亡故者也会迁移，并重回亚当的死亡之中，他们聚沙成塔，造就了与亚当的身躯和生命成正比的巨大死亡。这好比迁徙的白色飞鸟，当它们返回时已全身变黑。在亚当最后一个子孙死去时，亚当也将死亡，因为他所有的子孙之死将在他身上重现。这样，就像那个乌鸦用孔雀的羽毛插在自己身上来夸耀的寓言，泥土、石头、水、露珠、风、云和天使将各用亚当之躯的一部分来打扮自己，亚当之躯因此解体。当心那些将脱离人类之父的身躯，即亚当之躯的人，因为他们不会和亚当一起死亡，也不会像他那样去死。他们将变成另外一类的东西，但不是人。

“那些捕梦者研究亚当，编纂他们的辞典、古词词典或识字读本的原因也在于此。须知哈扎尔人给梦起的名字和我们所理解的含义完全不同。我们的梦只要不朝窗外看，便可留在记忆中，但若朝窗外一看，梦便消失得无影无踪了。然而，哈扎尔人的梦则不同。

“哈扎尔人认为，人的生命是由一些关键时刻，也就是一些如同结扣的瞬间组成的。每个哈扎尔人在其一生中，会将那些悟性大开的日子和获得至高满足的时刻铭刻在一根木棒上。木棒上每一处所刻的内容都以某种动物或宝石命名。他们将这些称为‘梦’。在哈扎尔人看来，梦不单单是我们黑暗中的白昼，同时也是我们白昼中星辰密布的神秘的黑夜。捕梦者或释梦者都是信徒，他们破译并解释木棒上的符号，再将这些内容编成人名辞典，但他们的编法与普卢塔克普卢塔克（约 46—119 后），对十六至十九世纪初的欧洲影响最大的古典作家之一。或内波斯内波斯（约公元前 100—约前 25），罗马历史学家。的根据原义解释的编纂方法完全不同，他们的辞典更确切地说是由一系列不知其名的人的生平组成，那些人在获得启示的刹那间，成为亚当之躯的一部分。每个人一生中至少有一次会成为亚当之躯的一部分。要是把所有获得启示的刹那间收集起来，便可得到人世间的亚当之躯，但这一尚未完成的形象需要岁月的补充使其成形和完善。因为只有一小段光明的时间是可以进入的并且是有用的，这就是亚当的一小段时间。其余的时间对我们来说都在黑暗中存在，并为他人所用。我们的未来不啻蜗牛的触角，它在我们前面一碰到坚硬的东西，便立刻缩进去，它只有在完全展开的状态中才能往外看。而亚当永远在观察，因为他预知所有人的死亡直至世界末日来临，也知晓这个世界的未来。这样，只有聚集于亚当之躯，我们才能拥有同样超凡的视力，才能成为我们的未来的共同物主。这便是撒旦和亚当的主要的不同之处，因为魔鬼看不见未来。这也是哈扎尔人研究亚当之躯的原因，为什么哈扎尔捕梦者的阴书和阳书好比亚当的圣像，为什么阴性部分是躯体、阳性部分为血液，所有这些原因皆出于此。当然，哈扎尔人知道他们的巫师无法靠近整个躯体，也无法在他们的圣像辞典中将它描绘出来。他们有时甚至画一些没有脸部的圣像，但每只手却有左、右两只拇指——亚当的阳性拇指和阴性拇指。因为辞典里的每一部分内容只有碰及阳性和阴性两只拇指才有生命力。所以，哈扎尔人为在他们的辞典里获取亚当之躯的这两小部分花费了异乎寻常的心思。可以说他们已取得了成功，但他们来不及得到其余部分。而亚当拥有这一切，他一直在等待。他那巨大无比的身躯王国每时每刻在我们身上毁灭或再生，一如他的灵魂先移转给他的子孙，又在他们临终之际返还给他。只需像预言家那样轻轻摩擦阳性手指和阴性手指，只要在这两个手指后面建起亚当之躯的一部分，就可成为他躯体的一部分……

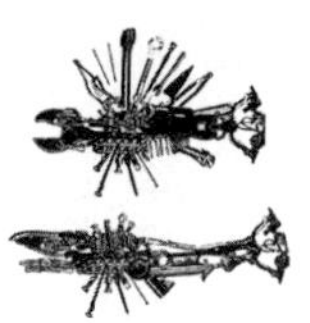

“整个旅途中，阿勃拉姆·勃朗科维奇的话一直在我耳际回响。一路上，我们与干旱为伴，黑海旁多瑙河三角洲地区的河道已经变窄，雷根斯堡的水流已经干涸，唯有黑林山的水源尚存。他的话一直伴我抵达战场——那儿硝烟纷飞，多瑙河上空云雾浓重。1689 年万圣节后的第十三个礼拜天，旱情终于缓解，我们遇上了一生中下得最畅的一场豪雨。滚滚的多瑙河和它上空的天际一样深不可测，不断上涨的河水像一道高高的栅栏横在我们的兵营和土耳其人的兵营之间。我有一种感觉：不论置身兵营还是身处战场，我们各自都是心怀自己的图谋来到多瑙河畔的，我甚至说得出我们每个人心怀什么图谋。尼康·谢瓦斯特自从焚毁了马苏迪和勃朗科维奇的书籍之后，已经完全变了一个人。他意志消沉，万念俱灰，并让人给他念《第五诗篇》，这是人们一般为自杀者念的东西。他将鹅毛笔一支一支地扔进了河里。尼康·谢瓦斯特和马苏迪坐在同一块彩色的头巾上面掷骰子赌输赢。尼康·谢瓦斯特已输得不可收拾，我觉着他欲和生命告别，他希望死神早早在这里出现，就在战场上降临。至于阿勃拉姆·勃朗科维奇老爷早就演练过他的战术，并运用过此战术取得过不止一次的成功，但他并非来多瑙河参战。他在此有个约会，这点可以肯定。马苏迪表面上在掷骰子赌钱，而实际上他想看一看到底是谁来此与阿勃拉姆约会，谁会冒着腥风血雨，在土耳其人的大炮轰鸣之时，挑一个竖起十字架的死亡之日来铁门赴约？阿勃拉姆老爷的刀术师爷是一个叫阿韦尔基·斯基拉的哥普特人，此人不顾土耳其人的炮火，待在多瑙河边，因为这给了他一个极好的机会：在敌兵或我方士兵身上（两者对他来说是一样的），检验一下他操练已久的新刀法。他还从未在活人身上试验过这种刀法呢。我坐在他们身旁，我还想知道《哈扎尔辞典》剩下的部分内容。前两部分，即马苏迪的伊斯兰部分和阿勃拉姆老爷的希腊部分我已熟记在心，现在，我只等着看看会不会出现这样一个人——他能把辞典的犹太部分补上。既然出现过前两部分，那一定有连接下去的第三部分。尼康·谢瓦斯特焚毁了前两部分，他似乎并不在意第三部分的出现，所以他已无事可做。我记下了前两部分，所以希望能看见那第三部分，但我不知第三部分会怎样出现在我眼前。我把希望完全寄托在阿勃拉姆老爷身上，我觉着他也在期盼我正在等待的东西出现。但是，他的运气太糟：没过多久，勃朗科维奇和尼康·谢瓦斯特就在战斗中被土耳其人杀死了，马苏迪也被他们生擒。和土耳其人在一起的还有个眉毛高高翘起的年轻人，他的唇髭一撇是银白的一撇是火红色的。他跑过来时，眉毛上沾着尘土，唇髭上沾着鼻涕水和泥浆。看见他时，我觉着他好像说了他比时钟还守时。我顿时明白：他就是我等待之人。这时，只见他颓然倒下，一张张布满黑色小字的纸页从他的袋子里散落在地。等到战斗结束，所有的人都离开后，我才从隐蔽处钻出来，从地上捡起了那些纸页。我渡过多瑙河，到达瓦拉几亚的德勒斯基修道院后，我开始阅读这些用希伯来文写的东西，但尽量不去弄明白或诠释里面所记录的内容。后来，我去了波兰，我要在那里完成尼康·谢瓦斯特曾千方百计阻挠的事情。我找到了一个出版商，把三本《哈扎尔辞典》卖给他，这三本辞典是：在战场上找到的犹太辞典、按阿勃拉姆·勃朗科维奇吩咐收集的希腊辞典和捕梦者马苏迪带来的阿拉伯辞典。出版商叫达乌勃马奴斯，他患有一种奇怪的疾病，此病延至他第五代子孙时才会招致死亡，就像一盘旷日持久的棋赛。他为我租了两个月的房子，并付了膳食及针线的费用，我开始把我熟记在心的内容写下来。于是，我重操旧业，又一次当了叙述者的角色，同时，那么多年后第一次重拾尼康·谢瓦斯特弃之已久的录事行当。1690 年的圣婴节大雪纷飞，严寒刺骨，我的工作终于在这天大功告成。我把勃朗科维奇的识字读本、马苏迪的古词词典及从那红眼睛年轻人的口袋里撒落在地的犹太辞典这三样东西汇总成一部《哈扎尔辞典》，并把它交给了出版商。达乌勃马奴斯接过红、绿、蓝三个本子时说他会将其印制成书的。

“他是否果真去印制了，我不知道，也不了解。教皇陛下，我的行为是否在理？我只知我渴望写字，这种渴望已将我从回忆的枷锁中拯救出来。我似乎已变成书法家尼康·谢瓦斯特……”

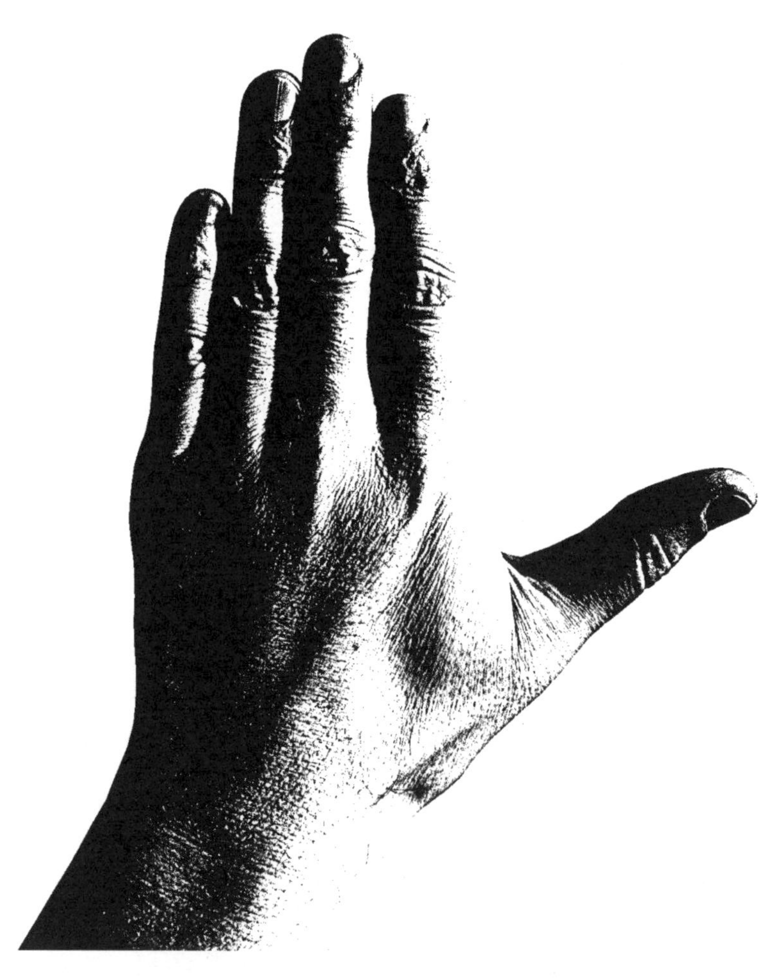

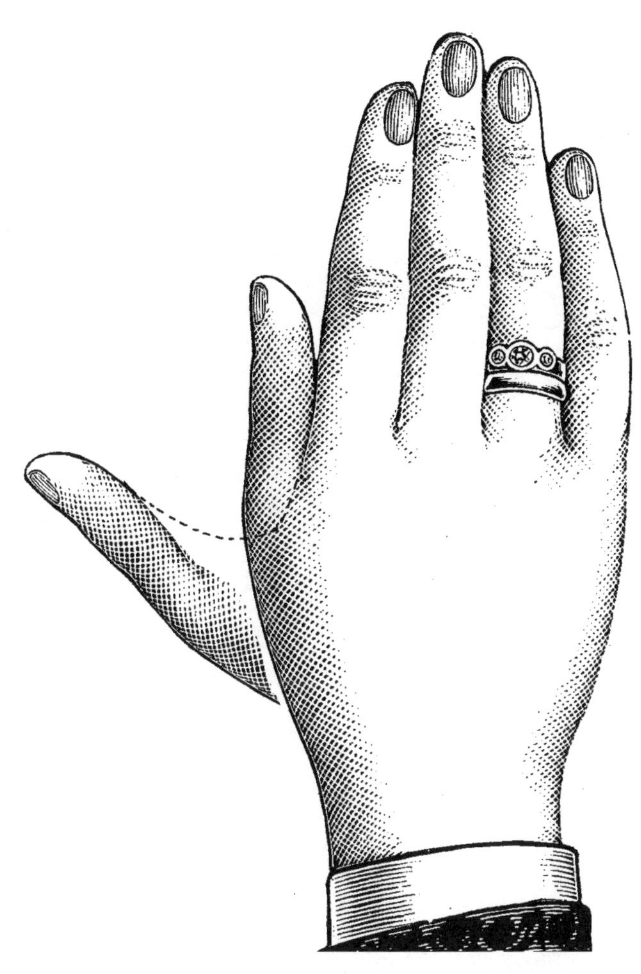

补编二

阿布·卡比尔·穆阿维亚凶杀案证词笔录
（节录）
伊斯坦布尔，1982年10月18日

“金斯敦”宾馆餐厅女招待维吉妮娅·阿捷赫是多罗塔·舒利茨夫人一案的见证人。她在法庭上作了如下供述：

“案发那天，也就是说1982年10月2日，天气晴朗。一股股含盐的空气由博斯普鲁斯海峡源源不绝而来，随着这一股股气流，敏捷的思想好似蛇那样曲曲弯弯地游入迟钝的思想。‘金斯敦’宾馆的花园内，每逢好天气，都摆出餐桌。花园的形状呈四角形。一只角照满阳光，另一只角有些许沃土，栽着花草，第三只角终年有风，第四只角上有口石井，井旁有一根柱子。我通常都站在这根柱子后边，因为我知道客人在进餐时，不喜欢有人看着他们。这是不奇怪的。比方说吧，我只消刚一看客人用早餐，便立刻知道他所以要吃煮得很嫩的鸡蛋是为了在午餐之前去洗个澡，所以要吃龟，是为了傍晚时散步到烂板棚街，所以要喝一杯酒，是为了在入睡之前能有精力微笑一下，这微笑是近视的宾馆镜子所够不着的。从水井边的这个位置可以看到通至花园的阶梯，因此知道谁进了花园，谁出了花园。这里还有一个优越性。就像雨水由附近所有的排

水管汇集至井内一样，花园内的声音也都汇集到井内，如果将耳朵贴近井口，可以十分清晰地听到花园内的每一句话。甚至可以听到鸟叼住蚊子的声音，敲碎熟鸡蛋壳的声音，可以分辨叉子和高脚酒杯的声音，叉子的声音都是一模一样的，可高脚酒杯的声音却因杯而异。从客人的交谈中可以得知他们有什么事打算招呼女招待去，因此我总是能在他们未叫我去前满足他们的愿望，因为通过水井我已听到了客人所有的交谈。要知道能比别人早知道哪怕几秒钟，也是很大的优越，而且总能带来好处。那天早晨第一个进花园的是18号房间的比利时客人范登·斯巴克一家三口：父亲、母亲和儿子。父亲已经上了年纪，善于弹奏一种不知其名的乐器，是用白乌龟壳做的，每天晚上都从他们的房间里传出悦耳的乐声。他这人有点古怪，用餐时只用自备的两个刺的叉子，叉子他随身放在衣袋里。母亲是个年轻美貌的女人，由于这个原因，我观察她特别仔细。正因为如此，我发现了她容貌上的一个缺陷，她只有一个鼻孔。她每天都去圣索菲亚大堂，出色地临摹那里的壁画。我问她，她的画是不是她丈夫弹奏的歌曲的乐谱，可她不懂我这话的意思。她的儿子，约摸三四岁，看上去也有某种生理缺陷。他一天到晚戴着手套，甚至吃饭时也不脱。但使我感到惊骇的是另一件事。那天早晨，在明媚的阳光下，那个比利时人顺着我前面提到的那条阶梯下来用早餐。我发现这位上了年纪的先生的脸跟其他人的脸全然不同。”

法官：“你指什么而言？’

证人：“你如果把照片上同一个人的两片左边的脸并在一起，好端端的一个漂亮的人便会变成怪物。你如果把半颗心增加一倍，你得到的不是一颗心，而是两个残缺不全的心。心和脸一样，也分左右两半。靠两条左腿不能成为两只脚的人。那个上了年纪的先生两边的脸都是左边的。”

法官：“这就是那天早晨你所以惊恐的原因吗？”

证人：“是的。”

法官：“我警告证人，你必须注意你的证词的真实性。此后发生了什么事？”

证人：“我招待了范登·斯巴克一家用餐，并提醒他们不该用同一只手去拿辣椒和盐，他们吃完早饭后离开了，可那个小男孩却留下来，在花园里玩，喝巧克力。此后，现在正在庭上的多罗塔·舒利茨博士来到了花园，坐到她的餐桌旁。我还没有来得及招待她用餐，现已故世的穆阿维亚博士走到她餐桌前，在她身旁坐了下来。我当时看得很清楚，她的时光像雨一般淅淅沥沥地洒落下来，而他的时光却像雪那样纷纷扬扬飘落。大雪已把他淹埋到喉咙口。我发现他没有打领带，还看见她悄悄

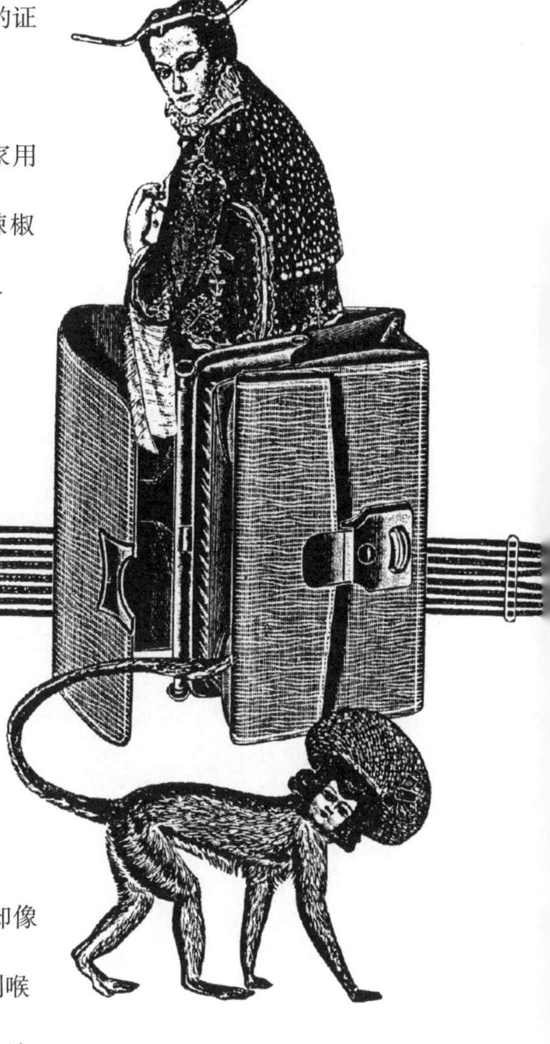

地从手提包里拿出手枪，但是她跟穆阿维亚博士交谈了几句话之后，却把手伸给了他，而他交给她一叠纸。后来她跑步登上阶梯，到客房去，把枪留在餐桌上一叠纸下边。这一切使我更加激动了。穆阿维亚博士的脸上挂着婴儿般的微笑，这微笑被他的络腮胡子所束缚，就如小虫被琥珀裹住那样，同时他那对忧郁的绿眼睛又把这微笑照亮。好像是被这微笑所吸引，比利时人家的那个小男孩走到穆阿维亚的餐桌跟前。我要提醒法庭，那小男孩才四岁。花园里没有旁人。小男孩像往常那样戴着手套。穆阿维亚博士问他为什么不把手套脱掉。

"'因为我讨厌这个地方，'小男孩回答说。

"'讨厌？'穆阿维亚博士问。'讨厌什么？'

"'你们的民主！'小男孩一字一顿地说。

"这时我把耳朵更贴近水井，以便听清楚他们的谈话，我觉得他们的谈话越来越奇怪了。

"'什么样的民主？'

"'你以及你的同类所捍卫的那种民主。你好好考虑考虑，这种民主招来什么结果，过去总是强大的民族压迫弱小民族。可现在却倒了过来。在民主的幌子下，弱小民族使用恐怖手段威吓强大民族。你看看，当今世界上都在干些什么，美国的白人害怕黑人，黑人害怕波多黎各人，犹太人害怕巴勒斯坦人，阿拉伯人害怕犹太人，塞尔维亚人害怕阿尔巴尼亚人，中国人害怕越南人，英国人害怕爱尔兰人。小鱼啃食大鱼的耳朵。现在被威吓的不是少数民族，我们星球上的大民族处于压迫之下……你们的民主是什么，是屌……'"

法官："我提醒证人不要作伪证。法庭将对你处以罚款。你敢宣誓保证这些话出之于仅仅只有四岁的孩子之口吗？”

证人：“是的，我可以保证，因为是我亲耳听见的。我想亲眼看看我所听见的事，于是我走动了一两步，以便能从柱子背后观察到花园内发生的事。那个小男孩拿过搁在餐桌上的舒利茨夫人的手枪，叉开双腿，膝盖微微向前弯曲，像职业枪手那样，用两手握枪瞄准，同时朝穆阿维亚博士喝道：

“‘把嘴张大，省得我碰坏你的牙！’

“惊呆了的穆阿维亚博士果真张大了嘴巴，那孩子开了一枪。我原以为这是把玩具枪，不料穆阿维亚博士连同餐桌一起，应声翻倒在地。血流如注。这时我发现穆阿维亚博士的一条裤管已沾满泥土，因为他的一只脚已经踩在坟墓里了。那小男孩扔掉枪，回到自己的餐桌旁继续喝巧克力。穆阿维亚博士横在地上，一动也不动，一股血流围在他的下巴下边，像是一个结。这时我想，这下子你可打上领带了。……就在这一瞬间，响起了舒利茨博士的惊叫声。至于此后的事，大家都已经知道了。对穆阿维亚博士的死亡作了检验，运走了他的尸体，舒利茨夫人则宣布我们宾馆的另一位客人以撒洛·苏克也死了。”

起诉人：“‘这时我想，这下子你可打上领带了……’我对证人用这种口气作证感到极大的愤怒。你是什么民族的人？是阿捷赫小姐还是阿捷赫太太？”

证人：“这不是三言两语解释得清的。”

起诉人：“那就劳驾你费点神说说清吧。”

证人：“我是哈扎尔人。”

起诉人：“你说什么？我没听说过有这样的民族。你持的是哪个国家的护照？哈扎尔的？”

证人："不，以色列的。"

起诉人："很好。这正是我想听到的。怎么会这样的呢，哈扎尔人持的却是以色列的护照？你背叛了你的民族？"

证人（笑了）："不，恰恰相反。哈扎尔人被犹太人同化了，因此我跟我的同胞一起皈依了犹太教，并获得了以色列护照。世界上只有我孤零零一个人死守住我原来的民族有什么用？如果所有的阿拉伯人统统都成了犹太人，难道你仍然坚持做阿拉伯人吗？"

起诉人："谁也没有叫你对别人的话作出评论，此外，这里也轮不到你提问。你的证词是伪证，是想为被告开脱，她是你的同胞。我没有其他问题了。我希望各位陪审员……"

此后法庭传讯从比利时来的范登·斯巴克一家。他们异口同声地强调三点。第一，说这件谋杀案是由一个三四岁的孩子做的，无任何价值可言。其次，刑警已查实在谋杀穆阿维亚的枪支上只找到一个人的手印——多罗塔·舒利茨夫人的手印。刑警还查实前面提及的那把杀害穆阿维亚博士的手枪（点38口径的36式斯密德维桑左轮手枪）是舒利茨夫人的。第三，斯巴克夫人，她是原告的主要证人，凿凿有据地说，舒利茨夫人有谋杀穆阿维亚博士的故意，她来君士坦丁堡就是为了要杀死穆阿维亚博士，她也果真把他杀死了。特别是在侦查过程中查实穆阿维亚博士在埃以战争期间曾使多罗塔·舒利茨夫人的丈夫受到重伤。由此可见，动机是一清二楚的。仇杀。"金斯敦"宾馆餐厅女招待的供词因不足信而不予考虑。法庭调查到此结案。

在前面这些材料的基础上，起诉人要求对多罗塔·舒利茨作有罪判决，罪名是蓄意谋杀，且含有政治动机。这时被告被传出庭。舒利茨夫人作了极其简短的声明。在穆阿维亚博士死亡一事上她是无辜的。她可以举证。她有不在现场的证据。法官问她有什么样的不在现场的证据。她回答说：

“在穆阿维亚被枪杀的那一刻，我正在杀死另一个人——以撒洛·苏克。我在他的房间里用枕头把他闷死了。”

侦查查实，那天早晨有人看到在苏克博士死的那一刻范登·斯巴克先生正在博士的房间里。但是舒利茨夫人的供词开脱了对这个比利时人的控诉。

诉讼程序结束。作出了判决。指控舒利茨夫人蓄意仇杀阿布·卡比尔·穆阿维亚不能成立。她因杀害以撒洛·苏克博士被判有罪。穆阿维亚博士的这件命案未能破案。范登·斯巴克一家当庭获释。“金斯敦”宾馆餐厅女招待维吉妮娅·阿捷赫因企图诱使法庭作出误判，将侦查引向歧路而被处罚款。

多罗塔·舒利茨夫人被解往伊斯坦布尔监狱去度过她六年的刑期。她经常写信到克拉科夫去，收信人是她自己的名字。她写的信封封都被检查过。她的信的结尾一成不变地总是这么一句话：“我们臆想中的牺牲品搭救了我们，使我们没有死去。”

在察看苏克博士的房间时未发现任何书籍或稿件。只找到了一个鸡蛋，其钝头的一端已被打碎。被害者的手指上沾有蛋黄，这就是说，他死前做的最后一件事是打碎鸡蛋。还找到了一把很特别的钥匙，柄端是一枚金币。令人百思不得其解的是这把钥匙能够打开“金斯敦”宾馆服务人员宿舍中的一个房间。住在这间房间里的是女招待维吉妮娅·阿捷赫。

在范登·斯巴克一家坐的餐桌上，发现了一份侦查材料，材料上贴着一张宾馆专用的公文纸，公文纸的背面有几个数字。这几个数字是：

$$\begin{array}{r} 1689 \\ +\ 293 \\ \hline 1982 \end{array}$$

结　束　语

一本书可以是一个用雨水浇灌的葡萄园，或者是一个以葡萄酒滋润的葡萄园。本书一如其他所有的辞典，当属后一类葡萄园。辞典是这样一种书：你每日花在其上的时间很少，但需长年累月地付出时间。千万别低估这种耗费时间的方式，尤其是当你接受了这样一种观点，即一般来说，当阅读是一个充满疑问的过程时，更须注意这一点。一本书可以由阅读来加以医治或扼杀。书可以被改变、夸张或歪曲。书的阅读导线可以改变方向，你总会错过某样东西，你会在字里行间失去只语片言，几张书页会在你的指间漏过，而另一些东西却像甘蓝在你眼前生长。假如你对这些甘蓝置之不理，那你就有可能在第二天发现那些甘蓝已像一只不再冒热气的平底锅，里面再也没有为你烧好的热气腾腾的晚餐。再者，今天的人已不具足够的孤独去阅读书籍和辞典了。然而天下没有不散的筵席，万事皆有终结。书像一架天平：它先向右倾斜，继而永远向左倾斜。它的分量就这样从右手过渡到左手。相同的运动也在读者的头脑中发生，在期望的范畴里，思维已完成向回忆的过渡，至此，一切均告结束。读者的耳内也许残留着作家的唾沫星，那是由词语之风夹着河谷里的一粒砂子拂来的。围绕着这粒砂子的五光十色的声音（就像发生在一只牡蛎壳内的情形）会在数年之后沉淀下来。有朝一日，当耳朵像一只贝壳那样合拢时，那些声音将变成珍珠，变成黑山羊奶酪，或者变成空空如也的气泡，然而这些变化并非因那粒砂子而起。

不管怎么说，阅读这样一本卷帙浩繁的巨著就意味着要忍受相当长一段时间的孤独，而且没有一个你须臾不可离开的人伴读在侧，因为四只手，同时翻动书页的阅读法尚未流行。作者对此深感内疚，他欲将功补过。那个顾盼生姿、头发蓬乱的漂亮女子，将一面阅读辞典，一面像穿过一个房间那样穿越她的恐惧，与此同时，她将觉得孤独。她将按此步骤行事：在月初的第一个礼拜三中午，她胳膊夹着辞典走到市中心广场一个茶点铺的门前。有个小伙子在那儿等她。他和她一样，也在浪费时间阅读同一本书，他也感到了孤独。让他俩在一杯咖啡前坐下，然后让他俩把他们书的阳本和阴本作一番比较。两者是不一样的。当他俩把多罗塔·舒利茨博士最后一封信中那段斜体文字进行对照时，这本书将成为像多米诺骨牌游戏那样的一个整体，他俩将不再需要它。让他们狠狠地唾骂辞典的编纂者吧，但他们得赶紧骂，因为接下去就要发生的事与旁人无涉。只跟他俩有关，是他们两人的事，此事远比披阅任何书更有价值。

我在街上看见了他们两人：两人坐在各自的自行车上，一面搂抱，一面吃东西，一旁的邮筒顶盖上摆着他俩的晚餐。

贝尔格莱德——雷根斯堡——贝尔格莱德
1978—1983 作